다시 떠나는
이야기여행

다시 떠나는
이야기여행

최 운 식 지음

종문화사

현대인들은 일상의 틀에서 벗어나 각 지방의 자연 경관이나 문화재를 보면서 심신의 피로를 풀고, 동행한 가족이나 친구 사이의 정을 돈독히 하며, 교양을 넓히기 위해서 틈이 나는 대로 여행을 한다. 여행이 빈번하여지면서, 여행의 형태도 바뀌고 있다. 얼마 전까지만 하여도 여행지의 경관이나 문화재를 대강 둘러보고 오는 사람이 많았는데, 요즈음에는 '역사 탐방', '문화재 탐방', '자연 관찰' 등의 테마 여행을 하는 사람이 늘고 있다.

각 지역에는 재미있는 전설이 많이 전해 오고 있다. 전설은 일정한 구조를 가진 꾸며낸 이야기이다. 그런데 전설의 전승자는 이를 진실이라고 믿고, 실제로 있었다고 주장하면서 구체적인 시간과 장소·개별적인 증거물을 제시하기도 한다. 전설에는 각 지역에서 살고 있던 우리 조상들이 자기가 살고 있는 지역의 자연 현상이나 역사적 사실을 어떻게 이해하고 설명하였는가가 나타난다. 그리고 무엇에 가치를 두고 강조하였으며, 무엇을 바라고 꿈꾸며 살았는가도 나타난다. 이러한 이야기의 현장을 답사하는 '이야기 여행'을 하면서 그 이야기 속에 녹아 있는 우리 조상들의 꿈과 용기, 세상을 보는 안목과 지혜, 가치관 등을 알아보는 것도 뜻있는 일일 것이다.

이 책은 필자가 2001년에 민속원에서 펴낸 《함께 떠나는 이야기 여행》의 후속편 성격을 띤 책이다. 그래서 책 이름을 《다시 떠나는 이야기 여행》이라 하였다. 이 책에서는 《함께 떠나는 이야기 여행》에서 다루지 않은 전설의 현장을 답사하는 과정과 전설의 내용을 소개하고, 그 이야기가 지닌 의미가 무엇인가를 설명하였다. 이 책에 실린 글은 대부분 새로 집필한 것인데, 이미 절판된 《전설의 현장을 찾아서》에 실렸던 글 일부를 손질하여 싣기도 하였다.

이 책이 전설에 관심을 가진 일반 교양인이 전설의 의미를 바르게 이해하는 데에 도움을 주고, 학생들의 현장 체험 학습 교재로, 또는 가족이나 친구끼리의 여행을 더욱 윤기 있게 해 주는 자료로 널리 활용되었으면 한다. 그래서 우리 이야기를 바르게 이해하고, 우리의 문학 유산을 소중히 여기는 마음을 갖게 하는 데에 도움을 주었으면 하는 마음 간절하다.

끝으로 이야기의 현장을 답사할 때 도와준 안내자, 이야기의 구연자, 동행하여 도움을 준 여러분과 출판을 맡아준 도서출판 종문화사의 임용호 사장께 감사하는 마음을 적어 이 책과 함께 간직하고자 한다.

2007년 4월 20일

의재(宜齋) 최운식(崔雲植) 적음

I 강원도 원주, 태백, 고성, 삼척 지역

1. 은혜 갚은 꿩─치악산 상원사 ● 11
2. 용을 물리치고 세운 절─구룡사 ● 16
3. 연못이 된 황 부자의 집터─황지 ● 20
4. 쌀이 나오는 수바위 ● 29
5. 남근을 제물로 바치는 해신당 ● 34

II 경기도 화성, 여주, 이천, 평택 지역

1. 정조의 효성과 능행─융릉과 지지대 ● 49
2. 조선 제일의 명당 영릉 (英陵) ● 62
3. 풍수설에 맞게 만든 소일 마을 ● 68
4. 큰 인물이 날 것을 알리는 반룡송 ● 75
5. 원균 장군의 죽음을 알린 애마─애마총과 울음밭 ● 77
6. 김정한 효자와 시묘산 ● 83

III 경상남도 사천, 진주, 마산, 창원 지역

1. 바다에서 떠들어온 목섬 ● 91
2. 섣달 그믐이면 우는 와룡산 ● 97
3. 봉황을 기다리는 마음─비봉산과 봉알자리 ● 105
4. 큰일이 있을 때마다 우는 돌[鳴石] ● 111
5. 만남의 기쁨을 나누는 만날 고개 ● 116
6. 곰과 인연이 깊은 성주사와 풍수설 ● 123

IV 경상북도 풍기, 영주, 안동, 의성 지역

1. 호랑이의 보은으로 세운 희방사 ● 133
2. 원혼을 위로한 백운동 경자(敬字) 바위 ● 139
3. 출산의 비밀을 말해주는 순흥 청다리 ● 144
4. 부석사의 부석과 선비화 ● 148
5. 연미사와 돌미륵 ● 160
6. 선녀가 베를 짠 베틀바위 ● 168

V 서울특별시

1. 십 리를 더 가서 잡은 한양성—왕십리와 선바위 ● 175
2. 성을 먼저 쌓고 지은 경복궁 ● 181
3. 헤어진 부부의 애틋한 사랑—치마바위 ● 187
4. 분노의 화살과 살곶이다리 ● 193
5. 아차산성과 온달 장군 ● 198
6. 점장이의 죽음과 아차산 ● 206
7. 아기장수와 용마산 ● 212

VI 인천직할시 백령도 지역

1. 추방된 선비가 사랑을 이룬 백령도 ● 219
2. 「심청전」의 배경이 된 백령도 ● 228
3. 남편을 떠난 여인의 후회—침뱉는 재 ● 239
4. 넘어지면 3년밖에 못사는 3년 고개 ● 246
5. 바다로 떠 온 왕대를 모신 당개 서낭당 ● 253

VII 전라남도 곡성, 영암 지역

1. 효녀의 발원으로 세워진 관음사 ● 263
2. 처녀의 선행과 덕진다리 ● 271
3. 파랑새가 그린 무위사 벽화 ● 277
4. 오이를 먹고 낳은 도선 국사 ● 281
5. 벼락으로 생긴 월출산 구정봉 ● 286

VIII 전라북도 임실, 진안, 장수 지역

1. 주인을 살린 의로운 개─오수의 의견비 ● 291
2. 하늘로 솟아오르다가 멈춘 마이산 ● 297
3. 땅속에서 솟아오른 알봉 ● 303
4. 호랑이가 터를 잡아준 범덕골 ● 310
5. 부부가 빠져 죽은 각시소와 서방소 ● 315
6. 효와 사랑과 충절의 꽃을 피운 논개 ● 320

IX 충청남도 공주, 부여, 논산, 보령 지역

1. 곰의 사랑과 분노─곰나루와 곰사당 ● 337
2. 호랑이가 맺어준 남녀의 사랑과 수도─남매탑 ● 344
3. 선화공주와 혼인하고 왕이 된 서동─궁남지 ● 353
4. 백제 멸망의 슬픈 사연─조룡대와 낙화암 ● 359
5. 젊어지는 샘물─고란사 약수 ● 366
6. 신이한 관촉사 석조미륵보살입상과 석문 ● 371
7. 도미 부인의 정절─도미 부인 정절각과 사당 ● 378

X 충청북도 청주, 청원 지역

1. 죄 없는 사람을 살린 은행나무 ● 395
2. 무심히 흐르는 무심천 ● 401
3. 청주 목사를 도와준 우암산 신령 ● 405
4. 두꺼비가 살려준 처녀와 한씨 시조 ● 411
5. 초정약수와 구녀성과 이티재 ● 421

1. 은혜 갚은 꿩—치악산 상원사

원주 치악산 지역 전설의 현장을 답사하기 위해 아내와 함께 집을 나섰다. 영동고속도로 만종 분기점에서 중앙고속도로로 진입하여 10분 정도 달리다가 치악휴게소를 지나니 바로 신림IC가 나왔다. 신림IC에서 우회전하여 상원사 표지판을 보고 5분 정도 달리니 원주시 판부면 금대리에 위치한 상원사 매표소가 나왔다. 주차장에 차를 세우고 상원사를 향해 걷기 시작했다.

상원사에 가는 길은 평평한 길도 있었지만, 좀 가파른 곳도 있어서 숨이 차기도 하였으나 그리 힘들지는 않았다. 2시간 가까이 걸어서 치악산 남쪽 능선의 정상 부근에 위치한 상원사 산문에 닿았다. 상원사 경내에 이르니, 왼쪽에는 대웅전이 있고, 아래에는 범종각(梵鐘閣)이 있었다. 범종각 앞에는 '치악산 상원사 중창비', '치악산 상원사 보은의 종 유래비', '치악산 상원사 사적비'가 서 있었다.

치악산 상원사는 신라 경순왕의 왕사(王師)였던 무착조사(無着祖師)께서 당나라에 가서 수도한 뒤에 귀국하여 오대산 상원사에서 문수대성(文殊大聖)께 기도하시고 이곳으로 와서 창건하였다고 한다. 그 후 나옹화상(懶翁和尚)을

치악산 상원사 산문과 대웅전

비롯한 역대의 명승(名僧)이 이곳에서 수도하였고, 조선 시대의 역대 국왕이 봄과 가을에 나라의 평안을 기원하던 명승고찰(名勝古刹)이다.

이곳에는 꿩이 자기를 살려준 선비를 구하기 위해 머리를 부딪쳐 종을 울렸다는 '꿩의 보은' 전설이 전해 온다. '치악산 상원사 보은의 종 유래비'에는 이 전설이 써 있었다. 이 이야기를 직접 듣기 위해 경내에 누가 있는가를 찾아보았으나 아무도 없었다. 할 수 없이 요사처인 '심우당(尋牛堂)'으로 가서 주지 스님을 찾았다.

스님께 '꿩의 보은' 이야기를 해 달라고 하니, 스님은 몸이 불편하여 쉬고 있다면서 전설은 보은의 종 유래비에 적혀 있으니, 그것을 읽어보라고 하였다. 필자가 스님의 말씀을 직접 듣고 싶다고 하자 스님은 필자의 청을 거절하지 않고 일어나 앉아 다음과 같이 이야기 해 주었다.

옛날에 경상도 의성에 사는 선비께서 과거를 보러 서울에 가는 길에 산에서 꿩의 비참한 울음소리를 듣고 내려다보니까, 구렁이가 꿩을 잡아먹으려고 하는 찰나에 그 선비가 활로다 구렁이를 죽였다 합니다. 그래서 인

범종각 앞에 서 있는 치악산 상원사 보은의 종 유래비. 뒷면에 「보은의 종 전설」이 적혀 있다.

제 구렁이를 죽이고 가다가 날이 저물어서 그 어딜 보니까, 반짝거리는 불이 있어서, 그 집에 가서 자고 가자 하니까, 여인이 나와서 방은 단칸방이지만 그래도 와서 쉬거라 해요.

밤에 잠을 자는데, 숨이 답답해서 눈을 떠보니까 그 여인이 구렁이로 변해 가지고 자기 몸을 감고 있더래요. 그래서 "왜 이러냐?" 그러니까,

"당신이 낮에 내 남편을 죽였으니까 나도 원수를 갚겠다."고.

"나는 살생하는 게 싫어서 구렁이를 죽였노라." 하니까,

"당신은 내가 꼭 죽여야 하겠다"

고 해서 사정을 하는데,

"그러면은 종소리가 나면은 당신을 살려주겠노라."

그래서 자꾸 사정을 하는 찰나에 종소리가 나더래요.

종소리가 세 번 나니까,

"우리 남편은 인제 왕생극락(往生極樂)했으니까, 당신을 살려주겠노라."

범종각 안에 보은의 종이 걸려 있다.

해 가지고 풀어주고 구렁이
가 가버렸어요.

구렁이가 간 뒤에 자기 눈
을 떠보니까, 날은 새고. 집을
보니까 집이 아니고 바위 밑
이더래요. 그래서 인제 길을

범종각 앞면에는 전설의 내용을 그림으로 조각한 넓은 판이 걸려 있다.

따라 와보니까, 종루 밑에 꿩이 세 마리가 죽었더랍니다.

그래서 여기를 보은의 처소라고 하고, 은혜를 갚았다고 해서, 전에는 이 산
이름이 적악산(赤岳山)인데, 그 후로 치악산(雉岳山)이라 이름을 바꿨어요. 그것
이 상원사의 전설입니다.

채록 일시 : 1999. 3. 27 오후 1시 30분
채록 장소 : 강원도 원주시 신림면 성남리 상원사
구연자 : 경덕(敬德)(남, 60세, 상원사 주지스님, 경상도 출신으로 40년 전 출가)
처음 들은 때 및 들려 준 사람 : 어렸을 때 책에서 읽었고, 근래에 전 주지 스님으로부터 들은 바 있음.

이 이야기에서 나그네는 구렁이가 꿩의 어린 새끼를 잡아먹으려는 것을 보고 꿩을 살리기 위해 가지고 있던 활로 구렁이를 쏘아 죽인다. 나그네의 행동은 약한 자를 도우려는 착한 마음에서 나온 것인데, 구렁이의 아내는 남편을 죽인 복수를 하기 위해 나그네를 죽이려고 한다.

꿩은 자기를 살려준 나그네가 위험에 빠지자 자기의 가족을 데리고 와서 머리로 종을 울려서 은인을 살려내고, 자기는 죽는다. 이 이야기에는 약한 자를 돕는 선비의 착한 마음, 목숨을 버리면서까지 은혜를 갚는 꿩의 보은 정신이 문학적으로 잘 형상화되어 있다.

이 이야기는 필자가 어렸을 때 어른들한테 들어서 잘 알고 있는 이야기이다. 필자는 이 이야기를 1972. 8. 11일 밤에 강원도 원성군 판부면 금대리 일론동에 와서 이 마을에 사는 이봉길(남, 71세) 씨한테도 들었다. 위에 적은 내용과 약간의 차이는 있으나 줄거리는 같다.

이 이야기는 현행 초등학교 1학년 2학기 국어 교과서에 실려 있다. 이 이야기는 많은 사람들에게 감동을 주는 이야기여서 전국적으로 널리 펴져 있는데, 다른 지역에서는 은혜를 갚는 새가 꿩이 아닌 까치로 전해 온다. 강원도 지역에서는 치악산의 이름이 원래 적악산(赤岳山)이었는데, 이 전설로 인하여 '꿩 치(雉)'자를 넣어 치악산(雉岳山)으로 바꾸었다고 한다. 이로 보아 은혜를 갚은 새는 꿩이라 하는 것이 좋을 듯하다.

2. 용을 물리치고 세운 절—구룡사

치악산은 강원도 원주시와 횡성군에 걸쳐 있는 차령산맥의 한 봉우리이다. 치악산은 최고봉인 비로봉(1,288m)을 중심으로 삼봉, 향로봉, 남대봉, 천지봉 등 1천 미터가 넘는 봉우리가 남북으로 걸쳐 있다.

치악산의 남쪽에 있는 상원사를 둘러본 뒤에 치악산의 북쪽에 위치한 구룡사를 보려고 신림IC에서 중앙고속국도로 진입하였다. 만종분기점까지 와서 영동고속국도를 타고 강릉 쪽으로 조금 달리니 새말IC가 나왔다. 거기에서 42번 도로를 타고 원주 방면으로 조금 가니 학곡저수지가 나왔고, 조금 더 가니 구룡사 앞 주차장이 나왔다.

구룡사는 원주시 소초면 학곡리에 위치한 치악산 주봉인 비로봉에서 학곡리 쪽으로 6km 지점에 위치한 사찰로, 그 역사가 매우 깊다. 구룡사 바깥문을 지나니 평온하면서도 근엄한 대웅전의 모습이 이 보였다. 구룡사에는 다음과 같은 전설이 전해 온다.

서기 660년 의상대사가 절을 지으려고 이곳에 와 보니, 큰 연못이 있고, 거기에 아홉 용(九龍)이 살고 있었습니다. 대사께서 연못을 메우고 절을

구룡사의 산문과 대웅전

지으려고 하니, 아홉 용이 크게 반발하였습니다. 그래서 대사와 아홉 용이 혈투를 벌이게 되었습니다.

먼저, 구룡이 비를 내려 홍수가 나게 되었습니다. 온 세상이 물에 잠겼으므로, 구룡은 이만 하면 대사가 물에 빠져 죽었으리라고 생각하였습니다. 그런데 산위를 보니 대사는 시루봉, 지금은 비로봉이라고 합니다. 시루봉 밑에 배를 타고 낮잠을 자고 있었습니다. 구룡이 깜짝 놀라 어쩔 줄을 모르고 있을 때, 대사가 부적(符籍) 한 장을 써서 연못에 던지니, 연못물이 부글부글 끓어 용이 못 견디고, 연못을 떠나 동해로 갔답니다. 여덟 용은 동해로 가면서 비로봉과 천지봉 사이를 쳐서 여덟 골짜기를 만들어 놓고 떠났답니다. 눈이 먼 용은 대웅전 위에 있는 용소에 와서 쉬었다가 동해로 갔다고 합니다.

대사가 그 자리를 메우고 대웅전을 짓고 구룡사(九龍寺)라고 하였다고 합니다. 그런데 조선 시대에 구룡사가 쇠퇴하였습니다. 그래서 주지 스님이 걱정을 하고 있는데, 한 스님이 와서 절을 번창하게 하려면 거북이 혈(穴)을 끊어야 된다고 하였습니다.

저 밑에 보면 거북 바위가 있는데요. 주지 스님이 거북이 혈을 끊었는데,

오히려 절은 쇠망하기 시작했답니다. 또 한참 후에 지나가던 노승이 하는 말이 거북이 혈을 끊어서 점점 쇠망해지니 이제 거북이 혈을 살리자는 의미에서 아홉 '구(九)' 자 대신 거북 '구(龜)' 자를 쓰자고 그래서, 절 이름이 '구룡사(龜龍寺)'로 바뀌게 된 겁니다.

채록 일시 : 1999. 3. 26. 오전 10시
채록 장소 : 구룡사 사무실
구연자 : 천법(天法) 스님(남, 32세, 구룡사 스님)

위 이야기에서 의상 대사가 아홉 용이 사는 연못을 메우고 절을 지으려고 하자 용이 이에 반발하여 의상대사와 혈투를 벌였다고 한다. 용은 물의 주재자 답게 비를 내려서 온 세상을 물바다를 만들었다. 용은 대사가 물에 떠내려갔으리라 생각하였으나, 대사는 도술(道術)로 시루봉 밑에 배를 대고 낮잠을 즐기고, 연못물을 끓게 하여 용을 쫓았다고 한다.

이와 비슷한 이야기가 경상북도 울진에 있는 불영사(佛影寺)에도 전해 온다. 불영사 자리가 원래는 연못이었는데, 원효 대사가 연못을 메우고 절을 지으려고 용에게 떠나라고 하였다. 용이 떠나지 않으니, 원효 대사가 부적을 써서 연못에 넣어 물이 끓게 하였다. 용은 더 이상 견딜 수 없게 되자 펄쩍 뛰어올랐다. 그 바람에 용이 꼬리로 산자락을 치니, 산자락이 끊어져 물이 흐르게 되었다. 용이 떠나자 원효 대사는 연못을 메우고 절을 지었는데, 그 절이 불영사라고 한다. 구룡사나 불영사는 원래 용이 사는 연못이었는데, 의상 대사 또는 원효 대사가 용을 쫓아낸 뒤에 연못을 메우고 절을 지었다고 한다. 이 이야기에서 용은 민간신앙의 신도를 상징적으로 표현한 것으로 볼 수 있다.

위 이야기에서 대사가 절을 지으려 한 곳은 민간신앙의 신도들이 모여서 기도하는 성지(聖地)였을 것이다. 그들은 신앙의 성지를 빼앗아 절을 지으려고 하는 대사의 의도를 받아들일 수 없었으므로 여러 가지 방법으로 저항

하였을 것이다. 이러한 사정을 홍수(洪水) 모티프(motif)와 도술(道術) 모티프를 핵으로 하여 사찰연기설화(寺刹緣起說話)로 구성한 것이 이 이야기라 생각한다. 이것은 불교가 민간에 퍼지고, 사찰이 건립되는 과정에서 민간신앙 신도들의 많은 저항이 있었음을 말해 주는 것이다. 그런데 포교에 성공한 불교의 입장에서 구성한 이야기이므로 저항하는 용의 신이한 능력을 대사의 도술이 제압하는 것으로 되어 있다.

이 이야기에서 대사의 도술에 패한 용은 이곳을 떠나 동해로 가서 산다고 한다. 용들은 동해로 가면서 비로봉과 천지봉 사이를 쳐서 여덟 골짜기를 만들어 놓았다고 한다. 이것은 치악산의 아름다운 풍경이 생긴 내력을 설명하면서 용의 능력이 매우 신이하였음을 드러낸다. 이것은 불교가 민간신앙의 신도들을 척결의 대상이 아니라 서로 협력하고 포용해야 하는 대상으로 인식하고 있음을 말해 준다.

절의 이름을 아홉 용이 살던 연못을 메우고 지은 절이라 하여 구룡사(九龍寺)라고 하였다가 다시 구룡사(龜龍寺)라고 한 것은 풍수설(風水說)에 의한 것이다. 이것은 풍수지리설이 사찰의 이름이나 땅 이름을 붙이는 것을 비롯하여 우리 생활에 널리 퍼져 있었음을 말해 주는 것이어서 매우 흥미롭다.

3. 연못이 된 황 부자의 집터―황지

강원도 태백시 중심부에 황지공원이 있는데, 그 안에 맑고 깨끗한 물이 샘솟는 연못이 있다. 이 연못이 낙동강의 발원지(發源地)인 황지(黃池)이다. 여기에는 둘레가 100m 가량 되는 상지(上池)와 50m~30m 가량 되는 중지(中池)·하지(下池)의 세 개 연못이 있는데, 이를 모두 합하여 황지라고 한다. 황지는 장마 때나 가뭄 때나 변함없이 하루에 5,000여 톤의 물이 솟아 흐르는데, 물의 온도는 추울 때나 더울 때나 늘 15°C 내외로 변화가 없다고 한다. 해발 700m나 되는 이곳에서 하루에 5,000톤 가량의 물이 솟아오르고, 수온(水溫)이 늘 같다는 것이 참으로 신기하다.

『동국여지승람(東國輿地勝覽)』이나 『택리지(擇里志)』를 보면, 황지는 낙동강의 발원지로, 가물 때에는 이곳에서 기우제(祈雨祭)를 지냈다고 한다. 이로 보아 황지는 옛 신라와 가야의 번영을 이룩하게 하였고, 오늘날에도 한반도 남쪽의 젖줄인 낙동강 1300리에, 예로부터 지금까지 쉬임 없이 물을 흘려보내고 있음을 알 수 있다.

황지공원에 들어가니, 전면 한가운데에 한자로 '黃池'라고 쓴 네모꼴의 큰 돌이 무게를 잡고 서서 엷은 미소로 반기는 듯하였다. 그 옆에는 '낙동강

황지공원 안에 서 있는 황지 표석. 그 오른쪽에 '낙동강 1,300리/ 여기서부터 시작되다' 라고 쓴 돌이 서 있다.

1,300리/ 여기서부터 시작되다' 라고 쓴 돌이 자랑스럽게 서 있었다.

황지는 원래 황씨 성을 가진 부자가 살던 집터였는데, 연못으로 변하였
다고 한다. 이를 말해 주는 전설은 이미 알고 있었고, 공원의 비석에도 적
혀 있었다. 그러나 이곳에 사는 사람들의 이야기를 직접 듣고 싶어서 공원
에서 만난 사람들에게 이야기를 청하여 들었다. 그 중 하나를 적어 보면 다
음과 같다.

어느 한 날, 이래 뭐, 우리야 생각지도 못하는 어느 한 날, 도사님이 집 앞
을 딱 지나가다 보니까 가운(家運)이 기운거야. 그래서 어찌 좀 구원을, 어찌
그걸 뭐라 그래요. 그러니까 운(運)을 돌려주려고 딱 와보니까 황 부자가 외
양간에서 한창 땀을 뻘뻘 흘리며 소 거름을 치고 있었다고. 그걸 두엄이라
그러죠.

황지의 세 연못 중 상지

쇠스랑으로 두엄을 막 치고 있는데, 대사님이 합장을 딱하고 이제 염불을 해요. 황 부자가 이래 보니까, 중이 와 있단 말이야. 대사님이 와 있어. 그래서 "어째 왔소?" 그러니까 "시주를 좀 하시오." 그랬더니, 이 황 부자가 말할 수 없는 수준의 노랭이, 수전노(守錢奴)라 말이야. 그래서 가만히 보니까, 중이 오면 한 바가지 줘야 하는데, 쌀을 줄라 그러는데, 노랭이니 줄 수 있겠어요? 못 주지. 그래,

"우리는 시주할 쌀이 없습니다. 그냥 돌아가시오."

그리고 인제 자기 할 일을 계속 했어요.

그리고 한창 땀을 뻘뻘 흘리며 하고 있는데, 보니까 대사가 합장을 하고 염불을 하고 있었단 말이야. 그래,

"가라니까 어찌 안가고 있느냐? 우리는 시주할 쌀이 없는데 빨리 가시오."

대사님 보고 그러니까, 돌아서 갈라는데(가려는데),

"그럼, 정 시주를 달라 그러면, 거름도 밭에 나가면 곡식을 줄 수 있는 돈이란 말이야. 그러면 이거라도 하나 가지고 가라."

그래서 중이 지고 있는 바랑에다가 그 쇠스랑의 두엄을 한 두엄 퍼부어 줬어요.

그러자 방앗간에서 며느리가, 애기를 업고 방앗간에서 이래 보니까 시아버지가 대단한 죄를 짓고 있는 것 같

등에 아기를 업고 있는 며느리와 그녀를 따라가던 개의 모습을 만들어 세운 석상

아. 그래서 몰래 시아버지 몰래 "대사님, 대사님!" 부른 거야. 그 며느리의 성이 '못 지(池)' 자 지가야. 그런데 불러가지고,

"저의 아버님이 대단한 죄를 지었습니다."

요즘도 승려를 보면 굉장히 신격화하는데, 옛날에 그 사람들 보면 완전히 신이야. 시골 같은 데서는. 그 하라는 대로 하는 때가 있었다고. 그래서 대사님께 "죄송합니다" 라고 사죄를 하고, 이남박(안쪽에 여러 줄로 고랑이 지게 돌려 파서 만든 함지박)에다가, 방아를 찧었으니까 쌀을, 방아 찧은 쌀을 고봉(곡식이나 밥 따위를 그릇의 전 위로 수북하게 높이 담는 것)으로 하나 가득 해 가지고, 대사님 죄송하다고 대사님께 주고 아버지의 잘못을 사죄드렸

다고.

그러니 중이 돌아서면서

"중생께서는 지금 이 길로, 내가 삽짝문을 열고 나갈 적에 '스님' 하고 나
의 뒤를 따라오시오"

이랬대요. 그리하라니까 왜 따라오라는지 묻지도 않고, 이건 뭐 신이 이야
기 하는 거니까, 애기를 업고 중을 따라 나갔어. 따라 나가니까, 나가면서
중이 하는 얘기가

"지금 나를 따라오되 뒤에서 무슨 소리가 나더라도 절대 돌아보지 말고,
나를 그냥 따라오시오."

이런 거야.

그래 그렇게 하노라 하고 이제 따라갔는데, 방앗간에 있던 강아지가 주
인이 간다고 졸졸 따라온 거야. 그래서 현재는 행정구역이 위령탑이 있는
그 고개가 '송이재' 라고. '송이' 라고 우리 먹는 버섯 송이가 아니고, 옛날
에는 범과 맹수들이 살았다고. 산간벽지 오지니까 맹수를 잡을 수 있는 도
구야. 송이라고. 작두 그거 비슷하게 그런 거를 설치해 둔 곳이 그게야. 태
백산이니까. 맹수들이 많으니까. 그 다음에 넘어가면 '통리재' 라고 있어
요. 바람이 막 통한다고 이래가지고 통리. 통리고개를 넘어서 지금 행정구
역이 삼척시로 되어 있는 구사리라는 동네에 지나가다 보면, 고산 쪽으로
나가다 보면, 좌측으로 저런 산에 이래 쳐다보게 되면 애기를 업고 있는 돌
미륵이 서 있어요.

그래서 인제 이래 그 고개를 넘어가는데, 뒤에서 뇌성벽력 치는 소리가
떡 나는 거야. '빠방!' 하니까, 연약한 여자들이 자기 집 있는 곳에서 그런
소리가 나는데 안 돌아볼 수 없잖아. 스님도 비록 돌아보지 말라 그랬지만.
그 소리가 나는데 안 돌아볼 수 없잖아. 애기를 업고 딱 돌아서 보는데 돌
미륵으로 변했어요. 그래서 그런 전설이고. 그래서 그 모형을 여기 깎아 세
워 놨어요. 집터가 상지(上池)가 되고, 외양간하고 방앗간이 중지(中池)가 되

고, 화장실터가 하지(下池)가 되었다고 그래요.

채록 일시 : 2001년 5월 11일 4시 50분
구연자 : 이종봉(남, 67세, 중졸, 전 공무원)
　　나서 자란 곳 : 삼척시 적락동
　　사는곳 : 태백시 황지동 49-87 대운 아파트 1동 209호
채록 장소 : 황지 앞
만나게 된 경위 및 채록 상황 : 황지공원에서 만난 최명실 씨에게 황지 전설을 이야기해 달라고 하니, 간단하게
　　이야기한 뒤에 이종봉 씨가 이야기를 잘한다며, 지금 공원 서쪽 가게에서 화투를 하고 있을 것이라고 하였다.
　　채록자가 구연자를 찾아가 황지 전설을 이야기해 달라고 하니, 쾌히 승낙하고 황지 앞으로 와서 큰 소리로, 푸
　　짐하게 구연하였다.
청중 : 한국교원대학교 고전·민속 조사반 학생 30명
처음 들은 때 및 들려준 사람 : 젊었을 때 어른한테 들었다고 함.
구연 경력 : 구연자 이씨는 전에 황지공원 관리인을 하였으므로, 황지 전설을 잘 알고 있고, 찾아오는 사람에
　　게 여러 번 구연하였다고 한다.
채록 및 정리 : 최운식 교수, 정샛별(국어교육과 2년), 김선미(국어교육과 2년)

이 이야기에서 황 부자는 지나치게 인색한 데다가 스님을 능멸하였기 때문에 죽임을 당하고, 집터도 함몰되어 연못이 되는 벌을 받았다. 황 부자의 며느리는 스님께 시주하면서 시아버지의 잘못을 용서해 달라고 빌었으므로 구원을 받을 수 있었다. 그러나 '뒤를 돌아보지 말라'는 금기를 지키지 못하여 바위가 되었다고 한다. 그 바위는 삼척시 도계읍 구사리에 있는데, 황지공원에서 좀 멀리 떨어져 있어 가기에 불편하다. 이를 감안하여 태백시에서는 이 전설의 며느리 석상을 만들어 황지공원 안에 세워 놓았다.

이 이야기는 「장자못 전설」로 널리 알려져 있는 이야기로, 황지의 유래담에만 전해 오는 것이 아니라 전국 각지에 있는 연못과 바위의 유래를 설명하는 이야기로 전해 온다. 이 전설이 전해 오는 곳은 강원도 고성의 송지호·화진포호·강릉의 경포호, 충북 제천의 의림지, 충남 논산의 장자못·공주의 용못을 비롯하여 여러 곳이 있다.

여러 지역에서 전해 오는 「장자못 전설」 중 「황지 전설」은 하루에 5천여 톤의 물이 변함없이 솟아올라 낙동강의 발원지가 된다는 점이 특이하다. 그리고 황지는 상지, 중지 하지의 셋으로 구분되는데, 이를 집터, 외양간과 방앗간터, 뒷간터가 변한 것이라고 설명하는 점이 매우 흥미롭다.

위 이야기에서 핵심이 되는 것은 장자(부자)가 중에게 쇠똥을 준 것이다. 불교는 통일신라 이후 고려, 조선을 거치는 동안 서민 대중에게 널리 확산되어 지지를 받았다. 그래서 신앙심의 차이는 있을지언정 스님에게 시주를 하는 것은 널리 행해지던 일이었다. 그런데 장자는 스님에게 시주는커녕 쇠똥을 주었다. 이것은 장자가 불교를 능멸하고 스님을 학대하였음은 물론, 가난하고 불쌍한 사람을 돕지 않는, 인색하고 탐욕스런 사람이었음을 말해 준다. 그래서 그의 집터는 함몰(陷沒)되어 연못이 되고, 장자는 그 집과 함께 연못에 가라앉고 말았다. 이것은 악인에 대한 불교의 징벌이다.

악인에 대한 불교의 징벌은 고소설 「옹고집전」에도 나타난다. 옹진골 옹당촌의 옹고집은 부자이나 심술스럽고 인색하며, 노모께 불효하고, 불교를 능멸하다가 도사의 벌을 받아 가짜 옹가에게 집과 가족을 빼앗기고 죽을 고비에 이른다. 그러나 옹고집은 지난날의 잘못을 뉘우치고 개과천선(改過遷善)하여 가족과 함께 잘 산다는 점에서 「장자못 전설」과는 차이를 보인다.

며느리가 뒤를 돌아본 것은 보통 사람이 취할 수 있는 자연스런 행동이다. 그녀는 자기 집에 벼락이 떨어졌는데, '집은 어떻게 되었고, 남편과 시부모님은 어떻게 되었을까?' 궁금하고 걱정스러웠을 것이다. 그래서 '뒤를 돌아보지 말라'는 금기(禁忌, taboo)를 깜빡 잊고, 순간적으로 뒤를 돌아본 것이다. 뒤를 돌아본 것은 그녀가 바로 그 시각이 악을 징벌하여 파멸시키는 엄숙한 순간이고, 금기의 파기가 엄청난 비극을 초래할 것이라는 사태의 심각성을 인식하지 못한 데서 온 순간적인 실수인 것이다. 이것은 인간이 지닌 인간성의 결함, 비극적인 결함 때문이라 하겠다. 그러나 선과 악을 구별하여 징벌하는 엄숙한 순간에는 이러한 작은 실수마저도 용납될 수 없었던 것이다.

마른하늘에서 천둥·번개가 일고, 소나기가 내려 부잣집의 넓은 집과 터가 연못으로 변하는 현상은 하늘이 땅의 모습을 변화시키는 것으로, 작은 천지개벽(天地開闢)에 해당된다. 하늘이 천지개벽의 역사를 행하는 것은 천지조화(天地造化)의 비밀, 즉 천기(天機)에 해당한다. 천기는 인간에게 누설(漏洩) 되어서는 아니 된다. 그래서 착한 며느리에게 '누구에게 이야기해서도 아니 되고, 뒤를 돌아보지 말아야 한다.'는 금기를 주었던 것이다. 그러나 며느리는 누구에게도 말하지 말라는 금기는 지켰지만, 순간적인 실수로 '돌아보지 말라.'는 금기를 깨뜨리고 천지조화가 이루어지는 현장을 목격하고 말았다. 며느리는 천지조화가 일어나는 현장을 목격한 벌로 바위가 된 것이다. 이것은 천기가 누설되어서는 아니 된다는 강한 의식의 표현이라 하겠다.

이와 같은 전설은 한국에만 보이는 것이 아니고, 중국을 비롯한 여러 나라에도 전해 온다. 특히 구약 성경 「창세기」에 나오는 「소돔과 고모라」 이야기는 널리 알려져 있다. 성경에서 소돔과 고모라 성의 주민들은 여호와 하나님의 명령을 준행하지 않고 타락한 생활을 한다. 이를 보다 못한 하나님은 사자 '롯'을 시켜 계명을 따르도록 권면한다. 그러나 주민들이 이를 듣지 않자 유황불을 내려 성을 멸망시킨다. 그때 롯과 롯의 아내는 그곳을 빨리 떠나라는 명령을 받고, 발걸음을 재촉하여 산을 넘는다. 그런데 롯의 아내는 산마루를 넘다가 '뒤를 돌아보지 말라.'는 금기를 어기고 뒤를 돌아보았기 때문에 소금 기둥으로 변하고 말았다.

「소돔과 고모라」 이야기는 「장자못 전설」과 대체적인 내용은 같으나, 부분적인 면에서는 차이를 보인다. 「소돔과 고모라」 이야기에서는 이스라엘 민족의 신인 여호와 하나님이 계명을 어긴 그 곳 주민들을 벌한다. 그러나 한국의 「장자못 전설」에서는 불교를 능멸하고 대사를 욕보인 장자를 벌하는 것으로 되어 있는데, 이것은 불교의 영향 때문이라 하겠다. 그리고 「소돔과 고모라」 이야기에서는 '뒤를 돌아보지 말라.'는 금기를 어긴 롯의 아내가 소금 기둥으로 변하지만, 「장자못 전설」에서는 금기를 어긴 며느리가 바위가 된다. 이것은 이스라엘은 사해(死海) 가까이에 위치하여 염석(鹽石)이 많은 곳인데 비하여, 한국은 염석은 나지 않고 바위가 많은 지역이기 때문이다. 이처럼 이야기는 그 지역의 자연 환경이나 종교에 따라 그에 맞도록 구성된다.

위에 적은 전설에서 장자의 집터는 함몰되어 연못이 되었다. 물은 인간을 비롯한 생명체의 생명 유지에 없어서는 아니 되는 소중한 존재이면서 무서운 파괴력(破壞力)과 정화력(淨化力)을 지닌다. 인색하고 탐욕스런 장자의 집터를 함몰시켜 장자 자신은 물론 그의 집과 세간들을 연못 속에 잠기게 한 것은 물의 파괴력에 의한 징벌과 정화력에 의해 참회시킨다는 의미를 지닌 것이라 하겠다.

4. 쌀이 나오는 수바위

강원도 고성군 토성면 신평리 서쪽, 세계 잼버리 대회 행사장 서쪽에 금강산 화암사(金剛山 禾巖寺)가 있다. 이 절은 금강산 최남단의 절로서 신라 36대 혜공왕5(769)년에 진표율사가 창건하였다고 한다. 이 절은 다섯 차례의 화재가 있었는데, 그것은 이 절이 남쪽에 있는 수바위와 북쪽에 있는 코끼리바위의 맥(脈)이 상충하는 자리에 있어 수바위가 뿜어내는 열기 때문이라고 전한다. 지금의 절은 이를 피하여 남쪽으로 100미터쯤 떨어진 곳에 다시 세운 것인데, 세계 잼버리 대회 유치를 기념하여 세운 것이라고 한다.

화암사 남쪽 건너편 500미터 지점에 위치한 수(穗)바위는 화암(禾巖)이라고도 하는데, 둘레가 약 1.4km 되는 거대한 바위로, 윗면에는 둘레 5미터, 깊이 1미터쯤 되는 웅덩이가 있다. 이 웅덩이는 항상 물이 마르지 않아, 전에는 이 물을 뿌려 기우제를 지냈다고 한다.

필자는 공현진 초등학교에 근무하는 윤재철 선생과 이곳을 찾아갔다. 윤 선생은 전부터 자기 지역의 전설에 관해 많은 관심을 가지고 있었는데, 대학원 과정에서 필자의 「한국 구비문학론 연구」 강의를 듣고, 이 지역의 전설을 조사하고 몇 차례 답사하였다고 한다. 윤재철 선생이 말한 수바위 전설은 다음과 같다.

금강산 화암사 산문

화암사는 민가와 멀리 떨어져 있어 이 절에서 수도하는 스님들은 식량을 구하기에 어려움이 많았다고 합니다. 옛날에 스님 한 분이 이 절에서 수도를 하고 있었는데, 식량이 부족하여 제대로 먹지도 못하면서도 열심히 기도를 하였답니다.

하루는 그 스님이 기도를 하다가 잠이 들었는데, 꿈에 부처님이 현신하여 지팡이 하나를 주면서,

"저 바위를 쳐 봐라. 그러면 좋은 일이 있을 것이다."

하고 말하는 것이었어요. 스님이 꿈에서 깨어 보니, 정말 지팡이가 옆에 있더랍니다.

이튿날, 그 스님이 지팡이를 가지고 올라가 그 바위를 한 번 치니, 바위 구멍에서 한 끼 먹을 쌀이 나왔어요. 그 스님은 '아 이것은 부처님이 나에게 주시는 복이로구나.' 생각하고, 끼니때마다 바위 구멍에서 나오는 쌀을 받아 밥을 지어 먹었습니다. 그 스님은 식량 걱정 없이 몇 년 동안 열심히 수도를 하여 대성하였다고 합니다.

이 소문이 퍼지자, 각지의 스님들이 이 소문을 듣고 찾아왔어요. 사방에서 모여든 스님들은 그 바위 속에 쌀이 있을 거라고 생각하고, 쇠막대기를 가져다가 그 구멍을 크게 뚫으니, 쌀은 나오지 않고 피가 흘러나왔답니다. 그 뒤로 바위 구멍에서는 쌀이 나오지 않는다고 합니다.

채록 일시 : 1995. 2. 26. 10 : 10.
구연자 : 윤재철(남, 43세, 대학원 졸업, 공현진초등학교 교사)
　나서 자란 곳 : 강원도 양양군 손양면 밀양리

수바위

사는 곳 : 강원도 속초시 교동 주공2차아파트 205동 201호
채록 상황 : 수바위가 잘 보이는 화암사 종각 앞에 조사자와 둘이 서서 구연하였다.
처음 들은 때 및 들려준 사람 : 어렸을 때 어른들한테 들었다고 함.

　구연자 윤 선생은 이 이야기를 어렸을 때 어른들한테 들었고, 고등학교 때에는 이 전설을 생각하며 몇 차례 수바위에 올라가 보았다고 한다. 수바위 윗부분은 아래쪽에서 보는 바와 같이 두 쪽으로 크게 나뉘어져 있는데, 오른쪽에 있는 넓은 바위 윗부분에는 세숫대야만큼 움푹 들어간 곳이 있다고 한다. 그 때, '쌀이 나왔다는 곳이 이 부분이 아닐까?' 하는 생각이 들었다고 한다.

　필자가 윤 선생과 이야기를 나누고 있을 때, 기도를 마친 젊은 스님 한 분이 나오기에 인사를 하고, 수바위 전설을 아느냐고 물었다. 그 스님은 이렇게 말했다.

옛날에 아래쪽에서 이 바위를 보면 볏단을 수북하게 쌓아 놓은 것 같다고 하여 '이삭 수(穗)' 자를 써서 '수바위' 라고 하기도 하고, 물이 저 바위 맨 꼭대기에서 조금 나왔다고 하여 물 수자를 써서 '수(水)바위' 라고 하기도 합니다.

필자가 그 전에 쌀이 나왔다고 하는 전설이 있다고 하는데, 그 이야기도 알면 해 달라고 하자 스님은 "그것은 잘 모르겠고, 옛날에 전쟁하고 그럴 때, 적들이 보면 군량미를 많이 쌓아 놓은 것같이 보인다 하여 수바위라고 했겠지요." 하면서, 바위에서 쌀이 나왔다는 이야기에 대해서는 부정적인 태도를 보였다.

바위에서 쌀이 나온다는 전설은 '수바위' 에만 있는 것이 아니다. 필자가 조사한 곳만 하여도 조선 초기의 명승인 무학대사가 충청남도 서산시 부석면의 간월도에서 수도할 때 암자 뒤에 있는 바위에서 쌀이 나왔다고 하는 '쌀 나오는 바위', 충남 서산 삼진산의 한 암자 뒤에 있는 '쌀바위', 충남 부여군 내산면의 '쌀바위(米岩)' 등이 있다. 이 외에도 이 전설은 충남 공주군 의당면의 '동혈사(銅穴寺)', 함경도 정평군 정평면 '친경대(親鏡臺)', 강원도 명성산 '석천암(石泉庵)', 경북 울진군 근남면 행곡리 '천량암(天糧岩)', 경북 달성군 '석샘이' 등 50여 편의 자료가 보고되어 있다. 이로 보아 이 전설은 전국적인 분포를 보이고 있음을 알 수 있다.

이들 자료는 서로 다른 점이 있으나, 그 줄거리는 "어느 한적한 절간에 수도에 전념하는 스님이 있었는데, 한 바위구멍에서 매일 먹고 지낼 만큼의 쌀이 나왔다. 그런데 욕심을 내어 구멍을 넓히자, 더 이상 쌀은 나오지 않고 엉뚱한 것만 나왔다."고 하는 점에서 공통된다. 이것은 어려운 수도 생활에서 끼니 걱정을 하지 않아도 될 행운을 얻었으나, 지나친 욕심으로 그 행운이 소멸되어 불행에 빠지게 되었음을 말해 주고 있다.

이 이야기에서 '쌀이 나오는 바위'의 설정은 바위가 생생력(生生力, 또는 생산력)을 지니고 있다고 믿는 심성에서 나온 것이다. 생명체의 출생과 번식 및 풍요를 주관하는 힘을 생생력이라고 하는데, 옛사람들은 물이나 바위가 생생력을 지닌 것으로 믿어 왔다. 바위 앞에서 아들을 낳게 해 달라고 비는 것과 같은 암석 신앙은 이러한 심성에서 나온 것이다. 그래서 인간의 생존에 기본적인 식생활의 주가 되는 쌀이 바위에서 나온다고 한 것이다.

생생력을 지닌 바위는 수도에 전념하는 스님의 정성에 감동이 되어 적당량의 쌀을 주어 식량 걱정 없이 수도에 전념하게 해 주었다. 그러나 수도에 전념하던 스님이나 상좌 또는 다른 스님이 욕심을 부려 많은 양의 쌀을 얻기 위해 '쇠막대기' 또는 '부지깽이'로 바위 구멍을 쑤시니, 그 구멍에서 쌀은 나오지 않고 피 또는 물이 흘렀다고 한다.

이 전설의 의미를 좀 다른 관점에서 해석해 보겠다. 이 전설에서 '쌀 나오는 구멍'은 생생력을 지닌 바위에 나 있는 구멍으로, 여근(女根)의 상징적 표현으로 볼 수도 있다. 그 구멍을 쇠막대기 또는 부지깽이로 쑤신 것은 무엇을 의미하는 것일까? 프로이드는 길고 뾰족한 사물은 모두 남성을 상징한다고 하였다. 그러므로 남성인 스님 또는 상좌가 쇠막대기 또는 부지깽이로 여근 상징인 구멍을 쑤신 것은 성행위의 상징적 표현이라 할 수 있다. 이것은 욕심에서 나온 성행위로 인해 바위가 지닌 생생력이 파괴되었음을 뜻하는 것이다. 자제력을 잃은 욕심이 불행을 초래하였음을 말하는 것이라 하겠다.

이 전설이 우리들에게 던져 주는 의미는 무엇일까? 이 전설은 '자기에게 꼭 필요한 것을 얻기 위해 노력하고, 그것을 얻은 다음에는 얻은 것을 소중히 생각하며 감사하는 마음을 가지고 살아라. 절제하지 않고 필요 이상의 욕심을 부리면, 불행하게 된다.'는 것을 잊지 말고 살 것을 우리들에게 일깨워 주고 있다. 필자는 이 전설의 의미를 이렇게 해석하여 마음에 새기면서 다음 목적지로 향하였다.

5. 남근을 제물로 바치는 해신당

강릉에서 동해안고속도로를 타고 동해와 삼척을 지나 남쪽으로 약 30km 를 더 내려가면 길 왼쪽에 '해신당공원'과 '삼척 어촌민속전시관' 표지판 이 있고, 넓은 주차장이 있다. 주차장에 차를 세우고 길을 따라 내려가면 길 옆에 솟대가 줄을 지어 서 있다. 조금 더 걸어 내려가면, 바다 쪽으로 길게 뻗은 산자락에 남녀의 성기를 조각한 장승들이 즐비하게 서 있다. 이곳이 해신당공원(성기조각공원)이다.

해신당공원 어구에 즐비하게 서 있는 솟대

산자락에서 남쪽으로 난 길을 따라 내려가면 산 아래에 몇 십 채의 집이 바 다를 향하여 남북으로 길 게 널려 있다. 이곳이 삼척 시 원덕읍 갈남리 신남 마 을이다. 여기서 읍 소재지 인 원덕을 가려면 약 8km 를 더 남쪽, 울진 쪽으로 내려가야 한다. 마을 앞의 길 바깥 쪽에는 백사장이 길게 뻗혀 있다. 이곳이 '신남해수욕장'인데, 바다를 향해 양팔을 벌인 산줄기가 마을과 백사장, 그리고 바다를 감싸 안은 지형이어서 매우 아늑한 느낌을 준다.

처녀가 풍랑에 휩쓸리지 않으려고 애를 쓰다가 죽은 애바위

　마을 뒷산에서 바다를 향하여 왼쪽으로 길게 뻗어 내려온 산줄기 끝에 바다를 등지고 있는 해신당(海神堂)이 있다. 해신당은 지은 지 20년이 채 되지 않은 기와집인데, 문이 잠겨 있었다. 이장에게 부탁하여 해신당의 문을 열고 보니, 중앙에 젊고 예쁜 해신(海神)의 초상화가 걸려 있고, 그 앞에는 나무로 실물과 같거나 약간 크게 깎은 남자의 성기 9개가 짚으로 엮여 세워져 있었다. 해신도(海神圖) 왼쪽 기둥에는 남근 5개를 옆으로 넣고 유리를 끼운 상자가 걸려 있고, 오른쪽 기둥에는 남근 9개가 새끼줄에 끼어 걸려 있다. 그리고 오른쪽 옆으로 가로지른 나무에도 2개가 걸려 있다.

　해신당 뒤 바다 쪽으로 약 10m쯤 떨어진 곳에는 몇백 년 되었음직한 향나무 한 그루가 그 위용(威容)을 자랑하며 우뚝 서 있었다. 그 나무 앞에는 크고 작은 돌들이 쌓여 있었고, 나무줄기에는 검정색으로 '海神堂'이라고 세로로 쓴 널판이 걸려 있다. 이 나무가 오래 전부터 남근(男根)을 제물로 받던 '신나무(神樹)'인데, 그 둘레의 가파른 언덕에도 크고 작은 향나무들이 많이 서 있다.

　이 마을에서는 매해 음력 정월 보름과 시월 첫 말날(午日)에 나무로 정성껏 깎은 남근을 당집 안과 신나무에 제물로 바치고, 마을의 평안과 풍어(豊漁)를 빈다고 한다. 이 마을에 이러한 풍습이 생겨나게 된 데에는 다음과 같은 사연이 있다.

지금으로부터 400여 년 전, 이 마을에 서로 사랑하여 장차 혼인하기로 약속한 처녀와 총각이 살았다. 하루는 처녀가 총각에게 마을 북쪽으로 1Km 정도 떨어진 곳에 있는 작은 바위섬으로 돌김을 뜨러 가려고 하니, 배로 태워다 달라고 하였다. 바위섬으로 온 처녀는 김을 뜨는 데에 정신이 팔려 파도가 높아지는 줄도 몰랐다.

다른 일을 하던 총각이 약속한 시간에 처녀를 데리러 가려고 하였으나, 갑자기 세게 부는 북서풍 때문에 풍랑이 심하여 도저히 배를 띄울 수가 없었다. 처녀는 바다에 빠지지 않으려고 바위를 잡고 애를 썼으나, 힘이 빠져 가엾게도 풍랑에 휩쓸려 죽고 말았다. 그래서 그 바위를 '애바위' 라고 한다.

그런 일이 있은 뒤로 마을 사람들

남근을 제물로 받는 신수(神樹)─나뭇가지에는 색색의 복주머니가 매달려 있다

신수 밑에 나무로 깎은 남근이 놓여 있다.

은 고기가 잡히지 않아
생계가 곤란하게 되었다.
그러던 어느 날, 죽은 처
녀가 그 총각의 꿈에 나
타나 지금 신나무로 받드
는 향나무에 자기의 영혼
을 모셔달라고 하였다.
그래서 그 나무에 처녀의
영혼을 모시고, 위령제(慰
靈祭)를 지내 주었다.

남근을 제물로 받는 해신을 모신 해신당

마을 사람들이 정성을 다하여 제사를 지냈건만, 여전히 물고기는 잡히
지 않고, 고기를 잡으러 나갔던 마을의 젊은이들이 죽는 일이 연달아 일어
났다. 그러자 한 어부가 술에 만취하여 이곳에 와서,

"내가 너를 이곳에 받들어 모시고 위령(慰靈)도 하고, 정성들여 제사도 지
냈는데, 고기가 잘 잡히기는커녕 사고만 생기니, 너의 존재는 아무 소
용이 없다."

고 욕을 하면서, 그 신나무에다가 오줌을 누고 내려왔다.

그 다음날, 그 어부가 바다에 나가 그물질을 하였는데, 그 사람의 그물에
는 코마다 고기가 가득 걸렸다. 그래서 그는 많은 고기를 잡았다. 그는 만
선(滿船)의 기쁨을 안고 돌아오면서 곰곰 생각하였다.

'내가 이렇게 고기를 많이 잡은 것은 간밤에 신성한 곳에, 처녀의 영혼
을 모신 곳에 방뇨를 했기 때문일 것이다. 이 영혼은 처녀의 영혼이다
보니, 진수성찬의 제물보다 남자의 성기를 원한 모양이다.'

이렇게 생각한 어부는 그 다음날에 몇 가지 제물과 함께 소나무로 깎은 남
근을 가지고 가서 정성껏 제사를 드렸다. 그는 그 다음날에도 남달리 많은
고기를 잡았다.

해신당 내부—중앙에 해신의 초상화가 걸려 있고, 그 앞에 나무로 깎은 남근을 세워 놓았다. 왼쪽에는 짚으로 엮은 남근을 백지와 함께 걸어 놓았고, 오른쪽에는 남근을 넣은 상자가 걸려 있다.

그 어부의 말을 들은 마을 사람들은 다투어 남근을 깎아 향나무 앞에 놓고 제사를 지냈는데, 제사를 지낸 사람은 모두 고기를 많이 잡았다.

마을 사람들은 제각기 제사를 지내는 것보다는 함께 지내는 것이 좋겠다고 하여 동제로 지내기로 하였다. 그래서 동네에서는 정월 보름날과 시월 첫 오일(午日)에 동제를 지내고, 개인적으로 배 사업을 하는 사람은 자기의 생기복덕을 맞춰 택일을 해서 제사를 지낸다.

몇 년 전에 마을에서 적립한 돈과 군비(郡費)의 지원을 받아 이곳에 당집을 지었다. 당집을 짓기 전까지는 신나무에만 제사를 지냈는데, 당집을 지은 뒤에는 당집과 신나무에 남근을 제물로 바치고 제사를 지낸다.

채록 일시 : 1994. 8. 20. 오후 3시 37분∼50분.
구연자 : 김진철(남, 48세, 어업, 이장)
사는 곳 및 나서 자란 곳 : 강원도 삼척군 원덕읍 갈남 2리
만나게 된 경위 및 채록 상황 : 필자가 이 곳을 찾아갔을 때에는 해신당 부근에서 해수욕객이 쓰레기를 태우느라 피운 불이 산 쪽으로 옮겨 붙어서 마을 사람 모두 나와서 불을 끄느라고 정신이 없었다. 필자는 불이 꺼지기를 기다렸다가 불을 끄고 돌아간 이장을 집으로 찾아가 만났다. 이장은 필자의 청을 거절하지 않고 당집 열쇠

위의 이야기는 '해신당' 의 유래와 함께 해신당에 남근을 깎아 바치는 습속이 생긴 내력을 설명해 주고 있다.

이러한 전설이나 남근을 바치는 습속은 고대에 형성된 성신앙(性信仰)과 관련된 것이다. 부족의 번성을 간절히 바라던 고대인은 아기를 낳아 기르는 여성의 성기와 유방 등을 매우 존귀하게 여기고, 신성시하였다. 그래서 그 모양을 바위에 새기거나, 모형을 만들어 놓고 새 생명의 출생과 성장을 기원하면서 부족의 번성을 빌었을 것이다. 이렇게 하여 여성의 성기를 생산의 기능을 지닌 신으로 숭상하는 성신앙(性信仰)이 형성되었다. 그 후, 새로운 생명의 출생은 여성 홀로 하는 것이 아니고, 남성의 성력(性力)이 작용해야만 한다는 것을 알게 되자, 남성 성기도 신성시하게 되었다. 그런데 모계사회가 부계사회로 바뀜에 따라 성신앙도 여성 성기 위주에서 남성 성기 위주의 신앙으로 바뀌었다.

이렇게 하여 형성된 성신앙에 따라 성기를 생명체의 출생과 풍요를 가져다주는 신으로 믿게 되었고, 성행위도 쾌락의 대상이 아니라 새로운 생명의 출생과 풍요를 가져다주는 신성한 행위로 믿게 되었다. 따라서 양성(兩性)이 결합하지 못하면, 성적 결핍으로 인해 생명체의 출생·번식이나 풍요가 있을 수 없음은 물론, 재난이 생긴다고 믿게 되었다. 그래서 건강과 풍요를 기원하는 제의에서는 상징적인 성적 결합 행위를 하게 되었다.

바다의 상징적인 성은 여성이라 할 수 있다. 여성인 바다의 신이 된 신남 마을의 처녀의 영혼이 성적으로 결핍된 상태에서는 그 마을 사람들이 평안과 풍요를 누릴 수 없다. 성적으로 결핍된 해신(海神)이 성적인 충족을 얻어야만 마을의 평안과 풍어를 가져다 줄 수 있다. 그래서 마을 사람들은 남근을 깎아 해신에게 바치는 것이다.

신남 마을의 남쪽 산줄기의 중턱에 있는 당집을 찾아가 보니, 아래로 마을이 한눈에 들어왔다. 그곳에서 해신당이 있는 산줄기를 보니, 산줄기가 바다 쪽으로 뻗혀 있는 모양이 남근처럼 보였다. 이곳에 해신당이 생긴 것은 이러한 지리적 조건과 관련이 깊은 것 같다.

성기신앙은 한국에만 있는 것이 아니고, 온 세계에 널리 퍼져 있는 신앙이다. 일본의 이지켄(愛知縣)에 있는 다카다진자(田縣神社)에서 매년 3월 15일에 행하는 풍년제(豊年祭)에는 직경 60cm, 길이 2m 정도 되는 통나무로 깎은 남근을 여럿이 둘러메고 거리를 돌고난 뒤에 신전으로 와서 봉안하고 풍년을 기원하는 제의가 지금도 행하여지고 있다. 태국에서는 사원(寺院) 앞에 남자 성기 모양의 커다란 통나무를 세워 놓고, 그 앞에 가서 젊은 남녀들이 소원을 빈다. 이러한 것은 성기신앙이 지금까지 세계 각 곳에 남아 있음을 말해 준다. 한국의 경우, 성기신앙은 동해안에만 있었던 것이 아니고, 전국에 분포되어 있었는데, 지금은 거의 다 없어지고 부분적으로 남아 있을 뿐이다.

신남마을 사람들은 동제 때가 아니더라도 개인적으로 소원을 빌 때 신나무에 남근을 깎아 바친다고 한다. 그렇다면 신나무에 목제 남근이 주렁주렁 매달려 있어야 한다. 그런데 신나무에는 남근이 하나도 매달려 있지 않고, 주머니만 매달려 있었다. 그 까닭은 신나무에 매달린 남근을 가져가면, 아들 못 낳는 사람이 아들을 낳을 수 있다고 하여 몰래 가져가기도 하고, 관광객이 장난삼아 신나무에 걸린 남근을 슬그머니 가져가기 때문이라고 한다. 마을 사람들의 신앙심과 정성을 아랑곳하지 않는 이기심이 참으로 안타깝다.

신남마을의 해신당과 비슷한 전설과 목제 남근을 바치는 습속은 강원도 명주군 강동면 안인진 2리의 '해랑당(海娘堂)'에도 전해 왔다. 그 전설의 내용을 간추려 적어 보면 다음과 같다.

옛날, 동쪽 바닷가 안인진 어촌에 한 어부가 과년한 딸과 함께 살았다. 어느 날, 그 처녀는 바닷가에 나갔다가 그곳에서 일하고 있는 한 아름아운 청년을 본 후로 그 청년을 사모하는 마음이 점점 깊어지기 시작하였다.

얼마 후에 처녀는 그 청년을 만나 청혼을 하리라 굳게 마음먹고, 그 청년이 있는 곳으로 갔다. 그런데 그 청년은 벌써 고깃배를 타고 바다를 향하고 있었다. 그 청년은 바다로 나간 뒤에 다시 돌아오지 않았다. 그 청년을 영영 볼 수 없게 되자, 처녀는 마침내 병이 들어 죽고 말았다.

그 처녀가 죽은 후 이 어촌에는 고기가 전혀 잡히지 않을 뿐더러 연달아 재앙이 생기곤 하였다. 그러던 어느 날, 그 어촌 사람의 꿈에 그 처녀가 나타나서 말하기를,

"나는 시집 한 번 가 보지 못하여 이렇게 원혼(冤魂)이 되었소. 내일부터 라도 이 마을 높은 곳에다 나를 위하여 사당을 짓고, 남자의 신(腎)을 만 들어 걸어 주시오. 그러면 고기도 많이 잡게 될 것이오."

하고는 사라져 버렸다.

어촌 사람들은 모두 이상하게 생각하여 꿈에 그 처녀가 말하던 대로 사당을 짓고, 오리목나무로 남자의 신을 만들어 걸어 놓고 빌었다. 그랬더니, 과연 그 이튿날부터는 고기가 많이 잡히므로, 어촌 사람들이 그것을 많이 만들어 걸게 되었다고 한다.

〈최상수, 한국 민간전설집(서울 : 통문관, 1958, 435~436쪽)〉

이 이야기는 최상수 씨가 1944년 8월에 강릉군 강동면 박춘섭 씨에게 들은 이야기이다. 안인진 해랑당에는 이와 좀 다른 전설이 전해 오기도 하는데, 이를 적어 보면 다음과 같다.

지금으로부터 약 500여 년 전에 강릉 부사 이씨가 기생들을 데리고 이곳 해랑당이 있는 곳으로 놀러 나왔다. 나무에 그네를 매고 그네 뛰다가 '해 랑(海娘)'이라는 기생 하나가 벼랑 밑 바다로 빠져 죽었다. 그래서 부사가 동민을 모아놓고 억울하게 죽었으니 당을 짓고 춘추로 제사를 지내 주라 고 당부하였다. 부사의 말대로 당을 짓고 제를 지내니, 고기가 잘 잡히게 되었다. 그리고 제사 때는 목제 남근을 제물로 봉납하게 되었는데, 그것은 기생으로서 젊어 죽었기 때문에 청춘의 한을 풀어주기 위함이었다.

〈김태곤, 한국 민간신앙 연구, 서울 : 집문당, 1983, 157쪽〉

안인진 해랑당에는 1940년대까지 남근을 깎아 바치고 풍어를 기원하는 제의가 행하여졌다고 한다. 지금은 그런 민속이 없어졌는데, 이와 관련된 이야기를 적어 보면 다음과 같다.

지금으로부터 60여 년 전에 이천오(李千五)라는 사람이 이 마을의 이장이 었는데, 그의 부인에게 해랑신이 덮쳐 미쳐가지고 밤낮으로 해랑당에 오 르내리며,

"내가 시집을 갈 터이니, 김대부신(金大夫神)과 결혼을 시켜 달라."

고 하였다.

동민이 믿지 않자, 이장 부인의 병세는 악화되어 사경(死境)에 이르렀다. 그래서 하는 수 없이 동네 노인들이 상의한 끝에 위패(位牌)를 하나 더 만들 고, '김대부지신위(金大夫之神位)'라 써서 '해랑신(海娘神)'과 결혼하는 제를 지내니, 이장 부인의 병이 나았다. 해랑신이 결혼을 하자, 마을 사람들은 남근을 바칠 수가 없게 되었다.

그로부터 얼마 뒤에 울진에서 온 큰 후릿배 어업자가 고기를 많이 잡아 해랑당에 소를 잡아 제를 지내며 남근을 깎아 달아맸다. 그런데 그 사람이 제를 마치고 산에서 내려오다 고꾸라져 피를 쏟고 즉사해 버렸다. 그것은

남편이 있는 해랑신에게 간음을 시킨 죄로 신벌(神罰)을 맞은 것이라 했다. 이런 일이 있은 후로는 남근을 바칠 수가 없게 되어 현재는 제만 지내고 있다.〈김태곤, 한국 민간신앙 연구, 서울 : 집문당, 1983, 157쪽〉

이 이야기는 해랑당에 남근을 깎아 바치는 민속이 없어진 내력을 아주 합리적으로 설명하고 있다. 그러나 이를 액면 그대로 받아들일 수는 없다. 이 마을에서 오랜 동안 해랑당에 나무로 깎은 남근(男根)을 바친 것은 이들이 성기신앙을 가졌기 때문이다. 그런데 근래에 와서 이것을 중지한 것은 이 마을 사람들의 의식 속에서 성기에 대한 신앙심이 약화된 때문이다. 이 마을 사람들은 20세기에 접어들면서 강화된 미신타파 운동과 폭넓게 자리 잡게 된 합리적 사고 방식, 그리고 성을 드러내기보다는 숨기려는 유교적인 체면의식이 복합적으로 작용함에 따라 남근을 깎아 바치는 일을 계속해야 할까를 놓고 고민하기 시작하였을 것이다. 이러한 때에 이를 확인하러 오는 외지 사람들의 방문이 계속되자, 마을 사람들은 이 일을 없애어 부끄러움을 면하려는 생각을 갖게 되었을 것이다. 이러한 문제를 놓고 가장 심각하게 고민한 사람이 그 마을의 이장과 그 부인이었을 것이다. 그래서 이 마을에는 위와 같은 일이 벌어지고, 그것은 하나의 전설이 되었다. 이 일을 계기로 해랑당에 목제 남근을 바치는 일은 마을 사람들의 기억 속으로 사라지고 만 것이다.

안인진 해랑당에서 이 습속이 없어짐에 따라 이제는 목제 남근을 바치는 곳이 신남의 해신당 한 곳만 남게 되었다. 이곳 사람들도 안인진 마을 사람들과 같은 생각을 하기도 하였을 것이나, 용케도 그런 습속을 오늘까지 이어왔다. 요즈음에 와서 신남 마을 사람들은 해신당을 마을의 자랑거리로 삼아 신남 마을과 신남 해수욕장을 알리려 하고 있고, 삼척시에서도 이를 적극 지원하고 있다.

해신당 공원에 있는 남녀의 성을 주제로 한 장승

　1995년에 처음 이곳을 다녀간 후로 몇 차례 다시 답사하였는데, 갈 적마다 주변의 모습이 조금씩 달라졌다. 2005년에 다시 가보니 해신당의 주변에 성기조각공원을 조성하고, 삼척어촌민속전시관이 들어서 있었다. 성기조각공원에는 성을 주제로 한 여러 가지 조각물들이 즐비하게 서 있다. 그중에는 성을 직접적으로 표현한 것도 있고, 성을 희화적(戲畵的)으로 표현 것도 있다. 그러나 모두 예술적으로 표현한 것이어서 성 예술의 극치를 보는 듯하였다.

　삼척어촌민속전시관에는 삼척을 중심으로 한 동해안 어패류의 실물과 모형이 전시되어 있고, 어촌 민속을 알 수 있게 해 놓았다. 그리고 한국을 비롯한 세계 각국의 성 문화를 한 눈에 볼 수 있도록 실물, 사진, 모형물을 전시해 놓았다. 이것은 세계의 성문화를 한 눈에 볼 수 있도록 한 것이어서 성문화 이해에 도움을 많은 도움을 준다.

요즈음에는 많은 사람들이 이 마을을 찾는다고 한다. 이 마을을 찾는 사람들은 모든 것을 자기 본위로 생각하고, 합리적인 사고로 재단하려는 독단에서 벗어나, 성을 출생과 풍요를 가져다주는 신성한 것으로 생각하고, 성기신앙을 지녔던 옛사람의 의식을 이해하여야 한다. 그러면 신나무에 매달아 놓은 남근을 가져가는 일도 없을 것이요, 성을 쾌락의 대상으로 생각하는 데서 생기는 여러 가지 사회 문제와 성범죄도 없어질 것이라 생각한다.

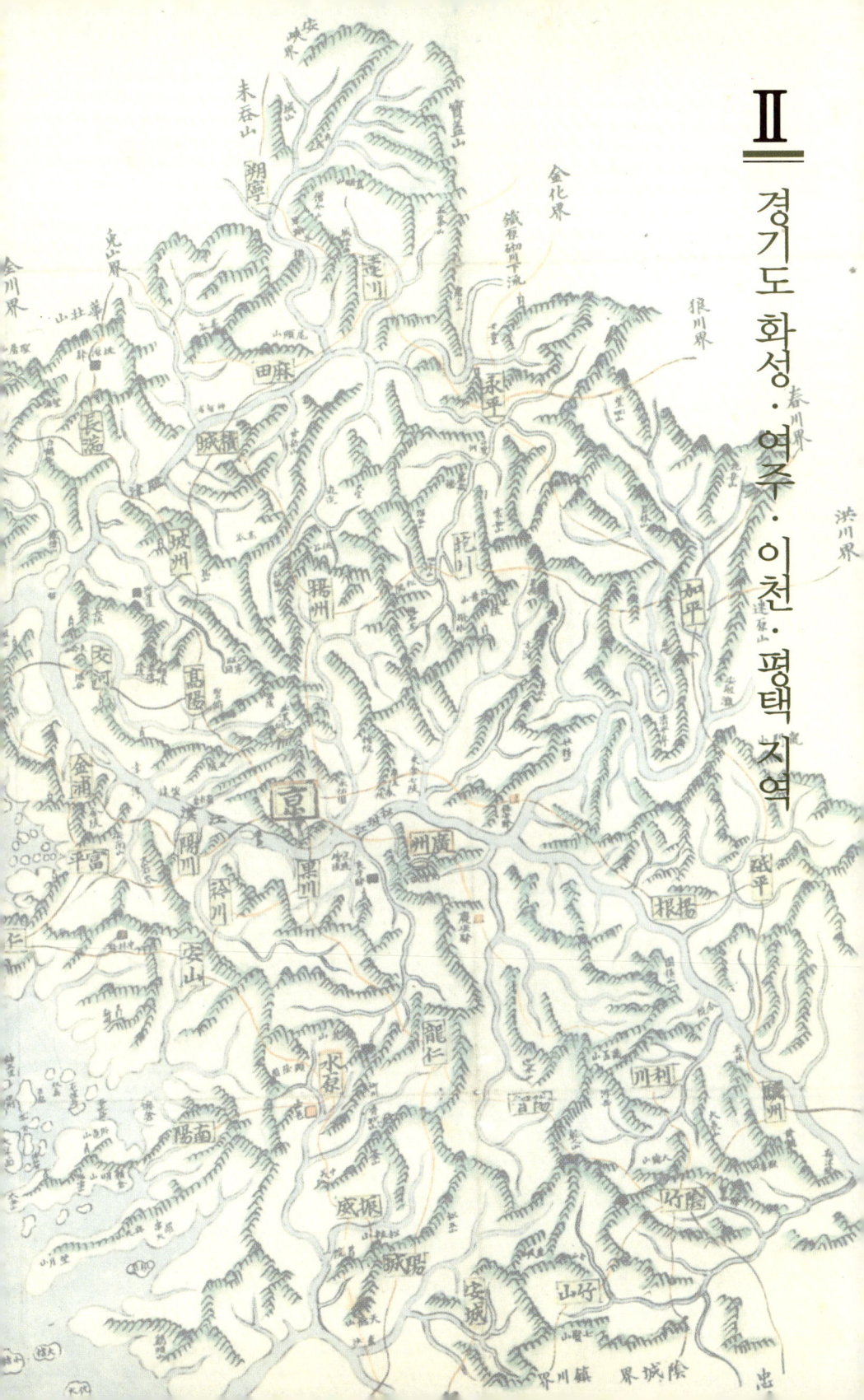

1. 정조의 효성과 능행—융릉과 지지대

　경기도 화성군 태안읍 안녕리에 사적 제206호로 지정된 융릉(隆陵)과 건릉(健陵)이 있다. 융릉은 조선 영조 때 세자에 책봉되었다가 비참한 최후를 마치고 1899년에 장조의황제(莊祖懿皇帝)로 추존된 사도세자와 비 헌경의황후(獻敬懿皇后) 홍씨를 모신 능이다. 건릉은 조선 22대 왕 정조와 비 효의선황후(孝懿宣皇后) 김씨를 모신 능이다.

　필자는 수원 시청 앞에서 수원에 사는 친구 장 사장을 만나 그의 승용차에 올라 1번 국도를 타고 남쪽으로 내려가다가 병점에서 우회전하였다. 한신대학교 입구를 지나 용주사 표지판을 따라 가니, 길 오른 쪽에 융건릉이 있었다. 수원 시청 앞에서 융건릉까지는 11km였다.

　주차장에 차를 세우고, 숲속으로 난 진입로를 따라 100m쯤 가니, 오른쪽에 융릉이 있고, 왼쪽에 건릉이 있음을 알리는 표지판이 나왔다. 먼저 융릉으로 가서 묘역을 둘러본 다음에 건릉으로 가서 능의 둘레를 살펴보았다. 이곳을 둘러보며, 사도세자의 능은 "부곡(수원 위에 있는 지명)의 서담 방죽 뒷산의 항미정(項眉亭, 중원 항주 기생의 눈썹 같다 하여 항미정이라 하였다고 함.)을 주봉(主峰) 삼아 내려 밟아 수박처럼 둥글둥글한 기세를 가져 어디에 혈(穴)

이 졌는지 모르게 턱 내려간 화심혈(花心穴)"이라고 설명하던 어느 지관의 말을 떠올려 보았다. 풍수에 관해 문외한인 나로서는 이 말을 제대로 이해하고 이 능의 위치가 어떠한지를 설명할 수는 없지만, 나지막한 산허리에 자리 잡은 두 능과 둘레에 우거진 숲이 조화를 이루고 있는 좋은 자리라는 생각이 들었다.

필자는 함께 간 장 사장과 함께 두 능을 둘러보며, 사도세자의 슬픈 운명과 정조가 아버지인 사도세자의 능을 이곳에 정하기까지의 과정을 설명하는 전설을 이야기하였다.

사도세자는 영조의 둘째 아들로 이름은 선이고, 자는 윤관(允寬)이며, 호는 의재(毅齋)이다. 어머니는 영빈 이씨(暎嬪李)인데, 이복형인 효녕세자(孝寧世子)가 요절(夭折)하였으므로 한 살 때 왕세자로 책봉되고, 10살에 혜경궁 홍씨와 혼인하였다. 15세에는 영조의 명을 받아 정사를 대리하기도 하였다. 여러 가지 일을 겪다가 주위의 무고(誣告)로 28세에 폐위 당했다. 서인(庶人)으로 궁궐 내에 갇힌 지 9일 만에 뒤주에 갇혀 죽었다. 세자를 죽인 일을 후회한 영조는 곧 위호를 복귀시키고, '사도(思悼)'란 시호를 내렸다. 사도세자의 묘는 원래 경기도 양주(楊州) 배봉산(拜峯山)에 있었는데, 정조 때에 이곳 화산(花山)의 현륭원(顯隆園)으로 옮겨 왔다. 이곳으로 옮기기까지에는 다음과 같은 풍수 관련 전설이 전해 온다.

조선 22대 정조는 왕위에 오른 후에 아버지 사도세자가 앉으셔야할 용상(龍床)에 자기가 앉게 된 것을 송구스럽게 생각하여 용루(龍淚)를 금치 못하였다.
당시에는 풍수지리에 의한 산송(山訟, 묘자리와 관련된 소송)이 많았다. 정조는
'내 조상의 산소가 잘 써졌다면, 우리 아버지 같은 비참한 일은 없었을

것이다. 내가 풍수지리를 직접 연구해 보고, 풍수지리라는 것이 이치에 맞으면 내 선친의 산소를 다시 모실 것이요, 이치에 맞지 않는다면 산송을 없애겠다.'

고 생각하였다. 그래서 치민치정(治民治政) 이외의 시간은 지가서(地家書, 풍수지리에 관한 서적)에 뜻을 두고 연구하는 한편, 팔도에서 이름난 지사(地師)를 불러다가 답산(踏山, 산을 직접 찾아가 둘러봄)하면서 지리 연구에 열심하였다.

정조는 명철한 분이라 몇 해를 두고 연구하니, 어느 묘 자리는 어떨 것이라는 판단을 할 수 있게 되었다. 실제로 조사해 보면, 사실로 들어맞음을 알고 풍수지리란 이치가 있는 것이라 믿게 되었다.

하루는 평복으로, 지사 한 사람을 데리고 서빙고를 건너 과천 땅을 답산하느라니, 어느 평민이 묘를 쓰고 있었다. 왕은 지사를 보고 말했다.

"여보게, 우리 목적이 지리 연구에 있으니, 저 사람들이 묘를 어떻게 쓰는가 보고 가세."

왕이 가까이 가서 파 놓은 묘 자리의 전후좌우를 둘러보고, 좌향(坐向)을 보니, 하관(下棺)만 하면 맏상주가 죽게 되는 자리였다. 왕은 사람들의 이목을 피하여 조용한 장소로 가서 동행한 지관(地官)에게 말했다.

"여보게, 하관만 하면 맏상주가 죽게 되는 자리 아닌가?"

"예, 죽고 말고요. 오늘 집에 들어갈 여가 없이 객사할 게 틀림없습니다."

"행인이 남의 일에 참견한다고 하겠지만, 이런 일을 알고 그대로 지나칠 수가 있나? 상주에게 일러주세."

"그렇게 하시지요."

이렇게 이야기한 다음, 다시 가까이 가보니, 광중(壙中)을 솔 비질하고, 하관하려는 참이었다. 왕이

"여기 주상(主喪)이 누구요?"

하니, 30여 세 된 젊은이가,

"제가 주상이올시다."

하고 나섰다.

"대관절 이 자리를 누가 잡아 주었소?"

"예, 과천 이 생원이라고, 이 아래서 훈학(訓學, 학생들을 가르침)하는 선생님이요."

"그래, 과천 이 생원은 어디 있소?"

"오늘 바빠서 못 오신다고 하시며, 신말(표가 되는 말뚝)만 박아 주셔서 그대로 행사하는 것이올시다."

"놀라지 마오. 여기다 묘를 쓰면 당신이 죽어. 오늘 집에 들어갈 여가 없이 죽어. 그러니 여기다 묘를 쓰지 말어."

이 묘를 쓰고 몇 년 내에 액을 당하리라 해도 깜짝 놀랄 일인데, 그날로 당장 죽으리라 하니 청천벽력과도 같은 말이었다. 침통한 표정으로 한동안 생각에 잠겨 있던 상주는,

"그렇지만, 저는 산소를 여기다 그냥 모셔야겠습니다."

하고 말하는 것이었다. 왕이 놀라서

"그 어쩐 말이오. 우리 말을 믿지 못한단 말이요?"

하고 물으니, 상주가 말했다.

"천만에 말씀이올시다. 보아 하니 점잖은 어르신네 같은데, 잘 아시고 말씀해 주시는 줄 압니다마는, 저로서는 정말 도리가 없습니다. 제가 친상(親喪)을 당하고도 장미(葬米, 장례를 치르는데 필요한 쌀)조차 없어 걱정하던 중 위 아래 마을 사람들이 마을 회의를 열어 쌀 몇 말과 베 몇 필을 거둬 주어서 오늘 장례를 모시게 되었고, 과천 이 생원은 인근에서 유명한 지관인데 저하고 무슨 혐의가 있어서 이렇게 산소 자리를 잡아 주셨을 리 없습니다. 그리고 거둬 준 쌀은 이미 솥에 들어가 밥이 다 되어 갈 텐데 지금 장례를 모시지 않으면, 딴 도리가 없습니다. 그리고 사람이 나서 죽는 것은 면할 수 없는 일이고, 대를 잇게 하느냐가 문제인데, 저는 다행히 아들 3형제를 두었으니, 죽어도 할 수 없습니다. 말씀

해 주신 것 감사합니다만, 저는 그대로 장례를 모실 수밖에 없으니, 볼 일 보십시오."

왕은 가난이 극심하면 자기 목숨을 돌볼 수도 없다는 것을 깨달았다. 이 사람한테는 무엇보다도 돈이 필요하다는 것을 안 왕은 500냥이란 많은 돈을 과천 호방에 가서 찾을 수 있도록, 지금의 수표와 같은 증서를 써 주었다. 증서를 받은 상주는,

"어디 사는 누구신데, 죽는 사람을 살리려고 이렇게 큰돈을 주십니까?" 하고 물었다.

"나는 서울 사는 이 서방이오. 그대의 정경이 딱하여 주는 것이니, 받아 두게. 다만 부탁할 것은 이 자리에 묘를 쓰지 말 것과 달리 산을 구하되 과천 이 생원 아니더라도 지관이 또 있을 것이니, 절대로 이 생원한테 묘 자리를 잡아 달라고 하지 말라는 것일세."

"예, 손님 말씀대로 하겠습니다. 어디 사는 누구신가 존성대명(尊姓大名) 이나 가르쳐 주십시오."

왕은 이름을 가르쳐 달라는 젊은이의 청을 뿌리치고 자리를 떴다.

왕은 그곳을 떠나가면서 가만히 생각하니, 과천 이 생원이 새삼 미운 생각이 들어 함께 가던 지관에게 말했다.

"과천 이 생원인가 이놈 좀 찾아보세. 피 안 묻히고 살인을 하다니, 분수가 있지. 당장 생사람이 죽을 짓을 하니, 이게 될 법이나 한 일인가? 내 일찍 국왕으로서 백성들의 이런 불미한 일을 알고서 그냥 있을 수 없고, 또 징계해야 할 책임이 내게 있는 만큼 이 생원을 찾아 단단히 혼을 내 주어야 되겠네."

함께 간 지관은 왕의 말을 듣고, "예, 예" 하며 따를 뿐이었다.

왕은 상주가 말한 마을로 찾아가, 놀고 있는 아이들에게 물었다.

"애, 이 동네 훈학하는 이 생원 집이 어디냐?"

"예, 이리 오세요."

앞장서는 아이를 따라가 보니, 마을의 큰집을 다 제쳐놓고 가니, 산 밑에 삼간두옥(三間斗屋)이 있는데, 그 집을 가리키며,

"저기 저 외딴 집이올시다."

하고 일러주었다. 왕은 그에게 고맙다고 인사하고, 그 초가삼간을 바라보니 그 집이 온통 골이 지고, 삼 칸 집 지붕도 해일지 못하여 절절 새는 것 같았다.

"여보게, '부유녹(富裕祿)이요, 덕유신(德裕身)' 이라는 말 알지? 부자로 살면 집도 윤택한 것이고, 사람이 덕이 있으면 몸이 윤택하다는 말일세. 삼간두옥도 저 지경으로 두고, 지붕에 버섯이 수북하게 났으니, 제가 마음을 그렇게 고약하게 쓰니 벌은 마땅히 받아야지."

"예, 과연 그렇게 생각이 됩니다."

왕이 그 집에 들어가 보니, 아래 윗방과 부엌 한 간인데, 명색이 윗방이 글방사랑이라고 하고, 조무래기 신발이 예닐곱 컬레가 있었다. 방문을 열어 보니, 방안이 워낙 컴컴하여 문을 열어도 어둠침침하였다. "실례하오." 한 마디 하고는, 죄인 잡으러 간 나졸처럼 기세가 등등하게 방안으로 들어가서,

"당신이 주인이오?"

하고 물으니, "그렇소이다." 하고 대답하였다.

왕은 창피하고 추한 생각이 들어서 통성명하고, 인사를 차리지도 않고,

"여보, 당신이 수일 전에 여차여차한 장소에 이러이러한 사람에게 묘 자리를 잡아 준 일이 있지 않소? 오늘 몇 시에 하관하라고까지 일러준 일이 있지 않소?"

하고 물었다. 이 생원은 비록 나이는 들었지만 기억을 하고 있었으므로, "그런 일이 있소." 하고 대답하였다. 왕이

"우리도 지리에는 과히 서투른 사람이 아니오. 거기가 무슨 혈(穴), 무슨 국(局), 무슨 사격에 무슨 좌향이고 해서 반드시 쓸 만한 자리라는 얘기

를 해야지, 어름어름 했다가는 당장 재미없을 테니, 그대의 생각을 바른 대로 말하시오."

하니, 이 생원은 '아닌 밤중에 홍두깨' 처럼 웬 지나가던 사람이 들어와 기세가 등등한지라, 바짝 긴장하여 말했다.

"그건 노형네가 모르는 말씀이오."

이 말을 들은 왕은 '옳지 잘 되었다.' 싶어서,

"그러기에 당신 잘 아는 소리 좀 듣자고 왔소."

하고 다그쳤다. 그러자 이 생원이 다시 말했다.

"그 사람이 상을 당했는데, 별도리가 없었소. 묘 자리를 잡아 달라는데, 마땅한 자리가 없었소. 그래서 그 자리를 그냥 잡아 주었는데, 하관 전에 돈 500냥은 생길 게요. 실지로 묘를 쓸 것 같으면, 내가 여기 이렇게 앉아 있겠소? 가서 방금(防禁)을 해줄 사람인데. 아마 그 묘를 쓰지는 않을 것이요."

왕과 지관은 이 말을 듣고 보니, '치러 갔다가 맞는 격' 이라 어이가 없었다. 하관하면 맏상주가 죽는다는 것만 터득했지, 하관하기 전에 돈 500냥이 생긴다는 것은 전혀 생각하지 못하였던 일이다. 그렇다고 왕이 '당신 그렇게 용한 분인 줄 몰랐소.' 할 단계도 아니고 하여,

"여보, 노형이 시체가 땅에 들어가기 전에 발복(發福, 우연히 복을 받아 잘 됨.)할 것까지 아는 사람이라면, 응당 노형 선산을 좋은 자리에 안장했을 것이고, 또 이 집 자리에도 이치가 있다면, 좋은 터에 문전을 잘 해 놓고, 집도 잘 꾸며 놓았을 터인데, 집을 해 일지도 못하고 지붕에 버섯이 수북이 났으며, 고생을 하고 있는 모양이니, 그건 왜 그렇소?"

하니, 노인은 말없이 한참 있다가,

"그건 노형네가 모르는 말씀이오."

하는 것이었다.

왕의 호기심은 절정에 달하여 다음 말을 기다리니,

"내 집터가 오죽잖고, 지붕도 못 해 일었소만, 언제인가 한 번은 상감마마께서 친히 왕임하실 날이 있을 거요. 그 때를 생각하면 하관 전에 500냥이 생기는 것에 비기겠소? 누구신지 모르겠으나, 너무 심하오."

하였다. 이 말을 들은 왕은 마음 속 깊이 탄복하였다.

이 생원과 작별하고 나온 왕은 동행한 지관에게

"뛰는 놈 위에 나는 놈이 있다더니, 우리가 과천 이 생원을 못 만났더라면 이 세상에 지관으로 그대와 과인을 제외하고는 다시없다고 생각했을 터인데…… 자네 하관하면 맏상주 죽는다는 것만 터득하였지 하관 전에 돈 500냥 생긴다는 것 알았나? 그러니 인제 둘이 답산하는 건 싱거워졌네. 환궁하세. 그리고 과천 이 생원을 모셔 와야겠네."

하고 돌아왔다.

왕은 택일하여 이 생원에게 가자(加資, 정삼품 통정대부 이상의 품계)를 내린 후, 인마(人馬)를 보내어 불러왔다. 이 생원이 입궐할 때에는 왕이 용상에서 일어나 맞는 예를 차렸다. 이 생원은 궁전으로 불려오면서,

'이상하다. 내 집터가 임금이 먼저 올 자리인데, 내가 불려 가는지 잡혀 가는지 모르나, 내가 먼저 가게 되는구나!'

하고 의아심을 품고 왔으나, 왕을 만나 설명을 들은 다음에야 마음속으로 무릎을 치며 기뻐하면서도, 전날의 결례를 사과하고 용서를 빌었다. 왕은

"전일에는 다 같은 평민의 입장에서 대화하였던 것이니, 괘념치 말라."

고 타이른 후, 선친의 능침을 다시 잡아 달라고 정중하게 부탁하였다.

이 생원은 청명하고 바람 없는 길일(吉日)을 택하여 수원 위 부곡 지방의 서답 방죽 뒷산의 항미정을 주봉 삼아 내려 밟아 수박방처럼 둥글둥글한 기세를 가져 어디에 혈(穴)이 있는지 모르게 툭- 내려간 화심혈(花心穴)의 꽃술에 사도세자의 능을 쓰게 하였다. 이것이 경기도 화성에 있는 융릉이다.

채록 일시 : 1971. 8. 7. 오후 4시.
구연자 : 유치경(남, 69세, 한문 수학, 지관)
사는 곳 및 나서 자란 곳 : 충북 진천군 진천읍 읍내리 122
만나게 된 경위 및 채록 상황, 기타 : 김태곤 교수와 진천 경로당으로 찾아가서 같은 마을에 사는 이용달(남, 67세)씨 외 몇 노인과 함께 앉아서 들었다. 풍수지리에 관심을 갖고 연구하여 지관 노릇을 하는 구연자 유씨는

위 이야기에는 비명에 간 아버지를 장조(莊祖)로 추존하고, 좋은 자리에 안장하기 위해 몸소 풍수지리를 연구하고, 답산(踏山)하였다는 정조의 효성이 풍수지리설과 얽혀 재미있게 표현되어 있다. 정조는 효성이 지극하였을 뿐만 아니라 백성을 사랑하는 마음이 있었기에 과천 이 생원과 같은 유능한 지사를 만날 수 있었던 것이다. 융릉 자리는 풍수지리에 능한 이 생원이 잡은 자리이니, 세상에 없는 명당자리라는 의식이 바탕에 깔려 있다.

융릉에 들어가는 초입에 홍살문이 있고, 바닥에 돌을 깐 뒤에 정자각을 지었다. 동쪽에는 장조의 신도비가 있다. 봉분은 왕과 왕비의 합장인데, 주

사도세자를 모신 융릉

수원에서 의왕시로 가는 지지대 고개 왼쪽에 있는 지지대비

위에는 호석을 둘렀으며, 모란 문양의 병풍석을 만들었다. 상석 앞의 석등은 웅장하며, 기단 부분은 향로 모양으로 만들었다. 좌우의 문(文)·무인석(武人石)은 인자한 얼굴 모습으로, 머리 부분의 크기가 작아져 전(前) 시기의 것들에 비하면 매우 균형미가 있다. 일반 왕릉의 배치와 다름이 없는 융릉의 현실(玄室)은 회다짐을 하였고, 향좌는 계좌정향(癸坐丁向)이다.

아버지에 대한 효성이 지극하였던 정조는 지금의 융릉 자리로 아버지의 능침을 옮긴 뒤에 틈만 나면 거둥하였다고 한다. 그래서 융릉의 능참봉은 다른 왕릉의 능참봉과는 달리 언제 왕이 찾아올지 몰라 늘 긴장해 있었다고 한다. 그래서 '모처럼 능참봉을 하니 한 달에 거둥이 스물아홉 번'이라는 속담이 생겨났다고 한다.

수원에서 1번 국도를 타고 서울로 가려면 한 고개를 넘게 되는데, 고개 남쪽은 수원시이고, 북쪽은 의왕시이다. 두 시의 경계를 이루는 고개가 '지지대(遲遲臺)' 고개이다. 이 고개에 올라서면 남쪽에 있는 융릉이 보인다.

정조가 자주 아버지의 능에 거둥을 할 때의 일이라고 한다. 정조는 비명에 죽은 아버지를 사모하는 마음이 지극하여 수시로 능행을 하면서, 어서 빨리 아버지를 모신 능을 바라보고 싶어 발걸음을 재촉하였다. 그러나 능

침이 보이는 이 고개에 오르
기까지 많은 시간이 걸려서
이 고개에 오르는 것이 매우
더디게 느껴졌다.

성묘를 마치고 대궐로 돌
아갈 때에는 수원 북문 밖을
지나 이 고개를 넘으면 능이
보이지 않게 된다. 그래서 왕
은 능을 한 번이라도 더 바라
보기 위해 이 고개를 쉬어 가
며 천천히 넘자고 하였다. 정
조는 자신의 이러한 심회를
담아 이 고개 이름을 '지지
대'라고 부르라고 하였다. 그
후로 이 고개를 '지지대 고
개'라고 불렀다고 한다.

효행공원에 있는 정조대왕상

효성이 지극하였던 정조는 탕평(蕩平) 정치를 실시하여 선정을 베풀고, 수
원성을 축성하였다. 규장각을 두어 학문 연구에 힘썼으며, 『홍재전서(弘齋全
書)』와 같은 저술을 남겼다. 24세에 왕위에 오른 정조는 24년간 왕 노릇을 하
고, 48세에 창경궁에서 세상을 떠났다. 정조는 죽은 뒤에 아버지와 어머니
의 무덤 곁에 묻혔다.

정조 내외가 묻힌 건릉 역시 다른 왕릉의 배치와 비슷하다. 홍살문, 정자
각, 신도비가 있고, 봉분은 호석 없이 돌기둥으로 난간을 둘렀다. 석등은 기
단을 향로처럼 만들었다. 문인석은 금관을 쓰고 있으며, 몸과 머리의 비율
이 자연스럽다. 무인석은 미소를 띠고 있는 모습이지만, 머리가 몸 깊숙이

정조를 모신 건릉

파고 들어간 것 같고, 어깨가 넓고 둔중하여 투박한 모습이다. 봉분은 합장
으로 현실을 회다짐하였고, 향은 자좌오향(子坐午向)이다. 정조는 죽은 뒤에
야 아버지와 어머니를 가까이 모시면서, 아버지가 비명에 죽는 바람에 알
뜰한 사랑을 받지 못함은 물론 많은 어려움을 겪으면서 당했던 아픈 마음
과 아버지를 가까이 모시지 못해 품었던 한을 풀고 있으리라 생각한다.

　수원에서 지지대 고개를 바라보면, 고갯마루 왼쪽에 정조가 능행을 하면
서 올 적 갈 적 쉬어 다녔던 일을 기념하기 위해 세운 '지지대비'가 비각 안
에 서 있다. 오른쪽을 보면, 고개 아래에 1974년에 세운 프랑스군 참전 기념
비가 있다. 그 아래에는 정조의 효행을 기리기 위해 수원시에서 조성한 '효
행공원'이 있다. 공원 안에는 정조의 모습을 조각한 '정조대왕상'과 정조

효행공원에 있는 효행기념관

와 수원의 역사 자료를 전시한 '효행기념관' 이 있다. 필자는 이곳을 둘러보며 정조의 치적, 아버지에 대한 애틋한 마음과 지극한 효심을 생각하였다.

효행공원 아래에는 '효행가든' 이라는 음식점이 있다. 필자는 함께 간 장사장과 함께 효행가든에 들어가 맛있는 수원 갈비를 먹으며 정조의 치적과 지극한 효성에 관하여 이야기하였다.

2. 조선 제일의 명당 영릉(英陵)

경기도 여주읍에서 남서쪽으로 2.5㎞ 정도 떨어진, 여주군 능서면 왕대리에 영릉(英陵)이 있다. 영릉(英陵)은 조선 세종대왕과 소헌왕후를 모신 능이다. 세종대왕은 조선 제4대 왕으로 1418년 왕위에 올라 1450년 54세로 승하하실 때까지 32년간 왕위에 있었다. 세종대왕은 한글을 창제하고, 측우기 · 혼천의 · 해시계 등 과학 기구를 발명하고 제작하였다. 아악을 정립하였으며, 북방의 야인을 정벌하고, 4군과 6진을 개설하여 우리나라의 국경선을 압록강과 두만강으로 확장하였다. 학문을 숭상하여 학자를 기르고, 활자를 개량하였으며, 수많은 책을 발간하였다. 농업을 장려하고, 백성을 사랑하여 어진 덕이 하늘과 같았다. 그래서 우리 역사에서 가장 추앙을 받는 성군(聖君)이다.

영릉은 원래 서울 헌릉 서쪽에 있었는데, 예종 1(1469)년에 이곳으로 옮겼다. 영릉은 풍수지리설에 따라 주산인 칭성산을 뒤로 하고, 중허리에 봉분을 이룩하여, 그 좌우측에는 청룡(靑龍) · 백호(白虎)를 이루고, 남쪽으로는 멀리 안산(案山)인 북성산을 바라보고 있다.

영릉은 천하제일의 명당으로 이름난 곳이다. 이중환의 『택리지(擇里志)』

세종대왕상

「팔도총론 경기」에는 다음과 같은 기록이 있다.

영릉(英陵)은 우리 장헌대왕(莊憲大王, 장헌은 세종대왕의 시호)을 모신 곳이
다. 개토(開土)할 때에 옛 표석(標石)이 나왔는데, "마땅히 동방의 성인(聖人)을
장사할 곳이다."라는 말이 새겨져 있었다. 술사(術士)는 "돌아오는 용(龍, 산
맥)이 자좌(子坐)이고, 서북방 물이 정동방으로 흘러 들어오므로 여러 왕릉
중에서 제일이 된다."고 하였다.

이 기록에 의하면 이곳은 왕릉 중에서 제일가는 명당으로, 세종대왕의
능이 될 것을 알리는 표석이 묻혀 있었다 한다. 여기에는 명당은 임자가 따

세종대왕릉

로 있다는 의식이 함유되어 있다.

영릉과 관련된 민간 전설 중 한두 가지를 적어 보면 다음과 같다.

옛날에 저기 세종대왕 산소 썼을 적에 산소 보통하면 인제 내방 짓고 그러잖아요. 그런데, 거 내광(內壙)을 파는데 물이 나왔다는 거예요. 거기서. 그래, 지관을 죽이네 살리네 하는데, 임금 산소 자리 쓰는데, 그럴 때는 지관 같은 양반을 유명한 분 데려다 하는 거 아닙니까. 그 양반 하는 얘기가

"그러면 칠흑산 꼭대기 가서 파라. 거기서 파면 여기 물이 없어진다."

그래서 칠흑산 꼭대기 가서 파는데, 거 세종대왕 산소 쓰는데 물이 잦아들었다는 이야기예요. 칠흑산 꼭대기 가면 샘물이 있대요. 지금도. 그런 전

설 같은 얘기는 좀 들어봤지요.

세종대왕에 얽힌 전설 같은 건 엄청 많아요. 세종대왕 산소 쓸 적에 어떤 사람 선조가, 먼저 세종대왕 산소 쓰는 데에 다른 묘가 있었다는 얘기예요. 지관 양반이 거 산소 쓰면서 암만 후대에 가서 후손이 번성하드라도 거기, 왜 앞에다 거, 뭐- 옛날 같으면 뭐라구 그러나? 지키는 집 같은 거 짓고 그러잖아요. 그런 건 짓지 말아라. 암만 너희가 잘 살아도.

그런데 자손들이 잘 살다 보니까, 인제 앞에다 아마 묘막 같은 걸 해 가지구, 산소 지키는 사람을 맨들었던 모양인데. 거- 세종대왕이 인자 돌아가시고, 산소 자리 잡으러 지관이 돌아다니는데, 거 지관이 여주를 지나다 보니, 날도 저물고, 비는 오고 그러는데, 피해갈 데가 없는데, 보니까 불빛이 비쳐 가니까, 거기 움막이 있더라는 얘기죠. 거기서 자고 나서 보니까, 참 산소 자리가 기가 막히더란 얘기죠. 그 양반네가 산 자리를 뺏겼다는 그런 전설도 있구. 뭐 여러 가지예요.

우리가 여기, 내가 하는 얘기보담은 실지로 세종대왕 묘 쓴 부근에 가면요, 그런 옛날서 내려 온 얘기가 엄청 많다구요.

채록 일시 : 1997. 6. 25. 오전 11시경
채록 장소 : 경기도 여주군 대신면 초현 2리 황영석 이장댁 안방
구연자 : 황영석(남, 5초현 2리 이장)
사는 곳 및 나서 자란 곳 : 경기도 여주군 대신면 초현 2리
만나게 된 경위 및 채록 상황 : 한국교원대학교 대학원생 3명과 함께 댁으로 찾아가서 만났다. 황씨의 어머니와 함께 앉아 이야기를 나누었다.
처음 들은 때 및 들려준 사람 : 어렸을 때 어른들한테 들었음.

위 이야기는 둘로 나눌 수 있다. 앞의 이야기는 영릉은 지맥이 어떻게 통하는가를 잘 아는 명풍수(名風水)가 잡은 명당이라는 의식을 드러낸다. 뒤의 이야기는 영릉 자리에 이미 다른 사람의 묘가 있었는데, 권력으로 그 자리를 뺏앗아 영릉으로 만들었다고 한다.

영릉 자리에 먼저 묘를 쓴 사람에게 묏자리를 잡아준 지관은 정말 명풍수였던 모양이다. 그는 한미(寒微)한 사람에게 자손이 번창할 묏자리를 잡아

주면서 "뒤에 자손이 번창하더라도 재실(齋室)을 짓지 말라."는 당부를 하였다. 그러나 후손들은 자손이 번창하자 그 말을 무시하고 그 앞에 재실을 지었다. 세종대왕을 모실 명당을 찾기 위해 답산(踏山)하던 지관은 비를 피하기 위해 재실에 들렀다가 그 자리를 발견하게 된다. 그 집안은 금기를 파기하였기 때문에 명당을 지키지 못하고, 권력자에게 빼앗기고 말았다. 한편 집권 세력은 명당을 빼앗아 세종대왕을 모실 수 있게 되었다.

이 이야기에는 명당은 임자가 따로 있어서 임자가 아닌 사람은 명당을 차지할 수도 없지만, 차지하였을 경우에도 오래 지키기 어렵다고 한다. 그러면서 남이 차지한 명당을 권력이나 돈으로 빼앗아서는 안 된다는 의식을 드러낸다. 이것은 다음과 같은 이야기에 잘 드러난다.

지금 영릉(英陵) 자리에는 원래 다른 사람의 묘가 있었다. 그 곳에 묘를 쓸 적에 지관이 상주에게 "이 산소를 쓰고 집안이 잘 되더라도 재실(齋室)을 짓지 말라."고 하였다. 그 후, 자손이 번창하니, 후손들이 재실이 없어서야 되겠느냐며 재실을 지어 놓았다.

세종이 승하한 뒤에 지관이 왕릉자리를 찾으러 전국을 돌아다니다가 이곳을 지나게 되었는데, 갑자기 비가 내렸다. 지관이 비를 피하려고 재실의 처마 밑에 섰다가 둘레를 살펴보니, 바로 거기가 명당이었다.

지관의 말을 들은 조정에서는 그 묘를 파내고, 거기에 세종을 안장하였다. 여기가 영릉인데, 산소 터는 좋으나 남의 묘를 빼앗았으므로 그 아들인 문종은 몸이 약해져서 일찍 죽고, 손자인 단종도 세조의 손에 죽는 가정 풍파를 겪게 되었다고 한다. 〈한국구비문학대계 1-7, 한국정신문화연구원, 1982, 448~449쪽〉

위 이야기는 앞에 적은 이야기와 같은 내용인데, 이곳에 세종대왕을 모신 뒤의 일이 상세하게 기술 되어 있다. 세종대왕의 첫째아들인 문종이 일찍 병으로 죽고, 손자인 단종이 둘째아들인 수양대군의 손에 죽임을 당한 것이 남의 명당을 빼앗은 때문이라고 한다. 이것은 남의 명당을 빼앗으면 명당이 주는 복 못지않은 화가 미친다는 민간의 의식을 반영한 것이다. 이런 의식은 온 백성이 성군으로 받드는 세종대왕이라고 할지라도 예외가 아님을 보여준다.

영릉은 1975년 영릉 보수 정화 사업을 추진하여 세종전(유물전시관)을 새로 짓고, 경역(境域)을 성스럽게 정화하였다. 세종대왕의 위대한 업적을 길이 숭모(崇慕)하고, 그 위업을 오늘에 이어받아 문족문화 창조의 기틀로 삼아야겠다.

3. 풍수설에 맞게 만든 소일 마을

몇 년 전 필자는 한국교원대학교 대학원에서 필자가 담당한 「한국구비문학연구」를 수강하는 대학원생들과 함께 경기도 이천시 백사면 지역 전설의 현장을 답사하였다. 우리는 먼저 풍수설과 관련된 전설이 전해 오는 이천시 백사면 내촌리 소일 마을을 찾았다.

소일 마을 뒷산에는 조선 말기에 세도정치를 한 김좌근(金左根)과 그 아들 김병기(金炳冀) 등의 묘가 있다. 김좌근의 묏자리와 관련된 전설의 이해를 위하여 이들 부자에 관해 간단히 살펴보겠다.

김좌근(1797~1869, 정조 21~고종 6)은 안동 김씨 세도정치를 시작한 순조의 장인 영안부원군(永安府院君) 김조순(金祖淳)의 아들이고, 순조의 비 순원왕후(純元王后)의 남동생이다. 1833(헌종 4)년에 문과에 급제하고, 1841(헌종 7)년에 이조판서・의정부 좌참찬, 1842(헌종 8)년에 한성부판윤・대사헌, 1849(헌종 15)년에 선혜청 당상・규장각 제학을 지냈다. 철종이 즉위하자 1850년에 융사(戎使), 1852(철종 3)년에 우의정을 하고, 곧 이어 영의정에 이르렀다. 그는 안동 김씨 세력의 대표적 인물이었으나 대원군의 집정과 더불어 실각하였다. 그의 호는 하옥(荷屋)이고, 시호는 충익(忠翼)이다.

김좌근의 아들 김병기(金炳冀 1818~1875, 순조 18~고종 12)는 헌종 때에 문과에 급제하고, 철종 때에 총융사(摠戎使), 훈련대장, 금영대장을 거쳐 보국(輔國)에 오르고, 좌찬성에 이르렀다. 호는 사영(思潁)이고, 시호는 문헌(文獻)이다.

풍수설과 하옥 대감의 묏자리

하옥 김좌근을 비롯한 안동 김씨 묘역이 이곳에 자리 잡게 된 데에는 다음과 같은 이야기가 전해 온다.

김좌근 씨가 죽은 뒤에 김병기 씨가, 여기를 터 잡을 적에, 풍수한테 자기네가 권력을, 김좌근이가, 아버지는 나는 새도 떨어뜨리는 권력을 가졌는데, 자기가 그 세도를 유지하려면은 뭔가 좋은 터를 잡아야 것다. 그 터를 잡는 곳은 보통의 명당 터가 아니고 글자 그대로 천하의 명당을 잡어야 한다. 그래 가지고 물어물어 온 것이, 이천 현감한테 물어봐 가지고, 이천에 금마장터가 있더라. 전국 각지에서 여기를, 이천의 금마장터를 못 잡고 있는데, 아주 유명한 지관이 와서 보면 잡지 않겠는가. 그럼 김병기가 그때 당시에 뭐 참 대단할 것 아니예요. 그러니까 전국에서 한다는 지관들을 불러가지고 터를 잡은 것이 원적산으로 여기를 잡은 거예요.

그래 이 김씨네가 터를 여기 금마장터를 잡은 거야. 잡았는데 잡고 보니까는 거기 정자가 있더라고요. 여기가 여산 송씨네 정자요. 시강원이라고 지금으로 하면 대통령 선생님이예요. 그런 분들이 여기 정자에서 시 읊고 공부하고 그런 자린데, 거기가 명당이라고. 지관이 볼 적에. 하 그러니 기가 맥힐 노릇 아닙니까? 남의 정자를 헐어서 여기다 묘를 쓴대는 게. 지금으로 말하자면 고위 권력에 힘을 쓰는 자린데, 이렇게 눈길 한 번 보내면 그 밑에 있는 사람이 알아서 처리해 주는 식으로 예나 지금이나 똑같은 거거든. 그렇게 여산 송씨네가

김좌근의 묘와 묘비

　"나으리 저희 정자를 기꺼이 희생하겠으니 여기다가 좋은 자리를 쓰신
　　다면 그렇게 하십시오."

그렇게 하고 나왔다.

　지관이 볼 적에 여기 이 자리에서 권력을 바라겠느냐, 자손을 바라겠느
냐, 돈을 바라겠느냐를 두고 볼 적에 권력과 돈, 두 가지는 상당히 넘치고
충만한 자린데 자손이 귀하다는 거야.

　생각해 보다가 권력과 돈은 누구한테 가서 참 빌빌해도 주지 않지마는,
자손은 귀하면은, 안동 김씨네 집안이 번성하니까, 먼 친척 간에도 해 오지
않겠느냐. 그래서 이 터를 잡았다. 지세에 맞게 하려면 여기다가 아흔아홉
칸짜리 집을 짓고, 요 앞에다가 연못, 소구유를 만들고, 저 앞에, 여기서 한
500~600m 나가서는 소 빗장을 만들어야 한다. 그래서 이 집의 형세가 그
렇게 이루어진 것이고, 마을이 소일리지요.

　책사가 김병기 대감한테 고하기를

김병기의 묘와 묘비

"대감마님 이천에 가니까, 천하의 명당자리 금마장터를 잡기는 잡았는
데, 가보니까 이미 정자가 있습니다. 그리고 그 터에다 쓰면 돈과 권력
은 충만한데 자손이 귀하다고 합니다. 어떻게 하시겠습니까?"
하니까 대감이 "알았다" 하시더니 그 자리를 둘러보고 택하라 하셨대요.
결과적으로 자손이 절손(絶孫)됐으니 맞았지요.

　채록 일시 : 1998. 4. 29 낮 12시 10분
　구연자 : 변인균 (男, 53세, 고졸, 농업)
　　사는 곳 : 이천시 백사면 내촌리 147-2
　　나서 자란 곳 : 이천시 백사면 내촌리 147-2
　채록 장소 및 채록 상황 : 이천시 백사면 내촌리 소일마을 김병기 씨 묘 아래에서 한국교원대학교 대학원생들과
　　함께 들었다.
　처음 들은 때 및 들려 준 사람 : 어렸을 때 어른들한테 들었다고 함.

　하옥 김좌근 대감의 묘 아래에는 아들인 사영 김병기 대감의 묘가 있고,
그 아래에 후대의 묘가 있다. 하옥 대감의 묘에서 아래를 내려다보니, 풍수
설에 문외한인 필자의 눈에도 아주 좋은 묏자리인 것 같았다.

묘 아래에 지은 99칸의 김병기 씨 고가

이곳에 묘역을 조성한 사영 대감은 지관의 말대로 하옥 대감의 묘 좌측 아래에 아흔아홉 칸 집을 지었다. 이 집을 짓고 보니, 호암산의 호암(虎岩)이 이집 안방을 들여다보는 형국이어서 바위 앞에 흙을 쌓아 앞을 막았다 한다. 그리고 마을 앞쪽에 소여물통에 해당하는 연못을 파고, 그 앞에 외양간의 빗장에 해당하는 나무를 심었다. 마을 이름도 '소일리'라 하였다. 이것은 풍수설에서 허약한 곳을 보완하는 비보(裨補)에 해당한다. 이곳에서는 연못이 메워지고 숲이 없어지면 소가 못 살기 때문에 연못과 숲을 보호하기 위해 노력하였다고 한다.

얼마 전에 마을 사람들은 마을을 풍수설에 맞춰 아름답게 꾸미자는 생각에서 마을 앞에 연못을 만들기로 하였다. 필자가 이곳을 갔을 때 마을 앞에는 연못 조성 공사가 진행되고 있었다. 넓게 조성한 연못의 중앙에는 섬처럼 흙을 쌓고, 그 위에 정자를 지었다. 공사가 끝난 뒤에 물이 넘실거리는 연못 위의 정자에 앉아 탁 트인 사방의 경치를 보고, 안동 김씨 묘역을 보면 많은 것을 느끼게 될 것이다.

김병기의 마음을 떠본 흥선대원군

흥선대원군(興宣大院君) 이하응(李昰應)은 영조의 현손(玄孫)이고, 고종의 아버지이다. 20세에 흥선군(興宣君)에 봉해졌다. 그러나 안동 김씨인 김조순의 딸이 순조의 비가 되고, 이어서 철종의 비(妃)도 안동 김씨 문중에서 간택되

마을 앞에 소혈의 빗장 역할을 하도록 심은 나무 　　　　　 마을 앞에 만드는 연못과 정자

어 안동 김씨들이 정권을 잡고 세도정치를 함에 따라 그는 매우 불우한 처지에 놓이게 되었다. 그래서 떠돌이 생활을 하면서 기회를 엿보며 지냈다. 철종이 후사(後嗣) 없이 제상을 떠나자 그는 후사 결정권을 가지고 있던 조대비와 힘을 합하여 둘째 아들 명복(命福, 고종)을 왕위에 앉혔다. 그는 대원군이 되어 섭정(攝政)하였다. 그는 그림과 글씨에 능하였다고 한다.

흥선대원군이 기회를 엿보며 부랑(浮浪) 생활을 하던 때의 이야기가 많이 전해 온다. 그 중 당시의 세도가(勢道家)인 김좌근, 김병기와 관련된 이야기를 적어 보면 다음과 같다.

대원군이 하옥 김좌근 대감한테 박해를 많이 당했어요. 흥선군은 의식을, 옷과 밥을 해결해야 되니까는 그림을 그리고 글씨를 써야 할 거 아니야. 그래 병풍을 써서 하옥한테 갖다 바치고 하옥이 쌀 몇 말 주고는 술하고 대접했어. 왕손이니까 대접을 후히 하라고 그러고는 병풍을 광에 갖다가 잘 보관해라 이렇게 했다 말이야. 그리고 다른 집에 가면, "저 미친 거렁뱅이 왔으니까 술 밥 줘서 대접해라." 그러고 병풍을 거 아무데나 갖다 두라고 그랬단 말이야.

어느 날 이분의 아들이 왕으로 책봉되어 득세하니까는 그 많은 세도가들이 그 병풍이고 그림 그린 거, 족자 같은 거를 그냥 먼지 털어서 내다가 그 분을 맞으며 눈도장 찍어 좋은 자리 마련하려고 했어. 흥선군을 이제 아랫목에다 모시고 말이야.

대원군이 이제 김병기의 초청을 받아서 밥을 먹는데 한 숟갈 뜨고, 두 숟갈 뜨더니 '아!' 하면서 마루에다 토해 버린 거야. 토해 버렸는데, 김병기가 그걸 쫓아 나가서 얼굴빛을 조금도, 태도를 조금도 변하지 않고 주섬주섬 주어가지고 물에다 헹궈 당신이 다 먹었다 말이야. 먹구는 태연스럽게 '드시죠!' 해버렸단 말이야. 그러니 흥선이

'아! 과연 단척이래도 인물은 인물이로구나.'

그 때 자기의 있는 마음을 갖다가 김병기한테 털어 놨다는 거예요. 내가 당신의 의중(意中)을 떠 봤는데, 당신이 나에게 줄 수 있는 건 주고, 내가 당신한테 줄 수 있는 것은 다 주겠다. 그래 가지고 아버지를 이장할 적에 저기를 친필 시호를 써 준 거예요.

이 이야기는 앞의 하옥 대감의 묏자리 이야기를 구연한 변인균 씨가 구연한 것이다. 이것은 사실성을 띤 이야기인데, 흥선대원군과 김병기의 인물됨을 말해주는 것이어서 흥미롭다.

4. 큰 인물이 날 것을 알리는 반룡송

이천시 백사면 내촌리 소일 마을을 돌아본 필자는 백사면 도립리에 있는 육괴정(六槐亭)을 둘러보고, 거기서 멀지 않은 곳에 있는 도립리의 반룡송(蟠龍松)을 찾았다. 반룡송은 줄기가 앞뒤로 심하게 뒤틀리어 용트림하는 상태를 나타내는 수령 미상의 소나무이다.

이 나무와 관련된 이야기를 백사면 도립리 808에 사는 엄을용(남, 68세, 농업, 중졸) 씨한데 들었는데, 그 내용은 반룡송 앞에 세워놓은 안내문의 내용과 비슷하였다. 이를 적어 보면 다음과 같다.

이 나무는 신라 말의 승려로 풍수설의 대가로 꼽히는 도선(道詵)이 명당을 찾아 이곳과 함흥, 서울, 강원도, 충청도 계룡산에 장차 큰 인물이 태어날 것이라고 예언하면서 심어놓은 소나무 중 한 그루라고 전해 온다.

전해 오는 말에 의하면 함흥에서는 이태조, 서울에서는 영조, 계룡산에서는 정감(鄭鑑)이 태어났다고 한다. 강원도에 심은 나무는 죽었으므로 인물이 나지 않았다. 이것은 도선의 예언이 적중하였음을 말해 주는 것이다. 이에 따르면, 앞으로 큰 인물이 날 곳은 이천이 된다. 이를 믿고 기대한 신(申)씨가 이곳에 정착하였다고 한다.

큰 인물이 날 것이라는 기대를 갖게 하는 반룡송

조선의 지리학자 이중환(李重煥)도 『택리지(擇里志)』에서 이천의 원적산(圓寂山) 아래에 복거지(卜居地)가 있다고 하였다. 역사적으로 이 일대에서 과거 급제자가 많이 나왔고, 최근에는 고시 합격자가 많이 나왔다고 한다.

나무 이름은 하늘에 오르기 전에 땅에서 서리고 있는 용의 모습과 같다고 하여 반룡송이라고 한다. 이 나무를 일만 년 이상 장수할 용송(龍松)이라 하여 만룡송(萬龍松)이라고도 한다.

마을 사람들은 이 나무를 매우 신성하게 여겨 함부로 가지를 꺾거나 껍질을 벗기지 않는다. 전에 한 사람이 이 나무의 껍질을 벗겼는데, 그 사람은 얼마 후에 창병(瘡病, 피부에 나는 질병)으로 죽었다고 한다.

이 나무에 대한 이야기는 한국인의 수목 숭배의식, 용을 신성시하는 의식, 나무의 성장과 큰 인물의 출현을 연계하는 의식을 바탕으로 형성되어 전승되어 왔다.

5. 원균 장군의 죽음을 알린 애마—애마총과 울음밭

경기도 평택시 도일동 산82에 원균(元均, 1540~1597) 장군의 묘가 있다. 1997년 11월 5일 한국 교원대학교 고전반 학생들과 함께 학교 버스를 타고 이곳을 찾았다. 경부고속도로 평택 교차로에서 고속도로를 빠져나와 평택 시내를 향해 2Km 쯤 가다가 우회전하여 쌍용자동차 평택 공장 정문 앞을 지나 500m쯤 가니 원곡에서 평택 시내 들어가는 길이 나왔다. 거기서 좌회전하여 조금 가니, '원균 장군 묘 입구' 라고 쓴 표지판이 서 있었다. 거기서 우회전하여 좁은 포장도로로 300m쯤 가니, 다시 왼쪽으로 가라는 표지판이 나왔다. 거기서 원주 원씨 종친회장인 원행의 씨와 만나 함께 원 장군 묘로 갔다.

원균 장군의 묘는 마을 동쪽에 그리 높지 않은 산을 등지고 남쪽을 향해 있는데, 오른쪽 100m 지점에는 원균 장군 사당이 있고, 왼쪽 산 끝에는 널찍한 연못이 있었다. 묘에서 동쪽으로 300m쯤 떨어진 건너편 마을 끝에는 원 장군이 살던 집터가 남아 있다.

원 장군은 1540년에 이 마을에서 태어나서 자라 무과에 급제한 뒤에 선전관(宣傳官)을 거쳐 조산 만호, 부령 부사를 지냈다. 1592(선조 25)년 임진왜

원릉군(原陵君) 원균 장군의 묘

란이 일어나자 경상우도 수군절도사로서 처음 옥포 해전에서 이순신 장군의 도움을 받아 왜선 30여 척을 무찔렀다. 그 후 합포 해전, 적진포 해전(海戰) 등 여러 차례에 걸친 크고 작은 해전에서 승리를 거두고, 선조 30(1597)년 칠천량 해전에서 전사하였다.

원 장군은 이 싸움에서 아들과 함께 전사하였다. 죽은 원 장군의 목은 왜병이 잘라 갔으므로 시신을 제대로 수습하여 장사하지 못하였다고 한다. 그런데 원 장군의 묘가 이곳에 조성된 것은 그가 타던 애마의 영특함과 충성심에 의해서라고 한다. 이 전설을 원행의 씨는 이렇게 말했다.

원릉군(原陵君) 원균 장군은 이 지역에서 태어나시고 성장하셔서, 여진족이 쳐들어왔을 때 큰 공을 세우고, 임진왜란이 일어나 국가가 위난에 처했을 때 경상우수사로다 나라를 위해 싸우셨습니다.

임진왜란이 일어난 지 4년이 되던 1596년에 당시의 임금이신 선조 대왕께서는 원릉군 원균 장군께 준마 한 필을 하사하셨답니다. 원릉군은 그 말을 극진히 사랑하셨고, 그 말 또한 영특하여 주인을 따르며 충성을 다하였다고 합니다.

원릉군께서 칠천량 해전에서 전사하셨는데, 집에서는 그 일을 전혀 모르고 있었답니다. 그런데 정경부인 윤씨께서 들으니, 집 앞에서 말의 울음소리가 들리더랍니다. 이상히 여겨 문밖에 나가 보니, 애마가 원릉군의 유품(遺品)을 입에 물고 와서 울고 있더랍니다. 이를 본 정경부인께서는 원릉군이 전사하신 것을 알고 통곡한 뒤에, 애마가 가지고 온 유품과 집에 있던 유품을 이곳에 매장하였답니다.

애마가 유품을 물고 온 날이 1597년 음력 7월 16일이랍니다. 그래서 이곳에서는 매년 음력 7월 15일에, 저 위에 있는 원릉군의 사당에서 제사를 지내고, 이 곳 묘에 와서 참배합니다.

천리길을 달려온 말이 집 앞에 와서 울고는 그대로 쓰려져 죽었답니다. 거기를 지금 '울음밭'이라고 하지요. 죽은 애마는 잘 묻어주었답니다. 우리 문중에서는 그냥 있을 수 없어서 '애마총(愛馬塚)'을, 요 아래에 '애마총'이라고 무덤을 써 놨어요. 우리 문중에서는 해마다 애마총의 금초(풀을 깎아주는 일)를 해 주고, 관리하고 있습니다.

저 건너 슬레트 지붕 밑에 무슨 표석 같은 게 보일 겝니다. 거기가 원 장군님 생가 터예요. 거기에 '울음밭'이라고 비석이 서 있는데, 우리 문중에서 지었지요. 왜 울음밭이라고 했느냐 하면, 말이 와서 울었기 때문에 '울음밭'이라고 하였지요. 그 땅이 남의 손에 넘어간 것을 우리 문중에서 다시 구입하여 지금은 원씨 소유가 되었습니다. 지금 그 밭에 '울음밭'이라고 쓴 비석이 있습니다.

채록 일시 : 1997년 11월 5일 오전 11시경
채록 장소 : 경기도 평택시 도일동 산82에 있는 원균 장군 묘 앞
구연자 : 원행의(남, 63세, 고졸, 농업, 원주 원씨 종친회장)
사는 곳 및 나서 자란 곳 : 경기도 평택시 도일동 132
만나게 된 경위 및 채록 상황 : 전화로 원균 장군 묘 입구에서 만나기로 약속하고 가서 만났다. 원 장군 묘 앞에

서 한국교원대학교 고전반 학생 20여 명과 함께 들었다.
처음 들은 때 및 들려준 사람 : 어렸을 때 어른들한테 들었음.
구연 경력 : 여러 차례 얘기하였음.

의로운 말 이야기는 최상수의 『한국민간전설집』에도 전해 온다. 임진왜란 때 함남 보청에 사는 박 장군이 여러 동지들과 전장에 나가 가등청정(加藤清正)의 군사와 싸우다가 전사하였다. 박 장군이 탔던 말이 주인의 시체를 물고 주인의 집까지 와서 소리를 지르고는 피눈물을 흘리고 거꾸러져 죽었다. 가족들은 그 말을 박 장군의 무덤 곁에 묻고, '의마총(義馬塚)'이란 비석을 세워 주었다고 한다.

말은 근면성과 민첩성, 왕성한 활동력과 빠른 주력(走力), 영리함과 빠른 판단력 등을 지닌 동물이다. 말이 지닌 이러한 능력은 설화 속에서 더욱 강조되고 미화되었으며, 신이한 존재로 표현되기도 하였다. 말이 주인의 유품이나 시신을 물고 고향집으로 와서 주인의 죽음을 알리고 죽었다는 위의 두 이야기는 말을 영특하고 충성심이 뛰어난 동물로 보는 의식과 싸움터에 나간 가장(家長)의 안위를 걱정하면서 전사하였을 경우에는 시신이라도 찾아 장사할 수 있게 되기를 바라는 간절한 소망이 결합되어 꾸며진 것이라 생각한다.

원 장군의 시신을 수습하지 못한 가족들은 원 장군의 유품을 이곳에 묻었고, 뒤에 원 장군의 부인인 정경부인 윤씨의 시신을 이곳에 묻었다고 한다. 그러고 보면, 원 장군의 묘는 원 장군의 시신이 없는 허묘(虛墓)인 셈이다.

원 장군이 전사한 곳에서 멀지 않은 경남 통영군 광도면 황리에 원 장군의 묘가 있다고 한다. 이 묘는 오래 전부터 '원 장군 묘'라고 주민들 사이에 전해 오는 무덤인데, 주민들은 아주 오래 전부터 원 장군의 묘라며 해마다 벌초를 하면서 관리해 온다고 한다. 몇 년 전, 이 무덤 앞을 지나는 길을 내려고 공사를 하게 되었는데, 그 무덤을 건드리면 불상사가 생기곤 하여 무

원균 장군의 애마가 묻힌 애마총   애마총 뒷면에 적힌 비문

덤 바로 밑에 길을 내지 못하고 옆으로 돌아가도록 길을 냈다고 한다. 원 장군은 비범한 인물이었기에 죽은 뒤에도 신이한 힘을 발휘하고 있음을 알 수 있다. 이 무덤이 실제로 원 장군의 무덤인지 아닌지를 확인할 길이 없지만, 전해 오는 말이 사실이기를 바란다.

　　원 장군의 묘 아래에는 작은 무덤이 하나 있는데, 그 앞에 작은 비석이 서 있었다. 비석의 앞면에는 '애마총(愛馬塚)'이라 쓰여 있고, 뒷면에는 위에 적은 전설의 내용이 적혀 있었다. 원 장군의 묘 건너편 마을 아래에 있는 원 장군 생가 터는 밭이 되어 채소가 자라고 있었는데, 밭 가운데에는 '울음밭'이라는 비석이 서 있었다. 비석 뒷면에는 애마의 행적이 적혀 있었다. 이를 읽고 있느라니, 원 장군 애마의 슬픈 울음소리가 들리는 듯하였다.

　　원 장군의 묘와 사당, 애마총과 울음밭을 둘러보고 돌아오는 길에 학생들과 이야기하면서, 원균 장군을 겁이 많은 장수, 전술을 모르는 장수라고 가르친 국사 교육이 잘못되었음을 또다시 느꼈다. 선조 대왕은 원균이 죽은

원 장군의 애마가 슬피 울던 곳임을 알리는 비석과 애마의 영특함을 적은 비석 뒷면

지 6년이 되는 1603(선조 36)년에 교지(敎旨)를 내려 이순신, 권율 장군과 함께 원균 장군을 '선무일등공신(宣武一等功臣)'에 봉하였다. 그리고 1605(선조 38)년 정월 18일에는 예조정랑 유성(柳惺) 편에 치제문(致祭文)과 함께 후한 부의(賻儀)를 보내어 제사를 지내게 하고, 이곳에 예를 갖추어 장사하도록 하였다 한다. 이 두 가지 일은 다른 사람 아닌 임진왜란을 치른 선조 대왕이 한 일이다. 필자나 함께 간 학생들이 국사 시간에 배운 대로 원균이 겁이 많아 도망만 다녔고, 이순신을 모함한 나쁜 장수였다면, 선조 대왕께서 원균을 일등공신에 봉하고, 치제문과 부의를 보내어 제사하게 하였겠는가? 이것은 유성룡이 쓴 『징비록』의 내용만을 지나치게 믿고, 『조선왕조실록』이나 선조가 내린 교지 등의 기록을 소홀히 취급한 데서 연유된 것이라 생각한다.

필자는 우리를 안내해준 원행의 씨가 가지고 와서 보여 주던 선조대왕의 교지(敎旨) 원본과 묘 앞의 비석에 적어 놓은 선조대왕의 치제문(致祭文)을 보면서, 원균을 졸렬하고 비겁한 장수라고 한 『징비록』의 기록이 매우 편향적이었음을 다시 한 번 느꼈다. 원균 장군의 애국심과 공적도 정당하게 평가받는 날이 빨리 왔으면 좋겠다.

6. 김정한 효자와 시묘산

평택시 청덕면 장수리 마을 앞에는 조선 말기의 효자인 김정한(1864~1908) 선생의 효자비각이 있고, 그 안에 '효자 경주 김공 정한지비(孝子 慶州 金公 正翰 之碑)'가 있다. 효자비각 앞에 있는 안내판에는 다음과 같이 쓰여 있다.

효자 김정한(金正翰) 선생은 조선 말기 고종 1년(1964, 갑자) 8월 6일 이 고장 장수리에서 태어나, 효행으로 일관한 생애를 보낸 후 순종 2년(1908, 무신) 7월 11일 43세를 일기로 별세하셨다.

선생의 본관은 경주(慶州)로, 어릴 때부터 천성이 온화하고 방정했으며, 특히 부모님에 대한 효성이 지극하였다.

어느 해 겨울, 병환 중에 있던 부친이 생선을 잡숫고 싶다 하므로, 선생은 엄동설한임에도 바닷가에 나가 꽁꽁 얼어붙은 얼음을 깨고 그물을 던져 큰 숭어를 잡아 이를 고아 맛있게 드시도록 하였다.

그 뒤 부친의 노환이 깊어 매우 위중했으므로 선생은 가운데 손가락을 잘라 그 피를 부친 입에 흘려 넣어 하루를 연명케 했을 뿐 끝내 친상(親喪)을 당하고 말았다. 선생은 선산에 안장(安葬)한 후 묘소 앞에 여막을 짓고 시묘

김정한 효자비각과 효자비

(侍墓) 생활을 극진히 하니, 선생이 거처하는 여막에는 엄동설한임에도 눈이 쌓이지 않았으니, 이는 그의 지극한 효성에 하늘도 감동한 탓이라고 사람들은 칭송하였다.

하루는 식수를 마련하기 위해 여막 앞을 파는데 시원한 옥수(玉水)가 솟아나오므로 사람들은 이를 효자수(孝子水)라 하고, 산 이름을 시묘산(侍墓山)이라고 부르게 되었다. 또 어느 날에는 밤에 호랑이가 와서 상옷을 찢기도 했으나 맹수도 그의 효성에는 감동했는지 때때로 여막 앞에서 잠을 자고 갈 뿐 무사했다고 한다.

탈상(脫喪) 후 집에 돌아온 선생은 '임종 때 피를 입에 넣어 드릴 때는 무명지의 피가 효험 있다.' 는 말을 전해 듣게 되었다. 그는 임종 때 '무명지의 피를 흘려 넣어 드렸던들 더 사셨을 것' 이라고 크게 애통해 하면서 '아버님도 살리지 못한 무명지를 그냥 두었다가 무엇하겠는가' 말하고, 즉시 무명지를 잘라 피를 내어, 이것으로 환(丸)을 지어 가족에게 주었다고 하였다.

조정에서는 선생의 지극한 효성을 기리기 위하여 순종 2년(1908) 정문(旌門)을 내리고, 효자비를 세우게 하였다.

이 글을 읽고, 필자는 김정한 선생의 효심과 효행이 빼어난 분임을 알았다. 그래서 한국교원대학교 고전반 학생들과 함께 마을 노인회관으로 가서 마을 노인들께 김정한 선생의 효행과 관련된 이야기를 해 달라고 하였다. 여러분이 비슷한 이야기를 해 주었는데, 그 중 하나를 적어보면 다음과 같다.

그 양반이 효자셨는데, 대수(代數)도 얼마 안 됐어요. 한 3대(代)밖에 안 됐어요. 전설에 의하면, 그 양반이 시묘살이를 3년 하였답니다. 저 앞산에 장사를 모셨는데, 그 양반이 둘째로 태어났답니다. 다른 분은 다 집에를 왔는데, 그 분은 산에서 안 오셨답니다. 가자고 해도 안 왔는데, 그날 마침 저녁에 눈이 와서 쌓였답니다. 그래서 아침에 가보니까, 그 근처에는 눈이 없더래요. 그러니까 그 분은 하늘에서 내린 분이라고 하였답니다.

그 후 3년 되는 해에 정리를 하는데, 효자 그 양반이 역시 내려오지 않고 그 묘 앞에서 살았답니다. 그래서 할 수 없이 움막을 조그맣게 지었는데, 시묘살이 도중에 별별 일이 다 있었답니다. 심지어는 범이 나왔답니다. 그 집에 범이 들어와 가지고 지기를 떠 보더랍니다. 그러니까, 이 양반이

"이놈, 물러가라."

하고 냅다 호령을 하니까, 물러가더랍니다. 이런 전설이 전해 오지요. 그래서 그 산을 '시묘산'이라고 하였답니다.

이 양반은 부모 생존 시부터 부모님께 극진히 한 분이니까 효행에 관한 것은 말할 나위 없는 것이고, 시묘 3년 살 적에 그 갸륵한 정성이 으뜸이지요.

채록 일시 : 1997년 11월 5일 오후 2시 30분
채록 장소 : 경기도 평택시 현덕면 장수리 노인회관

구연자 : 홍병욱(남, 77세, 국문 해득, 농업)
　사는 곳 및 나서 자란 곳 : 경기도 평택시 현덕면 장수리 225
만나게 된 경위 및 채록 상황 : 한국교원대학교 고전반 학생들과 이 마을 노인회관으로 찾아가 마을 노인 3명과
　함께 앉아 들었다.
처음 들을 때 들려 준 사람 : 어렸을 때 어른들한테 들었음.
구연 경력 : 전에는 많이 하였음.

　안내판에 써 있는 내용이나 홍병욱 씨가 구연한 내용이나 똑같이 김정한
선생의 효행이 뛰어났음을 말하고 있다. 겨울철에 숭어를 잡아 아버님께
드린 것이나 손가락의 피를 위중한 아버님의 입에 흘려 넣은 것은 사실적
인 일로 이야기하고 있다. 다른 곳에는 눈이 쌓였는데, 선생이 있는 여막(盧
幕)에는 눈이 쌓이지 않았다든가 호랑이가 효심에 감동하여 선생을 해하지
않고 오히려 보호하였다는 것은 사실적으로 이야기하고 있지만, 실은 설화
적인 내용이다. 이렇게 김 선생의 효행담에는 사실적인 내용과 설화적인
내용이 섞여 있다.

　효행 설화를 보면, 효자나 효녀의 지극한 효성에 따른 이적(異蹟)이 일어
난다. 필자가 쓴『함께 떠나는 이야기 여행』(민속원, 2002)에 실려 있는 「효자
와 모쟁이샘」에서 복(卜) 효자는 먼 곳에 있는 샘에서 물을 떠다가 아버지 약
을 다려 드렸는데, 어느 날 집 앞에서 샘이 솟아올랐으므로 이를 '효자샘'
이라고 하였다. 그가 한겨울에 숭어를 구하지 못하여 애를 태우다가 꿈속
노인의 말을 듣고 집 앞의 샘에 가보니 숭어가 놀고 있어 이를 잡아다가 중
병의 어머니께 고아 드려 병을 낫게 하였다고 한다. 그가 성묘하러 나서면
폭우(暴雨)나 대설(大雪)이 멈추기도 하였고, 산소의 잡초를 뽑을 때에는 까마
귀와 까치가 떼를 지어 날아와 풀을 쪼아 뽑기도 하였다고 한다.

　같은 책에 실린 「청주 이씨 세효촌」에서 효자 이장신은 겨울철에 배나무
에서 거미줄에 싸인 배를 따다가 중병의 아버지께 드렸고, 얼음을 깨니 잉
어가 튀어 올랐으므로 이를 잡아 중병의 아버지께 드렸다고 한다. 그가 세
상을 떠난 뒤에 그의 아들이 곡읍(哭泣)을 하고 있을 때 호랑이가 와서 올라

타라는 시늉을 해서 올라타니 얼마를 가서 내려놓으며 거기에다가 묘를 쓰라는 시늉을 하여 그곳에 이장신의 묘를 썼다고 한다.

우리의 조상들은 효를 인간이 실천해야 할 최고의 가치이자 덕목이라고 하는 '효지상주의적(孝至上主義的) 사고(思考)'를 지니고 있었다. 이러한 사고는 '효는 만물을 감동시킬 수 있다.'는 사고로 이어졌다. 이에 따르면 효는 신과 인간을 감동시킴은 물론, 동물과 식물을 감동시켜 이들이 모두 효자의 효행을 돕는다. 그래서 효행 설화에서는 효행 이적이 자연스럽게 일어난다. 김정한 효자의 이야기는 이러한 사고에서 형성되어 전승해온 효행 설화를 받아들이면서 사실에 가깝게 표현하였다.

1. 바다에서 떠들어온 목섬

경상남도 사천시(전 삼천포시) 서금동 팔포 앞바다에 '목섬'이라고 하는 작은 섬이 있다. 사천시청에서 동남쪽으로 2킬로미터쯤 떨어진 곳에 위치한 사천시 서금동(西錦洞)은 '팔포'라고 부르는 자연마을이었는데, 지금은 바다를 매립하여 바닷가에 도로를 만들고, 그 안에는 상가와 주택이 들어섰다. 매립지 끝의 도로에서 동남쪽으로 500미터 쯤 떨어진 곳에 섬이 하나 있는데, 이 섬이 '목섬'이다. 잘 자란 소나무가 숲을 이루고 있는 목섬은 면적이 0.01㎢인데, 사람은 살지 않는다고 한다.

목섬에는 이 섬이 생긴 유래, 이 섬이 명당이라 하여 사람들이 몰래 묘를 쓰는 이야기 등이 전해 온다. 이를 구연자의 말 그대로 적어보면 다음과 같다.

지금 우리가 보고 있는 섬이 '목섬'입니다. 목섬 설화의 개요를 말씀드리면, 저 섬은 원래 저 곳에 있지 않았다고 합니다. 지금 이 지역은 경남 사천시 서금동(西錦洞)인데, 서금동의 건너편 동네가 동금동(東錦洞)입니다. 그러니까 저 섬은 동서금동의 앞에 있는데, 전에는 이 일대에 '한내'라는 내가 흐르고 있었는데, 한내 가에는 민가들이 있었다고 합니다. 이 지역이 지금은 매립지인데, 동서금동 일대를 전에는 자연마을 이름으로 '팔포'라고 하였습니다.

옛날에 팔포의 한 아낙네가 아침에 빨래를 하러 나와서 보니까, 웬 섬이 '둥둥둥둥' 떠 들어 오고 있었어요. 그래서 그 아낙네가 손가락질을 하면서,

"어마! 섬이 둥둥둥둥 떠 들어 온다!"

고 하였습니다. 그러니까 섬이 그만 주저앉아 버린 겁니다. 만약에 그 아낙네가 방정스런 손가락질만 안 했으면, 이 섬이 제 자리에 들어와서 자리를 잡았을 거라는 겁니다. 제 자리에 들어와서 자리를 잡았으면, 삼천포에서도 대통령이 나오고, 옛날에 유명한 장수라든가 중요한 인재가 나타났을 터인데, 그 방정스런 아낙네 때문에 지금까지 삼천포에서 큰 인물이 나지 않는다는 겁니다.

팔포 앞에 선 필자—뒤에 보이는 섬이 목섬이다.

또 한 가지 중요한 것은 저 목섬이 아주 명당(明堂)이라는 겁니다. 그래서 목섬에다가 묘를 쓰게 되면, 자자손손 부귀영화를 누리고, 집안이 흥하게 된다는 겁니다. 그런데 팔포 사람들이 묘를 못 쓰게 합니다. 만약 묘를 쓰게 되면, 동네 처녀가 바람이 나거나, 몽유병이 돌아서 몽유병 환자들이 돌아다니고, 또 팔포 동네가 망한다고 합니다. 그래서 묘를 못 쓰게 합니다.

몰래 그 곳에 묘를 쓰면 되지 않느냐? 그래서 사람들이 몰래 평장(平葬)을 하기도 했답니다. 밤에 몰래 묘를 쓰고, 평장을 해서 표가 안 나게 하였답니다. 그런데 누가 묘를 쓰면, 반드시 팔포 노인의 꿈에 현몽을 합니다. 현몽하여서 '그걸 파내라.' 고 한답니다. 그런데 이것을 파낼려고 조사를 해도 잘 발견이 안 된답니다. 한 번은 잘 조사하여 보니, 관이 12개나 묻혀 있어서 이를 들어낸 적이 있다고 합니다. 그 곳에 암장한 시신을 파서 수장(水葬)시키면, 동네에 아무 일이 없게 된답니다.

옛날에 팔포 일대에는 음력 정월 보름이 되면, 줄당기기를 하였습니다. 그래서 한내 저쪽 동금(東錦) 사람하고, 이쪽 서금(西錦) 사람하고 줄당기기를 해 가지고, 저 섬 관리를 하는데, 반드시 이긴 사람이 관리한다고 합니다. 통상 우리는 지는 쪽에 짐을 부여하게 되는데, 저 섬의 관리는 애써서 이긴 팀이 관리를 하게 됩니다. 그래서 관리를 계속해 오다가 최근에는 시청에서 관리를 하고 있습니다.

채록 일시 : 1995. 8. 12. 오전 9시 경
구연자 : 정인진(남, 38세, 대학원졸, 삼천포고등학교 교사)
　사는 곳 : 경남 사천시 벌리동 삼천포맨션 나-401
　나서 자란 곳 : 경남 남해군 창선면 상신리 18
만나게 된 경위 및 채록 상황 : 월곡고전문학연구회 세미나를 한 '돌고래 가든' 2층에서 아침 식사를 마치고, 바로 앞에 보이는 목섬을 가리키며 전설을 구연하였다. 구연자 정 선생은 일어서서 이야기하고, 참석자 20여 명은 앉아서 경청하였다.
처음 들은 때 및 들려준 사람 : 몇 년 전에 경남 사천시 벌리동 477-2에 사는 최송량(남, 53세, 대졸, 시청 근무)씨를 비롯한 천규성, 박재삼, 김현종, 강현이, 손영애, 최현미, 양천화, 강분자, 강민선, 손지희, 감호권, 김또또애기씨 등 여러 주민들로부터 들었다고 함.

'목섬' 은 해안 지역의 섬 이름 또는 마을 이름으로 순수한 한글 이름인데, 한자어로 '항도(項島)' 라고도 한다. 이러한 명칭은 지형상의 특징에서 유래된 것으로 생각된다. 위 이야기를 구연한 정인진 선생은 「목섬설화」를 연구하였다. 정 선생의 말에 따르면, 『한국지명총람』에 이런 이름이 전국에 걸쳐 82군데나 되는데, 목섬에 관한 설화가 전해 오는 것은 이 섬 하나뿐이라고 한다. 이 지역 사람들은 목섬이 동서금동(일명 팔포) 일대의 자연적인 방파제가 되어 이곳 주민들의 목숨과 같다고 하여 '목섬'이라고 부른다고 한다.

위에 적은 이야기처럼 산이 다른 지역에서 지금 있는 곳으로 스스로 옮겨 왔다고 하는 이야기를 '부래설화(浮來說話)' 또는 '산 이동설화(山移動說話)'라고 하는데, 이 설화는 전국적인 분포를 보이고 있다. 이 설화는 지금까지 전국에 있는 160여 장소와 관련된 258편의 이야기가 수집되었다. 이 설화는 함경북도와 황해도 지역에서는 보이지 않는데, 이것은 이 설화가 이 지역에 없기 때문이라기보다는 조사되지 않은 때문이라 하겠다.

부래설화에는 섬이나 산이 이동해 왔다는 점만을 이야기하는 '이동형', 그곳을 신성시하여 그곳에서 제사를 지냈다고 하는 '제사형', 그곳이 명당이어서 묘를 쓰려고 한다는 '명당형', 그곳이 먼저 속해 있던 관청에서 세금을 받아갔다는 '세금형' 등이 있다.

위에 적은 목섬 이야기는 '이동형'과 '명당형'이 결합된 것으로, 떠들어온 목섬이 명당이어서 그 곳에 묘를 쓰려고 한다는 이야기가 주조를 이룬다. 그러나 주민들 사이에는 그 곳을 신성시하여 제사를 지냈다고 하는 '제사형'의 이야기가 전하기도 한다. 그러나 목섬이 먼저 속해 있던 관청에서 세금을 받아갔다는 '세금형'의 이야기는 전하지 않는다.

산이 스스로 움직여 자리를 옮긴다고 하는 이야기가 전하는 기록으로 가장 오래된 것은 『삼국유사』 권2에 실려 있는 「만파식적(萬波息笛)」이다. 신라 31대 신문왕은 '동해 속에 있는 작은 산 하나가 물에 떠서 감은사를 향해 오는데, 물결에 따라 이리저리 왔다 갔다 한다.'는 보고를 받고, 그 산으로 갔다. 왕은 그 산으로 가서 용이 바치는 대나무를 얻어다가 피리를 만들었다. 그런데 이 피리를 불면, 적병이 물러가고 병이 나았다. 가뭄에는 비가 오고, 장마에는 날이 개며, 바람이 멎고 물결이 가라앉았다고 한다. 이 이야기의 '바다에서 떠들어온 섬'은 신이한 능력을 지닌 용과 대나무가 있는 '신성 장소'이다.

산이나 바위가 스스로 움직여 이동했다는 전설이 깃들어 있는 곳은 대개 신성시되어 제사의 장소가 되기도 하고, 기묘한 모습을 하고 있어서 장관을 이루기도 한다. 인천광역시의 강화도에 있는 '마니산', 전북 진안의 '마이산', 강원도 설악산의 '울산바위', 경남 충무의 '공주섬', 경북 의령의 '거창산' 등이 그 좋은 예이다. 이로 보아 스스로 움직이는 섬이나 산은 신성 장소로 상정(想定)되었음을 알 수 있다.

이 설화에 나타나는 시간은 대체로 '옛날'이지만, 그것은 '아주 오랜 옛날'로 신화적 시간 요소의 성격을 띤다. 그리고 스스로 움직여서 이동해 오는 섬이나 산은 특이하거나 중요한 위치에 있어서, 그 지역에서 신성시되는 장소이다. 옛사람들은 자기들 가까이에 있는 이러한 신성 장소가 어떻게 하여 생겼는가를 설명하려는 심리에서 섬이나 산이 이동해 왔다는 이야기를 꾸몄을 것이라 생각한다.

이 이야기에는 떠들어온 섬은 신성한 장소이어서, 그 장소에 제사를 지내면 복을 받는다는 사유와 그 장소는 명당이어서 그 곳에 묘를 쓰면 발복한다는 사유가 바탕에 깔려 있다. 그 곳은 성스러운 장소이기에 마을 사람 모두가 공유해야 한다. 그래서 마을 사람들은 그 곳에 묘를 쓰지 못하게 한다. 그런데도 개인의 발복(發福)을 위하여 몰래 그 곳에 묘를 쓰는 사람이 있어서 한꺼번에 열두 구의 시체를 파내기도 하였다고 한다. 이것은 명당을 차지하려는 의욕이 주민들 사이에 얼마나 강했는가를 보여 주는 것이라 하겠다.

목섬 이야기에는 없는 '세금형'을 보면, 떠내려 온 섬이나 산, 바위 등이 먼저 속해 있던 관청에서 지금 있는 곳의 관청에 와서 '그 곳은 자기의 관아에 속해 있던 곳이니 세금을 내라.' 하여 해마다 세금을 받아갔다. 그런데 이를 매우 불합리하게 생각한 원님 또는 어린 아이가 꾀를 써서 세금을 내지 않게 되었다고 한다. 이런 이야기는 김포 공암산 끝 강 속에 있는 '광주 바위섬', 평양의 '능라도', 전남 옥구군 나포면에 있는 '나포산', 충남 서산에 있는 '전라산'에 얽힌 전설 등에 전한다. 이들 이야기에는 그 곳이 신성 장소라거나 명당이라는 사유는 약화되어 있고, 지배자의 횡포와 세금 부과가 매우 혹독하고 끈질겼음이 강조되어 있다.

목섬 설화를 통하여 우리는 자연 방파제가 되어 이 지역 주민들의 안전에 중요한 몫을 하는 목섬이 생긴 유래를 이 지역 주민들이 어떻게 설명하고 있는가를 알았다. 그리고 이 섬을 신성시하여 제의의 장소 또는 명당으로 생각하는 이 지역 주민들의 의식도 알 수 있었다.

2. 섣달 그믐이면 우는 와룡산

경남 사천시(전 삼천포시) 벌리동에는 해발 799m의 와룡산(臥龍山)이 있다. 사천 시청에서 진주로 가는 3번 국도를 따라 5km쯤 가니, 오른 쪽에 죽림동이 있고, 그 뒤 오른쪽으로 와룡산이 보였다. 조금 더 가다가 신벽동에서 차를 세운 필자와 월곡고전문학연구회 회원들은 기념물 제39호인 '신벽동 지석묘(新碧洞支石墓)'를 살펴본 뒤에 신벽동 뒤 오른쪽으로 보이는 와룡산을 바라보며 이 지역 전설을 많이 아는 정인진 선생으로부터 와룡산의 지명 유래담과 그에 얽힌 전설을 들었다.

고려 제5대 경종(景宗)은 왕위에 오른 지 몇 년 되지 않아 두 왕비를 남겨 두고, 젊은 나이로 세상을 떠났다고 합니다. 제1비에게는 아들이 있었으나, 제2비인 헌정왕후(獻貞王后)에게는 아들이 없었답니다.

태조 왕건의 여덟째 아들인 욱(郁, 뒤에 安宗으로 追尊)은 질녀(姪女)이면서 질부(姪婦)인 헌정왕후를 사랑하여 가까이 지내다가 아들 순(詢)을 낳았답니다. 조정에서는 근친상간(近親相姦)을 하여 아들을 낳은 욱을 용서할 수 없으니, 불에 태워 죽여야 한다고 하면서, 그가 거처하는 궁궐에 불을 질렀답니

사천시 노산공원에서 본 와룡산

다. 그런데 저절로 불이 꺼져 욱이 타죽지 않았습니다. 대신들은

"이것은 하늘의 뜻이니 죽이지 말고 멀리 귀양 보내자."

고 하여, 지금의 삼천포 와룡 골짜기로 귀양을 보냈답니다.

아버지가 귀양을 간 뒤에 어린 아들 순이 자꾸 아버지를 찾자, 순도 귀양을 보냈답니다. 그래서 아버지는 와룡산 뒤쪽에 있는 '능하'라는 곳으로 옮기고, 아들 순은 와룡 골짜기에, 전에는 와룡사(臥龍寺)라는 절이 있었답니다. 순은 그 와룡사에서 키웠다고 합니다.

순은 와룡사에서 유배 생활을 하던 중 열여섯의 나이에 다시 개성으로 가서 왕위에 올랐는데, 그가 제8대 현종(顯宗)입니다.

왕을 용(龍)이라 하고, 왕이 되기 전을 잠룡(潛龍)이라고 하지 않습니까?

그래서 이 산을 현종이 왕위에 오르기 전에 살던 곳이라 하여 와룡산(臥龍山)이라고 부르게 되었다고 합니다. 이 산은 지세(地勢)가 잠룡지세(潛龍之勢)여서 현종의 잠룡지사(潛龍之事)와도 잘 들어맞는다고 합니다.

이 와룡산이 섣달그믐이면 슬피 운다고 하는데, 우는 이유는 다음과 같다고 합니다.

이성계가 고려 왕조를 뒤엎고 나라를 세우려고 할 때, 도읍을 어디에 하면 좋을까 알아보기 위해 전국을 돌아다니다가, 이 와룡산에 왔었다고 합니다. 와룡산에 들어왔을 때, 한 밤중에 산신령이 나타나서,

"야 이놈아, 너 같은 놈이 흑심을 품고 이 성지(聖地)에 들어올 수 있느냐?"

하고 호통을 치더랍니다. 이성계가 깜짝 놀라 정신을 차려 보니까, 꿈인 거예요. 이성계는 큰일 났다 싶어 허겁지겁 도망을 간 겁니다. 어디로 갔느냐하면, 남해, 지금의 금산이라는 곳으로 갔습니다. 그 때 남해 금산은 금산이 아니었거든요. 보광산이었어요.

이성계가 보광산으로 쫓겨 가서 100일 기도를 드린 겁니다. 지금 금산에 100일 기도를 드리던 곳이 있다고 그러거든요. 거기서 100일 기도를 드려서 그런지 어쩐지 이성계가 왕이 되었지요.

이성계가 왕이 된 뒤에, 보광산이 베풀어준 은혜를 갚겠다는 생각에서 신하들에게 자기가 왕이 된 과정을 설명하고, 보광산의 은혜를 갚을 묘안이 있으면 말하라고 하였답니다. 그 때 한 신하가 말하기를,

"묘안이 딱 한 가지 있습니다."

하더랍니다. 무엇인가 말해 보라고 하니까,

"그 산을 비단으로 둘러씌워 주면 어떻겠습니까?"

그런데 비단이 지금도 비싸지만, 조선조 시대에는 오죽 비쌌습니까? 그러니까 이성계가

"그럴 수 없어."

하니까, 신하가

"아니올시다. 그거 간단합니다. 그 산 이름을 '비단 금(錦)자'를 넣어서 부르면 영원히 비단으로 싸 주는 게 됩니다."

이 말을 들은 이성계는 '옳다구나!' 싶어 그 산 이름을 금산(錦山)이라고 지어 주었다고 합니다.

이성계가 금산의 이름을 지어 주고 나서 가만히 생각해 보니, 사천의 와룡산은 괘씸하기 짝이 없거든요. 그래서 이성계가 명령을 내렸답니다. 어명으로.

"와룡산을 조선 8도 지도에서 모두 빼 버려라!"

그래서 조선 8도 지도에 와룡산은 실제로 빠졌다고 그래요. 금산은 실제로 와룡산보다 낮거든요. 오백 몇 미터밖에 안 돼요. 와룡산은 799미터이고. 그런데도 와룡산은 지도에서 빠졌다고 그래요. 그래서 와룡산이 우는 겁니다. 계속 섣달 그믐만 되면. 왜냐 하면, '올해에는 행여 지도에 올려 줄까' 싶어서 일 년 내내 기다리다가 마지막 날까지도 안 올려 주니까 우는 겁니다. 그래서 진작부터 울었어요.

(채록자 : 요즈음에도 운다고 합니까?)

요즈음에는 울지 않는 것으로 알았는데, 얼마 전에 와룡 골짜기에 들어가서 노인한테 산이 우는 것을 들어보았느냐고 하니까, 지금도 운다고 그럽니다. 섣달 그믐날 문풍지가 '우웅웅~' 하고 떠는 것은 와룡산이 울어서 그렇다고 합니다.

조선조가 28대 왕으로 끝나게 된 것은 우연이 아니고 필연이었다고 얘기를 합니다. 그것은 고려 현종이 이곳에서 어린 시절을 보내고 등극을 했지 않습니까? 아까 말한 산신령이 바로 현종이었던 같아요. 제가 지금 생각해 보니까. 조선조를 멸망시킨 이성계가 왔으니까, 산신령이 된 현종이 호통을 친 거지요. 조선조가 27대로 멸망하게 된 것은, 고려가 34대까지인데, 제8대 현종으로부터 따지면 27대지요. 딱 27대. 조선조가 27대까지 가게 된 것은 바로 현종의 영향력 때문에 그렇다고 그럽니다.

채록 일시 : 1995. 8. 12. 오전 12시 경
구연자 : 정인진(남, 38세, 대학원졸, 삼천포고등학교 교사)
　사는 곳 : 경남 사천시 벌리동 삼천포맨션 나-401
　나서 자란 곳 : 경남 남해군 창선면 상신리 18
만나게 된 경위 및 채록 상황 : 월곡고전문학연구회 세미나를 마치고, 진주로 가다가 신벽동 지석묘 앞에서 이야기 하였음.
처음 들은 때 및 들려준 사람 : 1990년 4. 18일 경남 사천시 와룡동에 사는 조갑제(남, 58세) 씨한테 들었다고 함. 조갑제씨는 와룡동에서 6대째 살고 있는데, 이 이야기를 어렸을 때 할아버지한테도 들었고, 10여 년 전에 동네 노인들한테도 들었다고 함.

　와룡산은 해발 799m터의 꽤 높은 산인데, 『신증 동국여지승람(新增東國輿地勝覽)』 권 30 「진주목(晋州牧)」 조에는 '와룡산은 주 남쪽 60리에 있다.', '와룡사는 와룡산에 있는데, 고려 현종이 왕위에 오르기 전에 놀고 간 곳이다.' 라고 기록되어 있다. 권 31 「사천현(泗川縣)」 조에는 '와룡산은 현 남쪽 30리 지점에 있다.' 고 기록되어 있다.

　위의 이야기 중 앞부분의 지명 유래담은 근친혼(近親婚)이 많던 고려 왕실을 배경으로 한 이야기이다. 고려 제5대 경종은 태조 왕건의 일곱째 아들로 숙부인 욱(旭, 戴宗으로 追尊)의 두 딸을 아내로 맞이하였는데, 제1비인 헌애왕후(獻哀王后)에게는 아들(뒤에 목종이 됨)이 있었으나, 제2비인 헌정왕후(獻貞王后)에게는 아들이 없었다. 경종이 죽자 태조 왕건의 여덟째 아들인 욱(郁, 뒤에 安宗으로 追尊)은 질녀(姪女)이면서 질부(姪婦)인 헌정왕후를 사랑하여 가까이 지내다가 아들 순(詢)을 낳았다. 경종의 뒤를 이은 성종이 죽고 헌애왕후의 아들인 목종이 18세에 왕위에 오르자, 어머니인 헌애왕후는 섭정을 하면서 외척인 김치양과 방탕한 생활을 하였다. 그리고 김치양과의 사이에서 낳은 아들을 목종의 후계자로 삼으려 하였다. 목종은 병을 얻어 자리에 눕게 되자, 김씨에게 왕권을 넘겨줄 수 없다는 생각에서 김치양의 음모를 채충순(蔡忠順)에게 말하고, 변방에 나가 있던 강조(康兆)를 불러다가 지키게 하였다. 강조는 정변(政變)을 일으켜 헌애왕후와 김치양을 쫓아낸 다음, 목종으로 하여금 왕위를 태조의 혈육인 순에게 물려주도록 하였다고 한다. 위의 이야기는 이러한 사실을 바탕으로 하여 구성된 전설이다.

고려 전기에는 왕실에서 혈족끼리 혼인하는 일이 많았고, 정치적 음모와 계략도 많았다. 그러므로 어린 순이 와룡산에 유배된 것은 위의 이야기처럼 아버지 욱과 헌정왕후의 불륜 때문만은 아니었을 것이다. 그보다는 정치적 음모와 계략에 의해서 귀양을 가게 되었을 것이라는 생각이 든다. 순이 어떠한 이유로 이곳에 왔든지 간에 순이 이곳에 와서 어린 시절을 보내고 나중에 왕이 되었다고 하여 이 산의 이름을 와룡산이라고 한 것은 사실인 것 같다. 이 산은 실제로 용이 누워 있는 형상이어서 이 산의 이름은 산세와도 잘 어울리는 이름이라고 한다.

뒤에 적은 이야기는 이 와룡산이 섣달그믐이면 소리 내어 우는 까닭을 설명한 전설이다. 현종은 22년 간 왕위에 있다가 아들인 덕종에게 자리를 물려주었는데, 전설에서는 현종이 죽은 뒤에 와룡산의 산신이 되었다고 한다. 산신이 된 현종은 고려를 뒤엎고 이씨 왕조를 세우려는 생각을 가진 이성계가 와룡산에 오자 '흑심을 품은 자를 받아들일 수 없으니 썩 물러가라.'고 호통을 쳤다고 한다. 이성계는 그 보복으로 와룡산을 지도에서 빼게 하였고, 와룡산은 그게 분하여 섣달그믐이면 운다고 한다.

이성계가 실제로 사천의 와룡산까지 왔었는지는 알 수가 없다. 그러나 이성계가 도읍지를 찾을 목적으로 남해안에 위치한 사천까지 왔었다는 것은 믿기 어렵다. 그렇다면 이 지역 주민들은 어떠한 생각으로 이런 전설을 형성시켜 전파 · 전승하여 왔을까?

조선 시대에는 어느 지역에서 지배 계층의 마음에 들지 않는 정치적 문제가 발생하면, 그 곳을 행정적으로 격하시키기도 하고, 해당되는 마을을 아주 없애 버리기도 하였다고 한다. 산이나 고을 이름을 지도에서 빼라는 것은 그 산이나 고을의 존재를 인정하지 않는 것이니, 그 산이나 고을의 입장에서는 사형 선고와 같은 것이다. 이것은 해당 지역이나 산의 입장에서는 받아들이기 어려운 지배 계층의 횡포라 하겠다.

와룡산은 고려 현종이 잠룡(潛龍) 시절을 보낸 명산이다. 그러므로 고려조에서는 현종 이래로 이 산을 주목하였을 것이고, 인근 주민들 역시 이 산을 고려의 얼을 간직한 산으로 외경(畏敬)하였을 것이다. 그런데 이성계가 고려조를 뒤엎고 조선을 세웠으니, 그 사실을 선뜻 받아들이기 어려웠을 것이다. 그래서 이성계가 도읍을 정하기 위해 전국 각지를 돌아다녔다는 사실을 소재로 하여 이와 같은 전설을 만든 것이라 생각한다.

이렇게 보면, 이성계가 와룡산에 왔을 때 호통을 친 것은 고려의 멸망을 아쉬워하고, 조선의 건국을 못마땅하게 생각하는 이 지역 주민 의식의 일단을 표현한 것이 된다. 그리고 와룡산을 지도에서 빼라고 한 것은 조선을 건국한 새로운 지배 계층이 이를 못마땅하게 생각하는 주민들에게 내린 정치적 보복이라 하겠다. 와룡산은 정치적 보복을 당하고서 어찌할 수 없어 하루하루 참고 지내지만, 섣달 그믐날에는 참을 수 없어서 이를 항의하는 뜻에서 소리 내어 운다는 것이다.

지도에서 삭제된 처사가 부당하다면서 다시 지도에 넣어 주기를 바라던 와룡산의 소망은 끝내 받아들여지지 아니한다. 이에 와룡산은 부당한 처사를 한 조선 조정에 복수를 감행하여 제27대왕을 끝으로 멸망하게 하였다고 한다. 조선왕조가 27대로 막을 내린 것을 고려가 현종 이후에 27대까지 존속했던 것과 관련시켜 해석한 것이다. 이것은 현종이 산신이 된 와룡산으로 상징되는 고려 정신, 또는 부당한 횡포를 하는 지배 계층에 대한 저항 심리를 표현한 것이라 생각한다.

이 이야기에서 이성계의 조선왕조 건설에 도움을 준 경남 남해군 상주면 상주리의 보광산은 정치권력의 비호를 받아 금산(錦山, 해발 658미터)으로 이름을 바꾸고 명성을 떨쳤지만, 고려 현종으로 상징되는 와룡산은 정치권력의 횡포로 사형에 해당하는 '지도에서의 삭제' 라는 중형을 받아 오랫동안 세상에 이름을 드러내지 못하였다. 그러나 이제 와룡산은 전날의 부당한 대우를 극복하고, 위에 적은 것과 같은 흥미로운 전설과 함께 더 유명해 질 것이다. 그래서 이름 그대로 와룡(臥龍), 즉 누워 있던 용이 때를 만나 하늘로 날아오르는 것처럼 이 산과 인근 지역은 크게 발전하는 날이 올 것이다.

이런 사연을 지닌 와룡산을 시간에 쫓겨 올라 보지 못하고 그대로 온 것이 지금도 아쉽게 느껴진다. 되도록 빠른 시일 내에 틈을 내어 와룡산에 올라 이곳저곳을 둘러보며, 이 산의 지명 유래담과 전설이 지닌 뜻을 되새겨 보려고 한다.

3. 봉황을 기다리는 마음—비봉산과 봉알자리

경남 진주시 상봉동에 비봉산(飛鳳山)이 있다. 와룡산을 바라보며 와룡산에 얽힌 전설을 들은 우리는 다시 차에 올라 진주로 와서 촉석루로 갔다. 촉석루 앞에서 바라보니, 남쪽에는 남강이 임진왜란 때 논개가 적장을 끌어안고 물에 빠졌다는 의암(義岩)을 감돌아 흐르고 있었다. 그리고 북쪽에는 주택가와 시가지를 감싸고 있는 비봉산 자락이 길게 뻗혀 있었다. 일행 20여 명은 나무 그늘로 가서 비봉산을 바라보며 우리를 안내한 삼천포고등학교 정인진 선생의 「비봉산과 봉(鳳)알 자리」 이야기를 들었다. 정 선생 이야기를 적어 보면 다음과 같다.

비봉산은 진주에서 가장 높은 산으로, 진주를 대표하는 명산입니다. 저 산을 지금은 비봉산(飛鳳山)이라고 하지만, 전에는 대봉산(大鳳山)이라고 하였다고 합니다.

고려조에서 조선 전기까지는 진주(진양) 강씨 문중에서 많은 인물이 나와 높은 벼슬을 하고 득세를 하였는데, 그것은 대봉산에 봉암(鳳岩)이 있었기 때문이라고 합니다. 이를 안 조정에서 대봉산의 봉암을 깨트리자, 봉황

진주 시내를 감싸고 있는 비봉산

이 북쪽으로 날아가 버렸습니다. 그 때부터 저 산을 비봉산이라고 부른다
고 합니다.

봉황이 날아간 뒤에 진주에서는 인물이 나지 않는다고 합니다. 그래서
진양 강씨 문중에서는 봉이 다시 날아올 것을 기대하고, 봉의 알자리를 멋
지게 만들어 놓았습니다. 그러나 아직까지 봉은 날아오지 않았으므로, 진
주는 고려 시대나 조선 전기의 영광을 되찾지 못하고 있습니다. 조선 전기
까지만 하여도 매우 크고 번창하였던 도시가 더 이상 번창하지 못하는 것
은 비봉산의 봉황이 날아가고 없기 때문이라고 합니다.

채록 일시 : 1995. 8. 12. 낮 12시 40분
구연자 : 정인진(남, 38세, 대학원졸, 삼천포고등학교 교사)
　　사는 곳 : 경남 사천시 벌리동 삼천포맨션 나-401
　　나서 자란 곳 : 경남 남해군 창선면 상신리 18

처음 들은 때 및 들려준 사람 : 진주 대아고등학교를 다닐 때 하숙집 동네 어른들한테 들었다고 함.
채록 상황 : 촉석루의 나무 그늘에서 비봉산을 바라보며 월곡고전문학 연구회 회원 20여 명과 함께 서서 들었음.

정 선생의 이야기를 들은 나는 진양 강씨 문중에서 만들어 놓았다는 '봉알자리'가 어떠한가 궁금하였다. 그래서 촉석루 앞에서 점심을 먹은 뒤에 일행 20여 명과 함께 봉알자리를 찾아갔다.

봉알자리는 진주시 상봉동의 비봉산을 마주보는 자리에 흙으로 두둑하게 쌓아올려 산과 같이 만들은 곳인데, 한 가운데에 50평쯤 되어 보이는 잔디밭이 있었다. 잔디밭은 약간 우묵하게 들어가 있는데, 그 가운데에 새알 모양의 둥근 바위가 한 개 놓여 있었다. 봉알이 있는 곳보다 약간 높은 곳에는 봉알자리를 만든 뒤에 세웠다는 비석이 서 있었다. 잔디밭 둘레에는 크고 작은 나무들이 늘어서 있고, 그 밖에는 철책이 둘러져 있었다.

필자가 봉알자리를 둘러보고 있을 때 동네 아주머니 몇 분이 그 앞의 그늘에 앉아 이야기하고 있었다. 필자가 인사를 하고, 봉알자리에 관해 아는 것이 있으면 이야기해 달라고 부탁하였다. 몇 분은 모른다고 뒤로 빼고, 한 아주머니가 어렵사리 이야기를 꺼냈다.

지금부터 100여 년 전, 이 자리는 산처럼 통통하게 되어 있었는데, 거기에 응당한 자리가 있었대요. 어느 날 이른 아침, 거기에 봉이 앉아 가지고 알을 낳으려고 하고 있었었답니다. 그 때 한 아낙네가 그 앞에 오줌을 누려고 앉았다가, 봉이 있는 것을 보고, 놀랍고 신기해서,

"아! 저기 봉이 알을 낳는다!"

하고 소리치니, 봉이 놀라서 알을 낳지 않고 북쪽을 향해서 날아갔답니다.

이곳은 그 봉이 알을 낳으려고 하던 자리인데요, 봉이 여기서 알을 낳았으면 진주가 서울이 되었을 터인데, 알을 낳지 않고 날아가서 서울이 못 되

었다고 합니다. 봉이 날아가서 앉은 자리가 지금의 서울이라고 합니다.

채록 일시 : 1995. 8. 12. 오후 1시 50분
구연자 : 정은주(여, 48세)
 사는 곳 : 경남 진주시 상봉서동 1004-6
 나서 자란 곳 : 경남 산청군 단성면 제호 마을
처음 들은 때 및 들려준 사람 : 혼인 직후 남편한테 들었음.

이 이야기는 봉알 자리에 관한 것으로, 앞의 이야기와 짝을 이룬다. 비봉산에 있던 봉이 날아가 버려 이곳에서 인물이 나지 않으므로, 봉의 알을 만들어 놓고 봉이 다시 날아오기를 기다린다는 것은 현대인의 합리적 사고로는 선뜻 이해하기 어렵다. 이것을 이해하기 위해서는 풍수지리설과 풍수신앙의 기본적인 것을 알아야 한다.

풍수지리설에 의하면, 세상에는 우주만물을 주관하는 큰 기운이 있는데, 이를 생기(生氣)라고 한다. 이 생기를 받으면 나라가 잘 되고, 마을이 잘 되며, 집안이 잘 된다. 이 생기는 공기 중에도 흐르고 있고, 땅 속으로도 흐른다고 한다. 공기 중에 퍼져 있는 생기를 한 데 모으려면, 생기를 모을 수 있는 지형이어야 한다. 땅 속으로 흐르는 생기는 지맥(地脈)을 통해 흐르는데, 그 생기가 모여 있는 자리가 명당(明堂)이다.

생기를 잘 받을 수 있는 곳에 집을 짓거나 대궐을 지으면 생기에 감응(感應)되어 그 집안이나 나라가 발전한다고 한다고 하는데, 이를 양택풍수(陽宅風水)라고 한다. 명당에 시신(屍身)을 매장하면, 시신이 생기에 감응되어 그 자손이 발복한다고 하는데, 이를 음택풍수(陰宅風水)라고 한다. 한국에는 신라 말부터 이러한 풍수설이 전래되어 민간에까지 널리 퍼져 민간신앙으로 자리 잡게 되었고, 그에 따라 많은 풍수설화가 형성되어 전해 오고 있다.

비봉산은 봉이 깃들어 있는 형상으로 명당이었다. 그래서 비봉산의 정기를 받은 진주 강씨 문중에서 많은 인물이 나왔다. 그런데 그 명당의 핵심이 되는 봉암을 깨뜨려 명당을 훼손하였다. 봉이 날아갔다는 것은 생기를 받

봉이 다시 날아오기를 기다리는 마음을 담아 만들어 놓은 봉알자리

을 수 있는 명당이 훼손되어 더 이상 명당으로서의 기능을 할 수 없게 되었음을 의미한다. 그래서 진주에서는 기대한 만큼의 인물이 나오지 않게 되었다는 것이다. 그러므로 이 지역에서 전과 같이 유능한 인재들이 많이 나오려면, 북쪽으로 날아간 봉이 다시 날아와 비봉산의 정기를 회복해야 한다. 그래서 봉알자리를 만들어 놓고, 봉이 오기를 기다리는 것이다.

봉알자리 비석 앞에 있는 봉알

「비봉산과 봉알 자리」는 진양 강씨 문중에서 훌륭한 인물이 계속 나기를 바라는 간절한 마음과 풍수설이 결합되어 만들어진 이야기이다. 봉알 자리를 둘러본 우리 일행은 봉알자리를 만들어 놓고 훌륭한 인물이 나기를 기다리는 진양 강씨의 소망이 헛되지 않기를 빌며, 차에 올라 길을 재촉하였다.

4. 큰일이 있을 때마다 우는 돌[鳴石]

경상남도 진주시 명석면 신기리에는 나라에 큰일이 있을 때마다 운다는 돌이 있다. 이 돌을 운돌, 한자로는 명석(鳴石)이라고 하는데, 경상남도 민속 자료 12호로 지정되어 있다.

진주시에서 산청 가는 길을 따라 서북쪽으로 7km쯤 가다가 명석면 나불 마을 앞에서 오른쪽으로 난 1006번 지방도로를 따라 10km쯤 가면 명석면 신기리 동전 마을이 나온다. 마을 앞으로 난 도로 옆 산기슭에 한 쌍의 돌을 모신 명석각(鳴石閣)이 있는데, 그 안에 암수를 상징하는 돌 두 개를 모셔 놓았다. 향하여 왼쪽에 있는 숫돌은 높이가 약 75cm, 바닥 직경이 약 63cm이며, 둘레가 약 220cm이다. 오른쪽에 있는 암돌은 높이가 약 75cm, 바닥 직경이 약 55cm, 둘레가 약 160cm이다. 왼쪽의 숫돌은 윗부분이 남자의 성기를 닮았다. 오른쪽의 돌은 여자의 성기와 닮은 데는 없으나 위가 납작하여 족두리를 쓴 배부른 여인의 형상이다. 명석각 바로 앞에는 명석유래비가 서 있다.

운돌에는 다음과 같은 전설이 전해 온다.

임진왜란이 일어나자 진주 관아에서는 토성인 진주성을 돌로 다시 쌓는

명석각의 모습과 그 안에 모신 자웅석

공사를 하였다. 이 때 인근 고을의 백성들은 물론 스님들도 모두 나서서 돌을 나르고, 성을 쌓는 일을 하였다. 이 역사에 참여하였던 명석의 스님이 절로 돌아가기 위해 동전 마을 앞을 지나고 있었다. 그 때 바위 두 개가 굴러오고 있었다. 이를 본 스님이 이상히 여겨 혼자 말하듯 물었다.

"돌이 어디를 그리 바삐 가는가?"

"진주성을 쌓는 일에 백성들의 노고가 많다는 말을 듣고, 진주성의 돌이
　되려고 급히 가는 중이오."

이 말을 들은 스님이 성 쌓는 일은 이미 끝났다고 하니, 돌은 그 자리에 멈춰 서서 통곡하면서 많은 눈물을 흘렸다. 이를 본 스님이 "거룩하고, 신령스러운 돌이로다." 하고 감탄하며 두 돌을 향하여 아홉 번 절하였다.

그 후 이 돌을 운돌, 한자로는 명석(鳴石)이라 하고, 자웅석이 굴러온 골짜기를 구배골(九拜谷), 구복골(九伏谷) 또는 구복동(九伏洞)이라고 하였다. 이 돌은 이 후에도 나라에 큰일이 있을 때마다 사흘 간 크게 울었다고 한다.

채록 일시 : 1999. 8. 10. 오후 3시
구연자 : 홍순호(남, 76세, 한문 수학, 농업)
　나서 자란 곳 및 사는 곳 : 진주시 명석면 홍지동 1리
구연자 : 정영포(남, 67세, 고졸, 농업)
　나서 자란 곳 및 사는 곳 : 진주시 명성면 신기리 동전마을 112
만나게 된 경위 및 채록 상황 : 마산 내서중학교에 근무하는 하준봉 선생과 함께 명석각을 둘러본 뒤에 가까이에 있는 동전 마을 새마을회관으로 가니 여러 어른들이 평상에 앉아 담소하고 있었다. 필자는 호의적인 두 분을 따로

명석각 안에 걸린 현판의 명석각병건사실기(鳴石閣甁建事實記)

위 이야기는 홍순호 씨와 정영포 씨가 구연한 내용을 필자가 다듬어 적은 것이다. 위 이야기에서는 이 일의 배경을 임진왜란 때라고 하였다. 그러나 『진양지(晉陽誌)』 등의 문헌에는 '고려 공민왕 때에 원나라로부터 여진 및 거란족이 침입할 것이라는 정보를 접하고 각 군읍의 성을 고쳐 쌓으라는 명령이 내려졌을 때의 일'이라고 하였다. 명석각 안에 걸려 있는 현판에 적혀 있는 「명석각병건사실기(鳴石閣甁建事實記)」에는 '고려 공민왕 때 몽고족이 우리나라를 침범한다는 정보에 각주읍성(各州邑城)을 개축하라는 급보'를 내렸을 때의 일이라 하였다. 명석각 앞에 세운 「명석(鳴石) 자웅암(雌雄岩)」 안내문에는 '고려 말 일본과 몽고의 침입에 대비하기 위하여 진주 토성을 석성으로 고쳐 쌓을 때의 일'이라 하였다. 「명석유래비」에는 '고려 23대 고종 18년 신묘(1231)년의 몽고 침입 때'라고 적혀 있다.

이런 점으로 미루어 보면, 운돌의 시대적 배경은 원래 고려 때인데, 구전 과정에서 임진왜란 때로 바뀐 것 같다. 그것은 이 설화를 구전해 온 민중의 의식 속에 임진왜란이 더 각인(刻印)되어 있기 때문이라 하겠다. 이 이야기에서 돌이 스스로 굴러 내려온 것은 성을 쌓는 일에 백성들의 노고가 많기 때문에 이를 덜어주기 위해서라고 하였다. 이것은 전쟁으로 인한 백성들의 고통과 피해에 대한 기억이 또렷한 임진왜란 때로 시대적 배경을 바꾸면서

명석 유래시비의 앞면

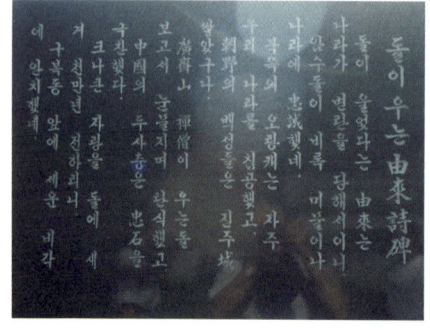

명석 유래시비의 뒷면

민중들의 어려운 형편과 고통을 생각하는 의식을 드러낸 것이라 하겠다.

운돌의 숫돌은 지금의 위치에서 동쪽으로 100m쯤 떨어진 논두렁에 있었고, 암돌은 100쯤 떨어진 냇가에 있었는데, 주민들이 1970년 삼월 삼짇날 지금의 자리에 나란히 모셨다. 그리고 1973년에 이 석각(石閣)을 지었다고 한다. 그 후 음력 3월 3일 삼짇날에 운돌제를 지낸다. 명석면에서 주관하는 운돌제는 초헌관은 면장, 아헌관은 교육장, 종헌관은 지서장, 축관은 마을 노인이 맡아서 지내고 있다. 제물은 돼지머리, 삼색실과 등인데, 어물은 쓰지 않는다.

돌이 진주성의 돌이 되겠다고 스스로 굴러 내려왔다는 운돌의 유래 전설이나 이 지역 사람들이 운돌제를 지내는 것은 암석을 신성시하는 한국인의 의식을 바탕으로 한 것이다. 한국인은 영속성(永續性)과 특이성(特異性)이 있는 자연물을 신성시하고, 신앙의 대상으로 삼아 신앙행위를 해 왔다. 명석각에 모신 운돌은 바위이므로 영속성을 지니고 있다. 그 모양을 보면, 숫돌은 남자의 성기모양이고, 암돌은 아기를 밴 여인의 형상이어서 특이하다. 그러므로 암수의 운돌은 신성시하여 신앙의 대상으로 삼는 데에 필요한 조건을 갖추고 있다. 민중의 이러한 의식이 외적의 침입에 대비하는 국가의식과 결부되어 이 설화를 형성하였고, 이를 바탕으로 하여 운돌제를 지내는 마을공동체 신앙이 형성된 것이다.

운돌은 8·15 광복을 맞이할 때와 4·19 때에 많은 눈물을 흘렸다고 한다. 또 운돌제를 지내기 시작한 뒤에 이 지역에서 판사와 검사가 나오고, 박사가 세 명이나 나왔다고 한다. 이러한 것은 운돌을 신성시하는 의식은 과거에만 있었던 것이 아니고, 최근까지 이어져 오고 있음을 말해준다.

명나라 무장(武將)으로 임진왜란 때 원군으로 왔다가 조선에 귀화한 두사충(杜思忠)은 명나라에서 이 운돌 전설을 듣고, "크고 큰 돌의 낭낭한 울음소리 그 이름 크고 장하니 천 년 만 년 빛나리(磊磊維石 琅琅其鳴 其鳴宏大 於千萬齡)." 하고 운돌을 칭송하였다.

명석각 아래에 있는 「명석유래시비」의 앞면에는 한문으로 된 시가, 뒷면에는 이를 번역한 시가 쓰여 있다.

돌이 울었다는 유래는 나라가 변란을 당해서이니	鳴石由來國患蒙
암수 돌이 비록 미물이나 나라에 충성했네.	雌雄微物應之忠
북쪽의 오랑캐는 자주 우리나라를 침공했고,	北方夷狄侵攻亂
조야의 백성들은 진주성 쌓았구나.	朝野萬民築造城
광제산 선승이 우는 돌 보고서 눈물지며 탄식했고,	廣齊禪僧拜淚嘆
중국의 두사충은 충석(忠石)을 극찬했다.	中原杜思聞磊琅
크나큰 자랑을 돌에 새겨 천만 년 전하리니	其銘宏大連千世
구복동 앞에 세운 비각에 안치했네.	九伏洞前閣所藏

이 시에는 운돌 전설의 유래와 명석각을 지은 뜻이 잘 드러나 있다.

5. 만남의 기쁨을 나누는 만날 고개

경상남도 마산시 월영동 산 160번지에 마산의 명소인 '만날 고개'가 있다. 이곳은 마산시 월영동과 현동의 경계로, 내서면 감천골로 통하는 길목에 자리 잡고 있다.

필자는 경상남도 교원연수원에 강의가 있어서 창원에 가게 되었다. 강의를 마친 다음날에 필자는 마산여고에 근무하는 정상희 선생, 삼천포고등학교에 근무하는 정인진 선생, 부산 동삼여중에 근무하는 최철배 선생을 만나 함께 마산과 창원 지역 전설의 현장 몇 곳을 답사하였다.

마산 시청에서 신마산을 거쳐 통영·고성 가는 길로 조금 가니 경남대학교가 나왔고, 조금 더 달리니 '밤밭 고개'가 나왔다. 밤밭 고개에서 우측 길로 들어서니 마산시 합포구 예곡동이었다. 산기슭 마을 아래로 난 좁은 포장도로를 3킬로미터쯤 달려가니, 비포장도로가 나왔다. 넓고 큰길이었지만 울퉁불퉁하여 승용차가 올라가기에는 무척 힘이 들었다. 길옆에 차를 세우고 걸어서 올라갔다.

만날 고개에는 애틋한 사연을 지닌 전설이 전해 온다. 필자는 정인진, 최철배 선생과 함께 만날 고개를 향하여 걸어 올라가면서 정상희 선생한테

마산 만날 고개

'만날 고개' 에 얽힌 전설을 들었다.

옛날에 마산포에 몰락한 양반 이씨가 3남매를 두고 살았다. 이씨가 병으로 세상을 떠나자, 그 부인이 열일곱이 된 큰딸, 열서넛 된 둘째딸, 열 살 남짓된 아들을 데리고 삯바느질을 하여 근근이 생계를 유지하였다. 그런데 어머니가 병이 나서 일을 못하게 되니, 끼니를 이어가기도 어렵게 되었다.

그 무렵 예곡동 너머 감천골에 윤 진사라는 부자가 살았다. 윤 진사에게는 나이가 들었어도 장가를 가지 못한 외아들이 있었는데, 그는 반신불수에다 벙어리이고, 약간 지능도 떨어졌다. 윤 진사는 외아들을 장가보내려고 사방으로 알아보았으나, 마땅한 자리가 없어 세월만 보냈다.

마침 이씨 댁 이웃에 사는 방물장수가 윤 진사 댁에 가서 이씨 집 딸 이야기를 하니, 윤 진사는 이씨 집 딸이 자기 며느리로 오기만 하면, 많은 재물을 주어 이씨 집을 잘 살게 해 주겠다고 하였다. 방물장수가 이씨 집에 가서, 그 어머니에게 큰딸을 윤씨 집으로 시집보내면 전답 수십 두락과 돈을 얻을 수 있어 병도 고칠 수 있을 것이라며 혼인할 것을 권하였다. 그러나 어머니는 아무리 살림이 어렵고 구차하여도 병신에게 딸을 줄 수는 없다고 거절하였다.

이 말을 들은 윤 진사는 포기하지 아니하고, 다시 방물장수를 보내어 그 딸을 설득하게 하였다. 방물장수는 큰딸을 직접 만나 윤씨 댁 외아들과 결혼하면, 집안도 살리고 어머니 병도 고칠 수 있다고 설득하였다. 큰딸은 굳은 결심을 하고, 윤씨 댁과의 혼사를 허락하였다. 그녀는 그해 봄 병석에 누운 어머니와 어린 동생을 두고, 떨어지지 않는 발걸음으로 만날 고개를 넘어 윤 진사 댁으로 시집을 갔다.

남편은 반신불수에 벙어리요, 남편 구실도 못하는데, 시부모는 고된 시집살이를 시켰으므로, 이씨녀는 눈물로 세월을 보냈다. 그러나 이씨녀는 남편과 시부모 봉양에 정성을 다하였다. 이럭저럭 삼 년이 지났는데, 이씨녀는 병든 친정어머니와 동생들이 보고 싶어 시부모께 근친(여자가 시집와 첫 친정 나들이 가는 것)을 청하였다. 시부모는

"남편이 남편 구실을 제대로 못하니까 네가 음심(淫心)이 동해서 나갈려고 그러는구나."

하고 보내 주지 않았다.

호된 꾸중을 맞는 것을 본 남편이 부모 몰래 아내를 만날 고개까지 데리고 와서 얼른 친정에 다녀오라고 하며, 고개에서 기다리고 있었다. 그녀가 단걸음에 친정에 도착하여 보니, 어머니의 병은 완쾌되었고, 가세도 좋아져서 기뻤으나, 시집살이 생각을 하니 돌아가고 싶지 않았다. 그래서 돌아가지 않으려 하자, 어머니는

"여자는 출가외인(出嫁外人)인데, 안 가면 되느냐?"

고 호통을 치며, 어서 가라고 하였다. 그녀는 하는 수없이 눈물을 흘리며 발길을 돌렸다. 그러느라고 시간이 많이 지체되었다.

만날 고개에서 기다리던 병신 남편은 아내가 돌아오지 않자, 바위에 머리를 부딪쳐 죽으려 하였다. 그 여자가 만날 고개에 와 보니, 남편은 거의 거의 죽게 되어 있었다. 아내를 본 남편은

"마음을 고쳐먹고, 다른 곳으로 도망가서 살라."

는 뜻의 말을 남기고 죽었다.

이씨녀는 남편을 잃고 청상과부로 몇 년을 지낸 뒤에 친정의 안부라도 전해 듣고 싶어 음력 팔월 열이렛날 선뜻 만날 고개로 향했다. 그런데 그때 마침 친정어머니도 시집간 딸의 안부라도 들을 수 있을까 하여 작은딸과 아들을 데리고 만날 고개로 왔다. 그래서 이씨녀는 이곳에서 극적으로 어머니와 동생을 만나게 되었다.

이 일이 있은 뒤로 사람들은 이 고개를 '만날재' 또는 '만날 고개' 라고 하였다고 한다.

채록 일시 : 1995. 8. 15. 오후 3 : 30∼33.
구연자 : 정상희(여, 34세, 대학원 재학, 마산여고 교사)
　사는 곳 : 경남 마산시 합포구 내서읍 호계리 53-1 화인태양맨션 102동 906호
　나서 자란 곳 : 경남 통영시 명정동 375
처음 들은 때 : 이 이야기는 마산여고에 근무하면서 동료 교사한테 들었고, 이 지역 전설을 적어 놓은 책에서도 보았다고 한다.

이야기를 들으며 1km쯤 걸어서 올라가니, 민가 한 채와 공씨재가(孔氏齋家)가 나왔다. 그곳이 예곡동 두릉의 만날 고개 밑인데, 우리는 공씨재가 아랫집에 들러 주인아주머니 장춘전(55세) 씨한테 '만날 고개'에 얽힌 전설을 청하여 들었다.

장춘전 아주머니의 이야기는 오래 전에 들은 이야기라면서 아주 짤막하게 이야기하였는데, 그 요지는 며느리가 친정 식구를 보고 싶어 하니까, 윤진사 댁에서 며느리 친정으로 '음력 8월 17일 몇 시경에 만날 고개로 딸을

만날재 약수

보낼 터이니, 그 곳으로 와서 만나라.' 고 연락하여서 만날 고개에서 만났다고 하였다. 따라서 장춘전 씨 이야기에는 윤진사의 아들이 만날 고개에서 머리를 부딪쳐 죽었다는 이야기는 없었다. 장춘전 씨의 이야기 내용은 만날 고개를 올라가다가 만난 벌초꾼이 해준 이야기나 아랫마을 정자나무 밑에서 만난 노인들의 이야기와 같았다. 장춘전 씨는 '만날 고개' 안내판에 적어 놓은 이야기는 자기가 들은 이야기와는 다르게 꾸민 것이라고 하였다.

장춘전 씨 댁에서 나와 언덕길을 조금 가다가 우측 길로 들어서서 100m 쯤 가니, 작은 고개가 나왔다. 고개를 넘어 50미터쯤 내려가니, '만날 고개' 표지판과 장승이 서 있었다. 그 옆에는 '만날 고개 전설' 을 적어 놓은 안내판이 서 있고, 그 옆에는 '만날재 약수' 가 있었다.

이곳에 오는 길은 우리가 올라온 길 외에도 경남대학교 야구장을 끼고 올라오는 길이 있다고 하는데, 우리는 그 길을 잘 몰라 멀리 돌아서 올라갔다.

약수를 마시고 나서 마산포 앞바다와 시가지 경치를 바라보며 서 있노라니 더위가 가시고, 쉴 새 없이 흐르던 땀도 멎었다. 잠시 후에는 시원함을 느낄 수 있었다. 땀을 식힌 뒤에 안내판에 적혀 있는 '만날재 전설' 을 읽어보았다. 그 내용은 위에 적은 것과 대체적으로 비슷하였다. 그러나 시대적 배경을 고려 말이라 하였고, 문장이 길고 꾸밈이 많았다.

이 전설은 이 지역 사람들 사이에서 오래 전부터 전해 온다고 한다. 그래서 언제부터인지 모르게 이 지역 사람들은 누구인가와 헤어져 만나보고 싶은 사람이 있으면 음력 팔월 열이렛날 이 곳으로 온다고 한다. 이곳으로 오면 그와 같은 생각을 가진 사람

만날재에서 본 마산포와 마산 신시가지

이 많이 모이기 때문에 따로 약속을 하지 않았어도 만날 수 있다고 한다. 특히 시집살이에 바빠 친정에 가지 못하던 새색시와 친정식구들이 이곳에서 만나고, 먼 곳에 떨어져 살아서 자주 만나지 못하던 학교 친구들이 추석을 지낸 뒤에 이곳에 와서 만난다고 한다.

우리 민속에는 추석 무렵에 자주 만나지 못하는 일가친척의 부인네들 사이에 '반보기'를 하는 풍속이 있었다. 부녀자들의 외출이 자유롭지 못하던 시절에 부녀자들은 만나보고 싶은 사람을 자주 만날 수 없었다. 그런데 음력 8월 중순쯤에는 서로 연락하여 날짜를 정하고, 두 마을 중간에 있는 경치 좋은 곳을 골라 맛있는 음식을 마련해 가지고 가서 만났다. 특히 친정어머니와 시집간 딸이 서로 보고 싶으나 시집살이가 심하여 만나지 못하다가 이렇게 하여 만났다고 한다. 이렇게 하여 만난 사람들은 서로 마련해 간 음식을 권하며 정을 나누다가 저녁때에는 집으로 돌아갔다. 그래서 하루를 함께 지내는 '온보기'가 되지 못하고, 겨우 한나절 정도 정을 나눌 수 있었기에 '반보기'라고 하였다고 한다.

「만날 고개 전설」은 이 '반보기' 풍속과도 관련되어 있다. 마산에서 감

천골로 통하는 만날 고개는 사람들의 통행이 많고, 두 지역을 연결하는 길목에 자리 잡고 있으며, 경치가 좋은 곳이므로, '반보기'의 장소로도 제격이다. 그래서 이 지역 사람들은 '만날 고개'를 '반보기'의 장소로 이용하였음 직하다. 이러한 곳에 위와 같은 전설이 관련되어 있으니, 이곳은 이름난 곳이 되기에 충분한 조건을 갖추고 있다.

요즈음 마산에서는 음력 8월 17일에 만날 고개에서 아주 뜻있는 행사를 한다. 이날 마산시에서는 이곳에서 마산 시민의 평안과 풍요를 기원하는 산제(山祭)를 올리고, 풍물놀이를 하는 등의 '만날제'를 하는데, 수만 명의 사람들이 모인다고 한다. 사람들은 이날 이곳에 와서 그 동안 만나지 못하던 사람들을 만나 정겨운 하루를 보낸다고 한다.

'반보기' 풍습이 전국 각지에서 행하여졌음을 생각하면, '만날 고개' 역시 여러 곳에 있었을 것이다. 그러나 위에 적은 것과 같은 슬픈 사연의 전설이 서려 있고, 그 곳에서 '만날제'를 행하여 만남의 광장이 된 고개는 다른 지역에는 없는 것 같다. 그리고 보니 전통을 이어오면서 따스한 인정을 나누는 마산 사람들의 훈훈한 마음이 더욱 따사롭게 느껴진다.

6. 곰과 인연이 깊은 성주사와 풍수설

경상남도 창원시 천선동 불모산(佛母山)에 곰과 관련된 전설과 풍수설과 관련된 이야기가 전해 오는 성주사(聖住寺)가 있다.

필자는 창원시 중앙동에서 정상희 선생을 만나 승용차를 타고 불모산 성주사(聖住寺)로 향하였다. 창원 터널을 지나 부산가는 길로 2km쯤 가니 성주사·성주역 표지판이 나왔다. 이를 따라 가다가 진해선 성주역 앞에서 좌회전을 하여 3킬로미터쯤 달리니, 불모산(佛母山) 자락이 나왔다. 불모산길로 올라가며 보니, 오른쪽에 큰 저수지가 있고, 곳곳에 상수원 보호구역이라는 표지판이 서 있었다. 산길로 1.5km쯤 올라가 성주사 앞 주차장에 도착하였다.

왼쪽에 있는 어수정(御水井)에서 물을 마시고 언덕길을 지나 계단을 따라 올라가며 보니, 왼쪽은 새로 쌓은 돌담이 있고, 그 아래에는 새로 조성한 야트막한 연못이 있었다. 계단을 돌아 올라가 넓은 마당에 이르러 보니, 정면 안쪽 중앙에 대웅전이 있고, 왼쪽에 삼성각(三聖閣), 오른쪽에 명부전이 있었다. 대웅전 앞에는 경상남도 유형문화재 제25호인 삼층 석탑이 있고, 석탑의 좌우에는 100여 평이 되는 넓은 불당이 길게 뻗혀 있었다.

신라 흥덕왕 때 무염 국사가 창건한 성주사 대웅전

　성주사 경내를 둘러본 우리 일행은 마침 예불을 마치고 나오던 법경(法鏡)
스님을 만나 이 산과 절에 얽힌 전설을 들었다.

　성주사가 있는 산의 이름은 불모산(佛母山)인데, 이것은 가락국의 시조인
김수로왕의 부인 허 왕후가 인도에서 부처님을 모시고 배를 타고 와서 제
일 먼저 발을 디딘 곳이라고 하여 붙여진 이름이라고 한다.

　경상남도 유형문화재 제134호로 지정된 대웅전은 신라 흥덕왕 10(835)년
에 무염 국사(無染國師)가 창건하였다고 한다. 무염 화상은 원래 지리산에 있
다가 이곳으로 왔는데, 이곳에 많은 왜구들이 침범하였을 때 무염 화상은
승려들과 주민들의 도움을 받으며 도력(道力)으로 왜구를 물리쳤다. 이 사실
을 안 왕이 크게 기뻐하여 그를 왕사(王師)로 삼고, 이 절을 창건하도록 하고,

성인(聖人)이 상주(常住)하는 절이라 하여 '성주사(聖住寺)'라고 하게 하였다고 한다.

대웅전은 임진왜란 때 불에 타서 조선 숙종 7(1681년)년에 증경 스님이 중건하였다. 증경 스님이 절을 다시 지으려고 나무를 베어 다듬어 놓고, 절의 위치를 어떻게 해야 할까 망설이고 있었다. 그러던 어느 날 아침에 자고 일어나 보니, 곰이 지금의 대웅전 앞으로 목재를 옮겨 놓고 있었다. 스님은 이것이 부처님의 뜻이라 생각하여 지금의 자리에 대웅전을 지었다. 그래서 이 절을 '곰절'이라고 부르기도 한다고 한다. 이 절의 건축 양식은 용마루 밑까지 기둥을 세우고, 그 기둥 위에 다시 기둥을 세워 지은 다포계양식(多包係樣式)이면서 맞배지붕으로 되어 있어 다른 사찰과 다르다.

이 절을 '곰절'이라고 하는 것은 곰이 목재를 운반해 준 데서 유래한 것이라고 하지만, 다음과 같은 유래담이 더욱 흥미롭다.

옛날 성주사 아래 마을에 한 머슴이 살았는데, 그의 외모나 하는 짓이 꼭 곰과 같았다. 그래서 마을 사람들은 그를 '곰'이라고 부르며 놀렸다. 이를 딱하게 생각한 성주사 주지 증경 스님이 그 사람을 데리고 올라와 글을 가르치려고 하였다. 이를 본 여러 스님들은 그런 사람을 어떻게 공부시키느냐며 반대를 하였다.

증경 스님은 그를 다른 스님들 몰래 성주사 위쪽에 있는 절로 올려 보내어 공부하게 하였다. 여러 스님들이 이를 알고,

"그를 쫓아내야 한다. 그가 그 안에 있으면 안 된다."

하고 쫓아 올라갔다.

화가 난 스님들이 몰려 올라가 보니, 그가 방안에 앉아서 공부하고 있는데, 그 앞에 곰 한 마리가 떡 버티고 앉아서 스님들이 더 이상 올라오지 못하게 하였다. 여러 스님들이 놀라 기겁을 하고 내려와 주지 스님한테 그 말을 하였다. 주지 스님이 혼자서 올라가 보니, 그가 참선을 하고 있는데, 곰

한 마리가 그 앞에 앉아 그를 지키고 있었다. 그런데 곰 역시 그와 같이 참선하는 형상을 하고 있었다.

그 머슴은 전에 재목을 운반해 주던 곰이 인간으로 환생한 것인데, 사람으로 태어나기는 하였으나, 온전한 인간이 되지 못하고 좀 모자라는 인간으로 태어났다고 한다. 그 인연으로 그 사람은 절에 들어와 공부하게 된 것이라고 한다. 그는 열심히 도를 닦아 도가 높은 스님이 되었는데, 그가 '조실 스님'이라고 한다. 이 일로 인하여 이 절을 곰절이라고 불렀다고 한다.

채록 일시 : 1995. 8. 15. 오전 10:30～35.
구연자 : 법경(法鏡)(남, 43세, 고졸, 스님, 속명 : 姜大星)
  사는 곳 : 경남 창원시 천성동 성주사
  나서 자란 곳 : 경남 김해시 한림면 가독리
채록 상황 : 예불을 마치고 나온 스님을 법당 앞에서 만나 인사를 하고 구연을 청하여, 새로 지은 삼천불당 앞 그늘에서 함께 간 정인진 · 정상희 · 최철배 선생과 서서 들었다.

위 이야기에서 곰은 불심(佛心)을 지녀 부처님의 뜻을 알고, 목재를 옮겨놓아 절을 짓도록 도왔고, 나중에는 사람으로 환생하여 불도를 닦아 스님이 되었다고 한다. 이 이야기는 곰과 같은 짐승도 불심을 가지면 사람으로 환생할 수 있고, 곰같이 미련한 사람도 열심히 수도하면 도를 깨우칠 수 있다고 하여 은연중에 불교적인 신앙심을 부추기고 있다.

대웅전 오른 쪽 끝에는 대리석을 실물 크기로 깎아 만든 돼지 두 마리가 서 있었다. 돼지 상(像)을 세워 놓은 시멘트 받침이 제대로 손질되지 않은 채 노출되어 있는 것으로 보아 다른 자리에 있던 것을 임시로 옮겨 놓은 것이라 생각되었다. 이 돼지 상에 관해서 법경 스님은 다음과 같이 설명하였다.

이 절이 현재 앉아 있는 곳은 제비가 알을 품고 있는 형태거든요. 지금은 절을 지으면서 조금 깎고 해서 변했는데, 가만히 보면 제비가 알을 품고 있는 그런 형태예요. 그런데 요 앞 바로 맞은편에 있는 산이 '사산(蛇山)' 즉 '뱀산'이 되어 가지고, 뱀이 제비가 알을 품고 있는 것을 넘겨다보고 있는 형상이예요. 뱀이 넘겨 다보고 있으니까, 좋지 않지요. 그런데 뱀 잡아 먹는 동물은 돼지밖에 없지요. 그래서 돼지 암수 두 마리를 대리석으로 만들어서 세워 놓았 어요.

사산(蛇山)의 뱀을 물리치기 위해 만들어 놓은 돼지상

그걸 만들어 놓지 않 으면 절이 망하고, 또 스 님들이 공부를 하다가 바람이 나 가지고 자꾸 나가게 된다 하여 양법(禳法, 재앙과 질병을 물리치는 법)으로 돼지를 해 놓은 거예요.

전에는 이 절에 대문이, 일주문이 있었거든요. 돼지 상은 지금의 자리가 아니고 대문 밖에 만들어 놓았어요. 지금은 공사하느라고 임시로 이 자리에 옮겨 놓은 것인데, 종각을 지으면 옮길 것입니다.

돼지 상이 언제 만들어진 것인지는 확실하지 않으나, 꽤 오래 전에 만들 어진 것이라고 한다. 절의 문 앞에 돼지 상을 만들어 놓은 것은 풍수지리설 에 바탕을 둔 풍수신앙에 의한 것인데, 이로써 이 절의 스님들이 지녔던 풍 수신앙을 알 수 있게 해 준다.

대웅전을 향하여 서서 보면 100여 평되는 큰 건물이 넓은 마당의 양쪽에 서 있다. 그런데, 두 건물의 지붕 용마루 끝에 만들어 놓은 형상이 아주 대조 적이었다. 지은 지 좀 오래되어 보이는 왼쪽 건물 지붕 용마루 끝에는 한쪽 에는 용의 머리가, 한쪽 끝에는 용의 발 형상이 세워져 있었다. 그런데 지은 지 몇 년 안 되는 오른쪽의 삼천불당 기와지붕 위에는 용마루 끝에 용의 형

성주사 삼천불당—사산의 뱀을 물리치기 위해 용마루 끝에 학의 형상을 만들어 세웠다.

상 대신 학의 형상을 만들어 세워 놓았다. 이것은 삼천불당을 지을 때 주지이던 스님이 탱화에 나오는 학을 본떠서 올린 것인데, 사산(蛇山)의 뱀을 잡아먹으라는 뜻에서 올린 것이라고 한다. 원래는 사찰의 지붕에 학이 올라가지 않는 것인데, 뱀을 잡아먹으라고 사산 쪽에 학 두 마리를 올려놓고, 반대쪽에는 학의 꼬리 형상을 만들어 놓았다고 한다. 이 것 역시 이 절이 풍수설과도 관련이 깊음을 말해 준다.

이 절에는 뱀과 관련된 풍수신앙 외에도 불과 관련된 풍수신앙이 있다. 법경 스님의 설명을 바탕으로 다음의 두 가지 사실을 소개한다.

이 절의 뒤에는 배명산이 있는데, 그 산의 머리 부분에 구덩이를 파고 소금을 묻어야 절에 불이 나지 않는다고 한다. 그래서 이 절에서는 1년에 한 번씩 '소금 묻기'를 한다. 지난번에는 음력 정월 보름에 소금 묻기를 하였는데, 주지 스님이 다른 스님의 도움을 받으며 천일염 두 말 정도를 가지고 산으로 올라가 항아리에 넣어 묻었다고 한다. 소금 묻기는 이곳에서만 행하여지는 것이 아니고, 충북 단양을 비롯한 다른 지방에서도 행해지는데, 다른 지방의 풍습 역시 풍수신앙에서 유래된 것이다.

원래 이 절의 일주문의 오른쪽에는 샘이 있고, 왼쪽에 연못이 있었는데, 공사를 하느라고 이들을 메웠다. 그랬더니 공사를 하는 사이에 절에 불이 났다. 그래서 서둘러 일주문이 있던 곳에서 대웅전으로 오르는 계단 아래에 연못을 만들고, 약간 자리를 옮겨 임시로 샘을 팠다. 샘은 전에 임금님이 와서 물을 마시

성주사 입구에 있는 연못—절에 불이 나지 않도록 하기 위해 조성한 것이다.

고 간 샘이라 하여 어수정(御水井)이라고 하였다.

풍수설(風水說)은 신라 말엽에 중국에서 들어왔는데, 민간에 널리 퍼져서 민간신앙으로 자리 잡게 되었다. 그에 따라 많은 민속과 풍수설화가 형성되어 전해 오고 있다. 풍수설은 우주 만물을 주관하는 생기(生氣)가 공기 중에 퍼져 있기도 하고, 지맥(地脈)을 따라 땅 속으로 흐른다는 생기설(生氣說)과 생기를 받으면 발복한다는 감응설(感應說)을 바탕으로 한 것이다. 이것은 아주 다양하게 발전하였는데, 이에 따르면 수도(首都)나 마을, 대궐이나 집, 묘의 위치와 지세에 따라 좋은 일이 생기기도 하고, 나쁜 일이 생기기도 한다고 한다.

임금님이 와서 마시고 간 어수정

풍수설은 신라 말의 도선(道詵) 국사 이래 왕실이나 상류층은 물론, 민간에 널리 퍼졌다. 그래서 풍수신앙은 민간 신앙으로 자리 잡게 되었다. 그리고 풍수지리를 연구하는 지사(地師)들이 많이 나오게 되었다. 승려들 중에는 풍수지리에 관심을 가지고 연구하는 사람이 많았다고 한다. 그래서 그런지 절은 대개 풍수상으로 좋은 자리에 위치하고 있고, 설화나 소설에서는 스님이 풍수지리에 능통한 것으로 되어 있다. 이러한 역사적 배경에서 절이나 스님들은 풍수설 또는 풍수신앙과 깊은 관련을 맺게 된 것이라 생각한다.

절의 문 앞에 돼지 상을 만들어 놓고, 불당의 지붕에 학을 만들어 올려놓은 것이라든지, 해마다 뒷산에 소금을 묻고, 샘과 연못을 서둘러 만들은 것은 풍수신앙에서 나온 것이다. 뱀과 불의 피해를 예방하기 위해 온갖 노력을 기울이고 있는 성주사의 이곳저곳을 둘러보며 나는 풍수신앙이 지금도 살아 움직이고 있음을 새삼스레 느꼈다.

1. 호랑이의 보은으로 세운 희방사

경상북도 영주시 풍기읍 수철리의 소백산 남쪽 기슭에 희방사가 있다. 필자는 한국교원대학교 고전반 학생들과 희방사를 찾았다. 중앙고속국도를 타고 내려가다가 풍기 나들목에서 나가니 바로 5번 국도와 만났다. 거기서 좌회전하여 죽령 쪽으로 조금 가니 회방사 앞 삼거리가 나왔다. 거기서 우회전하여 조금 가서 주차장에 차를 세우고, 30∼40분 정도 걸어 올라가니 희방사가 있었다.

희방사는 신라 선덕여왕 12(643)년에 두운(杜雲) 조사가 소백산의 남쪽 기슭인 이곳에 세운 사찰이다. 절 입구에는 하늘이 보이지 않을 정도로 빽빽하게 들어선 나무들이 숲을 이루고 있었다.

대웅전과 동종을 둘러본 필자는 선방에 계신 스님을 찾아가 희방사의 역사와 전설을 이야기해 달라고 청하여 들었다. 희방사는 원래 이름은 연지사였는데, 다음 전설 때문에 이름이 바뀌었다고 한다.

전에는 이 절의 이름을 연지사라고 했어요. 연지사. 못 연(淵) 자에 꾸짖을 지. 그것은 아마도 이제 연기설화 하고 연관되어 있는 두운 대사가 아마

희방사 대웅전

여기 오시기 조금 전에, 막을 두(杜) 자, 구름 운(雲) 자. 그래서 그 분이 여기
오시기 전에, 참선막을 짓기 전에, 여기 조그마한 암자가 하나 있었는데,
그것이 연지사였습니다. 왜 연지사였을까, 지금 생각을 해보니까 희방사
가 양쪽 계곡으로 이렇게 물이 내려오고 있고, 그래서 아마 대웅전 앞에,
밑에 쯤에 조그만 못이 형성돼 있었을 거다라는 생각이 들어요. 그래서 그
못이 있었고, 그래서 아마 연지사라고 붙였던 것 같은데······.

　그 연지사에서 희방사로 바뀌게 된 유래가, 호랑이와 두운 대사와 얽힌
그런 얘기. 그것은 이제 내가 전해 듣기로는 대략적으로 들어보면, 어느 날
참선방에서 스님께서 이제 참선을 하고 계신데, 호랑이가 와서, 스님 앞에
이제 와서는, 끙끙거리고 굉장히 고통스럽게 하는데, 호랑이를 자세히 보

니까 목에 사람의 비녀가 꽂혀 있었고. 아마도 사람을 해한 짐승인데. 그래 이제 스님이 그 비녀를 뽑아 줬답니다.

그러고 이제 보냈는데, 그 다음에 자주 문밖에 소리가 나면 이제 산짐승을 물어다가 놨고. 그 걸, 아마 호랑이가 보은(報恩)으로 생각해서 그런 짐승을 잡아다 놓은 것 같은데, 그럴 때마다 좀 많이 꾸짖으셨다고 얘기를 합니다.

그런데 어느 날, 굉장히 눈이 많이 쌓였을 땐데, 소리가 나서 바깥에 문을 열어 보니까, 어떤 처녀를 하나, 실신한 처녀를 하나 물어다 놨고. 그것이 이제 지금으로 말하면 계림의, 그러니까 경주의 무남독녀 외딸이었고, 혼례를 앞둔, 그런 호장(戶長)의 외동딸이었답니다.

그래 이제 눈이 와 있고, 그래서 쉽게 돌려보낼 수는 없었고. 그래 이제 한 삼사 개월 정도를 같이 기거를 하게 되었는데, 처자 생각은, 여인으로서, 이제 목숨을 구해준 분께 그 뭐랄까, 여자로서의 본분을 다하려고 하는 모습을 보였고. 이제 또 스님은 그게 싫어 가지고 누워서 잠을 자지 않았답니다. 참선방에서 항상 일어나 가지고. 삼사 개월 동안 기거를 했는데, 아마 호랑이란 놈이, '짐승을 물어다 주다 보니까 짐승은 필요도 없는 것 같고, 여자를 물어다 줬으면 좋겠구나.' 싶어 가지고, 혼자 사는 남자니까 아마 그런 생각을 했다는 생각이 됩니다.

그래서 이제 3·4개월 만에 부모한테 돌려주니까, 그 부모, 부친 되시는 분이, 그 딸의 목숨을 구했으니 감사하다는 의미에서 그 집에서 시주를 하게 되었고. 그 시주 돈 가지고 희방사를 짓게 됐어요. 그래서 딸의 목숨을 구한 그런 것에 대한 답을 했으니 어찌 기쁘지 않겠느냐 해서 기쁠 '희(喜)' 자를 썼고, '방(方)' 자를 쓴 이유는 스님 참선방의 '방' 자, 끝에 자 그거를 써서 희방사(喜方寺)로 전래가 됐죠. 내가 알고 있는 건 사실 그 정도밖에 모릅니다.

채록 일시 : 1998. 5. 20. 오전 10시
채록 장소 : 경북 영주시 풍기읍 수철리 산번지 소백산 희방사
구연자 : 원일(元一) 스님(남, 40세, 스님, 대학원졸)
 사는 곳 : 경북 영주시 풍기읍 수철리 산번지 소백산 희방사

만나게 된 경위 및 채록 상황 : 채록자가 선방으로 찾아가 스님을 만났다. 희방사 전설을 듣고 싶다고 하니, 스님은 친절하게 맞아주면서 자세히 설명해 주었다. 한국교원대학교 고전반 학생 5명과 함께 앉아 우호적인 분위기에서 들었다.
처음 들은 때 및 들려준 사람 : 희방사의 원래 이름이 연지사였다는 것은 어떤 사학자를 통해 들은 것이고, 두운 대사와 관련된 연기설화는 몇 년 전에 들었다고 한다. 이 이야기는 근처에서 다들 알고 있고, 시청 홍보실에도 그와 같은 이야기가 적혀 있는데, 부분적으로 다른 점이 있다고 하였다.

위 이야기에서 호랑이는 여인을 잡아먹다가 비녀가 목에 걸려 죽게 되자, 암자에서 참선을 하고 있는 두운 조사께 도움을 청한다. 스님은 호랑이가 사람을 해한 것을 알았지만, 자비로운 마음에 목에 걸린 비녀를 꺼내주었다. 호랑이는 자기의 목숨을 구해준 은혜를 갚으려는 생각에서 스님께 사냥한 짐승을 가져다주곤 하더니, 나중에는 처녀를 물어다 주었다. 호랑이는 스님이 그 처녀를 색시 삼기를 원했는지도 모른다. 그러나 스님은 눈이 녹을 때까지 암자의 좁은 방에서 처녀와 함께 기거하면서도 처녀를 건드리지 않는다. 스님은 눈이 녹기를 기다렸다가 처녀를 집으로 데려다 주었다. 여기에서는 두운 스님의 수도(修道)의 정도가 매우 높았음을 말해준다.

충남 계룡산 동학사 위쪽에 있는 남매탑에도 이와 비슷한 전설이 전해온다. 「남매탑 전설」은 불도를 닦는 스님이 호랑이 목에 걸린 비녀를 꺼내주었더니 호랑이가 보은하는 뜻에서 처녀를 물어다 주었으나 여인의 유혹에 넘어가지 않았다는 점에서는 일치한다. 그러나 「남매탑 전설」은 스님이 호랑이가 물어다 준 처녀와 남매의 의를 맺고 함께 불도를 닦은 뒤에 탑을 쌓았다고 하는 점에서 위에 적은 「희방사 전설」과 차이를 보인다.

필자가 위 이야기를 구연한 원일 스님께 계룡산의 「남매탑 전설」을 아느냐고 물었다. 스님은 잘 모른다고 하면서, 『고승열전(高僧列傳)』을 보면, 비슷비슷한 이야기들이 있는데, "저는 설화는 설화로서 끝나는 거다 생각을 해서, 별 의미를 두지 않고 관심 깊이 들여다 본 적도 없다."고 하였다.

희방사에는 1568(선조 1)년에 새긴 『월인석보(月印釋譜)』 1 · 2권의 판목(板

木)을 보존하고 있었다. 그런데 6·25때 폭격으로 법당과 훈민정음 원판, 『월인석보』 판목, 『화엄경』 등이 불에 탔다. 지금 있는 법당은 1953년에 중건한 뒤에 세 번째 손질을 하였다고 한다.

원일 스님은 아군의 폭격으로 귀중한 문화재가 소실된 것을 애석해 하면서 다음과 같은 이야기를 들려주었다.

이제 조금 의미 있는 얘기는 어떤 것이냐 하면, 해인사하고 같은 날 폭격 명령을 받았는데, 해인사를 폭격하러 가던 아군 편대장이
'내 손으로 폭격할 수 없다. 우리 문화재를!'
그래서 자기가 책임질 테니까 돌아가자, 그래 가지고 돌아가게 됩니다. 그래서 해인사 팔만대장경은 살아났어요.

그래서 그 때 그 당시 대위가 군사 재판에서 사형 선고를 받았고. 사형 선고 집행 기다리고 있던 중에, 이제 미국 구명 운동가들이,
"그들이 자기 민족 문화를 소중하게 여기는 것은 너무 당연한 일 아니냐. 죽일 순 없다."
그래 가지고 인제 무기(無期)로 감형시켰고, 휴전되고 나서 이제 또 더 감형돼 가지고, 지금도 살아계세요. 그 분은. 그 분은 이제 그 때 그 생각 안 하셨으면 팔만대장경은 다 날아갔겠죠.

채록자 : 그러니까 거기도 폭격 명령을 받았고, 여기도 받았는데, 여기 명령 받은 분은 수행을 했다는 말인가요?

예, 여기는 수행을 했죠. 그래서 그러한 문화재들이 여기, 완전히 그 때다 불탔습니다. 아무 것도 남아 있지 않고.

위 이야기를 들으며 해인사와 『팔만대장경』이 폭격으로 소실될 절박한 위기가 있었다는 사실에 깜짝 놀랐다. 폭격 명령을 받고도 이를 수행하지 않은 국군 장교의 문화재를 사랑하는 마음이 정말 감동적이다.

희방사에는 경상북도 유형문화제 제226호로 지정된 동종(銅鐘)이 있다. 이 동종은 조선 영조 18(1742)년에 승장(僧匠)인 해철(海哲)과 초부(楚符)가 주조한 중종(中鐘)이다.

희방사 아래에는 희방폭포가 있다. 희방폭포는 소백산 영봉(靈峰)의 하나인 연화봉(蓮花峰)에서 발원하여 몇백 구비를 감돌아 흐르다가 해발 700m인 이곳에 와서 장관을 이루고 있다. 높이가 28m나 되는 이 폭포는 영남 제일의 폭포로 꼽힌다. 조선 성종 때의 대 학자이며 문장가인 서거정은 이곳을 보고, '하늘이 내려주신, 꿈속에서 노니는 것과 같은

희방사 아래에 있는 희방폭포

곳(天惠夢遊處)'이라고 감탄하였다고 한다.

폭포 아래의 연못물에 손을 씻으며 20여 년 전 여름에 대학 시절의 은사인 박 교수님을 모시고 후배들과 함께 이곳에 왔을 때의 일을 떠올려 보았다. 필자는 후배들과 바지를 걷어 올리고 연못에 들어가 누가 오래 있는가 내기를 하였다. 은사님이 시간을 재었는데, 5분을 넘긴 사람이 아무도 없었다. 그 일이 있은 후로 시원한 물을 생각하면 희방폭포 아래의 작은 연못이 떠오르곤 하였다. 바쁜 일정이지만, 그 때 일을 생각하며 손을 담그는 시간은 마냥 즐거웠다.

2. 원혼을 위로한 백운동 경자(敬字) 바위

경북 영주시 순흥면 내죽리에는 조선 중종 때 풍기 군수였던 주세붕(周世鵬, 1495~1554) 선생이 중종 37(1542)년에 안향(安珦, 1243~1306)의 고향에 세운 우리나라 최초의 서원인 소수서원(紹修書院)이 있다. 소수서원의 원래 이름은 백운동서원(白雲洞書院)이었는데, 명종 5(1550)년에 퇴계(退溪) 이황(李滉) 선생이 풍기 군수로 있을 때 소수서원이라는 사액(賜額)을 받게 되어 이름을 고친 최초의 서원이자 공인된 사학기관이다. 희방사를 둘러본 우리 일행은 소수서원과 그 앞에 있는 경자(敬字) 바위를 보기 위해 이곳으로 왔다.

이 서원 앞 30m쯤 되는 곳에 순흥천(順興川)이 북에서 남으로 흐르고 있다. 소백산에서 발원한 이 물은 낙동강으로 흘러드는데, 그 천변에 바위가 이어져 있고, 그 아래에 깊은 소(沼)가 있다. 죽계수(竹溪水)라고도 하는 이 물은 오염이 안 된 맑은 물로 이름이 있다고 한다. 그런데 우리가 갔을 때에는 뿌연 물이 흐르고 있어 연유를 알아보니, 위의 선비촌에서 공사를 하기 때문이라고 하였다.

소수서원에서 물 건너 산밑을 보니, 퇴계 선생이 지은 정자 '취한대(翠寒臺)'가 있었다. 정자 바로 아래에 큰 바위가 있는데, 흰 글씨로 '白雲洞'이라

퇴계 선생이 지은 죽계수변의 취한대

써 있고, 그 밑에 붉은 색의 '敬' 자가 두 배쯤 크게 씌어 있었다. '백운동'은 퇴계 이황 선생의 글씨이고, 그 밑의 '경' 자는 신재(愼齋) 주세붕 선생의 글씨라고 한다. 이 '경자 바위'에는 다음과 같은 전설이 전해 온다.

우리나라 대한민국 남한에 남아 있는 저런 바위 글씨 중에서 붉은 색으로 덧칠된 데는 전부 다 귀신과 관계됩니다. 그래서 귀신을 쪼까내기(쫓아내기) 위해서, 축사(逐邪)의 의미가 있고, 위혼적(慰魂的)인 의미에서 붉은 색으로 덧칠했답니다.

여기도 밤만 되면 그 귀신이 울어댔는데, 그 귀신들은 어떤 귀신입니까? 541년 전에 일어난 단종(端宗) 복위(復位) 운동 실패로 인해서 이 지방의 부민들이, 순흥 안씨들이 그 당시에 여기 아주 번성한 명문거족(名門巨族)인데, 거의가 멸문지화(滅門之禍)를 당합니다. 관향지(貫鄕地)가 여기 순흥 땅인데, 안씨들이 여기 한 집도 안 살아요. 그 때 다 멸문지화를 당하고, 운 좋게 살아남은 사람들이, 걸음아 날 살려라, 저 산지사방 흩어져서, 신분을 속이고, 수백 리 수천 리 떨어져 가지고, 성을 속이고 살다가 무려 228년이 지난 다음에 명예 회복을 받아요. 그래서 안씨들의 관향지가 여긴데도 안 사는 이유가 거기에 연유된 것이죠.

여기서 단종 복위 운동의 실패로 수천 명을 죽였을 때 운 좋게 살아남은 노비들이 살아 생전에 모시던 상전의 가족을, 대감님, 안방마님, 도련님, 찾아내 끌어 묻어주고, 얼굴을 알아볼 수 없는 시체들은 냄새가 등천하니까 처치 곤란해서 이 깊은 소에다가, 선호동이라고, 배 선(船) 자, 부를 호(呼) 자, 배 띄우고 노래 불렀다는 선호동, 이 죽계천(竹溪川)에다가 수장(水葬)을 시켰다 이 말입니다. 그래서 시체는 가라앉고, 몸에 흘린 피는, 칼 맞아 죽었으니까, 이 냇물을 타고 여게서 흘러 흘러서 약 7km, 시오리 떨어진 동네 앞까지 가서 사람의 핏물이 멎었다 해서 '피끝 마을'이라고 그래요.

그래서 억울하게 죽은 넋들이 밤마다 여게서 울어댔기 때문에 그 사건이 나고 약 100년 가까운 90년이 지난 다음에 서원(書院)이 들어섰는데, 서원의 유생들이 날마다 밤만 되면 화장실 출입을 꺼려합니다. 밤만 되면 귀신이 울어댔다 그랬죠. 그 영혼을 위로하기 위해서, 딱한 소식을 들었던 신재 선생께서 붉은 색으로 저 '敬' 자에다 덧칠을 했답니다.

'경(敬)'은 원래 유교의 근본 사상을 뜻합니다. 경천애인(敬天愛人)의 머릿 글자죠. 그래, 유교를 경사상(敬思想), 인사상(仁思想), 성사상(誠思想) 이렇게 부르죠. 그래서 유교 문화의 발상지가 이 곳이니까 경(敬)을 각(刻)을 하셨는데, 붉은 색을 덧칠한 이유는, 조금 전에 소개드린, 그 때 억울하게 죽은 넋을 달래기 위해서 붉은 색으로 덧칠했다. 이런 전설이 있고요.

채록 일시 : 1998. 5. 20.
채록 장소 : 경북 영주시 순흥면 내죽리 소수서원 죽계천변
구연자 : 박석홍(남, 대학원 졸업, 소수서원 연구관)
  사는 곳 : 경북 영주시 순흥면 읍내리 315-5번지
  나서 자란 곳 : 경북 봉화군 무랑면
만나게 된 경위 및 채록 상황 : 한국교원대학교 고전반 학생들과 풍기, 영주 지역을 답사하던 중 소수서원에 갔다. 사무실로 들어가 서원의 안내와 설명을 부탁하니, 박 선생이 흔쾌히 맞아주며 안내하고 설명해 주었다. 서원 안의 여러 곳을 설명한 뒤에 경자 바위 앞에 이르러 이와 관련된 전설을 이야기해 달라고 청하여 학생들과 함께 서서 들었다.

원혼을 달래기 위해 글자를 새긴 경자 바위

이 이야기를 들으며 죽계수 연못을 보니, 단종의 복위를 꾀하다가 역적
으로 몰려 죽은 사람들의 울부짖는 소리가 들리는 듯하였다. 이 「경자 바
위」에는 위에 적은 것과 좀 다른 이야기가 전해 오기도 한다.

고려 말엽 소수서원 위에 숙수사(宿水寺)라는 큰 절이 있었는데, 주세붕
선생이 이 절을 헐고 백운동서원을 창건하였다. 승려들이 이에 항거하
니, 항거하는 승려들은 모두 묶어서 깊은 소에 던졌다. 억울하게 죽은 승
려들의 영혼이 원귀가 되어 나타나 서원에서 공부하는 유생들을 놀라게
하였다.

그 후 퇴계 선생이 소수사원 사액을 받은 뒤에 향사(享祀)를 지냈다. 그런

데 초대 원장부터 3대에 이르기까지 향사를 지낸 이튿날 아침에 시체로 발견된 흉변이 일어났다. 이 사연을 알게 된 퇴계 선생이 백운동 바위에 '敬' 자를 새겨 음각했더니 그 후부터 원귀가 나타나는 일이 없어졌다고 한다.

〈유증선, 영남의 전설(형설출판사, 1971)〉

필자가 이 이야기를 하자, 박석홍 선생은 단호하게, "모든 사람들이, 혹자들이 알고 있기로는, '숙수사를 뭉개고, 배불숭유(排佛崇儒) 정책에 의해서 절을 지어가지고 그렇다.' 하는데, 천만의 말씀입니다."라고 하면서 위에 적은 전설이 잘못된 것임을 자세히 설명하였다. 이를 간추려 정리하면 다음과 같다.

숙수사는 고려 말에 지어진 큰 절인데, 1457(세조 3년)에 순흥 부사 이보흠이 이곳에 유배와 있던 금성대군을 중심으로 단종 복위 운동을 하다가 발각되어 많은 사람이 처참하게 죽고, 순흥부가 폐부(廢府)가 되던 난리 통에 불타 버렸다. 그로부터 85년의 세월이 흐른 1542(중종 37)년에 주세붕 선생이 숙수가가 불탄 자리에 '백운동서원'을 세웠다. '백운동서원'이란 이름은 중국에서 주자를 배향한 '백록동서원'의 이름을 참고로 해서, 한국의 주자와 같은 안향 선생의 고향에 세웠다 하여 '백운동서원'이라고 하였다. 이것이 8년 뒤에 소수서원으로 바뀐 것이다. 이렇게 보면, 소수서원을 세울 때 숙수사의 승려들을 물에 빠뜨려 죽였다는 것은 근거 없는 말이 된다.

경자 바위는 역사의 아픔을 간직한 채 그 앞을 지나 흐르는 물을 지켜보고 있다. 경자 바위 앞의 연못은 옛날에는 명주실 꾸러미를 다 풀어 넣을 정도로 깊었다고 하는데, 지금은 잔잔한 여울물로 변하여 흐르고 있다. 이 소의 깊이가 얕아진 것은 이곳의 상처가 아물어가고 있음을 보여주는 것일지도 모른다는 생각을 하면서 다음 답사지로 발길을 옮겼다.

3. 출산의 비밀을 말해주는 순흥 청다리

경상북도 영주시 순흥면 내죽리에 있는 소수서원을 끼고 흐르는 물을 죽계수라고 한다. 이 죽계수에 순흥에서 부석으로 통하도록 놓은 다리를 '청다리' 라고 한다. 이 다리는 지금은 콘크리트 다리지만, 전에는 돌다리였다고 한다.

이 지역에는 어린아이를 놀릴 때 "너는 순흥 청다리 밑에서 주워 왔다."고 한다. 이 말의 유래는 다음의 두 가지 이야기가 전해 온다.

소수서원에는 조정에서 벼슬을 하다가 그만둔 학자와 청년들이 많이 모여서 학문을 연마하였다. 이곳에는 숲이 우거지고 냇물이 맑아 풍류를 즐기기에도 제격이었으므로, 기생을 데려다가 놀기도 하였다. 서로 놀다가 정이 들어 사생아를 낳기도 했는데, 이 사생아를 청다리 밑에 버렸다. 이 아이를 자식이 없는 집에서 주워다가 길렀다. 그래서 지금도 노인들 사이에서는 아이들을 놀릴 때 "너는 청다리 밑에서 주워 왔다."고 하거나, "너의 어머니가 청다리 밑에서 고운 옷과 맛있는 음식을 해 놓고 기다린다."고 한다.

'청다리'란 말은 꽃같이 젊은 기생들과 인연이 깊은 곳을 상징한 이름이라고 한다. 〈유증선, 영남의 전설(형설출판사, 1971)〉

소수서원의 박석홍 연구관은 위와 같은 이야기가 전해 오는 것을 알지만 그것은 잘못된 것이라고 하였다. 그는 서원에는 "서원의 책은 바깥으로 절대 못 나가고, 주색(酒色)은 절대 안으로 들어올 수 없다"는 불문율의 원규(院規)가 있었는데, 유생들이 이를 어기고 연애를 하다가 아이를 낳아 버렸다는 것은 있을 수 없는 일이라고 하면서 조선 세조 때의 단종 복위 사건과 관련지어 설명하였다.

조선 초기에 수양대군이 단종을 폐위시키고 왕위에 올랐다. 이에 반대하는 사육신(死六臣)이 단종의 복위를 꾀하다가 발각되어 단종은 노산군(魯山君)으로 강봉(降封)되어 영월로 유배되었고, 세종의 여섯째 아들인 금성대군(錦城大君)은 순흥부로 유배되었다. 금성대군은 1457(세조 3)년에 유배지인 이곳에서 순흥부사 이보흠(李甫欽)과 단종의 복위를 꾀하다가 발각되었다. 조정에서는 관군을 동원해 순흥부를 숙청함과 동시에 주모자인 금성대군과 순흥 부사 이보흠을 비롯하여 이에 동조한 순흥 안씨 일문(一門) 및 향내의 많은 인사를 무참히 처형하였다. 이 때 처형된 사람들의 피가 죽계천을 물들여 3km 쯤 떨어진 영주시 안정면 동촌리까지 빨간 핏물이 흘렀다. 그래서 그곳을 '피끝 마을'이라고 하였다고 한다. 박 선생은 '순흥 청다리 밑에서 주워 왔다.'는 속담의 유래를 이와 관련지어 설명하였다.

단종 복위 때 수백 수천 명을 죽여 가지구, 시산시해(屍山屍海)를 이뤘던 때의 일입니다. 현장에서 확인 사살을 하는 가운데 운 좋게 살아남은 아이를 데려와 키웠기 때문에 생긴 말이지요. 몇 년 전에 서울 삼풍백화점 사고 났을 때, 기백 명이 죽었을 때, 운 좋게 살아남은 젊은 청년들이 세 사람 살아났듯이, 운 좋게 살아남은 어린 아이들을, '나도 자식을 키우지만 이런 애들이 무슨 죄가 있나?' 해서, 데리고 와 키워 가지고, 그래서 나중에 하도 부모를 찾으니까, 그래서 순흥 청다리 밑에서 주워왔다는 전설이 나온 것이지요.

요즘처럼 문화가 발전됐으면, 미국서도 부모를 찾아오는데, 옛날에는 오백 리 떨어진 데, 산 설고 물 선데, 도로와 통신과 기동력이 발전되지 못한 시대에, 찾고싶어도 못 찾아갔기 때문에, 성장한 자녀들이 길러준 부모와 얼굴도 틀리고, 뼈대도 틀리고, 생각도 틀리고, 걸음걸이도 틀리니까, 자꾸 물으니까,

"너그 부모는 차마 우리 손에 죽었다"

얘기를 못하니까,

"저 경상도 소태산(소태백산) 아래 청다리 밑에서 주워 왔다."

"청다리 밑에서 부치개(부침개) 꿉꼬 있다. 주워 왔다."

고 둘러댄 것이지요.

청다리란 무슨 뜻이냐? 지금 청다리는 '푸를 청(靑)' 자를 쓰고 있습니다마는, 청다리는 '무 청(菁)' 잡니다. 무우 '청' 자요. 초두 밑에 푸를 '청' 자. 무슨 뜻이냐? 바로 여성의 인다리를 은유법에 의해서 무로 비유했죠. 예, 여성들의 희멀건 다리를 보고, '저 아가씨는 다리가 풍산 갯무우처럼 희멀건하고, 아주 각선미가 멋있게 생겼다' 이런 우리 전설도 있고, 또 속담도 있고. 이런 이야기가 있죠.

채록 일시 : 1998. 5. 20. 오후
채록 장소 : 경북 영주시 순흥면 내죽리 소수서원 죽계천변
구연자 : 박석홍(남, 대학원 졸업, 소수서원 연구관)
  사는 곳 : 경북 영주시 순흥면 읍내리 315-5번지
  나서 자란 곳 : 봉화군 무량면
만나게 된 경위 및 채록 상황 : 한국교원대학교 고전반 학생들과 풍기, 영주 지역을 답사하던 중 소수서원에 갔다. 사무실로 들어가 서원의 안내와 설명을 부탁하니, 박 선생이 흔쾌히 맞아주며 안내하고 설명해 주었다. 서원 안의 여러 곳을 설명한 뒤에 경자 바위 앞에 이르러 「경자바위」 전설을 이야한 뒤에 이 이야기를 구연하였다.

처음 이야기는 '순흥 청다리 밑에서 주워왔다.' 는 말의 유래를 유생들의

풍류와 관련지어 설명한다. 그러나 뒤의 이야기는 단종 복위 사건으로 피바다가 됐던 순흥의 아픔과 관련지어 설명한다. 그러나 어린아이의 출산의 비밀을 설명한다는 점에서는 일치한다.

어린아이를 놀릴 때 'ㅇㅇ다리 밑에서 주워 왔다.' 는 말은 전국 각지에서 전해 온다. 'ㅇㅇ다리' 의 'ㅇㅇ' 에는 그 지역에서 널리 알려진 다리 이름이 들어간다. 어린아이는 성장하면서 사람이 어떻게 태어나는가를 알고 싶어한다. 그래서 어른들께 '나는 어떻게 태어났느냐?' 는 질문을 하였을 것이다. 이 질문에 대한 답을 생리적으로 설명하는 일은 그리 쉬운 일이 아니었을 것이다. 그래서 어른들은 아이들에게 다른 말로 대답하였을 터인데, 그 말은 나라마다 다르다. 한국인은 '다리 밑에서 주워왔다.' 고 하고, 중국인은 '굴속에서 주워왔다.' 고 한다. 서양 사람들은 '양배추 속에서 나왔다.' 고 한다. 그 중 '다리 밑에서 주워왔다.' 는 말은 어머니의 뱃속에서 두 다리 사이로 나왔다는 것을 은유적으로 표현한 것이다. 어머니의 '다리(脚)' 를 음이 같은 '다리(橋)' 로 표현한 것이 매우 흥미롭다.

4. 부석사의 부석과 선비화

경북 영주시 부석면 복지리 봉황산 기슭에 부석사(浮石寺)가 있다. 부석사는 신라 문무왕 16(676)년에 해동화엄종(海東華嚴宗)의 종조(宗祖)인 의상 대사(義湘大師)가 창건하였다. 의상 대사는 중국 당나라 종남산(終南山) 지상사(至相寺)로 가서 중국 화엄종의 시조인 지엄(智儼) 대사의 문하에서 10년 간 수학하고 돌아온 뒤에 왕의 뜻을 받들어 이 절을 창건하였다.

부석사에는 고려 시대에 지은 무량수전(無量壽殿, 국보 제18호)과 조사당(祖師堂, 국보 제19호), 신라 시대 유물인 무량수전 앞의 석등(石燈, 국보 제17호), 소조여래좌상(국보 제45호), 주사당 벽화(국보 제46호), 석조여래좌상(보물 제220호), 삼층석탑(보물 제249호), 당간지주(보물 제255호) 등의 문화재가 있다.

부석사에는 의상 조사가 부석사를 지을 때 선묘 낭자가 이를 방해하는 이교도들을 신통력으로 물리친 이야기와 의상 조사의 지팡이 이야기가 전해 온다.

선묘 낭자와 부석(浮石)

『삼국유사(三國遺事)』를 보면, 의상 대사는 김한신의 아들인데, 29세에 머

고려 때 지은 영주 부석사 무량수전

리를 깎고 중이 되었다. 얼마 후 중국으로 가서 공부하려고 원효 대사와 함께 요동으로 갔는데, 간첩으로 몰려 옥에 갇혔다가 풀려나 돌아왔다. 대사는 문무왕 1(661)년에 신라에 왔다가 돌아가는 당나라 사신의 배를 타고 중국으로 갔다. 대사는 처음에는 양주(楊州)에 머물렀는데, 주장(州將) 유지인(劉至仁)이 대사를 청하여 관청 안에 머무르게 하고, 정성으로 접대하였다고 한다. 그 후 대사는 양주를 떠나 안남성 종남산의 지상사로 가서 지엄 대사의 문하에서 공부하였다. 대사는 당 고종이 신라를 치려고 하는 것을 알고 급히 귀국하여 이를 조정에 알려 방비하게 하였다.

　유증선 교수의 『영남의 전설』(형설출판사, 1971)에는 의상 대사가 양주 유지인의 집에 머무를 때에 그의 딸 선묘(善妙)가 대사에게 연정을 품게 되었는데, 대사가 선묘의 마음을 그대로 받아들이지 않고, 법도로 대하여 그녀를 제자로 만들었다고 하였다.

부석사의 도륜(渡輪) 스님은 선묘 낭자와 부석에 관한 이야기를 다음과 같이 구연하였다.

의상 스님이 원효 스님과 함께 중국에 유학을 갔는데, 원효 스님은 깨치게 돼 가지고 중국으로 가질 않고 서해안 바닷가에서 다시 돌아오게 되고, 의상 스님만 중국에 가게 됐는데.

어느 마을에 머무르게 됐는데, 선묘(善妙)라는 아가씨가 이 스님을 보고 사모하게 됐는데, 의상 스님은 거기에 꿈쩍하지 않고, 오히려 선묘 낭자를 설득해서 선묘 낭자는 이제 불법에 귀의하고, 의상 스님의 신도가 되겠다는 발원을 합니다.

그래서 의상 스님은 중국 종남산에 가 가지고, 지엄 스님 문하에서 이렇게 그, 공부를 해 가지고, 깨치 가지고, 의상 조사 법성계라는 것을 인제 지어서 지엄 스님으로부터 인가를 받게 됩니다. 그 인자, 내용은 화엄경 십조 95,048 자나 되는 그런 방대한 양의 화엄경 내용을 이백열 자에 압축한 겁니다. 칠언절구로 이백열 자 되는 걸 그렇게 하고, 그래서 인자 다시 귀국을 합니다. 원래는 거기서 중국 화엄종 삼조가 되는 것인데, 그냥 귀국을 하게 됩니다.

거기 마을을 들렀었는데, 인제 선묘 낭자를 못 만나고 그냥 오는데, 배 타고 오다가, 선묘 낭자가 그 뒤에 소식을 듣고 와 가지고, 이렇게, 의상 스님을 위해서 준비했던 그 가사와 법복을 이렇게 인자, 바다에 던지니까, 바람이 불어서 배에 가게 됩니다. 그것도 인자, 안심이 안 되어서, 또 발원을 해 가지고, 자기 몸이 용이 되어서 의상 대사를 보호한다는 발원을 하니까, 용으로 화해 가지고, 그래서 인자 의상 스님을 보호해 가지고 무사히 왔고.

귀국한 지 한 6년째 되는 해, 여기 태백산 일대에서 이렇게 그 제자들과 공부를 하다가, 선달산에서 그, 인자 절을 지을려고 하는데, 학이 날라와 가지고 자꾸 나무를 물어 가더랍니다. 그래, 나무가 간 곳을 따라가 보니까 지금 현재 이 자리였습니다.

이 자리에는 오백여 명이 되는, 인자 이교도(異敎徒), 그렇게 말하자면 태백산 인근의 그 신선의 공부를 하는 그런 무리들이 있었는 모양입니다. 의상 스님은

'어떻게 하면은, 저분들을 무사하게 불법에 귀의하게 할 수 있을까?' 이렇게 인자 고민하고 있으니까, 선묘 낭자가 용이 돼 가지고, 신통묘연을 부려 가지고, 바위를 갖다가, 에, 공중에 세 번이나 들어 올리는 이적을 보입니다. 그래서 오백여 명이 되는 분들이 인자 의상 스님에게 귀의해 가지고 인자 절을 짓게 되죠. 그래서 절 이름이 '뜰 부(浮)' 자, '돌 석(石)' 잡니다.

선묘 낭자는 석룡(石龍)이 되어서 머리 부분은 불상 밑에 있고, 꼬리 부분은 석등(石燈) 밑에 있습니다. 그런 이야기가 전해져 오고 있고, 실제로 또 석등도, 아, 용도 있고 그렇습니다. 저희들이 인자 확인한 바는 그렇습니다

아까 '학이 날라와, 나무를 물고 와 가지고 의상 스님을 이 자리로 인도하게 했다', 하는 그런 설화들은 인자 민간에, 이 일대에 구전으로 퍼져 있는 것들입니다.

채록 일시 : 1998. 5. 20. 오후 5시경
채록 장소 : 경북 부석면 북지 2리 부석사 경내
구연자 : 도륜(渡輪) 스님 (남, 39세)
사는 곳 : 경북 부석면 북지 2리 부석사
만나게 된 경위 및 채록 상황 : 한국교원대학교 고전반 학생들과 부석사를 찾아갔다. 부석사 경내에서 스님을 만나 부석사 전설을 이야기해 달라고 청하여 학생들과 함께 서서 들었다.
처음 들은 때 및 들려준 사람 : 이 곳 부석사에 온 1995년 이후에 전부터 계시던 스님들한테 들었다고 함.

위 이야기에서 의상 대사에게 연정을 품었던 선묘 낭자는 대사의 가르침에 감화되어 독실한 신자가 된다. 그녀는 나중에는 용이 되어 대사가 탄 배를 호위하여 무사히 귀국하게 한다. 그리고 대사가 부석사 짓는 것을 방해하는 이교도(異敎徒)에게 겁을 주기 위해 큰 바위를 들었다가 놓는 일을 세 번씩이나 되풀이한다. 이교도들이 놀라 겁을 먹고 물러서자 그녀는 그 바

공중에 떠 있는 부석(浮石)

위를 내려놓았고, 대사는 그 자리에 부석사를 지었다. 그 바위는 무량수전 서편에 있는데, 바위의 밑 부분이 받침에 완전히 닿지 않고 공중에 떠 있다고 한다. 그래서 그 바위를 '부석(浮石)'이라 하고, 절 이름을 '부석사'라 하였다고 한다.

이와 비슷한 이야기가 충청남도 서산시 부석면에 있는 부석사에도 전해온다. 이 이야기의 줄거리를 적어보면 다음과 같다.

신라 시대 의상 대사가 당나라에 가서 공부를 하고, 배를 타고 부석으로 왔다. 의상 대사가 도비산에 절을 지으려고 하니, 그 산에 본거지를 둔 해적들이 방해하여 절을 지을 수 없었다. 이 때 의상 대사가 당나라에서 올 때 만났던 용녀가 도비산 꼭대기에 나타나 큰 바위를 들고 해적들에게 이 산을 떠나라고 했다. 도둑들이 떠나자 용녀는 들고 있던 바위를 앞바다에 던졌다. 그 바위는 간만(干滿)의 차에 구애 없이 물에 떠 있는 것처럼 보이므로 뜬 바위, 즉 부석(浮石)이라 하였다. 그리고 그 산에 지은 절을 부석사(浮石寺)라고 했으며, 그 산을 섬이 날아간 산이라 하여 도비산(島飛山)이라고 했다.

〈최운식, 한국 구전설화집 4─서산ㆍ태안 편─(서울 민속원, 2002), 73～75쪽〉

이 이야기는 앞의 영주 부석사 이야기와 대체적으로 같으나 부분적으로 차이점이 보인다. 의상 대사가 절을 지으려고 할 때 방해를 한 무리를 '해적'이라고 하여 '이교도'라고 한 앞 이야기와 다르게 표현하였다. 이것은 이 이야기가 바닷가를 배경으로 구성되면서 신앙과 관련이 없는 '해적'으로 바뀐 것 같다. 그러나 이 둘은 사찰 건립을 방해하는 세력이라는 점에서는 일치한다. 용녀가 사찰 건립을 방해하는 무리를 겁주기 위해 들었던 바위를 앞 이야기에서는 그 자리에 놓았다고 하였다. 그런데 이 이야기에서는 바다에 던졌는데, 그 바위가 간만의 차에 관계없이 물에 떠 있는 것처럼 보이므로 부석이라고 한다. 그리고 그 산을 섬이 날아간 산이라 하여 '도비산(島飛山)'이라고 한다.

영주 부석사 전설과 서산 부석사 전설은 부석사와 부석의 유래를 의상 대사와 관련지어 설명한 다는 점에서는 같다. 그러나 서산 부석사 전설은 바다를 배경으로 함에 따라 그에 맞으면서 더욱 흥미로운 내용으로 바뀌었다. 충남 서산시 부석면에는 '부석사'라는 절 이름, '도비산'이라는 산 이름, '부석'이라는 바위 이름 외에도 '부석면'이라는 지명이 있다. 이로 보아 서산 부석사 전설이 민간에 끼친 영향은 매우 큰 것 같다.

위 이야기에서 '이교도'나 '해적'은 민간신앙의 신도들이고, 부석사 터는 이들의 기도처였을 것이다. 이들은 불교의 포교(布教)나 절 짓는 일을 못마땅하게 여겼을 터인데, 자기들의 성지(聖地)를 빼앗아 절을 지으려고 하니 이에 반대하였다. 그래서 의상 대사가 절 짓는 일을 진행할 수 없는 상황이

선묘각과 그 안에 모신 선묘낭자의 영정

되었다. 이 때 선묘 낭자(또는 용녀)가 큰 바위를 번쩍 들었다가 내려놓는 신
통력을 보임으로써 이들을 굴복하게 만든다. 이것은 불교가 포교하고 절을
지을 때 민간신앙과 충돌하여 어려움을 겪기도 하였지만, 불교가 신이한
법력을 보임으로써 포교에 성공하고 절을 지었음을 드러내기 위해 꾸민 이
야기이다. 이 이야기에서 불교가 승리하는 것은 이 이야기가 승려나 불심
이 있는 사람에 의해 만들어져 전파 · 전승되어 왔기 때문이라 하겠다.

　부석에 대하여 이중환의 『택리지(擇里志)』「복거총론(卜居總論) 산수(山水)」
조에는 다음과 같이 기술되어 있다.

　불전 뒤에 큰 바위 하나가 옆으로 섰고, 그 위에 큰 돌 하나가 지붕을 덮어
놓은 듯하다. 얼른 보면 위아래가 서로 이어진 듯하나 자세히 살피면 두 돌
사이가 서로 눌려져 있지 않다. 약간의 빈틈이 있어 새끼줄을 건너 넘기면 나
고 드는 데에 걸림이 없으니 비로소 떠있는 돌인 줄을 알게 된다. 절이 이것

으로써 이름을 얻었으나 이 이치는 자못 깨달을 수 없다.

위에 나타난 바와 같이 부석은 글자 그대로 지금도 떠 있으면서 부석사 창건의 신비성을 말해주고 있다.

영주 부석사에는 용의 형상을 한 바위가 약 70cm의 땅 속에 묻혀 있다. 이 석룡(石龍)의 머리 부분은 무량수전의 불상 밑에 있고, 꼬리 부분은 석등 밑에 있다. 길이가 약 16m인 이 석룡은 선묘 낭자의 화신이라고 한다. 선묘 낭자는 석룡이 되어 이 절을 수호하고 있다. 무량수전 뒤에는 선묘각(善妙閣)이 있는데, 그 안에 선묘 낭자의 영정을 모셔놓았다. 이것은 의상 대사를 도와 부석사 창건에 중요한 역할을 하고, 석룡이 되어 이 절을 수호하고 있는 선묘 낭자를 기리는 것이어서 뜻있는 일이라 하겠다.

의상 대사의 지팡이가 자란 선비화(禪扉花)

영주 부석사 무량수전 왼쪽 산 밑에 부석사를 창건한 의상 대사(625~702)의 진영(眞影)을 모신 조사당(祖師堂)이 있다. 지금 있는 조사당은 고려 우왕 3(1377)년에 건립하였고, 조선 성종 21(1490)년에 중수하였으며, 그 후에 단청을 새로 한 것이다.

조사당 앞 동쪽 처마 밑에 작은 나무가 자라고 있는데, 이를 '선비화' 라고 한다. 「선묘 낭자와 부석」 이야기를 구연한 도륜 스님은 이 나무와 관련된 이야기를 다음과 같이 구연하였다.

그 다음에, 또 하나는, 지팡이에 관한 겁니다. 의상 조사가 짚고 다니던 지팡이가, 의상 스님이 열반(涅槃)에 들 때,

"이 지팡이를 꽂으면은 여기서 잎이 피고 가지가 날 것이다. 그러면은 내가 이 나무와 함께 영원히 이 부석사에 와 함께 할 것이다."

라는, 그런 말씀을 했다고 합니다. 그래서 제자들이 조사당을 짓고 그 앞에

의상대사의 진영(眞影)을 모신 조사당　　　　조사당 오른쪽 처마 밑에 있는 선비화

다가 지팡이를 꽂아놓으니까, 뒤에서 그 지팡이 나무에서, 나중에 다시 살아 가지고 나무가 잎이 피었답니다. 지금 그것은, 조사당 앞에 있는 '선비화(禪扉花)' 나무가 지금 그것입니다.

선비화는 지붕 밑까지만 자라고 그 이상은 자라지 않아요. 인제 오래 됐으니까 지붕을 뚫고 가면, 집을, 헐거나 해야 할 건데, 그러지는 않았다는 얘기가 있습니다.

속설에 그것을, 잎을 따 가지고 가서 달여 먹거나, 이렇게 지니고 있으면은 아들을 낳는다는 속설이 있어 가지고, 많은 사람들이 가지를 꺾어 가고, 꽃도 꺾어 가고. 그래서 보호망이 있습니다. 그 보호망은요 일제 시대 때도 그렇게 있었습니다.

(조사자: 물은 가끔씩 주나요? 전혀 주지 않나요?)

예. 물은 안 주는데요. 어차피 거기는 산중이고 물은 풍부하지 않겠습니까. 우리가 인력으로 물주고 그러지는 않습니다. 거기 보면은 물을 준 흔적이 없고, 먼지가 많이 있지 않습니까? 그런데도 그대로 자라고 있습니다. 그 나무는 평범하게 산에서 많이 보고 그러는 골담초라고 합니다.

위 이야기에서 의상 대사는 지팡이를 땅에 꽂으라고 하면서 "이 지팡이에서 잎이 나고 자라면 내가 이곳에 함께 있는 것으로 알라."고 하였다. 그 지팡이가 살아서 잎과 꽃을 피우는데, 더 이상 자라지 않는다고 한다. 의상 대사는 불교의 깊은 도를 깨달아 높은 경지에 올라 법력을 지닌 인물이다. 그의 뛰어난 법력은 지팡이에 미쳐서 지팡이가 살아서 잎과 꽃을 피우게 하였다. 이 이야기의 밑바탕에는 지팡이와 그 지팡이를 사용하던 사람을 동일시하는 의식과 수목 숭배 신앙이 깔려 있다.

이중환의 『택리지(擇里志)』「복거총론(卜居總論) 산수(山水)」조에는 선비화에 대하여 다음과 같이 기술되어 있다.

신라 때에 중 의상이 도를 깨치고, 장차 서역 천축국(天竺國)에 갈 참인데, 거처하던 방문 앞 처마 밑에다 지팡이를 꽂으면서 말했다.

"내가 간 뒤에 이 지팡이에서 반드시 가지와 잎이 날 것이다. 이 나무가 말라 죽지 않으면 나도 죽지 않은 줄로 알아라."

의상이 간 후에 절의 중은 의상의 상(像)을 빚어서 그가 거처하던 데에 안치하였다. 나무는 창 밖에서 곧 가지와 잎이 나왔으며, 비록 햇빛과 달빛은 비치나 비와 이슬에 젖지 않는다. 늘 지붕 밑에 있어서 지붕을 뚫지 아니하고, 겨우 한 길 남짓한 것이, 천 년을 지나도 하루 같다.

광해군 때에 경상감사 정조(鄭造)가 절에 와서 이 나무를 보고, "선인(仙人)이 짚던 것이니 나도 지팡이를 만들고 싶다." 하면서 톱으로 자르게 하여 가지고 갔다고 한다. 그런데 그 나무는 곧 두 줄기가 다시 뻗어나서 전과 같이 자랐다. 인조 계해년에 정조는 역적으로 몰려 참형을 당하였다.

이 나무는 지금도 사시에 늘 푸르며, 또 잎이 피거나 떨어짐이 없다. 중들은 이 나무를 '비선화수(飛仙花樹)'라고 부른다. 옛날에 퇴계가 이 나무를 두고 읊조린 시가 있다.

옥과 같이 아름다운 이 가람의 문에 기대어 스님의 말씀을 들으니

擢玉亭亭倚寺門

석장이 변하여 신령스런 뿌리가 되었다 하는구나.　　　僧言錫杖化靈根

지팡이 머리에는 스스로 조계수가 있어서　　　　　　　杖頭自有曹溪水

하늘이 내리는 비와 이슬의 은혜를 빌지 않는구나.　　不借乾坤雨露恩

이 기록의 앞부분은 구전되는 내용과 큰 차이가 없다. 경상감사 정조(鄭造)의 일을 이야기한 뒷부분은 구전설화에는 없는 내용이다. 정조가 지팡이를 만들기 위해 이 나무의 줄기를 잘랐는데, 곧 두 줄기가 다시 뻗어나서 전과 같이 자랐다고 한다. 또 그가 역적으로 몰려 죽임을 당한 것은 선비화를 훼손한 징벌이었다고 한다. 이것은 선비화가 신이성(神異性)을 지닌 나무임을 말해준다.

선비화와 같이 신이성을 지닌 나무의 가지나 잎을 지니면 좋은 일이 생긴다거나 달여서 그 물을 먹으면 아들을 낳는다는 말은 오래 전부터 전해온 것이다. 이것은 선비화가 지닌 신이성이 이 나무의 일부를 지닌 사람에게 전파될 것이라고 믿는 전염주술(傳染呪術) 심리에서 나온 것이다. 이런 심리에서 사람들은 이 나무의 가지나 잎을 취하려 하였다. 이를 막기 위해 선비화 둘레에는 처마 밑까지 촘촘한 보호망을 설치하여 사람의 손이 닿지 못하게 해 놓았다.

선묘정(善妙井)

부석사에 '선묘정'이라는 샘이 있다. 이 샘에는 의상 대사와 관련된 이야

기가 전해 오는데, 도륜 스님의 구연 내용을 적어보면 다음과 같다.

또 하나는, 이건 인자 완전히 민간에 구전하는 이야기이고, 좀 재미있는 이야기인데, 의상 스님을 좀 좋게 꾸민 이야기이지요.

우물이 하나, 저 뒤에 보면 샘이 하나 있는데, 의상 스님께서 언자, 고민을 했답니다. 이 절을 짓고 나서 언자, 선묘, 용이 언자, 선묘 낭자가 나타나 가지고,

"왜 그러십니까?"

"이 물이 부족해 가지고 그렇다."

"얼마의 대중이 먹을 물이면 되겠습니까?"

"천여 명의 대중이 먹을 물이면 되겠다."

그래서 인자 그 물이 천여 명의 대중이 마실 수 있는 그런 물이 흘렀다고 합니다. 요즘은 그렇게 되지는 않는 것 같고. 그것이 이쪽의 '한샘' 하고 합해서 아마 그러지 않은가 싶어요.

선묘정 말고 요 앞에 한샘이라고 있습니다. 그 한샘에는 인자 연못이 파져 있거든요. 종무소 앞쪽에 있어요. 한샘은 가뭄 있을 때 기도하고, 여기서 기우제를 지냈다는 말이 있고요. 여기에 대해서는 여러 가지가 있는데, 일설에는, 그 우물이 이렇게 실 꾸러미로 한 꾸러미가 들어갔다는 말이 전해 오는데, 그것은 과장된 것 같기도 하고. 민간 이야기는 그렇습니다.

부석사는 큰 계곡을 끼고 있지 않아 물이 귀한 곳이다. 이런 곳에서 수맥을 찾아 샘을 파고 물은 얻는 일은 쉬운 일이 아니었을 것이다. 이런 점을 고려하여 꾸며진 선묘정 이야기는 선묘 낭자의 신통력을 드러낸다. 선묘정 이야기는 부석, 선비화, 석룡 이야기와 함께 부석사의 신비성을 강화하는 역할을 하고 있다.

5. 연미사와 돌미륵

경상북도 안동시 이천동에 연미사(燕尾寺)와 돌미륵이 있다. 여기에는 죽어서 저승에 간 사람이 남의 창고에서 재물을 꾸어서 인정을 쓰고 이승으로 돌아와 절을 지었다는 아주 재미있는 전설이 전해 온다.

연미사는 안동 시내에서 영주 가는 길로 4.5km쯤 떨어진, 안동시 이천동 길옆에 위치한 작은 사찰이다. 길옆의 계단을 오르면 작은 법당이 있고, 그 옆에 '燕尾寺' 현판이 붙은 작은 집이 있다. 법당 왼편으로 나 있는 계단을 오르면 고려 시대에 쌓은 것으로 추정되는 3층 석탑이 있다. 그 아래의 길가에는 높이가 12.5m, 넓이가 7m 정도 되는 거구의 불상이 있다. 커다란 자연석에 신체를 음각선(陰刻線)으로 새기고, 머리는 따로 올려놓았다. 얼굴은 긴 눈과 두터운 입술에 잔잔한 미소가 흐르고 있는데, 고려 시대에 만들은 것이라 추정하고 있다.

연미사에 거주하는 아주머니께 연미사 전설을 아느냐고 물으니, 잘 모른다고 하였다. 주지 스님이 계시냐고 물으니, 출타 중이라고 하였다. 필자는 가까운 마을로 들어가 연미사 전설을 아는 사람을 찾았다. 몇 집을 다니며 묻다가, 마당가에서 일하는 남조철 씨를 만났다. 남씨에게 연미사 전설을 아느냐고 물으니, 남씨는 안다고 하면서 필자 일행을 비어 있는 비닐하우스로 데리고 가서 앉게 한 다음, 연미사 옆의 미륵님을 보고 왔느냐고 물었다. 보고 왔다고 대답하니, 남씨는 미륵님이 남자인가 여자인가를 물었다. 필자가 얼른 대답을 못하자, 남씨는 미륵님 머리에 쓴 관이 족두리 모양이고, 입술이 붉은 것을 보면 화장한 것이 분명하니 여자임에 틀림없다고 자신 있게 말하였다. 남씨는 미륵의 영검성을 설명한 뒤에 연미사 전설을 다음과 같이 이야기하였다.

지금의 연미사 앞에 좁은 길이 있었는데, 그 앞에 조그만 초가집이 있었습니다. 그 집은 요즈음 말로 주막집으로, 서울로 과거를 보러 가는 사람들은 물론 그 길로 지나는 많은 사람들이 쉬었다가 가기도 하고, 자고 가기도 하였습니다. 그 때는 손님이 쌀을 가져오면 그 쌀로 밥을 지어 주곤 하였는데, 형편이 좋은 사람은 쌀을 넉넉하게 가져오지만, 가난한 사람은 쌀을 조금밖에 가져오지 못하였습니다. '연이'라는 처자가 그 주막에서 일을 하였는데, 가난하여 쌀을 적게 가져오는 사람에게는 자기 쌀을 보태어 손님이 배불리 먹을 수 있도록 밥을 하여 주었답니다. 그리고 손님의 빨래를 하여 주기도 하면서 손님들을 여러 가지로 도와주었대요. 연이의 예쁜 모습과 착한 마음을 아는 사람들은 모두 연이를 칭찬하였고, 총각들은 연이를 사모하게 되었답니다.

연미사에서 5리 정도 떨어진 서후면 이송천 마을에 한 부자가 살았는데, 그 부자의 아들이 연이를 깊이 사모하였답니다. 그 총각은 연이를 사모하는 마음이 지나쳐서 상사병으로 앓다가 죽었답니다. 그가 죽어 그의 영혼이 염라국에 가서 열두 대왕을 모두 만나 문초를 받고, 염라대왕 앞에 갔습니다. 염라대왕은 문서를 살펴본 뒤에 그를 보고 말했대요.

"너는 아직 올 때가 안 되었으니, 다시 집으로 가거라."

그가 좋아하며 저승문을 나서려고 하는데, 문지기가 앞을 가로막으며 말하는 것이었습니다.

연미사 석불의 앞모습

"위에서 가라고 허락은 하였지만, 인정을 쓰지 않으면 못 보낸다."

"내가 지금 가진 것이 아무 것도 없는데, 무엇으로 인정을 쓰란 말인가?"

"너의 창고가 있을 것이다. 네가 남을 많이 도와주었으면 네 창고에 재물이 쌓여 있을 것이니, 네 창고의 재물을 가져오너라."

그가 염라국 사자를 따라 자기의 저승 창고에 가 보니, 짚 두 단밖에 없더랍니다. 그가 이승에서 남을 도와준 것이 그 것뿐이었던 것입니다. 그는 육신을 땅 속에 파묻기 전에 빨리 육신으로 돌아가야 할 텐데, 저승사자가 보내 주지 않으니 큰일이었습니다. 그래서 어쩔 줄을 모르고 있을 때, 사자가 말하였습니다.

"너의 이웃 동네에 연이라는 처자가 있는데, 그 처자의 창고에 가서 빌려라. 이승에 나가서 갚으면 된다."

그가 급한 마음에 그렇게 하기로 하고, 연이의 창고에 가 보니, 쌀을 비롯하여 여러 가지 재물이 그득하였습니다. 연이가 남을 도와준 것이 모두 저승 창고에 쌓여 있었던 것입니다. 그는 쌀 200 가마를 빌려서 마음껏 인정을 쓰고 돌아왔답니다.

연미사 석불의 옆모습

　그가 집에 와 보니, 자기의 육신은 아직 땅에 묻지 않고 그대로 있는데, 가족이 모두 울고불고 하였습니다. 그의 영혼이 다시 육신으로 돌아오니, 그는 잠자다가 일어나는 것처럼 일어났습니다.

　그는 연이를 찾아가서 자초지종(自初至終) 이야기를 하고, 저승에서 꾼 재물을 갚겠다고 하였습니다. 연이는 빌려준 적이 없는 돈을 받을 수 없다고 거절하였지만, 그 총각은 자꾸만 받으라고 하였습니다. 불심이 깊은 연이는 이렇게 말했습니다.

　　"내가 준 것이 아니니까 모르는 일인에, 그 돈을 정말 내게 주실 양이면, 우리 미륵님이 비를 맞지 않도록 절을 지읍시다."

　연이와 그 총각은 재목을 구하여 미륵님 둘레의 큰 바위에 기둥을 세우고, 지붕을 올린 다음, 기와까지 다 올렸습니다. 그런데 올라가면서 내려올 궁리를 하지 않고 작업을 하였기 때문에 내려올 수가 없었습니다. 생각다 못해 둘이는 지붕에서 함께 뛰어내렸습니다. 그런데 연이와 총각은 땅으

연미사

로 떨어지지 않고 제비가 되어 공중으로 날아갔습니다. 그래서 이 절을 '연미사(燕尾寺)'라고 하였답니다. 그리고 연이가 일하던 주막을 '연미원' 또는 '제비원'이라고 하였답니다. 연이라는 처자가 죽은 날은 음력 동짓달 스무나흘 날입니다.

지금 미륵님 위에 덮었던 연미사는 없어지고, 연미사 지붕에 얹었던 기왓장만이 둘레에 흩어져 있습니다. 지금 미륵님 옆에 있는 연미사는 그 뒤에 지은 것이고, 그 옆 건물은 지은 지 얼마 되지 않은 것입니다.

채록 일시 : 1997년 2월 24일 오후 1시
구연자 : 남조철(남, 54세, 초등학교 졸업, 농업)
 사는 곳 및 나서 자란 곳 : 경북 안동시 이천동 제비원 358
만나게 된 경위 및 채록 상황 : 봄 방학을 이용하여 현직 교사로 한국교원대학교 대학원에 재학 중인 권영호·이경
 순·장미경 선생과 연미사의 이곳저곳을 둘러보았다. 연미사 전설을 아는 사람을 만나려고 연미사 가까이에 있는
 마을로 들어가 마당가에서 일하는 남씨를 만났다. 남씨에게 연미사 전설을 들으러 왔다고 하자, 남씨는 우리 일
 행을 비어 있는 비닐하우스로 데리고 가서 앉게 한 다음, 연미사 전설을 구연해 주었다. 남씨는 기억력도 좋고,
 입담도 좋아 아주 재미있게 이야기해 주었다.
처음 들은 때 및 들려준 사람 : 어렸을 때 할아버지한테 들었다고 함.

이와 같은 이야기를 「저승 재물 차용 설화」라고 한다. 이 설화는 전라남도 영암의 덕진다리에 전해 오는 한편, 제주도 지방에 전해 오는 무가 「세민황제본풀이」와 고소설 「당태종전」에도 전해 온다. 연이의 착한 마음과 지극한 불심(佛心)이 강조되어 있는 위 이야기에는 한국인의 삶과 죽음에 대한 몇 가지 의식이 나타난다.

첫째, 한국인은 영육분리(靈肉分離)의 이원적 사고를 지니고 있다. 사람은

육신과 영혼이 존재하는
데, 육신과 영혼이 결합되
어 있는 상태가 삶이고, 분
리되어 있는 상태가 죽음
이다. 영혼이 육신을 떠나
면 육신은 죽게 된다. 사람
이 죽으면 육신은 살아 있
는 사람들이 장례를 치른
다. 그러나 육신을 떠난 영
혼은 저승에 가서 염라대

연이를 사모하던 부자 총각이 살았다는 서후면 이송천 마을

왕의 판결을 받아 다시 이승으로 돌아오거나, 내세에 가서 영원히 거한다
고 한다. 이송천 마을의 부자 총각이 상사병으로 죽어서 그 영혼이 저승에
가서 염라대왕을 만나고 돌아오니, 죽었던 그의 육신이 잠을 자다가 깬 것
처럼 일어났다고 하는 것은 이러한 사고의 표현이다.

　둘째, 이승에서 행한 선행과 악행은 그 결과가 내세에 그대로 나타난다
고 믿는다. 착한 일을 한 적이 없는 부자 총각의 저승 창고는 텅 비어 있는
데, 가난하지만 착한 일을 많이 한 연이의 저승 창고에는 재물이 가득 차
있었다고 하는 것은 이러한 의식의 표현이다. 이러한 의식은 사람들에게
이승에서의 선행을 권장하는 한편, 이승에서 당하는 고통을 참고 견디게
하는 기능을 하였을 것이다.

　남조철 씨는 연미사 전설에 이어서 미륵과 이여송에 관한 이야기를 하
였다.

　임진왜란 때 이여송이 우리나라에 와서 좋은 일도 하였지만, 나쁜 일도
많이 하였답니다. 그는 전국을 다니면서 산수가 좋아 인재가 날 곳의 혈을

끊었답니다. 이여송이 저 남쪽에 가서 명산의 혈을 끊고, 이 미륵님 앞을 지나려고 하는데, 말이 멈춰 서서 더 이상 가지를 않는 거예요. 말이 왜 그러는지를 몰라 사방을 둘러보니, 미륵님이 떠억 버티고 서 있거든요. 이여송은 말을 탄 채로 뒤로 한참 물러났다가 다시 앞으로 힘차게 달리면서 칼로 미륵님의 목을 치니까 목이 부러졌어요. 그 때 미륵님의 목에서 피가 흘렀답니다. 그 뒤에 미륵님의 목을 붙여 놓았는데, 목 부분이 발갛게 보여요. 그것은 그 때 목에서 흐른 피가 묻어 있기 때문이라고 합니다.

이여송이 중국으로 가기 위해 삼각산까지 갔어요. 그런데 초립동이 하나가 앞에서 알찐알찐하는 거예요. 칼로 치려고 하면 없어지고, 없어졌다가는 다시 나타나요. 그 초립동이는 삼각산 산신령이었답니다. 결국은 이여송이 그 초립동이한테 항복을 하였어요. 초립동이 이여송이한테 왜 그런 짓을 하였느냐고 호통을 하니, 이여송이 잘못했다고 하였답니다. 그래서 이여송이 삼각산의 혈은 끊지 못하였답니다.

이여송이 중국에 가서 조부를 만나 인사를 드리니, 조부가 갔다 온 곳을 물었어요. 이여송이 조선의 곳곳을 다니면서 혈을 찔렀다고 하니, 어느 어느 묘혈을 잘랐느냐고 물었어요. 이여송이 모두 이야기를 하니, 조부가 크게 놀라며

"할아버지 산소가 조선에 있는데, 네가 바로 할아버지 산소의 혈을 자르고 왔으니, 우리는 이제 망했구나!"

하고 탄식을 하였답니다.

위 이야기에서는 이여송의 악행을 강조하는 한편, 연미사 미륵의 영검성을 드러내고 있다.

필자는 남씨를 만난 뒤에 안동시 북후면 사무소로 가서 권영찬(남, 62세, 고졸, 사는 곳 : 안동시 송현동 384-4) 면장을 만났다. 권 면장은 연미사 전설을 이야기한 뒤에, 이여송과 미륵에 관한 이야기를 하였는데, 내용은 위에 적은

남씨의 이야기와 비슷하였다. 권 면장은 두 가지 이야기에 이어서 이천동 장을 할 때 있었던 일을 이야기하였다.

몇 년 전에 안동시에서 동별로 가장행렬(假裝行列)을 하였는데, 이천동에 서는 마을 어귀에 있는 연미사 미륵의 모습을 마을 상징 그림으로 내걸기 로 하였다. 그래서 동장인 그가 행사 전날 미륵을 그린 대형 패널 두 개를 화 물차에 싣고 공설운동장으로 향하였다. 화물차가 안동 시내를 가로지르는 낙동강의 영호대교를 건널 때였다. 맑던 하늘에 갑자기 구름이 몰려오더 니, 천둥 번개와 함께 비가 내리고, 바람이 불어 대형 패널을 실은 화물차가 뒤집힐 지경이었다. 화물차에 타고 있던 그와 운전기사는 크게 놀라고 당 황하여 한동안 어쩔 줄을 몰랐다. 얼마 후에 날씨가 다시 개어 공설운동장 에 도착한 그는 한 번도 자리를 뜬 적이 없는 미륵님을 밖으로 모시고 나온 때문이 아닐까 하는 생각이 들었다. 그래서 그는 이튿날 아침 일찍 마을 유 지들과 미륵님 앞에 가서 잘못을 사죄하는 제사를 드리고, 행사를 무사히 마쳤다고 한다. 이 이야기는 마을 사람들의 마음속에 미륵에 대한 신앙심 이 아직도 살아 있음을 말해 준다.

요즈음에도 이른 새벽이면 많은 사람들이 미륵님 앞에 와서 소원을 빌고 간다고 한다. 특히 안동 시내에서 장사를 하는 사람 중에는 이른 새벽에 미 륵님 앞에 와서 기도를 드리고 가야 그 날 장사가 잘 된다고 하는 사람이 많 이 있다고 한다. 이것은 연미사 미륵이 불교적인 신앙의 대상일 뿐만 아니 라 민간신앙의 대상이 되고 있음을 말해 준다. 필자는 이런 이야기를 들으 며, 이른 새벽에 이곳에 와서 기도를 드리는 현대인의 신앙심과 전설에 나 오는 연이의 신앙심이 맥을 같이 하고 있음을 알았다.

6. 선녀가 베를 짠 베틀바위

경상북도 의성군 의성읍 치선2리 뒷산에 '베틀바위'가 있다. 연미사와 돌미륵 전설의 현장을 답사한 필자는 권영호 · 이경순 · 장미경 선생과 함께 '베틀바위'를 보기 위해 의성으로 향했다.

안동에서 남쪽으로 난 국도를 따라 약 30km를 내려가니 의성읍이 나왔다. 의성읍에서 영천 가는 국도로 1km 쯤 가다가 동쪽으로 난 길로 좌회전하니, 사곡 · 청송 가는 군도(郡道)가 나왔다. 그 길로 4km 쯤 가니, 왼쪽으로 치선 2리(致仙二里) 마을이 보였다. 치선리 입구에서 죄회전하여 농로를 따라 300m 쯤 가니, 치선리 마을이 있고, 길가에 마을회관이 있었다. 마을에는 집집마다 안마당이나 대문 밖에 널찍한 별채의 집을 짓고 긴 막대기를 걸쳐놓은 시설물이 있었다. 그것은 마늘을 캐어 엮어 매달아 두는 시설이라 한다. 이를 보며 의성이 마늘의 특산지임을 실감하였다.

마을 뒤편으로 난 산길을 따라 300m 쯤 올라가니, 해발 350m 정도 되는 마을 뒷산이 보였다. 그 산 중턱에 큰 바위가 있는데, 그 바위가 '베틀바위'라고 한다. 필자는 베틀바위가 잘 보이는 길 건너편 산으로 올라가 망원렌즈를 사용하여 사진을 찍었다. 육안으로 볼 때는 잘 몰랐는데, 망원렌즈를 통하여 보는 바위는 옷감을 짜는 베틀을 연상케 하였다.

베틀바위에는 아주 흥미로운 전설이 전해 오는데, 의성이 고향인 권영호 선생의 이야기를 원음 그대로 적어 보면 다음과 같다.

경북 의성군 의성읍 치선리에 있는 베틀바위 전설에 대해서 이야기를 들려 드리겠습니다. 산 중턱에 있는 베틀바위는 오래 전부터 다음과 같은 전설이 내려오고 있습니다.

베틀바위가 있는 바로 밑의 그 마을에 아주 옛날에 '갑숙'이라는 처녀가 살았습니다. 그 처녀는 효성이 지극했고, 마음씨가 착하기로 소문이 난 처녀였습니다. 홀어머니를 모시고 있었는데, 그 집안의 살림이 아주 가난했을 뿐더러, 농사라고는 한 마지기도 없고 해서, 이 처녀는 남의 집에 가서 베를 짜서 생계를 겨우 유지를 해 왔는데, 그 홀어머니께서 어느 날 갑자기 병이 들었습니다. 그래서 병석에 누워 계시는 어머니가 안타깝기 짝이 없어서 모든 약을 구해서 어머니께 드렸지마는, 효험이 전혀 없었습니다.

그래서 어느 좋다는 의원이 있다고 하길래, 그 의원에게 찾아가서 역시 어머니에게 좋다는 약을 지어서 오는 길인데, 그 때가 밤이 아주 깊었습니다. 마을로 들어오는 길가에 보니까, 아주 나이가 많이 드신 노파가 쓰러져 있는 것이었습니다. 그래서 그 갑숙이라는 처녀가 그냥 지나칠 수가 없어 가지고, 그 노파를 업고 집으로 모셔 왔습니다. 자기가 모시고 있는 홀어머니께서도 편찮으셔서 누워 계시는데, 그 아픈 노파까지 데리고 왔으니 힘이 들었지만, 그날 밤 갑숙이는 지극 정성으로 노파의 병환도 역시 구완을 했습니다. 씻어 주고, 닦아주고 해서 그날 밤을 지났는데, 밤새도록 잠을 자지 못하고 있던 갑숙이가 새벽녘에 깜박 잠이 들었다가 잠에서 깨어나 보니까, 그렇게 누워 있던 노파가 온데간데없었습니다. 그래서 집안은 물론이고 온 마을을 찾아다녀 봐도 그 노파는 보이지 않았습니다. 그런데 이상하게도 그 노파가 간 후에, 그렇게도 오랫동안 누워 계시던 어머니의 병

베 짜는 모습을 연상케 하는 베틀바위

환이 감쪽같이 나아졌다는 겁니다. 그래서 그 이튿날부터 갑숙이라는 처녀는 역시 베를 짜서 생계를 이어 갔습니다.

그 베를 짜는 솜씨가 아주 대단해서, 그 소문이 임금님의 귀에까지도 들렸습니다. 그래서 임금님이 궁궐에서 베를 짜는 직녀(織女)들과 이 갑숙이라는 처녀가 베 짜는 시합을 벌이도록 하였습니다. 궁궐에서 베를 짜는 직녀들이 한양에서 가지고 온 베틀은 아주 좋은 것이었습니다. 그런데 갑숙이가 가지고 있는 베틀은 아주 보잘것없는 베틀이었습니다. 이 베 짜는 시합을 보기 위해서 온 마을 사람들이 전부 다 모였는데, 특히나 베틀을 장치해 놓은 곳이 산 중턱이었습니다.

산 중턱에서 베 짜기 시합이 진행이 되는데, 한참 베를 짜고 있는데, 난데없이 그 어느 날 밤에 갑숙이가 구해 준 노파가 나타난 것이었습니다.

그 노파가 나타나서 들고 있던 지팡이로 갑숙이의 베틀을 세 번 두드리니까, 갑숙이의 베틀이 열 개로 변하는 것이었습니다. 그러자 하늘에서 선녀들이 내려와서 갑숙이의 열 개로 변한 베틀에 모두 앉아 가지고 베를 짜주었습니다. 그래 가지고 베 짜기 시합이 모두 끝난 후에 보니까, 궁궐에서 온 직녀들이 짠 베보다 갑숙이가 짠 베가 아주 곱고 잘 짜여져 있어서 임금님이 아주 기뻐하셨습니다.

그런 후에 임금님이 갑숙이에게 왕비가 되어 줄 것을 간청을 합니다. 그러나 갑숙이는 홀로 계신 어머님을 혼자 두고 왕비가 될 수 없다고 하면서 거절을 했는데, 왕은 갑숙이의 효심에 더욱 더 감탄을 해 가지고, 홀어머니께서 평생 동안 먹고 살 수 있는 많은 재물을 물려주고, 그 대신 갑숙이를 데리고 왕비로 삼았다는 이야깁니다.

그래서 지금 베틀바위가 있는 그 마을을 선녀들이 내려와서 베를 짠 바위가 있다고 해서 '선암(仙岩)'이라고 부르고 있습니다.

채록 일시 : 1997. 2. 24. 오후 6시 30분.
채록 장소 : 경북 의성군 의성읍 후죽리 장원식당
구연자 : 권영호(남, 45세, 대학원 수료, 교사)
   사는 곳 및 나서 자란 곳 : 경북 의성군 의성읍 후죽리 452-3번지
만나게 된 경위 및 채록 상황 : 안동시 이천동에 있는 연미사를 둘러보고, 연미사 전설을 채록한 뒤에, 구연자 권영호 선생의 안내로 의성읍 치선2리에 있는 베틀바위를 답사한 뒤에 의성읍내로 와서 저녁을 먹으며 이 이야기를 들었다. 이 이야기는 함께 간 아내, 이경순·장미경 선생과 화기애애한 분위기에서 들었다.
처음 들은 때 및 들려준 사람 : 구연자는 이 이야기를 어렸을 때 어른들한테 들었는데, 여러 차례 구연하였고, 글로 정리하여 발표하기도 하였다고 한다.

위 이야기에서 갑숙이는 평소에 홀어머니를 지성으로 봉양하고, 어머니가 병이 난 뒤에는 온갖 약을 구하여 드리면서 병구완을 하였다. 갑숙이의 효성에 감동한 신이자(神異者)는 갑숙이를 돕기 전에 그녀의 마음을 한 번 더 시험하기 위해 병든 노파의 모습으로 그녀 앞에 나타난다. 그녀는 어머니의 병구완하는 일 이외에는 다른 일에 마음을 쓸 여유가 없는데도, 길가에 쓰러져 신음하는 노파를 두고 그냥 지나칠 수 없었다. 그래서 지친 몸으로 노파를 업고 집으로 와서 어머니 옆에 눕히고 밤새도록 간호한다. 이것은

갑숙이가 지극한 효성과 함께 어려움을 당한 사람을 돌보는 '이웃 사랑'의 따뜻한 마음을 지니고 있었음을 말해 준다. 갑숙이의 효성과 착한 마음을 확인한 신이자는 어머니의 병을 낫게 해준다. 신이자는 그녀 어머니의 병을 낫게 해 주었을 뿐만 아니라, 임금님이 주최한 베 짜기 대회에서 갑숙이 우승을 하도록 도와준다. 그래서 갑숙으로 하여금 왕비가 되는 계기를 마련해 준다. 그래서 가난하고 보잘것없는 신분의 갑숙이는 왕비가 되어 여성 최고의 행복을 누린다. 이것은 지극한 효성과 이웃을 사랑하는 따뜻한 마음을 지닌 갑숙이에게 주어지는 최고의 보상이다.

다른 전설과는 달리 행복한 결말로 끝을 맺는 이 이야기는 고소설 「심청전」의 결말을 연상하게 한다. 이 이야기는 '효녀가 자기의 모든 것을 바쳐 부모님을 봉양하니, 기적이 일어나 효도가 완성되었다.'는 「효녀 자기희생형 설화」와 맥을 같이 한다.

이 이야기에 나오는 노파는 갑숙이 어머니의 병을 낫게 해 주고, 지팡이로 베틀을 쳐서 열 개의 베틀을 만들고, 선녀를 불러 베를 짜게 하는 등 신이한 능력을 발휘한다. 이것은 신선 사상과 도교 사상이 뒤섞여 구성된 것이라 하겠다. 동화처럼 환상적인 내용으로 꾸며진 이 이야기는 고난이 닥쳤을 때 이를 이겨내려는 의지와 신념을 가지고 노력할 것을 강조한다. 또 지극한 효성과 불우한 이웃을 돕는 착한 마음을 가진 사람은 반드시 복을 받는다는 것을 일깨워 주고 있다.

1. 십 리를 더 가서 잡은 한양성—왕십리와 선바위

서울에는 조선을 건국한 태조 이성계가 도읍을 개경에서 한양으로 옮길 때 있었던 일과 관련된 이야기가 많이 전해 온다. 그 중 북악산 아래에 도읍을 정하고 경복궁을 지을 때 있었던 일과 관련된 이야기가 퍽 흥미롭다.

서울 성동구에는 '왕십리(往十里)'라는 동 이름이 있는데, 지금은 상왕십리동과 하왕십리동으로 나뉘어져 있다. '왕십리'라는 지명이 생긴 데에는 다음과 같은 이야기가 전한다.

조선 태조 이성계가 나라를 세운 뒤, 계룡(鷄龍)에 도읍을 정하려고 하다가, 마땅치 않아 무학 대사에게 다른 자리를 잡으라고 하였다. 무학 대사가 지금의 한양 가까이 와서 지금의 살곶이다리 근처를 지나, 지금의 왕십리 길을 접어들었어.

왕십리가 인제 산태극 수태극(山太極水太極)이 서로 어울리는 뎁니다. 청계천물 중랑천물이 합수(合水)해서, 어ㅡ응봉산을 싸돌아가고. 인제 말하자면, 한양 터로 봐서는 백호(白虎)날이 인왕산에서 서소문으로 해서 남산으로 이어져 가지고, 금호동 산줄기까지 뻗어나가서 응봉동에 가서 마지막

왕십리역 부근

힘을 모은 디가 돼서, 그 언저리가 산태극 수태극으로. 그 때는 풍수설이 한창 유행할 때니까,

그 근방에 가서 자리를 잡어 볼까 했는데, 그 때 밭을 갈던 한 노인이 소에게 채찍질을 하며 꾸짖어 말했다.

"이 미련한 소야, 어리석기가 무학과 같구나. 십리를 남겨 놓고 여기서 도읍을 정하면 어떻게 하나?"

무학 대사가 이상해서

"지금 누구 보고 무슨 말을 했소?"

그러니까는,

"아, 소 보고 미련한 소라고 그랬지, 댁들 보고 욕한 건 아니요."

하고 발뺌을 하니까는,

"아 그러지 말고 우리 여기서 쉬면서 박주 한 잔 나누면서 얘기나 합시다. 댁이 혼자, 실성하지 않은 한 소 보고 했을 리도 없고, 우리 들으라고 한 것 같은데……."

그러니까,

"댁들하고는 상관없다."

고 그러거든. 무학은 그 농부가 범상치 않은, 뭘 알고 있는 사람 같아서 꼬치꼬치 물으니까, 북악을 가리키면서

"아, 저 산이 저 얼마나 힘 있게 내려와서 뭉친 자리요. 여기서 한 십리 쯤 되는데, 그 근방에 가면 아마 무슨 좋은 자리가 있을 것 같은데, 여기야 돌아 빠지는 데지, 막아낼 힘은 있어도 큰 자리는 아직 안 될 것 같으오."

무학 대사는 그 말을 따라 서북쪽으로 10리를 더 가서 북악산 아래에 경복궁 자리를 정하였다는 거요. 그 후로 그 곳을 무학 대사가 먼저 찾은 곳이라 하여 '왕심(枉尋)' 또는 '십리를 더 가라'는 뜻의 '왕십리(往十里)'라고 하였다고 해요.

채록 일시 : 1993. 10. 31. 오후 3 : 37~42.
구연자 : 박붕배(남, 68세, 대학원졸, 전 서울교육대학교 교수)
　사는 곳 : 서울 성동구 광장동 삼성아파트 1동 1003호
　나서 자란 곳 : 충남 부여군 양화면 오량리
채록 장소 : 구연자의 집 응접실
만나게 된 경위 및 채록 상황 : 구연자는 충남 부여에서 나서 17세까지 그곳에서 한문을 배우고, 초등학교를 다녔다. 17세 때 서울로 올라와 고등학교와 대학교를 졸업하고, 직장을 잡아 61년 째 서울에서 살고 있다. 채록자는 대학 시절 은사인 구연자를 며칠 전에 약속하고 이 날 댁으로 찾아가 만났다. 두 사람이 마주 앉아 아주 우호적인 분위기에서 14편의 이야기를 녹음하였다.
처음 들은 때 및 들려 준 사람 : 9~10세 때 글방 선생님(황태연, 당시 60세 가량)한테 들었음.
구연 경력 : 한두 번 했음.

이 이야기는 널리 구전되는 이야기인데, 최동주의 『오백년기담(五百年奇譚)』(경성 : 박문서관, 1913)에도 실려 있다. 구전되는 이야기 중에는 무학 대사에게 십리를 더 가라고 말한 농부가 신라 말에 풍수지리를 깊이 연구하여 이름을 떨친 도선(道詵) 국사의 현신(現身)이었다고 하기도 한다. 이 이야기는 무학 대사가 도읍지를 정하기 위해 무척 애를 썼다는 사실과 도읍 터를 찾는 데에 도선과 같은 풍수지리 대가의 숨은 도움이 있었음을 말해 준다. 위

인왕산 서편 중턱에 있는 선바위

이야기는 한양 도읍지가 풍수지리로 보아 명당임을 말해 준다.

　조선 태조가 궁궐터를 잡을 때와 성을 쌓을 때에 무학 대사와 정도전의 의견이 달랐는데, 태조는 정도전의 의견을 따랐다고 한다. 〈김기빈, 서울 땅 이름 이야기, 살림터, 1994 참조〉

　먼저 궁궐터를 잡을 때의 이야기를 보면, 무학 대사는 인왕산을 주산으로 삼고, 북악산과 남산을 청룡(靑龍)·백호(白虎)로 삼아 궁궐을 지어야 한다고 하였다. 그런데 정도전은 "예로부터 천자는 남쪽을 보고 천하를 다스려 왔는데, 동쪽을 향하는 것은 좋지 않다."고 반대하였다. 그래서 정도전의 말대로 북악산을 주산으로 삼고, 낙산과 인왕산을 청룡·백호로, 남산을 안산(案山)으로 하는 지금의 경복궁 자리가 결정되었다. 이 때 무학 대사가 다

선바위 앞에서 본 한양성의 성벽

음과 같이 탄식하였다고 한다.

　"『도선비기(道先秘記)』에 국도를 정할 때 중의 말을 들으면 나라의 기초가 연장될 것이나, 정(鄭)씨 성을 가진 사람의 말을 들으면 5세가 되지 못해 혁명이 일어나고, 2백 년 만에 난리가 나서 백성이 어육(魚肉)이 되리라 하였으니, 나중에 반드시 내 말을 생각하게 되리라."

　성을 쌓을 때에도 인왕산 중턱에 있는 '선바위'를 놓고 무학 대사와 정도전의 의견이 맞지 않았다고 한다. '선바위'는 인왕산 중턱에 서 있는 바위로, 중이 장삼을 입고 있는 모습과 같으므로 '선 바위' 또는 '입암(立岩)'이라 한다. 처음 한양성을 쌓을 때, 무학 대사는 이 바위가 성 안으로 들어가야 된다고 주장하였다. 그러나 정도전은 이 바위가 성 밖이 되도록 성을 쌓아야 된다고 하면서, 태조에게 이렇게 고하였다.

　"이 바위를 성 안으로 넣으면 불교가 왕성하고, 성 밖으로 내놓으면 유교
　가 왕성하게 됩니다."

　이 말을 들은 태조가 선바위를 성 밖에 두도록 성을 쌓으라고 하니, 무학
대사는 "앞으로는 중이 선비의 책보나 짊어지고 시중들어야 할 신세가 되
겠구나!" 하고 탄식하였다고 한다.

　그 후 5세 안에 세조의 왕위 찬탈이 있었고, 개국(1392년) 후 200년만인
1592년에 임진왜란이 일어났다. 또, 조선은 억불숭유(抑佛崇儒) 정책을 써서
불교는 억압을 받게 되고, 유교는 성하게 되었다. 이것은 모두 무학 대사의
말을 듣지 않고 지금의 자리에 대궐을 짓고, 선바위를 성 밖에 두었기 때문
이 아닐까 하는 생각을 해본다.

2. 성을 먼저 쌓고 지은 경복궁

경복궁(景福宮)은 조선 시대의 정궁(正宮)으로 태조 이성계가 1392년 조선을 건국하고 왕위에 오른 지 3년이 되는 해에 한양(漢陽, 지금의 서울)에 도읍을 정하고 세운 궁궐이다. '경복궁' 이라는 이름은 당시 판삼사사(判三司事)인 정도전(鄭道傳)이 『시경(詩經)』에 나오는 '군자(君子)의 만년(萬年) 빛나는 복을 빈다.' 는 뜻이 담긴 '경복(景福)' 이라는 시구를 따서 지은 것이다.

경복궁의 경내(境內)는 150,000평으로 네모반듯한 터를 이루고 있다. 북쪽에는 북한산(北漢山) 줄기인 북악산(北岳山)을 중심으로 좌우에 낙산(駱山)과 인왕산(仁旺山)이 경복궁 터를 감싸주고 있다. 궁궐에는 북악산에서 발원(發源)한 명당수(明堂水)가 영제교(永濟橋)를 지나 청계천으로 흐른다. 이 물은 다시 한강으로 흘러들어간다. 남쪽은 목멱산(남산)과 관악산을 마주한 명당 터이다. 경복궁의 담장은 남쪽으로는 정문인 광화문(光化門), 동쪽에는 건춘문(建春門), 서쪽에는 영추문(迎秋門), 북쪽에는 신무문(神武門)이 있다.

경복궁터를 잡고 대궐을 지을 때에는 다음과 같은 일이 있었다고 한다.

지금의 경복궁 자리에 터를 잡고 대궐을 짓는데, 기둥을 세우고 나서 그

경복궁 근정전

이튿날 아침에 보면, 기둥이 다 쓰러져 있습니다. 물론 기둥을 세울 때는, 보조 나무를 세우고 해서 기둥을 세웠을 텐데, 세우고 나서 하루 종일 일을 하고. 그 이튿날 아침이 되면 싹 쓰러지고, 싹 쓰러지고 해요. 그래서

"이것도 내 터가 아닌가 보다. 아니면 고사를 잘못 지냈나 보다."

하고 고사를 지냈대요. 그런데 도목(공사의 책임을 맡은 목수)의 꿈에 선인이 나타나서 말을 하더랍니다.

"이게, 터가 무슨 턴데, 터도 모르고 집을 지으려고 그러느냐?"

"그게 무슨 말씀이십니까?"

"이게 학 터여. 학 터에 기둥을 세우면, 학이 날개를 치면 그게 쓰러지게 돼 있지. 학 터를 써 먹으려고 그러면, 학의 날개부터 눌러 놔야지. 학수

천년(鶴壽千年)이라고 하는데, 한 나라의 국기(國基)를 놓으려고 하면 적어도 천 년을 내다 봐야 할 거 아닌가? 학수천년의 그 학을 터주로 생각을 한다면, 학을 못 날아가게 해야 할 것 아니오. 미련한 사람들이 학이 제 멋대로 움직이게 해 놓고 그 터에 집을 지으니, 그 집이 제대로 설 수가 있나?"

도목수가 꿈을 깬 뒤에 임금께 보고를 했어요. 임금이 백관(百官)을 모아 놓고 물어 보니까,

"학의 날개를 누르려면, 먼저 도성부터 쌓아야 합니다."

그래요. 그래서 대궐 짓는 작업을 중단하고, 도성 쌓는 작업에 먼저 들어가서 도성을 쌓기 시작을 했더랍니다. 도성을 쌓을 때에는 팔도 사람들을 불러서, 어디서부터 어디까지는 충청도, 어디서 어디까지는 강원도, 이렇게 맡겨서 성을 쌓았답니다.

도성을 어느 정도 쌓고서 대궐 기둥을 세우고, 서까래를 올리고, 대들보를 올리고 하는 작업을 하니까, 그 때부터 기둥이 안 쓰러져서 대궐을 완성하였답니다.

채록 일시 : 1993. 10. 31. 오후 3 : 42~48.
구연자 : 박붕배(남, 68세, 대학원졸, 전 서울교육대학교 교수)
　　사는 곳 : 서울 성동구 광장동 삼성아파트 1동 1003호
　　나서 자란 곳 : 충남 부여군 양화면 오량리
채록 장소 : 구연자의 집 응접실
만나게 된 경위 및 채록 상황 : 구연자는 충남 부여에서 나서 17세까지 그곳에서 한문 배우고, 초등학교를 다녔다. 17세 때 서울로 올라와 고등학교와 대학교를 졸업하고, 직장을 잡아 61년 째 서울에서 살고 있다. 채록자는 대학 시절 은사인 구연자를 며칠 전에 약속하고 이 날 댁으로 찾아가 만났다. 두 사람이 마주 앉아 아주 우호적인 분위기에서 14편의 이야기를 녹음하였다.
처음 들은 때 및 들려 준 사람 : 9~10세 때 글방 선생님(황태연, 당시 60세 가량)한테 들었음.
구연 경력 : 한두 번 했음.

위 이야기에서는 한양의 도읍터가 풍수지리설로 보아 학의 형상이니 학과 같은 특성을 지니고 있다. 그러므로 거기에 건축을 할 때에는 학의 특성을 알고 그에 맞게 해야 한다고 한다. 이 이야기는 풍수지리설을 바탕으로 한 풍수신앙이 일반화되어 있던 조선 시대 사람들의 의식을 바탕으로 하여

경복궁 동쪽에 세운 흥인지문. 현판은 두 줄로 세로쓰기를 했다.

꾸며진 것이다.

　풍수설과 관련된 위 이야기는 합리적 사고로 보면 허황된 이야기처럼 들리기도 한다. 그러나 이 이야기는 합리적 사고를 가지고 사는 현대인들에게 무슨 일을 할 때에는 그 일에 맞는 순서와 절차가 있는 것이니, 이를 잘 따져 생각해 보고, 그에 맞게 일해야 함을 일깨워 준다.

　풍수설의 안목으로 서울의 경복궁과 성문의 이름을 보면, 매우 재미있다. 경복궁은 북한산에서 뻗어 내려온 북악(北岳)을 주산(主山)으로 하여, 낙산을 좌청룡(左靑龍), 인왕산을 우백호(右白虎)로 하였다. 목멱산(남산)을 내안산(內案山), 관악산(冠岳山)을 외안산(外案山)으로 하였다. 그리고 청계천이 동으로 흘러 한강에 합류하여 유유히 흐르고 있다. 이처럼 한양성은 풍수설의 요건을 잘 갖췄다고 한다. 그런데 한양성에도 풍수적인 결함이 두 가지나 있어서 이를 비보(裨補)하였다.

경복궁 남쪽에 세운 숭례문—현판이 세로로 쓰여 있다.

첫째, 동쪽인 진방(震方)의 청룡(靑龍)에 허점이 있다. 서쪽의 백호는 인왕
산에서 사직동으로 뻗은 내백호(內白虎)와 안산에서 만리동을 거쳐 효창공
원까지 뻗은 외백호(外白虎)의 두 겹으로 되어 있어 장풍(藏風) 하기에 충분하
다. 그러나 동쪽의 청룡은 한 겹뿐인데, 그것도 동문 근처에서 끊어져 있고,
이 문에서 망우리에 이르는 사이에는 평야가 있어 장풍이 제대로 되지 않
는다고 한다. 이를 인위적으로 보완하기 위하여 동문의 이름을 '흥인지문
(興仁之門)' 이라 하였다. 풍수설에서 '인(仁)' 은 '목(木)' 에 속하고, 목은 동쪽을
뜻하므로 '흥인' 은 바로 동쪽을 반기는 뜻이 된다. '지(之)' 자는 산맥이 구
불구불한 모양을 형상적으로 표시하는 문자이므로, 동쪽의 허한 것을 보완
하는 의미를 지니고 있다. 그래서 동문은 이름을 '興仁之門' 의 넉 자로 하

광화문 좌우에 세워놓은 해태석상

고, 산을 쌓아 비보(神補)하는 대신 반월형의 석축의 울을 쌓아서 외풍(外風)이 들어오는 것을 인위적으로 막으려 하였다.

둘째, 남쪽인 곤방(坤方)에 있는 관악산은 음양설(陰陽說)로 보아 화기(火氣)가 왕성하다. 그래서 남문의 현판 '崇禮門'을 세로로 붙였다. 풍수설의 오행을 보면, '예(禮)'는 불에 속하고, 불은 남쪽을 의미한다. '숭(崇)' 자의 예서(隸書)는 불꽃이 일어나는 형상이므로, '숭례(崇禮)'는 '염화(炎火)'의 뜻으로 불이 타오른다는 풍수문자가 된다. 그런데 그 글자를 세로로 쓰면 불이 붙지 않는다고 한다. 그래서 남대문의 현판을 세로로 써서 걸었는데, 이것은 관악산의 화기(火氣)를 마주 대하게 하여 불로써 불을 제압하여 불이 일어나지 않게 하려는 의도였다고 한다.

조선 고종 때 대원군은 경복궁을 중건(重建)하고, 경복궁 정문인 광화문 앞뜰에 해태의 형상 둘을 만들어 세웠다. 이것을 두고, 민간에서는 관악산의 화기를 누르기 위한 것이라고 전한다. 해태는 수신(水神)을 상징하므로, 물로서 불을 제압하려는 의도에서였다고 한다. 그런데 이것은 『조선왕조실록』에는 없으므로, 민간에서 풍수와 관련지어 전해오는 것이 아닐까 생각한다.

3. 헤어진 부부의 애틋한 사랑—치마바위

  서울 인왕산은 경복궁을 오른쪽으로 감싸고 있어 풍수상으로 우백호(右白虎)에 해당한다. 이 인왕산 중턱에 조선 9대 임금인 중종과 폐비 신씨 사이의 애틋한 사랑 이야기가 서려 있는 '치마바위'가 있다.

  인왕산은 군사정권 시대에는 안보상의 이유로 통행을 제한하였으나, 문민정부가 들어선 후에는 통행이 자유롭게 되었다. 필자는 인왕산 아래에 자리 잡은 통인동에 처가가 있어 일 년에 몇 차례씩 갔지만, 바로 마을 뒤에 자리 잡은 인왕산에 오를 생각은 하지 못하였다. 그러다가 정부의 통행 제한이 풀린 것을 계기로 아내와 함께 인왕산에 올랐다. 옥인동에서 자란 아내는 어린 시절에 오가며 놀던 길을 오랜만에 다시 오르게 되니 감개무량하다고 하면서 즐거워하였다.

  마을을 벗어나 산길을 오르며 바라보니, 정상에서 경복궁 쪽으로 길게 뻗은 병풍 모양의 바위 아래에 우뚝 솟은 바위가 눈에 들어왔다. 아내는 그 바위를 '치마바위'라고 한다면서, 치마바위 전설을 아느냐고 물었다. 우리는 치마바위 가까이에 가서 경복궁과 경회루를 바라보며 치마바위 전설을 이야기하고, 서로의 느낌을 이야기한 뒤에 산을 올랐다.

경회루에서 바라본 치마바위

　치마바위 전설은 중종반정(中宗反正)과 관련된 애틋한 사랑의 이야기이다. 조선 10대 연산군은 재위 12년 동안에 무오사화(戊午士禍), 갑자사화(甲子士禍)를 일으켜 많은 선비들을 죽였다. 그리고 경연(經筵)과 대제학을 없애고, 성균관을 폐하여 오락 장소를 만드는 등 폭정을 일삼았다. 이를 보다 못한 성희안·박원종 등이 주동이 되어 연산군을 폐하고, 연산군의 이복동생인 진성대군(뒤에 중종이 됨.)을 왕으로 옹립하는 과정에서 생긴 일을 소재로 한 이야기이다. 치마바위 전설은 널리 알려진 이야기로, 필자 역시 오래 전부터 알고 있는 이야기이다. 그러나 서울에서 나서 자란 노인의 이야기를 적는 것이 좋을 것 같아 서울 종로구 종로3가에 있는 탑골공원에서 만난 남기만 노인의 이야기를 적어보겠다. 필자가 탑골공원에서 만난 남씨에게 치마바위 전설을 알면 이야기해 달라고 하자, 남씨는 이렇게 이야기를 시작하였다.

가까이서 본 치마바위

치마바위 이야기가 생겨난 것은 중종 임금 때이지. 연산군이 아주 고약하여 폭정을 할 적에 중종 대왕이라는 이가 있어. 조카인가 동생인가 그렇게 돼. 왕의 한 집안이지. 그런데 그 중종 대왕의 부인도 삼갈 신(愼)자 신씨이고, 또 연산군의 부인도 신씨야. 아마 고모쯤 될 꺼야. 연산군의 부인은.

그런데 그 때에 박원종이라는 사람과 성희안, 이런 사람들이 혁명을 일으킨 거지. 뒤집을려고. 그 사람들이 거사를 하려고 계획을 세우면서 진성대군을 옹립하기로 하였지. 그런데 진성대군은 내외간에 아주 의가 좋았어. 이 사람들이

"지금 임금이 너무하니 갈아치워야 합니다."

그러고 어느 날, 어느 시에 거사하기로 딱- 꾸며놨어. 그런데 그 날, 아침부텀 일을 꾸미고, 대궐을 쳐서 새벽 한시까지면 해결이 된다고 하였는데, 거진 두 시나 세 시가 되도록 감감무소식이야. 그러니까 진성대군 내외분은 일을 성공 못하면 잡혀가서 곤욕을 당하느니 먹고 죽을려고 약을 다려서

경복궁 안에 있는 경회루

약사발을 놓고서 기다리고 있어. 일이 성공하면 모시러 온다고 했는데, 이
때나 저때나 기다려도 오지를 않아.

초조하게 기다리고 있는데, 별안간 군대가 그냥 마을로 들이닥치더니,
자기 집 쪽으로 온다 말이야. 그러니까 진성대군이 약사발을 들어 먹으려
고 하니까, 그 부인이 있다 하는 말이,

"잠깐 참으십시요. 우리를 모시러 왔다면은 모든 차비를 다 정리하고 들
어올 꺼고, 우리를 잡으러 왔다면, 우리 집으로, 대문께로 말을 탄채 달
려올 꺼요. 이걸 보고 죽읍시다. 죽는 게 뭐 급합니까?"

그랬어. 그래서 기다리며 내다보니까는, 전부 가지런히 정돈을 하고서 들
어왔어. 성공을 했다 그 말이야.

그래 들어와서 모셔가서 진성대군은 왕위에 오르고, 신씨는 왕비가 된 거야. 그런데, 박원종이나 성희안이, 이런 공로자들이 바로 중종의 장인이 되는 신수근 이하 여러 사람을 다 잡아 죽였거든. 연산군의 처가도 그 집이고 하니께, 몰살을 시켰다 말이야. 그런디 그 딸이 왕비가 되면 저희가 나중에 난처하니까, 왕비를 내쫓아야 한다고 했어. 그러니 국법으로 내쫓아야 한다고 하는 거야. 왕의 할머니인 대왕대비도 내쫓아야 한다고 야단이니, 왕이 어떻게 해. 그 왕비를 내쳐야지. 그 때 왕이 눈물을 흘리며, 신씨의 집이 아마 인왕산 밑 어디였든지 집 뒤로 올라가면 바위가 있는데,

"거기다가 치마를 걸어 놓으시오. 내가 경복궁에서 건너다보고 치마가 있으면 당신이 무고하다는 걸 알 거요."

그렇게 말하고 헤여졌대.

그 후로 중종은 10여 년 동안 의좋게 살던 신씨를 잊을 수 없어 경회루에 올라 인왕산을 바라보았고, 신씨는 아침이면 바위에 치마를 걸고, 저녁이면 치워 자기의 무고함을 알렸대. 그래서 그 바위를 '치마바위'라고 했다는 거야.

채록 일시 : 1993. 10. 30. 토요일. 오전 10시 11분~15분
채록 장소 : 서울시 종로구 종로 3가 탑골 공원
구연자 : 남기만 (남, 80세, 한문 수학, 전에 한약판매업을 하였음.)
　나서 자란 곳 : 서울시 동대문구 창신동 131–1에서 45년 살았음.
　사는 곳 : 경기도 고양시 원당읍 미도아파트 1동 1025호
만나게 된 경위 및 채록 상황 : 한국교원대학교 설화조사반 학생 최동영·김지희와 함께 탑골공원에 가니, 아침 이른 시간인데도 많은 노인들이 와서 군데군데 모여 앉거나 서서 담소하고 있었다. 채록자가 인사를 드리며 서울에 관한 이야기를 해 달라고 부탁하자, 구연자가 좋다고 하였다. 구연자는 긴의자에 앉아 몇 가지 이야기를 구연하였다. 이야기가 시작되자, 몇 분의 노인이 옆에 와서 귀를 기울이고 들으며 맞장구를 치기도 하였다.
처음 들은 때 및 들려 준 사람 : 어렸을 때 어른들한테 들었음.
구연 경력 : 몇 차례 하였음.

위 이야기의 주인공 진성대군은 성종의 둘째 아들로, 성희안·박원종 등이 주동한 반정 뒤에 왕위에 올랐는데, 그가 제11대 중종이다. 성희안·박원종 등은 연산군을 폐위시키고 진성대군을 옹립하는 과정에서 연산군의 처남인 좌의정 신수근과 그의 아우 유수(留守) 신수겸, 판서 신수영 등을 죽

였다. 진성대군의 부인 신씨는 이 때 죽은 신수근의 딸이다. 반정의 공신들은 반정을 하는 과정에서 연산군과 함께 연산군의 지지 세력인 신수근 형제를 역적으로 몰아 죽였는데, 그들이 죽인 신수근의 딸이 중전의 자리에 오르게 되었다. 공신들은 역적의 딸이 국모의 자리에 오를 수 없다는 이유를 들어 왕에게 신씨를 궐 밖으로 내칠 것을 주청하였다. 반정공신들이 힘없는 왕에게 신씨와 헤어지도록 강요한 명분 뒤에는 신씨가 왕비가 되고, 그 소생이 세자가 되었을 때, 왕비의 아버지와 그 형제들을 죽인 자기들에게 미칠 보복에 대한 두려움이 있었을 것이다. 반정공신들의 옹립으로 왕위에 오른 중종은 공신들의 말을 듣지 않을 수 없었다. 그래서 중종은 10여 년 동안 의좋게 살던 부인 신씨와 헤어져야만 했다.

권력은 조선 태조 때에 두 차례나 있었던 왕자의 난처럼 형제끼리 피를 흘리게 하기도 하고, 영조와 사도세자의 경우처럼 부자의 의를 갈라놓기도 한다. 그리고 중종의 경우처럼 사랑하는 아내와 헤어지게 하기도 한다. 그러고 보면, 권력은 잡기 위해서는 이 세상에서 가장 소중하게 여기는 것마저 버리며 집착해야 하고, 이것을 놓친 뒤에는 패가망신(敗家亡身)하는 허망하기 짝이 없는 것이라는 생각이 든다.

위 이야기에서 권력 다툼의 소용돌이에 휘말려 아버지와 두 숙부를 잃고, 남편과 생이별을 당해야 했던 신씨의 마음은 어떠하였으며, 왕위에 올랐지만 사랑하는 아내와 헤어져야 했던 중종의 심정은 어떠하였을까? 위 이야기는 부부로 의좋게 지내던 중종과 신씨가 헤어져야만 했던 정치적 상황과 논리, 이를 뛰어넘는 두 사람의 애틋한 사랑을 전해 주면서, 권력의 비정함과 무상함을 일깨워 준다. 필자는 이 전설을 떠올리며 무엇에 가치를 두고 살아야 할까를 생각해 보았다.

4. 분노의 화살과 살곶이다리

서울 성동구에 있는 뚝섬을 '화살이 꽂힌 벌판'이란 뜻으로 '살곶이벌' 또는 '전교(箭郊)'라고 부른다. 한양대학교 앞을 지나 뚝섬을 향하여 성동교를 건널 때 왼쪽에 나지막한 다리가 있다. 이 다리가 살곶이벌의 명물 '살곶이다리'인데, 음이 변하여 '살곶이다리'라고 한다. 서울특별시 성동구 행당동 58번지에 있는 살곶이다리에는 두 차례에 걸친 왕자의 난을 일으킨 뒤에 왕위에 오른 이방원(태종)에 대한 이성계(태조)의 미움과 분노, 용서하는 마음이 교차하는 전설이 전해 온다.

2차에 걸친 왕자의 난

조선을 건국한 태조 이성계에게는 두 왕비가 있었다. 첫째왕비 한씨에게서 방우·방과·방의·방간·방원·방연 여섯 아들을 두었고, 계비 강씨에게서 방번·방석 두 아들을 두었다. 태조는 한씨 소생의 여섯 왕자를 제쳐 두고, 강씨 소생의 여덟째 왕자 방석을 세자로 책봉하였다. 그래서 한씨 소생의 왕자들은 불만을 품게 되었다. 특히 왕조 창업에 공이 큰 다섯째 왕자 방원은 세자 책봉뿐만 아니라, 방석의 보도(輔導)를 책임지고 있는 정도

성동구 행당동에 있는 살곶이다리

전과 남은, 심효생 등이 권력을 쥐고 있는 것에 큰 불만을 품고 있었다.

　방원은 1398(태조 7)년에 태조의 병세가 위독함에 따라 왕자들이 모두 궁중에 모이게 됨을 기회로 정도전 등이 한씨 소생의 왕자들을 제거하려고 한다고 트집을 잡아 먼저 이들을 습격하여 죽였다. 세자 방석은 변란의 책임을 물어 귀양 보내는 도중에 죽이고, 세자의 동복형인 방번도 죽였다. 방원은 둘째형인 방과가 세자가 되도록 하였다. 골육상쟁(骨肉相爭)으로 특별히 사랑하던 강씨 소생의 왕자를 잃은 태조는 정사에 뜻을 잃어 왕위를 세자(정종)에게 물려주고 고향인 함흥으로 갔다.

　정종 2(1400)년 태조의 제4자인 방간은 왕위에 뜻을 두고, 바로 밑의 동생인 방원을 시기하고 의심하였다. 방간이 박포의 충동질에 군사를 동원하여 방원을 치려 하니, 방원도 군사를 일으켜 싸움이 벌어졌다. 이 싸움에서 방간은 패하여 귀양을 갔고, 박포는 처형되었다. 난이 끝난 뒤에 정종은 상왕(태조)의 허락을 얻어 방원을 세자로 삼고, 얼마 뒤에 왕위를 세자에게 물려주니, 그가 제3대 태종이다.

함흥차사(咸興差使)

태종은 왕위에 오른 다음, 성석린을 보내어 태조를 한양으로 모셔 왔다. 그런데 태조는 1402(태종 2)년에 다시 함흥으로 가서는 돌아오지 아니하였다. 이에 왕은 태조가 노여움을 풀고 한양으로 돌아오도록 하려고 여러 번 차사를 보냈다. 태조는 태종의 편이 되어 자기를 설득하러 오는 차사를 모두 죽이고 돌려보내지 않았다. 그래서 한 번 가고 다시 돌아오지 않는 사람을 '함흥차사(咸興差使)' 라고 하였다.

함흥에 간 차사가 한 사람도 돌아오지 아니하자, 태종이 여러 신하들에게 누가 다시 갈 수 있겠는가 물었다. 판중추부사 박순(朴淳)이 자청하여 새끼 딸린 말을 타고 함흥으로 갔다. 그는 태조 있는 곳 가까이 가서는 일부러 새끼 말을 나무에 매어 놓고 어미 말을 타고 가니, 어미 말이 뒤를 돌아보며 머뭇거리고, 서로 부르며 앞으로 나아가려 하지 않았다. 태조를 만나니, 태조는 말의 행동을 괴이히 여겨 물었다. 이에 박순이 새끼 말이 길 가는 데 방해가 되기에 매어 놓았더니, 어미 말과 새끼 말이 서로 떨어지는 것을 참지 못하여 그런다고 하였다. 이 말을 들은 태조는 매우 슬퍼하고, 그를 잠저(潛邸)에 있을 때 사귄 옛 친구로서 머물러 있게 하고는 돌려보내지 않았다.

하루는 태조가 박순과 더불어 장기를 두고 있는데, 그 때 마침 쥐가 그 새끼를 껴안고 지붕 모퉁이에서 떨어져 죽을 지경에 이르렀는데도 서로 떨어지지 아니하였다. 이 때, 순이 장기판을 제쳐놓고 엎드려 눈물을 흘리며 간절하게 아뢰니, 태조가 한양으로 돌아갈 것을 허락하였다.

태조의 허락을 얻은 박순이 하직하고 떠나니, 태조를 모시고 있던 신하들이 그를 죽일 것을 극력 주장하였다. 태조는 그가 용흥강을 이미 건넜으리라고 생각하고, 칼을 주면서, 그가 이미 강을 건넜으면 쫓지 말라고 하였다. 태조의 사자가 도착하였을 때, 순은 중도에서 병이 나서 체류하였다가 겨우 강에 도착하여 배에 올랐다. 사자는 그가 아직 강을 건너지 못하였으므로, 그 허리를 베었다.

분노의 화살과 용서

박순이 죽었다는 말을 들은 태조는 크게 놀라고 애석히 여겨 이르기를 "박순은 좋은 친구이다. 내가 전일에 그에게 한 말을 저버리지 않으리라." 하고 한양으로 돌아오기로 결정하였다.(이긍익의 『연려실기술(練藜室記述)』 참조)

태조가 돌아온다는 전갈을 받은 태종은 뚝섬에 큰 차일을 치게 하고, 그곳으로 직접 나가 태조를 맞는 성의를 보이기로 하였다. 하륜은 태종에게 차일의 기둥을 큰 것으로 하는 것이 좋겠다고 하였다.

차일 가까이에 온 태조는 면복(冕服) 차림으로 서성이는 태종을 보자 분노가 다시 치밀어 태종을 향해 얼른 활시위를 당겼다. 태종이 재빨리 기둥 뒤로 몸을 피하니, 화살이 기둥에 꽂혔다. 태조는 노기를 풀고, "네가 천하 명궁이라는 내 화살을 피하다니, 과연 천명(天命)이로구나. 옛다. 네가 욕심내는 것이 이것이니 가져가거라." 하고 옥새를 던져 주었다.(『이규태의 600년 서울』 참조)

태종이 이를 받고 잔치를 여니, 하륜이 태종에게 귓속말로 헌수할 때 직접 잔을 올리지 말고 중궁(中宮)에게 주어 올리게 하라고 하였다. 태종이 그대로 하니, 태조는 술을 마시고 나서 소매 속에서 작은 철퇴(鐵槌)를 내어 보이며 태종이 가까이 오면 내리칠 생각이었다고 말했다.(최상수, 『한국민간전

설집』 참조)

이 일이 있은 후에 뚝섬을 화살이 꽂힌 벌이란 뜻으로 '살꽂이벌' 또는 '전교(箭郊)'라고 하였다. 세종 때에 뚝섬으로 가는 중랑천에 다리를 놓기 시작하여 성종 때 완성하였다. 이 다리 이름을 '행인이 평지를 밟는 것과 같다.' 하여 '제반교(濟盤橋)'라고 하였는데, 이곳의 지명을 따서 '살꽂이다리'라고 하기도 하였다.

사적 제160호로 지정된 살꽂이다리는 폭이 6m이고, 길이는 76m이다. 이다리는 지금까지 전하는 조선 시대 석교(石橋) 중 가장 긴 것이다. 지금 있는 다리는 1972년에 서울시가 무너진 다리를 원래의 모습으로 복원한 것인데, 하천의 폭이 넓어져 별개의 콘크리트 교량을 연장하여 세웠다. 필자는 이다리를 건너갔다 오면서, 태종에 대한 분노를 참지 못해 화살을 날린 태조의 마음, 골육상쟁(骨肉相爭)도 서슴지 않는 권력의 속성 등에 대해 생각해 보았다.

5. 아차산성과 온달 장군

아차산은 서울 동부 한강변인 광진구 광장동, 구의동에 걸쳐 있는 산이다. 이 산에는 백제가 광주(廣州)에 도읍을 하였을 때 고구려를 막기 위해 쌓은 아차산성이 있다. 이 성은 해발 200미터의 산정(山頂)에서 시작하여 동남으로 한강을 향하여 완만하게 경사진 산 중턱 위 부분을 둘러쌓았는데, 전체 길이는 약 1km 정도 된다. 성벽의 높이는 외부에서 보면 평균 10미터 가량 되는데, 그보다 더 높은 곳도 있다. 내부에서는 1~2m, 또는 그보다 약간 높은 정도이다. 이 성은 286(백제 책계왕 1)년에 중수하였다고 하니, 지금 우리가 볼 수 있는 것은 중수한 후의 모습일 것이다.

필자는 대학 시절의 은사인 박붕배 선생님을 모시고 아내와 함께 쉐라톤 워커힐 호텔 뒤에 있는 아차산성을 찾았다. 몇 차례 간 적이 있는 이곳을 이날 다시 찾은 것은 삼국 시대에 한강 유역의 땅을 차지하기 위해 각축을 벌였던 곳으로, 백제 개루왕과 고구려 온달 장군의 슬픈 이야기가 전해오는 전설의 현장을 답사하기 위해서였다. 박 선생님을 모시고 간 것은 박 선생님께서 이 지역의 지리를 잘 아실 뿐더러, 전에 아차산과 관련되는 이야기를 구연해 주셨기 때문이다.

광진구 광장동 아차산에 있는 아차산성

이 날 산행에는 서울 경복초등학교의 김희아 · 배장오 선생과 어린이 몇 명도 동행하였다. 이들이 동행한 것은 서울특별시 성동 · 광진 교육청에서 만든 지역 교과서 『우리 고장의 생활』에 실린 「아차산과 온달 장군 이야기」 의 현장을 답사하기 위해서였다.

남북 교통의 중요한 몫을 하던 광나루(廣壯津) 북단에 위치한 이 성은 한강 이 내려다보이는 곳에 있어서, 강북 지역을 지키는 중요한 진지였다. 이 성 은 아단성(阿旦城), 아차성(阿且城), 장한성(長漢城), 광장성(廣壯城)이라고 불리기 도 하였다.

아차산성에는 두 가지의 슬픈 사연이 서려 있다. 하나는 백제 개루왕의 죽음이고, 다른 하나는 고구려 온달 장군의 최후이다.

먼저 백제 개루왕의 죽음을 살펴보겠다. 『삼국사기』 권25를 보면, 개루 왕 21년 9월에 고구려 장수왕이 군사 3만 명을 거느리고 침입하여 서울 한

올림픽대로에서 본 아차산

성(漢城)을 포위하였다. 개루왕이 성문을 굳게 닫고 나와 싸우지 않으니, 고구려군은 군사를 네 길로 나누어 협공하는 한편, 바람을 이용하여 불을 놓아 성문을 불태웠다. 개루왕은 더 이상 버틸 수 없게 되자, 말 탄 군사 수십 명을 거느리고 성문을 빠져나와서 서쪽으로 달아나다가 고구려 장수와 마주쳤다. 개루왕이 고구려 장수를 보고 말에서 내려 절하자, 그들은 왕의 얼굴에 세 번 침을 뱉고 그 죄를 다스려 '아단성(阿旦城)'으로 결박하여 보내어 살해하였다고 한다.

고구려 온달 장군과 관련되는 이야기는 다음과 같다.

온달은 고구려 평강왕(平岡王, 平原王) 때 사람으로, 그 용모가 기이하게 생겨 우스우나, 마음만은 착하였다. 그는 집이 몹시 가난하므로, 항상 밥을 얻어다가 어머니를 봉양하였다. 그는 다 떨어진 옷과 낡은 신발을 신

고 거리를 왕래하였으므로, 모든 사람들이 그를 보고 '바보 온달'이라고
하였다.

이 때, 평강왕의 어린 공주가 울기를 잘 하였다. 왕은 늘 놀리는 말로,

"너는 늘 울기만 하여 나의 귀를 시끄럽게 하니, 커서도 반드시 사대부
의 아내가 될 수 없을 것이다. 바보 온달에게나 시집보내야겠다."

고 말하였다.

평강공주가 자라 16세가 되었을 때, 왕은 그를 상부 고씨에게 시집보내
려고 하였다. 이를 알고 공주가 부왕에게 말하였다.

"대왕께서는 항상 말씀하시기를 '너는 꼭 온달에게 시집보내겠다.'고
하시옵더니, 지금 무슨 까닭으로 먼저 하신 말씀을 고치시나이까? 필
부(匹夫)도 오히려 식언(食言)을 아니하는데, 항차 지존(至尊)께서 그러실
수가 있습니까? 그러므로 왕자(王者)는 희언(戱言)이 없다 합니다. 지금
대왕의 명하심은 잘못된 것이므로, 소녀는 감히 그 명령을 받들지 못하
겠습니다."

왕이 크게 노하여 말하기를,

"너는 나의 말을 듣지 않으니, 나의 딸이 될 수 없다. 어찌 함께 살 수 있
겠느냐? 마땅히 너 가고 싶은 데로 가라."

공주는 금팔찌 수십 개를 팔꿈치에 맨 뒤에 대궐을 나와 홀로 걸었다. 길에
서 한 사람을 만나 온달의 집을 물어 찾아갔다.

공주는 온달의 눈 어두운 노모를 보고, 그 앞에 나가 절하며 아들 있는
곳을 물으니, 노모가 대답하여 말했다.

"내 아들은 가난하고 또한 추하므로, 귀인이 가까이할 바가 못 됩니다.
지금 그대의 냄새를 맡고, 말소리를 들으니 그 냄새가 이상히도 향기
롭고, 그대의 손을 만져보니 마치 솜과 같이 부드러우니, 천하의 귀인
같은데, 뉘 댁에서 오셨소? 내 아들은 주림을 참지 못하여 느릅나무 껍
질을 벗기려 산으로 간 지 오래 되었는데, 아직도 돌아오지 아니하였

습니다.”

이 말을 들은 공주는 곧 그를 찾아 나섰다. 산 밑에 이르러서 온달이 느름나무 껍질을 벗겨 지고 오는 것을 보고, 공주는 마음속에 품은 말을 하였다. 공주의 말을 들은 온달은 성난 모양으로,

“이는 어린 여자로서 마땅한 행실이 아니니, 반드시 사람이 아니고 여우나 귀신일 것이다. 나에게 가까이 오지 말라.”

고 하고는, 뒤를 돌아보지도 않고 가 버렸다.

공주는 홀로 뒤따라 와서 사립문 밑에서 자고, 그 다음날 아침에 다시 집 안으로 들어가서 온달 모자에게 자세한 이야기를 하였다. 그러나 온달은 여전히 의심하고, 뜻을 결정하지 못하였다. 그 때, 온달의 어머니가 말했다.

“나의 아들은 어리석으므로 귀인의 배필이 되기 부족하고, 우리 집은 누추하므로 귀인의 거처할 곳으로는 마땅치 않으니, 어찌 하오?”

이에 공주가 대답하였다.

“옛사람의 말에 ‘한 말의 곡식이라도 찧을 수 있으면 오히려 가하고, 한 자의 베라도 꿰맬 수 있으면 오히려 족하다.’ 고 하였습니다. 진실로 한 마음 한 뜻이면 되지, 하필 부귀를 가린 연후에 같이 살겠습니까.”

공주는 금팔찌를 팔아서 집과 논밭, 노비, 소와 말을 사들이고, 살림 도구를 완전히 마련하였다.

공주는 온달에게 말을 사오라고 하면서 이렇게 말했다.

“삼갈 것은 일반 백성들이 기른 말을 사지 말고, 나라에서 기르던 말로 병이 나 여위어 놓아 버리는 것이 보이면, 이를 가려 사십시오. 그런 말이 없으면, 좋은 말을 샀다가 뒤에 그런 말과 바꿔 오시오.”

온달이 공주의 말대로 말을 사 왔다. 공주가 그 말을 아주 부지런히 기르니, 그 말은 하루가 다르게 살찌고 건장해졌다.

고구려는 해마다 3월 3일에는 낙랑의 산에 모여 사냥을 하여 잡은 돼지

와 사슴 등을 제물로 하늘과 산천신에게 제사를 지냈다. 그 날이 되면 왕도 사냥을 나가는데, 군신들과 다섯 부의 군사들도 모두 왕을 따라 나갔다.

이 때, 온달은 집에서 기른 말을 타고 수행하였는데, 그는 늘 앞에서 달려갔고, 또한 사냥하여 잡은 짐승도 제일 많아 다른 사람으로서 그를 따르는 사람이 없었다. 왕은 그를 불러오게 하여 성명을 묻고는 놀라며 특별히 칭찬하였다.

그 무렵, 후주(後周)의 무제가 군사를 일으켜 요동으로 쳐들어왔다. 왕은 군사를 거느리고 배산(拜山)의 들에서 적을 맞아 싸웠는데, 온달이 선봉이 되어 용감히 싸워 적 수십 명을 참살하였다. 모든 군사들이 그가 이긴 틈을 타서 달려들어 힘써 적을 무찔러 크게 승리하였다.

개선하여 전공(戰功)을 의논할 때, 모든 사람이 온달을 제일로 내세웠다. 왕은 크게 기뻐하고 감탄하며 말했다.

"너는 과연 내 사위로다."

왕은 드디어 예를 갖춰 온달을 맞아들이고, 대형(大兄) 벼슬을 주었다. 이때부터 왕이 그를 총애하니, 그의 위엄과 권세가 날로 성하였다.

양강왕(陽岡王, 叛陽王이라고도 함.)이 즉위하니, 온달이 왕께 아뢰었다.

"신라는 우리 한북(漢北)의 땅을 갈라 빼앗아 자기네 군·현으로 만들었으므로, 백성들은 원통한 마음을 품고 아직도 부모의 나라를 잊지 않고 있습니다. 원컨대, 대왕께서 신을 어리석고 불초하다 마시고 군사를 내어 주시면, 한 번 나가 싸워 우리의 땅을 회복하겠나이다."

왕은 이를 허락하였다.

온달은 군사를 거느리고 떠날 때 맹세하였다.

"내 계립현(鷄立峴, 문경)과 죽령의 서쪽 땅을 우리 땅으로 돌리지 못하면 돌아오지 않을 것이다."

온달은 출전하여 신라군과 아단성(阿旦城) 밑에서 싸우다가 적의 화살에 맞아 전사하였다. 그래서 그를 장사지내려고 하는데, 영구(靈柩)가 땅에서

아차산 북쪽 능선에서 본 아차산성—뒤로 한강과 천호대교가 보인다.

조금도 움직이지 않았다. 평강공주가 와서 관을 어루만지며 말하였다.

"죽고 사는 것은 이미 결판이 났사오니, 마음 놓고 돌아가시오."

이 말이 끝나자 비로소 관이 움직여서 드디어 장사를 지냈다. 왕은 이 말을 듣고 크게 통곡하였다.〈삼국사기 권 제45 열전5 온달〉

이 이야기는 초등학교 국어 교과서에도 실렸으므로, 널리 알려져 있다. 이 이야기에서 '바보 온달'이라고 불리던 미천한 신분의 온달은 아내인 평강 공주의 내조(內助)와 자신의 피나는 노력으로 무술을 익혀 국가적인 행사인 사냥대회에서 우승을 하고, 외적이 쳐들어왔을 때 큰 공을 세웠다. 그래서 왕의 사위로 인정을 받고, 높은 벼슬을 하다가 한강 유역의 땅을 되찾으려고 신라와 싸우다가 아단성, 지금의 아차성에서 전사하였다. 이 이야기에는 평강 공주의 굳은 마음과 내조의 공, 운명을 개척하는 온달의 노력과 애국심이 잘 나타나 있다.

선인들은 이 이야기를 통해 온달처럼 미천한 사람일지라도 아내의 내조를 받으며 열심히 노력하면 큰 인물이 될 수 있다는 점, 어린이에게도 말을 함부로 하지 말고 조심해야 하며 한 번 한 말은 책임을 져야 한다는 점을 일 깨우려 하였던 것 같다.

『삼국사기』를 보면, 이 산성의 이름이 '아단성(阿旦城)'으로 되어 있다. 아 차산성 입구의 안내 표지판에는 조선 태조가 아단성을 '아차성(阿且城)'으로 고쳤다고 하였다. 함께 간 박붕배 선생님의 말에 따르면, 조선 태조 이성계 의 자(字)가 '단(旦)'이었다고 한다. 이 말을 들으니, 태조 자신 또는 측근이 태조의 자인 '旦' 자가 들어간 것을 꺼리어 이와 비슷한 모양의 글자인 '且' 자를 넣어 '아차성'으로 고친 것이 아닐까 하는 생각이 들었다.

필자는 아차산성의 가장 높은 곳에서 서쪽으로 좀 내려가 보기도 하고, 다시 올라와 동쪽으로 내려가 보기도 하였다. 가까이 가서 살펴보려고 하 였으나, 철조망이 둘러 있어서 더 가까이 갈 수 없었다. 그래서 돌을 쌓은 모습, 성 밖에서 보이는 성의 높이 등을 대략 둘러보고, 북쪽 능선쪽으로 향했다.

6. 점장이의 죽음과 아차산

아차산성을 둘러보고, 능선을 따라 북쪽으로 조금 가니, 아차산 정상이
나왔다. 아차산(峨嵯山)은 능선을 따라 동으로 경기도 남양주군과 경계를 이
루고, 북으로는 용마산(龍馬山)과 연접되어 있다. 정상 남쪽에는 조금 전에
둘러본 아차산성(阿且山城)이 있고, 능선 너머 약 300m 지점에는 '온달샘' 이
있어 아차산 전체가 옛 조상의 호국 요충지(護國要衝地)임을 실감케 하였다.
광진구에서는 이곳을 공원으로 지정하여 팔각정을 건립하고, 약수터를 개
발하였으며, 휴게소 등 편의시설을 확충하여 광진구민들의 휴식과 심신 단
련의 수련장으로 활용하고 있다.

정상의 서남쪽 바로 밑에는 넓은 마당바위가 있는데, 그 바위 위에는
1984년에 지은 '아차산정(峨嵯山亭)' 이 있다. 필자는 정자에 올라 한강과 아
차산성의 모습, 서울 시내의 모습을 둘러본 뒤에 나무 그늘이 있는 곳으로
가서 둘러앉았다. 필자는 김희아 선생과 아내가 준비해 간 김밥과 떡, 옥수
수, 과일, 음료수 등을 나누어 먹으며 여러 가지 이야기를 하였다.

이 자리에서 박붕배 교수님은 이 산을 왜 '아차산' 이라고 하였는가를 설
명하는 「점장이의 죽음과 아차산」 이야기를 간단히 하였다. 박 교수께서는

전에도 필자에게 이 이야기를 구연해 준 적이 있다. 그 때 구연한 내용이 이날 구연한 것보다 자세하고 흥미롭기에 그 내용을 적는다.

아차산에 있는 아차산정

아차산에 '아차' 라는 이름이 붙게 된 것에 관하여는 두 가지 설이 있습니다. 하나는 아차산의 '아' 를 아름다울 아(娥)자로 보는 것이죠. 그래서 산수가 아름답다 하여 '아차산' 이라고 했다는 거예요.

다른 하나를 말씀드리지요. 아차산은 저 쪽 망우리 고개 넘어, 금곡을 가는 도중에 구리시(九里市)라는 데가 있지요. 그게 아홉 골의 마을이지요. 워커힐 뒤쪽에서부터 여러 골짜기가 있는데, 퇴계원 저 쪽까지 하면 아홉 골이 됩니다. 그래서 구리(九里)라고 하는 거 같아요.

구리 어디에 이름난 무당이 있었다는 겁니다. 이름난 무당이 있었는데, 조정에서는 이를 두고 논란이 있었답니다. 일부에서는 국민을 속이는 것이라 해서

"그런 걸 그대로 둬서는 안 된다."

고 하고, 일부에서는

"아니다. 영특하니까 그것도 믿을 만한 거다."

라고 하다가,

"그럼 시험을 해 보자."

고 했어요.

시험을 해보기로 하고, 쥐를 한 마리 상자 속에다가 넣고, 그 점쟁이에게,

"여기 뭐가 들었느냐?"

하고 물으니까,

"쥐가 들어 있습니다."

하고 맞추더라는 겁니다.

"어-, 대단하다!"

하고 놀라면서 말했어요.

"쥐가 몇 마리 들었느냐?"

"일곱 마리가 들어 있습니다."

하고 대답하더라는 거예요. 분명히 한 마리를 넣었는데.

"한 마리인데 일곱 마리라고 했으니, 못 맞추지 않았느냐? 이거 엉터
리다."

그래서 죽이라고 하였어요. 그래서 미사리 여울에다가 빠뜨려 죽이기로
했던 거 같아요.

그런데 거기 있던 신하 중 한 사람이,

"쥐를 넣어 둔 것을 맞출 정도로 영특한 무당이, 우리가 한 마리를 넣어
뒀는데 일곱 마리라고 했으니, 배를 갈라 보자. 새끼를 뱄는가?"

하고 말했어요. 그래서 얼른 쥐를 꺼내어 살펴보니, 암쥐란 말입니다.

"암쥐라면, 새끼가 들었을 것이다."

그래서 배를 갈라 보니까는, 새끼가 여섯 마리 들었더랍니다. 그러니까 어
미까지 일곱 마리 맞더랍니다.

"아, 참으로 영특하다. 이 사람을 죽여서는 안 되겠다."

해서, 사람을 보냈어요. 죽이지 말라고.

전령이 워커힐 호텔 뒷고개에 당도하여 보니, 이미 강물에 던졌드라는 겁니다. 전령이 강쪽을 바라보며,

"아차! 한 발 늦었구나! 죽이지 말라고 했는데."

하고 탄식하였답니다. 그래서 이 산을 아차산이라고 했다는 거예요.

채록 일시 : 1993. 10. 31. 오후 4 : 41~45.
구연자 : 박붕배(남, 68세, 대학원 졸업, 전 서울교육대학교 교수)
　사는 곳 : 서울 성동구 광장동 삼성아파트 1동 1003호
　나서 자란 곳 : 충남 부여군 양화면 오량리
채록 장소 : 구연자의 집 응접실
만나게 된 경위 및 채록 상황 : 구연자는 부여에서 나서 17세까지는 그곳에서 한문을 배우고, 초등학교를 다녔다. 17세 때 서울로 올라와 고등학교와 대학교를 졸업하고, 서울에서 직장을 잡아 61년 째 서울에서 살고 있다. 구연자는 필자의 대학 시절 은사인데, 며칠 전에 만나 서울과 관련된 설화를 조사하고 싶다는 뜻을 말씀드리고, 어렸을 때 들은 이야기 중 서울과 관련된 설화가 있는가를 여쭈니, 몇 가지 있다고 하였다. 그래서 이 날 찾아뵙기로 약속을 하고, 댁으로 찾아가 만났다. 두 사람이 마주 앉아 아주 우호적인 분위기에서 14편의 이야기를 녹음하였다.
처음 들은 때 및 들려 준 사람 : 서울에서 살며 경성사범학교를 다니던 17~8세 때 뚝섬에 있는 학교 농장으로 일을 하러 갔었는데, 거기에 일하러 온 노인과 여러 가지 이야기를 하다가, 아차산을 가리키며 왜 아차산이라고 하느냐고 물으니, 거기에 얽힌 이야기가 있다고 하면서 들려주었다고 한다. 구연자는 이 이야기를 한두 차례 구연한 적이 있다고 하였다.

이것은 '아차산'의 '아차'를 잘못된 것을 깨달았을 때 선뜻 나오는 소리인 '아차!'로 보고, 점장이의 죽음과 관련시켜 설명한 것이다. 이것은 민간 어원설(民間語源說)에서 나온 것으로, 사실 여부보다는 흥미를 위주로 한 이야기이다.

위 이야기와 유사한 이야기는 민담으로 여러 곳에서 채록되었다. 그 중 한 이야기의 요지를 적어 보면 다음과 같다.

옛날에 어떤 사람이 장가들기 전에 죽은 외아들을 대사의 말대로 손자 본다는 묏자리에 묻었다.

얼마 후, 한 양반집 딸이 그 앞을 지나는데, 갑자기 배가 아파 견딜 수가 없었다. 그래서 그 묘 옆에서 가마를 멈추고 쉬다가 깜빡 잠이 들었다. 그런데 비몽사몽(非夢似夢) 간에 그 묘가 갈라지더니, 그 속에서 한 도령이 나와 처녀를 겁간하였다. 그 도령이 가면서 신물(信物)로 은장도를 주므로, 처녀는 반지 한 짝을 빼서 그 도령에게 주었다.

그 후 처녀는 임신한 사실을 알고, 부모님께 묘 앞에서 겪은 일을 이야기하며, 도령한테 신물로 받은 은장도를 내놓았다. 처녀 아버지의 말을 들은 도령의 아버지가 처녀의 아버지와 함께 아들의 무덤을 팠다. 관을 열고 확인해 보니, 관 속에는 그 처녀의 반지 한 짝이 들어 있고, 매장할 때 넣어 둔 은장도는 없었다.

며칠 뒤에 묘 자리를 잡아준 대사가 도령의 아버지를 찾아와서 무덤을 파지 말라는 말을 하지 않은 것을 사과하면서 말하였다.

"전에 말씀드린 대로 손자를 얻을 것이나, 묘를 파고 관을 열었기 때문에 정기가 빠져나가 눈이 멀어 앞을 보지 못할 것입니다."

몇 달 후 그 처녀가 아들을 낳았는데, 대사의 말대로 앞을 보지 못했다. 그래서 아이의 이름을 '관을 열었다.' 는 뜻으로 '김계관(金啓棺)' 이라고 하였다.

김계관은 점을 잘하여 못 맞추는 것이 없었다. 그는 서울로 가다가 날이 저물자, 돌을 집어 힘껏 던졌다. 돌이 숲에 떨어지니, '임석중(林石中)' 의 집에 가서 쉬어야겠다고 하면서 큰소리로 '임석중' 을 불렀다. 그 고을 원의 이름이 바로 임석중인데, 고을 사령들은 원님의 이름을 마구 불러 대는 장님을 괘씸하게 여겨 그를 잡아 원님 앞으로 끌고 갔다.

김계관의 말을 들은 원님은 그를 시험해 볼 양으로 하인을 시켜 쥐 한 마리를 잡아 감춰 놓고, 무엇을 잡아 놓았는지 알아맞히라 하였다. 김계관이 쥐 열한 마리라고 하였다. 원님이 틀렸다고 하자, 김계관을 배를 갈라 보라고 하였다. 원님이 쥐의 배를 갈라 보니, 새끼 열 마리가 들어 있었다. 원님은 그를 후히 대접하였다.

김계관은 서울로 가서 임금님의 신임과 사랑을 받으며, 국사에도 관여하였다. 그러던 어느 날, 임금은 제비를 잡아 놓고, 무엇인가 알아맞히라고 하였다.

"제비입니다."

"제비가 몇 마리냐?"

"세 마리입니다." .

임금은 제비 한 마리를 잡아 두었는데, 세 마리라고 하니까 불문곡직(不問曲直)하고 죽이라고 하였다.

그는 사형장으로 끌려가는 도중에 그 근처에 옹달샘이 있느냐고 묻고, 자기는 그 옹달샘 때문에 죽을 것이라고 하였다. 제비의 배를 갈라 그 속에 알이 2개 들어 있음을 확인한 왕은 그의 사형을 중지하라고 하였다. 임금의 명령을 전달하기 위해 전령이 영기(令旗)를 들고 사형장으로 달렸다.

사형 집행을 맡은 형리(刑吏)는 영기가 오는 것을 보고, 사형을 늦추고 있었다. 그런데 전령이 목이 말라 그 옹달샘에서 물을 먹느라고 영기를 땅에 놓아 영기가 보이지 않자, 형리는 형을 빨리 집행하라는 뜻으로 알고, 형을 집행하였다.〈최운식, 한국의 민담 1(서울 : 시인사, 1999), 181~189쪽.〉

위의 이야기는 필자가 1979년 8월 2일에 충남 보령시 오천면 효자도리에 사는 김태영(남, 65세, 어업, 한문 수학, 보통학교 졸업)씨한테 채록하여 『한국의 민담』에 실은 것이다. 위의 이야기는 점장이 김계관의 신이한 출생, 점장이 김계관의 신통성과 명성을 설명하는 대목이 첨가되어 있어 앞에 적은 이야기보다 내용이 훨씬 다채롭고 재미있다.

위의 이야기에는 임금이 실수하여 신통한 점장이가 죽었음을 안타까워하는 의식이 겉으로 드러나 있다. 그러나 그 이면에는 백성의 억울한 사정을 제대로 살피지 않고, 자기 마음대로 판단하는 지배계층의 독단에 항의하는 의식이 깔려 있다.

이와 비슷한 이야기는 여러 곳에서 채록되었는데, 아차산과 관련된 이야기는 그리 많지 않다. 이것은 전국에서 널리 전해 오는 위의 이야기가 아차산 인근 지역에서 아차산의 지명 유래담이 되어 전해 왔음을 말해 준다.

7. 아기장수와 용마산

　용마산은 서울시 광진구 중곡동과 중랑구 면목동을 뒤에서 감싸고 있는 산인데, 아차산과 이어져 있다. '아차산정(峨嵯山亭)' 아래에서 김희아 · 배장오 선생 및 아이들과 헤어진 필자는 아내와 함께 박붕배 선생님을 따라 용마산 쪽으로 갔다. 북쪽 능선을 따라 한참 걸어가다가 오른쪽으로 내려가니, '아차산 대성암(峨嵯山 大聖庵)'이 있었다. 대성암은 한강이 내려다보이는 좋은 위치에 자리 잡고 있었다. 대성암 바로 뒤에는 큰 바위틈에서 흘러내리는 물을 받아먹을 수 있게 해 놓은 샘이 있었다. 샘물을 마시며 한강을 내려다보니, 몸도 마음도 시원하였다.

　다시 등산로를 따라 산봉우리로 올라가니, 한 젊은이가 음료수를 얼음에 채워 놓고 팔고 있었다. 음료수를 사서 마시고 나니, 뒤늦게 기승을 부리는 더위로 쉴 새 없이 흐르던 땀도, 갈증도 멎었다. 거기서 북쪽을 바라보니, 건너편에 높은 산봉우리가 보이고, 그 산줄기가 옆으로, 아래로 뻗어 있었다. 박 선생님은 그 산이 중곡동과 면목동 뒷산인 용마산이라고 하셨다.

　용마산에는 다음과 같은 전설이 전해 온다.

아차산에서 본 용마산

옛날에, 저기 서울 워커힐 옆 아차산 최고 봉우리가 용마봉입니다. 옛날에 거기서 용마가 나왔다고 해요. 조선 시대보다 그 이전의 이야기이지요. 여기 한강 광나루는 원래 백제와 고구려의 경계였지요. 백제성이 있을 때인가, 옛날에 장사가 났다고 하면 다 잡아 죽이던 시절이 있었는데, 이때에 여기 어디서 장사가 났다는 거예요.

여기 산 밑에 살던 사람이 한 번은 아이를 낳아서 보니까, 사내아이예요. 그 어머니가 첫국밥을 얻어먹고, 잠깐 방을 나갔다 오니까, 갓난애가 온데간데없더랍니다.

"이 아이가 어디 갔을까? 참 이상하다!"

하고 그 어머니가 혼자 두리번거리며 방을 둘러보니까, 무슨 수로 올라갔는지 방안 선반에 어린애가 올라가서 놀고 있더랍니다. 참 이상하지요. 그래 보니까, 겨드랑이에 날개가 달려 있더래요. 그래서 남편을 불러서,

"애가 날아서 선반에 올라갔으니, 이거 어쩐다지요?"

그러니까, 남편이 하는 말이,

"이 애는 우리 집이 망할 징조요. 역적이 나면 죽을 것이니."

그리고 부부가 의논한 끝에 죽이자고 결론을 보고, 그 어린것을 볏섬이라나 맷돌로다가 찍어 눌러서 죽였다는 겁니다.

이렇게 부모가 장사 자식을 찍어 눌러 죽이고 나니, 용마봉에서 용마가 나와 갖고 날라갔다는 그런 얘기가 있었다고 그럽니다. 애석한 일이지요.

〈최래옥, 한국구비전설의 연구(서울 : 일조각, 1981), 290쪽.〉

이것은 최래옥 교수가 1968년 2월 6일 중랑구 면목동 1265번지에서 최춘봉(남, 47세) 씨한테 채록한 것인데, 『서울민속대관(구전설화편)』(서울특별시, 1994)에도 수록되어 있다. 최춘봉 씨는 이 이야기를 면목동에서 자라면서 열 살 때쯤 동네 어른들한테 들었다고 한다.

이 이야기는 「아기장수 전설」로 널리 알려진 이야기이다. 필자는 충남 서산군 소원면 파도리를 비롯하여 여러 곳에서 이 전설을 채록한 바 있다. 이 전설이 전해 오는 곳은 전국적으로 분포되어 있는데, 지역에 따라 다양한 변이 양상을 보이고 있다. 지금까지 이 전설이 채록된 지역은 300여 군데가 넘는다.

위 이야기에서 갓난아이는 날아서 시렁에 올라갔다고 한다. 날개가 있어 하늘을 날 수 있다고 한 것은 공간의 제약을 벗어날 수 있는 특별한 능력을 지녔음을 의미한다. 갓난아이가 이런 능력을 지녔다고 한 것은 시간의 제약도 뛰어넘을 수 있음을 뜻한다. 시간과 공간의 제약을 극복하고, 남보다 빨리, 남보다 멀리까지 자기의 영향을 미칠 수 있는 사람은 평범한 사람이

아니다. 비범한 능력을 지닌 이 아이는 장차 장사 또는 영웅이 될 아이임이 분명하다.

장사나 영웅은 많을수록 좋다. 이들의 힘을 모은다면, 나라가 튼튼해질 것이고, 어떠한 어려움도 극복할 수 있을 것이다. 그런데 지배 계층은 그 아이가 자라서 역적이 될지도 모른다는 생각에서 아기장수가 나면 죽여야 하고, 이를 숨기는 부모나 마을 사람들은 처벌하겠다고 한다. 이것은 지배 계층이 자기들의 기득권을 지키기 위해 만든 규칙이다. 그것을 알면서도 백성들은 지배 계층의

용마산 대삼각본점 앞에 선 박붕배 교수와 필자

보복이 두려워서 서둘러 자기 아들을 죽인다. 그래서 아기장수는 이 세상에 태어나기가 무섭게, 부모의 손에 의해 비참한 최후를 맞는다.

아기장수가 비참한 최후를 맞게 된 데에는 아기장수 자신의 책임도 있다. 그는 아직 어려서 자기의 능력을 제대로 발휘할 수도 없고, '아기장수는 죽여야 한다.'는 사회적 통념과 맞서 싸워서 이길 능력도 없다. 그런데 성급하게도 날갯짓을 하여 죽음을 자초하고 말았다. 아기장수가 자기 능력을 발휘할 수 있을 때까지 자신을 숨기고 얌전하게 있었더라면, 장수가 되어 성공할 수도 있었을 것이라는 생각이 든다.

'장수 나자 용마 난다.'는 말이 있다. 아기장수가 태어났으니, 그 장수를

태우고 세상을 마음껏 달릴 용마가 태어난 것이다. 날개 달린 장수와 용마, 얼마나 잘 어울리는 짝인가! 그런데 주인이 될 아기장수가 섣불리 날개짓을 하다가 죽고 말았으니, 주인 잃은 용마는 이 세상에 존재할 이유가 없는 것이다. 그래서 어디로인지 가 버린 것이다.

이 이야기 속에는 아기장수를 수용하지 못하고 죽인 아쉬움과 장수나 영웅의 출현을 바라는 민간의 기대 심리가 녹아 있다. 그래서 많은 사람들의 사랑을 받으며 전파·전승되어 온 것이다.

몇 년 전에는 이 전설을 현대적으로 해석하여 희곡으로 쓴 최인훈의 「옛날 옛적에 훠어이 훠이」가 연극으로 공연되어 큰 성공을 거두었다. 이것 역시 이 전설을 사랑하는 민간의 의식이 바탕에 흐르고 있었기 때문이라 하겠다.

우리는 「아기장수 전설」을 이야기하며 용마산 능선을 따라 북쪽으로 걸었다. 용마산 공원 정상에 오니, 측량의 기점이 되는 '용마산 대삼각본점' 시설물과 깃발이 있었다. 박 선생님은 필자에게 능선을 따라 더 가다가 망우리 공동묘지 쪽으로 내려갈까, 중곡동 쪽으로 내려갈까를 물으셨다. 필자와 아내는 오랜만에 하는 산행이라서 피곤하고 다리가 아파 그만 내려가자고 하였다. 70이 넘으신 박 선생님께서 피로한 기색을 보이지 않으시는데, 필자가 먼저 피곤함을 보여 부끄럽기도 하였다.

중곡동으로 내려온 우리는 박 선생님을 모시고 이른 저녁을 먹고 헤어져 집으로 향했다. 모처럼의 산행이라 힘들기는 하였지만, 하루에 서울 동부 지역 전설의 현장을 세 군데나 답사하였다는 뿌듯함이 돌아오는 발걸음을 가볍게 해 주었다.

1. 추방된 선비가 사랑을 이룬 백령도

 백령도(白翎島)는 행정구역상으로는 인천광역시 옹진군 백령면에 속하는 데, 동경 124도 53분, 북위 37도 52분 지점에 위치한 서해 최북단의 섬이다. 인천에서 서북쪽으로 229km 떨어져 있으며, 뱃길로는 136마일 거리에 있다. 이 섬의 면적은 45.39㎢이고, 17개 리 1,400여 가구에 약 4,500여 명의 주민이 거주하는, 옹진군에서 가장 큰 섬이다.

 필자는 1995년 8월 20일에 『심청전』 배경지 고증을 위한 학술 조사단을 이끌고 백령도에 갔다. 오전 7시 30분 인천항 여객 터미널에 모인 일행은 반가운 인사를 나눈 뒤에 백령중·종합고등학교 백원배 교감의 안내를 받으며 쾌속정 데모크라시 5호에 올랐다. 8시 정각에 배가 힘찬 고동을 울리며 출발하자, 여름 휴가철인데도 제대로 쉬지 못하고 바쁘게 지내던 우리 일행의 대부분은 모처럼 시간을 내어 처음 가보는 서해안 최북단의 백령도에 간다는 생각에 약간 들뜬 기분이었다. 배가 둘레의 크고 작은 섬들을 비켜 넓은 바다를 마음껏 달릴 즈음에는 비도 멎고, 밝은 햇살이 잔잔한 파도에 부딪혀 반짝이고 있었다.

 오전 8시에 떠난 배는 12시경에 백령도의 용기포에 도착하였다. 배에서

백령도 위치 지도

내려 여객 대합실 쪽으로 나오니, 대합실 위쪽에 '효원의 섬 백령에 오신 것을 진심으로 환영합니다' 라고 적은 간판이 우리를 맞아 주었다. 우리 일행은 그곳에 머무는 동안 여객 터미널 위에 써 붙인 표어대로 그곳 사람들의 따뜻한 환영을 받았다.

필자는 그 곳에 머무는 동안 세계에 둘밖에 없다는 사곶 천연 비행장과 제2의 해금강이라고 하는 두무진의 경치를 둘러보며 자연 경관의 아름다움에 마음껏 취해 보았다. 또 흑염소의 방목장, 쑥 재배 단지, 까나리액젓 공장 등을 둘러보며 그 곳 특산물 생산의 현장을 보기도 하였다. 또 해병 흑룡부대를 방문하여 서해안 최북단의 안보 상황을 직접 보았다. 그리고 배를 타고 심청이 살아났다고 하는 연봉 바위를 둘러본 뒤에 심청이 빠진 인당수를 가능한 한 가까이 가 보았다. 인당수는 장산곶과 백령도 사이에 있는데, 육안으로 보이는 가까운 거리에 있건만, 지금은 북한의 땅이 되어 두무진에서 더 이상은 가지 못한다고 하였다. 국토 분단의 현실이 다시 한 번 가슴 아프게 느껴졌다.

백령도에는 우리나라에서 두 번째로 세워진 중화동교회가 있다. 갑오경장 직후에 기울어져 가는 나라를 바로잡으려고 상소하다가 죄인으로 몰려 백령도로 유배 온 사람이 4~5명 있었는데, 그 중에 공주 사람 김성진이 중화동에 사는 허득(許得)에게 성서를 전하고, 함께 힘을 합하여 교회를 세웠다. 그래서 1896년에 중화동에 장로교회가 설립되었다. 이 교회에 가서 기

도하며 기독교인이 100%
라고 하는 중화동 주민들
의 신앙심에 감탄을 하기
도 하였다.

『신증동국여지승람(新增
東國輿地勝覽)』 강령현(康翎縣)
조에 의하면, 백령도는 고
구려 때에는 '鵠島(곡도)'
라 하였고, 고려 때에는
'白翎鎭(백령진)'이라고 하

전 세계에 두 군데 밖에 없는 사곶 천연비행장

였다. 조선 세종 10년에 영강(永康)과 백령(白翎)을 통합하여 강령진(康翎鎭)이
되고, 뒤에 강령현이 되었다.

백령도와 관련된 문헌 기록으로는 맨 먼저 『삼국유사』의 「진성여왕(眞聖
女王)·거타지(居陁知)」조의 기록을 들 수 있다. 이를 적어보면 다음과 같다.

신라 진성여왕 때 양패(良貝)가 당나라에 사신으로 가게 되었는데, 해적
들이 진도에서 길을 막는다는 말을 듣고 활 잘 쏘는 사람 50명을 뽑아 따르
게 하였다.

배가 곡도(鵠島)에 이르니, 풍랑이 일어나 10여 일 동안 묵게 되었다. 양패
가 사람을 시켜서 점을 치게 하니, 섬에 있는 신지(神池)에 제사를 지내는 것
이 좋겠다고 하였다. 그래서 못 위에 제물을 차려놓으니, 못의 물이 한 길
이 넘게 치솟았다.

그날 밤 양패의 꿈에 한 노인이 나타나

"활 잘 쏘는 사람 하나를 이 섬에 남겨두면 순풍을 맞을 수 있을 것이다."
라고 말했다. 그는 누구를 남겨야 할지를 몰라 나무 조각 50개에 궁사의

이름을 써서 물에 넣으니, 궁사(弓師) 거타지(居陀知)의 이름이 물에 잠기었다. 그래서 거타지를 섬에 머물게 하였더니 순풍이 일어 배는 지체 없이 떠났다.

거타지가 조심스럽게 섬에 서 있는데, 웬 노인이 연못으로부터 나와서 말했다.

"나는 서해 바다의 신이오. 늘 해가 뜰 때면 중 하나가 하늘로부터 내려와 타라니(陀羅尼) 주문을 외면서 이 못을 세 번 도는데, 그렇게 하면 우리 부부와 자손들이 물위에 뜨게 되오. 그러면 중은 내 자손들의 간을 빼어 먹곤 합니다. 그래서 이제는 우리 부부와 딸 하나만이 남아 있을 뿐이오. 내일 아침에 그 중이 반드시 또 올 것이니 그대는 그 중을 활로 쏘아 주시오."

이튿날 아침에 거타지가 노인과의 약속대로 숨어서 기다리고 있으니, 중이 주문을 외워 늙은 용의 간을 빼어먹으려고 하였다. 이때 거타지가 활을 쏘아 맞추니, 그 중은 즉시 늙은 여우로 변하여 땅에 떨어져 죽었다.

노인은 거타지에게 목숨을 보전하게 된 것을 치하하고, 자기의 딸을 아내로 삼으라고 하면서 딸을 한 가지의 꽃으로 변하게 해서 그의 품속에 넣어 주었다. 그리고 두 용에게 그를 모시고 사신의 배를 따라가 호위하게 하였다.

일을 마치고 본국으로 돌아온 거타지는 꽃가지를 내어 여자로 변하게 하여 함께 살았다.

여기에 나오는 '곡도'는 바로 백령도이다. 이 이야기에서 꽃으로 변하는 용녀는 「심청전」에서 연꽃으로 변하는 심청과 흡사하다. 이 이야기를 통해 백령도는 신라 때에 중국과 왕래하는 뱃길의 중간 기착지(寄着地) 역할을 하였다는 것을 알 수 있다.

백령도에는 여러 가지 전설이 전해 오는데, 섬 이름과 관련된 낭만적인

제2의 해금강이라 불리는 두무진 앞바다의 기암괴석

전설도 전해 온다. 백령도 지명과 관련되는 전설은 여러 사람이 이야기하였는데, 가장 재미있는 이야기를 적어보면 다음과 같다.

　옛날 옛적 황해도 어느 마을에 열심히 글공부를 하며 지내는 선비가 있었답니다. 그런데 매우 가난하게 사는 그 선비의 집 가까이에 사또의 거처가 있었답니다. 사또는 딸 하나를 두었는데, 그 선비가 그 하나밖에 없는 사또의 딸을 사랑했답니다. 그래서 선비는 밤이면 몰래 담을 넘어 들어가 사또의 딸과 깊은 정을 나누곤 하였답니다.

　이러한 사실을 안 사또가 이 가난한 선비, 가난한 것이 죄이지요. 그 선비를 미워하고, 그 고을에서 쫓아내면서 배를 타고 멀리 떠나라고 했답니다. 그 선비는 헤어지는 마당에 사또의 딸에게

　　"우리가 헤어지더라도 다시 만날 때가 있을 것이다. 꼭 만날 날이 올 것이니, 그 때를 기다리자. 그런 날이 머지않아 올 것이니 참고 기다리자."

1896년 설립된 중화동교회 현재 모습

고 단단히 약속을 하고, 배를 타고 멀리 떠났답니다.

그 선비는 어느 섬에 도착하여 역시 글공부를 계속하면서, 사또의 딸을 그리워하고, 만나게 될 날을 기다리며 지내고 있었답니다.

하루는 하얀 학이 울안에 종이 한 장을 떨어뜨리더랍니다. 얼른 그 종이를 주워 가지고 읽어보니, 그 아가씨의 사랑의 고백을 담은 연서(戀書)이더랍니다. 그래서 얼른 다른 종이에 '여기가 어느 지점이다.' 하고 적어서 그 학에게 주었답니다. 그 학은 길이 잘 든 학이었던지, 다시 그것을 물고 사또가 사는 집으로 가서 그 딸에게 전해 주었답니다.

학이 전해 준 쪽지를 받은 사또의 딸은 그 선비가 있는 곳으로 찾아와 함께 잘 살았답니다. 그 때부터 사람들이 그 섬을 '흰 백(白)자', '날개 령(翎)자'를 써서 '백령도(白翎島)'라고 불렀다고 한답니다.

채록 일시 : 1995. 8. 25. 오후 6 : 30~33.
구연자 : 백원배(남, 58세, 대학원졸, 백령중·종합고등학교 교감)
　사는 곳 : 인천광역시 옹진군 백령면 북포2리 278번지
　나서 자란 곳 : 충남 태안군 태안읍 동문리 259번지
구연 장소 : 백령면 진촌리 이화장모텔 301호실
만나게 된 경위 및 채록 상황 : 구연자 백원배 교감은 필자와 함께 심청전 배경지 고증을 위한 학술조사를 하던 중 조사자의 숙소인 이화장모텔에서, 이 지역에 와서 20여 년 살면서 들은 전설을 이야기해 달라는 조사자의 요청을 받아들여 몇 가지 전설을 이야기하던 중에 이 이야기를 구연하였다. 이 이야기는 함께 조사를 하던 유영대 교수, 백령중·종합고등학교 기사인 김봉식 씨와 함께 앉아 들었다.
처음 들려준 사람 및 들은 때 : 구연자는 이 이야기를 1983년경에 당시에 대장간을 하던 73세의 정창화 씨한테 들었고, 당시 이 치료사 일을 하던 65세 손용하 씨한테도 들었다고 한다.

이 이야기는 오백진씨가 편찬한 『백령도』(샘터사, 1979)에도 실려 있다. 1968년에 발행된 백령 중·고등학교 교지 『흰 날개』 제2호에 수록된 것을

옮겨 적은 이 책에는 사또가 자기 딸과 연애하는 선비를 추방한 것이 아니라, 자기의 딸을 섬으로 귀양 보낸 것으로 되어 있어 백 교감의 구연 내용과 차이를 보인다. 그러나 이야기의 구조에는 별 차이가 없다.

위에 적은 이야기에 따르면, '백령도' 라는 이름은 서로 사랑하지만, 가정 형편과 신분의 벽을 허물지 못해 멀리 떨어져서 서로 그리워하며 지내는 젊은 남녀의 순수하고 뜨거운 사랑에 감동한 학이 연서를 전해 주어 사랑의 결실을 맺도록 해 준 것에서 유래되었다고 한다. 낭만적인 이 이야기의 이면에는 육지에서 멀리 떨어진 이 섬이 유배지였음을 말해 주기도 한다.

백령도는 절해고도(絶海孤島)이기 때문에 예로부터 유배지로 이용되었다. 그래서 정치적으로 문제가 있는 사람들이 많이 유배되었던 곳이기도 하다. 백령도에서 가장 오래된 중화동교회 역시 육지에서 절해고도인 백령도로 귀양 온 사람이 세웠다고 한다. 이것 역시 백령도가 유배지로 이용되었음을 말해 준다.

위의 이야기에서 선비는 정치적 이유 때문에 백령도로 유배 온 것이 아니라, 재력과 신분에 맞지 않게 사또의 딸을 사랑한 죄로 추방되어 백령도로 왔다. 그러나 색시 아버지의 권위나 권력의 힘도, 육지와 섬 사이를 가로막고 있는 바다도 두 사람의 사랑을 끊어 놓지는 못했다. 이러한 장애나 제약에서 자유로울 수 있는 학이 두 사람 사이를 오가는 사신이 되어 사랑의 다리를 놓아주었다. 그래서 두 사람은 백령도에서 가난이나 신분의 구속을 벗어나 행복한 삶을 누릴 수 있었던 것이다. 그러고 보면, 백령도는 유배지 또는 추방의 섬인 동시에, 가난·신분·권력의 구속에서 벗어나 행복을 누릴 수 있는 낙원이기도 하다.

학은 하늘을 높이 날고, 한국인이 신성시하는 백색을 띠고 있다. 그래서 예로부터 시인·묵객은 품격이 높고 지조가 굳은 새로 찬양하였고, 민간

백령도 해안에서 평화롭게 놀고 있는 갈매기와 가마우지

에서는 신성시하기도 하였다. 이러한 학이 두 사람 사이를 오가는 사랑의 전달자가 되었기에 추방되었던 선비의 사랑은 완성될 수 있었던 것이라 생각한다.

　백령도에는 갈매기와 가마우지가 많이 서식하고 있다. 그래서 바닷가에 나가면 이들이 떼를 지어 놀고 있는 평화로운 모습을 쉽게 볼 수 있다. 이것은 예나 지금이나 다름이 없을 것이다. 절해고도인 이 섬에 사는 사람들은 새들을 바라보면서 새처럼 훨훨 날고 싶은 염원, 새가 사랑하는 사람에게 서신을 전해 주었으면 하는 간절한 바람을 가졌을 것이다. 이러한 마음이 위와 같은 낭만적인 이야기를 만들어 낸 것이라 생각한다. 중국에는 한나라 소무(蘇武)가 기러기 편에 서신을 보냈다고 하는 '안서(雁書)'의 고사(故事)가 있다. 이 역시 공간의 제약을 벗어나 멀리 날 수 있는 새의 힘을 빌리고 싶은 생각에서 나온 것이라 하겠다.

백령도에 갈매기와 가마우지가 떼를 지어 평화롭게 놀고 있는 것은 백령도가 아직은 오염되지 않은 섬이고, 근해는 청정해역(淸淨海域)임을 말해 주는 것이다. 학이 추방된 선비에게 사랑의 서신을 전해 준 것같이 갈매기와 가마우지가 육지와 백령도를 오가며 기쁘고 좋은 소식을 전해 주기를 바란다.

2. 「심청전」의 배경이 된 백령도

　필자는 1995년 8월 20일부터 28일까지 백령도에 가서 「심청전」의 배경이 된 곳 고증을 위한 학술조사 활동을 하였다. 이 조사 활동을 시작하기까지에는 많은 일들이 있었다.

　필자는 1994년 12월 16일자 조선일보에서 '백령도에 심청각을 세운다'는 제목의 기사를 읽었다. 신문 기사를 읽은 뒤 얼마 지나지 않아 일산 저동중학교 권순악 교장으로부터 백령중·종합고등학교 백원배 교감이 「심청전」 박사의 자문을 받고 싶어 한다는 내용의 전화를 받았다. 그로부터 며칠 뒤에 백원배 교감 선생님이 필자의 집을 방문하였다. 함께 이야기를 나누는 동안에 두 사람은 처음 만나는 사람 같지 않게 친밀감을 느껴 많은 이야기를 나누었다.

　백령도에 심청각을 세워야 한다는 주장을 편 사람은 1975년에 좋은 직장을 버리고 낙도 교사가 될 결심을 하고 백령농고 교사로 부임하여 지금까지 백령도를 떠나지 않은 백원배 교감이라고 한다. 백 교감의 주장에 공감한 백령도 주민이 이에 적극 호응하였고, 이를 옳게 여긴 경기도와 도의회에서는 이 사업의 실현을 위해 10억의 예산을 책정하였다고 한다. 백 교감은 백령도에 심청각을 세워 효를 주제로 한 「심청전」을 바르게 이해시킴은 물론, 서해안 시대를 이끌어 갈 백령도를 효의 산 교육장으로 만들어야 한다고 주장하였다. 백 교감의 힘찬 주장과 그간에 낙도 교사로서 겪었던 숱한 사연들을 들으며, 나는 백 교감의 깊은 뜻과 열정에 감동되었다. 그래서 「심청전」 배경이 된 곳을 고증하는 작업에 참여해 달라는 백 교감의 요청을 그 자리에서 수락하였다. 「심청전 연구」로 박사학위를 받은 필자가 이 일에 참여하는 것이 당연하다는 일종의 사명감 같은 것을 느끼기도 하여서 선선히 대답한 것이다.

며칠 뒤에 백 교감의 의견을 들은 인천광역시 옹진군청(경기도 관할이었던 옹진군이 1995년 3월 1일부터 인천광역시 관할로 바뀜.)에서 연락이 와서 학술조사 계획서를 작성하여 보냈다. 그 뒤로 학술 용역 계약을 맺기까지에는 많은 일들이 있었다. 조사 계획서의 수정 제출, 심청각 건립을 추진하는 사람들에게 학술적인 고증이 필요하다는 것을 인식시키기 위한 노력, 심청각이 우상이라는 백령도 거주 기독교인 명의의 진정서와 그에 대응하는 글의 발표, 이정일 군수와의 만남 등이 있었다. 이 일로 1월부터 6월말까지 많은 시간과 노력이 소모되었고, 여름 방학을 이용하여 학술조사를 하려던 계획도 실행이 어렵게 되었는데도 용역 계약은 이루어지지 않았다. 나는 군 관계자들의 비효율적인 일 처리에 염증이 나서 더 이상 이 일에 미련을 갖지 않고, 잊어버리기로 하였었다. 그러다가 민선인 조건호 군수가 부임한 뒤에 다시 연락이 와서 8월 7일에야 학술 용역 계약이 이루어졌다. 그래서 여름 방학이 끝날 무렵이 다 되어서 학술 조사 활동을 하게 된 것이다.

필자는 8월 20일터 27일까지 8일 간은 백령도에서, 28일에는 대청도에 가서 유영대 교수, 백원배 교감과 함께 조사를 하였다. 백령중·종합고등학교, 면사무소를 비롯한 각 기관을 방문하여 각 기관장과 구성원을 만나고, 각 마을의 노인과 부녀자, 어린이들을 만나 「심청전」과 관련되는 「심청

심청이 탄 연꽃이 연밥을 떨어뜨리고 가서 지금도 연꽃이 핀다는 연화리 연꽃

전설」, 민요, 민속 자료를 채록하였다. 「심청 전설」을 구연한 사람은 모두 63명인데, 이들의 나이·학력·직업은 아주 다양하였다. 조사된 자료는 카세트 테이프 15개 분량이 되었는데, 필요한 것은 사진으로, 캠코더로 촬영하였다. 현지 조사를 통해 얻은 「심청 전설」의 요지는 다음과 같다.

백령도와 장산곶 사이에 인당수(또는 임당수)라는 곳이 있는데, 그곳은 물살이 세어서 지나는 배들이 사고를 당하는 일이 많았다. 그래서 사람을 제물로 바치곤 하였다.
그 전에 심청이라는 효녀가 살았는데, 심청은 아버지의 눈을 뜨게 하려고 중국을 오가는 상인들에게 쌀 300석에 몸을 팔았다. 심청을 산 상인들은 심청을 인당수에 제물로 바쳤다.

인당수에 빠진 심청은 용궁에 갔다가 연꽃을 타고 다시 인당수로 떠올랐는데, 그 연꽃이 조류를 타고 '연화리' 앞바다로 왔다가, 다시 남쪽으로 떠밀려서 '연봉바위'에 걸려 떠 있었다.

심청을 인당수에 제물로 바친 상인들이 돌아오는 길에 '연봉바위' 근처에 이르러 보니, 바다에 커다란 연꽃 한 송이가 떠 있었다. 상인들이 이를 보고 이상히 여겨 그 꽃을 임금께 바쳤다. 연꽃 속에서 나온 심청은 임금과 결혼하여 왕비가 되었다.

이 일이 있은 뒤로 사람들은 심청이 탄 연꽃이 떠 내려와 걸린 바위를 '연봉(蓮峰)바위'라 하고, 그 연꽃이 닿았던 마을을 '연화리(蓮花里)'라고 하였다.

이것은 필자가 백령도에서 몇 대 전부터 살아온 주민과 대청도 주민, 지금은 북한 땅이 된 장연군을 비롯한 황해도 서해안 지역에서 백령도 또는 영흥도 지역으로 피란 온 사람들한테 채록한 이야기의 요지이다. 필자는 많은 사람들을 만나보고 나서 위와 같은 「심청 전설」은 백령도는 물론 장연을 비롯한 황해도 해안 지역 주민들 사이에 널리 퍼져 전해 온 것임을 알았다.

전설은 꾸며낸 이야기인데, 그 지역의 지리적 특성, 역사적 사실 등을 바탕으로 하면서 그 지역 주민들의 인생관이나 가치관을 드러낸다. 「심청 전설」은 이 지역의 지리적 특성이나 역사적 사실과 어떤 관련을 맺고 있을까?

백령도는 동경 124도 53분, 북위 37도 52분 지점에 위치한 대한민국의 서해 최북단의 섬이다. 이 섬은 면적 45.38 평방킬로미터, 해안선의 길이 56.8 km, 최고 지점의 높이 해발 185m로, 우리나라에서 14번째로 큰 섬이다. 인천에서 서북쪽으로 222.2km 떨어져 있는 이 섬은 북한의 황해도 장연과는 10km, 장산곶과는 15km 떨어져 있다.

이 곳 주민들의 말에 따르면, '인당수(또는 임당수)'는 장산곶과 백령도 사이에 위치하고 있으며, 물살이 매우 세기 때문에 배들이 통행하기 어렵다고 한다. 남북이 분단되기 전에 이곳을 지나다닌 사람, 피란 올 때 그 근처를 지났다는 사람들은 이를 구체적으로 설명하였다. 조선 광해군 12(1620)년에 백령도에 귀양 왔던 이대기(李大期)의 『백령도지(白翎島誌)』의 기록에도 장산곶과 두무진 사이에는 북쪽과 서쪽에서 흐르는 조류가 만나 서로 부딪쳐 소용돌이를 이루어 물살이 세고 험한 곳이 있다고 하였다. 이로 보아 「심청전」이나 「심청 전설」에 나오는 '인당수' 또는 '임당수'는 백령도와 장산곶 사이에 실제로 있는 곳이고, 물살이 세어서 배의 통행이 어려운 곳임을 알 수 있다.

백령도는 신라 시대 이래로 중국과 왕래하는 항로(航路)에 위치하고 있어서 배를 타고 왕래하는 사람들의 중간 기착지(寄着地), 또는 해난(海難) 도피처가 되었다. 또 역(役)을 피하려는 중국 사람들이 많이 와서 살았고, 중국이나 조선의 해적들은 필요한 물건을 보급하는 보급 기지로 활용하였다. 이로 보아 백령도나 황해도 장연, 옹진 지역에는 중국 상인들이 많이 왕래하였을 것이다. 「심청 전설」에서 심청을 사간 사람들을 중국 상인이라고 한 것은 이러한 사실을 바탕으로 하여 구성된 것이라 하겠다.

위 이야기에서 뱃사람들은 심청을 인당수의 해신(海神)에게 제물로 바친다. 이것은 사람을 제물로 바치는 「인신공희설화(人身供犧說話)」와 관련이 깊다. 『삼국유사』에 실려 있는 「거타지 설화(居陁知說話)」를 보면, 당나라에 가는 신라 사신 양패(良貝)는 백령도에서 풍랑을 만나 움직이지 못하다가 서해신에게 거타지를 제물로 바치고 순풍을 얻어 항해를 계속한다. 백령도에는 「거타지 설화」 외에도 「용난 개울」, 「용이 올라간 참샛골」, 「두 용이 싸운 용기포」, 「용의 승천과 용신제」 등 용과 관련된 전설이 많이 있다. 백령도의 연화리 뒷산에서는 큰 일이 있을 때마다 해룡(海龍)에게 제사를 지냈다고 한다. 또 연화리에 온 중국 상선은 풍랑이 심하여 떠나지 못하다가 숫총각을 해신에게 제물로 바치고서야 순풍을 얻어 항해를 계속하였다고 한다. 이것은 항해의 안전을 위해서 해신에게 사람을 제물로 드리는 일이 백령도에 실제로 있었다고 주장하는 자료이어서 매우 흥미롭다. 이것은 앞에서 소개한 거타지 이야기와 함께 백령도 지역에 항해의 안전을 위해 사람을 제물로 바치던 습속이 있었음을 추정할 수 있게 해 주는 좋은 자료이다.

백령도는 외딴 섬으로, 풍랑이 심한 곳이기 때문에 용신(龍神), 또는 해신에 대한 의식이 내륙지방보다 강했을 것이다. 그래서 해상 안전을 기원하는 제의에서 사람을 제물로 바치지 않았을까 생각한다. 이로 보아 백령도 지역에는 항해의 안전을 기원하는 제의에서 사람을 제물로 바치던 습속이 있었는데, 「심청 전설」은 이러한 사실을 바탕으로 하여 구성된 것이라 하겠다.

연봉(蓮峰)은 백령도의 남쪽 해안에 위치한 남포 2리에서 남쪽으로 3km쯤 떨어진 곳에 위치한 작은 바위섬이다. 연봉은 지름이 약 80m쯤 되는 길쭉한 원 모양의 바위인데, 봉우리 두 개가 솟아 있다. 인당수에 떠오른 연꽃은 조수(潮水)에 밀려와서 연봉바위에 걸렸다고 한다. 이것은 장산곶을 거쳐 인당수 쪽으로 흐른 물이 백령도의 두무진을 휘돌아 연봉바위 쪽으로 흐른다는 사실과 부합된다.

연화리 마을 앞에는 꽤 넓은 들이 있는데, 들의 삼면은 산으로 둘러싸여 있고, 서쪽은 바다와 접해 있다. 서쪽은 둑으로 되어 있는데, 이것은 몇십 년 전에 둑을 쌓아 바닷물을 막은 것이다. 지금도 둑의 양쪽 끝 부분에는 안쪽의 물이 바다로 흘러 들어가는 수로가 있는데, 바닷물이 안쪽으로 흐르지 않도록 장치를 해 놓았다. 이로 보아 전에는 지형이 낮은 수로 부분으로 바닷물이 들어와 지금 논이 되어 있는 안쪽은 큰 호수와 같았을 것이라 생각

심청이 탄 연꽃이 걸렸다는 연봉바위

된다. 그래서 「거타지 설화」에서 거타지에게 도움을 청하던 서해신이 살던 신지(神池)가 바로 여기가 아닐까 하는 생각이 들기도 하였다.

연봉바위와 연화리는 3~4km 정도 떨어져 있는데, 이곳의 지형으로 보아 연꽃이 연화리로 왔다가 연봉바위로 갔다거나, 연봉바위에 걸렸던 연꽃이 연화리로 밀려왔다는 것은 있을 수 있는 일이라 생각한다.

지금까지 살펴본 바와 같이 「심청 전설」은 백령도 북쪽에 있는 인당수, 백령도의 남쪽에 위치한 연봉바위와 서쪽에 위치한 연화리의 지형과 해류의 흐름, 전부터 전해 오는 민속 등과 일치한다. 그러므로 「심청 전설」은 이러한 사실을 바탕으로 하여 꾸며진 전설이라 하겠다. 이 전설은 오래 전부터 백령도를 중심으로 하여 장연, 연백, 송화, 신천 옹진 등의 황해도 지역과 인근 섬인 대청도 등지에서 전해 왔다.

「심청 전설」은 「심청전」의 기본 틀을 갖추고 있다. 「심청 전설」은 실존 인물의 전설화라고 볼 수도 있는데, 이에 대응되는 인물을 찾을 수 없다. 그러므로 실존 인물의 전설화라기보다는 오래 전부터 널리

두무진 앞바다에서 인당수를 가리키고 있는 필자, 유영대 교수, 백원배 교감(왼쪽부터)

읽혀지던 「심청전」이 전설화한 것이라 하겠다.

「심청전」은 심청의 효행, 죽음과 재생(再生), 부녀 상봉과 아버지의 개안(開眼), 황후가 된 심청의 행복한 삶 등 흥미진진하고 감동적인 내용이어서 많은 독자들의 사랑을 받으며 널리 읽혀졌을 것이다. 그러나 「심청전」은 소설책 보급의 제한성, 문자 해독에 따른 문제점 등 때문에 서민들의 문학적 욕구를 모두 충족시켜 줄 수는 없었을 것이다. 그에 따라 「심청전」의 이야기 내용은 소설과 관계없이 입에서 입으로 구전되었을 것이다. 그 과정에서 「심청전」의 복잡하고 묘사적인 내용이 단순해져서 줄거리 위주로 되고, 다른 설화나 고소설의 내용이 삽입되기도 하여 「심청 전설」이 되었을 것이다.

「심청전」과 비슷한 틀을 가진 또 다른 구비전승물로는 동해안 지방의 「심청굿 무가」가 있는데, 이 역시 「심청전」의 영향으로 이루어진 것이다. 이것은 「심청전」의 영향으로 서해안 백령도 지역에서는 「심청 전설」이, 동해안에서는 「심청굿 무가」가 이루어졌음을 말해 준다. 황해도 장연 지방에 「몽금도 전설」이 있다고 하나, 이것은 확인할 길이 없다.

「심청전」은 전국에서 읽혀졌겠지만, 백령도를 포함한 황해도 지역에서

심청의 효행을 기리기 위해 진촌리 뒷산에 세운 심청각

특히 많이 읽혀지고, 이야기되었던 것 같다. 이러한 사실은 「심청전」을 읽어본 적이 없다는 구연자가 「심청전」의 내용과 비슷한 이야기를 구연하고, 장연이나 옹진에서 어린 시절을 보낸 사람들이 「심청 노래」를 들으며 자랐다는 사실, 장연 지방의 학교에서는 장산곶 근처로 소풍을 자주 갔는데, 선생님이나 어른들이 인당수 쪽을 가리키면서 '저기가 바로 심청이 빠진 자리'라고 말했다고 하는 사실 등을 통해서 알 수 있다.

「심청전」이 백령도를 포함한 황해도 지역에서 특히 많이 읽혀지고, 이야기되었던 까닭은 「심청전」의 내용이 흥미롭고 감동적인 점도 있지만, 심청이 살았다고 하는 황주, 심청이 물에 빠졌다고 하는 인당수가 가까운 곳에 있어 친근감을 느꼈기 때문이라 하겠다.

백령도는 황해도 해안 지역에 위치해 있고, 남북이 분단되기 전에는 황해도 장연군에 속해 있었으므로, 황해도 해안 지역과 왕래가 많았다. 또 백령도와 황해도 서해안 지역 사람들은 고기잡이를 하기 위해 장산곶, 백령도 근처를 자주 다녔다고 한다. 이들은 인당수 부근을 지나다니다가 물이 빙빙 돌면서 소용돌이치는 것을 직접 목격하였을 것이고, 그 사실은 널리 알려졌을 것이다. 그러므로 인당수와 관련된 심청 이야기가 이 지역 사람들의 흥미와 관심을 끌었을 것은 당연한 일이다.

백령도에 사는 사람이나 이 지역을 왕래한 사람들은 인당수의 물이 한 줄기는 백령도의 동쪽을 돌아 용기포 쪽으로 흐르고, 한 줄기는 동쪽을 돌아 연봉바위 앞으로 흐른다는 사실을 경험으로 알았을 것이다. 이러한 사실을 안 이 지역 사람들이 인당수에 떠오른 연꽃이 연봉바위에 걸렸을 것이라고 생각한 것은 아주 자연스러운 일이다. 또 이 지역 사람들은 연봉바위와 연화리의 위치, 물의 흐름, 연화리라는 지명과 연밥·연꽃 등을 고려하여 이를 심청이 타고 온 연꽃과 관련지어 설명하였을 것이다. 이러한 과정을 거쳐 「심청전」은 「심청 전설」로 변이 된 것이라 생각한다.

심청각 옆에 있는 효녀 심청상

전설은 전승 집단이 진실되다고 믿고, 사실이라고 주장하며, 이를 뒷받침하기 위해 증거물을 제시하는 것이 특징이다. 전설은 신화나 민담과 마찬가지로 일정한 구조를 가진 꾸며낸 이야기이므로, 그 내용의 사실성 여부보다는 전승자의 의식이 중요한 것이다.

백령도 주민들은 「심청 전설」을 진실되다고 믿고, 사실이라고 주장하면서 인당수, 연봉바위, 연화리, 조류의 흐름 등을 증거로 제시한다. 「심청 전설」은 허구의 세계를 이야기하는 소설 「심청전」을 바탕으로 하여 형성된 전설이므로, 그 내용의 사실성 여부를 따지기보다는 이 전설을 전파·전승해 온 이 지역 주민들의 의식을 중요시해야 한다. 이 지역 주민들은 오래 전부터 이 전설을 전파·전승해 오면서 만고효녀 심청의 효성을 기리는 한편, 심청의 효성이 서리어 있는 지역에 살고 있다는 자부심과 긍지를 느끼고, 이를 통해 효를 배우고 가르치며 실천하여 왔을 것이다.

「심청전」의 여러 이본과 「심청 전설」을 종합해 보면, 심청이 태어나 자란 곳은 '황주 도화동'이다. 그리고 물에 빠진 곳은 장산곶 남쪽, 백령도 북쪽의 '인당수'이다. 다시 살아난 곳은 백령도 남쪽의 '연봉바위'이다. 그러므로 「심청전」의 배경이 된 곳은 황해도 황주에서 장산곶과 인당수를 지나 연봉·연화리를 잇는 지역이 된다. 그런데 남북이 사상과 체제가 다른 두 나라로 갈라져 있는 현 상황에서는 황주에 심청과 관련되는 전설이나 어떤 증거물이 있는지 알 길이 없다. 그러므로 현재 대한민국의 주권이 미치는 지역 내에서 「심청전」의 배경이 된 곳을 찾는다면, 「심청전」에서 파생한 「심청 전설」이 전해 오고, 인당수·연봉바위·연화리와 연꽃 등 전설의 증거물이 존재하는 백령도를 꼽을 수밖에 없다.

지금 백령도에서는 심청이 빠진 인당수와 살아난 연봉바위가 보이는 진촌리 뒷산등성이에 심청각을 건립하였다. 심청각은 1층에 심청전 일대기를 표현한 모형물과 심청전 관련 고서, 나운규 주연의 1925년판 「효녀 심청전」대본, 윤이상 씨의 심청오페라 악보 등을 전시하고 있다. 관광홍보관인 2층에는 옹진군의 역사와 명소를 한눈에 볼 수 있는 전시물과 효녀 심청이 몸을 던진 인당수로 알려진 바다, 북녘 땅 등을 볼 수 있는 망원경이 설치돼 있다.

백령도에서는 매해 효녀 심청을 선발하여 상을 주고, 효를 주제로 한 백일장을 연다. 이곳을 찾는 많은 사람들은 심청 이야기의 현장을 확인하고, 심청의 효행을 마음속에 되새기게 될 것이다. 그래서 백령도는 관광지로서 뿐만 아니라 효도 교육의 산 교육장으로서의 의미도 지니게 될 것이다.

3. 남편을 떠난 여인의 후회—침 뱉는 재

백령도에는 여객선 부두인 용기포에서 면소재지인 진촌리를 지나 북포리를 거쳐 제2의 해금강이라고 하는 두무진으로 가는 도로가 있고, 두무진에서 가을리를 거쳐 중화동을 지나 다시 진촌리로 돌아오는 도로가 있다. 두 도로가 섬을 관통하는 도로인데, 두 도로를 작은 도로들이 연결하고 있다.

진촌리에서 북포리 쪽으로 나 있는 포장도로를 따라 동쪽으로 3킬로미터쯤 가면, 백령중 · 종합고등학교가 나온다. 이 학교가 있는 곳이 북포 2리인데, 옛 이름은 신화동이다. 신화동에서 옛 이름이 당호동인 북포 1리를 가려면 작은 산 고개를 넘게 되는데, 그 고개를 '침뱉는 재'라고 한다.

이 고개에는 눈앞의 고통을 참지 못해 남편을 버리고 떠났던 여인의 한 맺힌 사연이 서려 있다고 한다. 나는 고려대 유영대 교수, 옹진군청 권희정 문화 · 관광 계장과 함께 백령중 · 종합고등학교 운전기사인 김봉식 씨가 운전하는 차를 타고 이 고개를 넘으며, 김봉식 씨로부터 이 고개에 얽힌 슬픈 전설을 들었다.

지금 넘고 있는 이 고개가 '침 뱉는 재'라고 하는 고개인데, 백령고등학교가 있는 북포 2리에서 북포 1리로 넘어가는 고개입니다. '침 뱉는 재'의 유래는 어른들이 이렇게 얘기 하드라고요.

옛날에 한 선비가 여기서 살았다고 합니다. 그 선비가 결혼을 해서 사는데, 결혼해서 살면은 자기 가족을 건사해야 할 텐데, 가족은 건사하지 않고 계속 글만 읽어요. 비가 오건 눈이 오건 글만 읽으니, 의식주가 힘들어서 부인이 길쌈해 팔아 가지고 겨우겨우 생활을 했대요.

그런데, 어느 가을이 되어서, 남편이 집에 있으니까, 곡식을, 여기서는 '나락'이라고 그러는데요, 곡식을 마당에다 널고서,

"내 오늘 김을 매러 갈 테니, 혹시 비가 오든지 하면은 이 나락을 다 채 덮으시오."

자기 신랑한테 그런 얘기를 하니까, 신랑이 알았다고 그래서, 부인은 김을 매러 가서 김을 맸어요.

김을 매는데, 갑자기 좋던 날이 비가 억수로 내려 퍼붰답니다. 부인이 빨리 들어 와서 그걸 치웠으면 좋았을 텐데, 그걸 하지 못하고,

'남편한테 아침에 부탁을 했으니까, 곡식을 잘 덮어놓았겠지.'

하고, 그냥 안심을 하고 계속 김을 맸답니다.

저녁이 되어서 집에 들어와 보니까, 곡식 널었던 건 간 곳이 없드래요. 다 떠내려가 버리고 아무 것도 없드래요. 그래 이 여자가 가만히 생각하니,

'저런 남자를 믿고서 과연 내가 앞으로 살아서 무슨 낙을 보고 살겠나? 지금이라도 빨리 내가 나가야지. 이혼을 하고 나가야지 안 되겠다.'

그래서 단단히 마음을 먹고, 자기 신랑한테 얘기를 했답니다.

"나는 당신하고 더 이상 살 수가 없으니, 나는 나가야것소."

나가겠다 그러니, 남편은 나가지 말라고도 안 하고, 그냥 나가는 거다 하고 말았답니다. 이게 지금으로 말하면은 이혼이지요.

그런데 몇 해가 지나가다 보니까, 그 옛날에는 과거 급제를 하면, 어사화

엎질러진 물을 다 주워담지 못해 남편에게 버림을 받은 여인이 물동이를 놓고 지나가는 사람에게
침을 뱉어 달라고 했다는 침 뱉는 재

(御賜花)를 꽂고 온 답니다. 이 백령도에 그 어사화를 꽂고 들어왔는데, 그 부
인이 이렇게 보니까, 틀림없는 자기 전 남편이드래요.

　'아, 이것 봐라. 이거 잘못했구나!'

그래서 그냥 눈물을 흘리면서, 자기가 잘못했다고, 자기 낭군을 붙들고 울
었답니다.

　"제발 한번만 용서해 주시오."

그러니까는 그 낭군이 하시는 말씀이,

　"정 그러면은 물을 한 동이 가져오시오."

그래서 물을 한 동이 길어다 놓으니까, 자기 부군이 그 물을 마당에다 쏟아
버렸답니다. 쏟아 버리고서, 자기 부인한테 하는 말이,

"이 물을 동이에다 다시 주워 담으시오."

하니, 엎어진 물을 무슨 수로 한 동이를 채우겠어요? 주어 담아 봐야 얼마 안 되지. 얼마 안 되니까, 낭군이 하시는 말씀이,

"기왕 이렇게 엎질러진 물인데, 이제 이게 다시 되겠느냐?"

그래서 결국은 같이 살지를 못하고, 이제 이혼이 됐는데, 이 여자가 그게 하도 억울해서, 그 챔 뱉는 재에다가 동이를 놓고서 사람들이 보태주는 형식으로 침을 뱉어서 동이에다 그걸 채우면은, 부군하고 다시 살 수 있잖나 해서 그렇게 해봤다 그런 전설이지요. 그러나 그게 뭐 되겠어요? 침이나 뱉어 가지고. 그래서 '침 뱉는 재'라고 옛날부터 내려오지요.

채록 일시 : 1995. 8. 24.
구연자 : 김봉식(남, 55세, 중졸, 백령종합고등학교 운전기사)
사는 곳 : 인천광역시 옹진군 백령면 북포2리 신화동 388번지
나서 자란 곳 : 황해도 장연군 대구면 용전리(13세 때 이곳으로 피난 와서 살고 있다고 함.)
만나게 된 경위 및 채록 상황 : 구연자 김봉식씨는 백령종합고등학교 백원배 교감의 주선으로 심청전 배경지 고증을 위한 학술조사 차 온 우리 일행을 소형 반승합차에 태워 조사에 필요한 여러 곳으로 안내하였다. 이 지역 전설을 아는 대로 말해 달라는 필자의 부탁을 받은 김씨는 마침 '침 뱉는 재'를 넘게 되자 이 이야기를 구연하였다. 백령도 주민으로는 제일 먼저 운전 면허증을 받아 버스 운전을 하기도 하였다는 김씨는 익숙한 솜씨로 운전을 하면서, 지나는 곳마다 그 곳의 전설을 이야기해 주었다.
처음 들은 때 및 들려준 사람 : 어렸을 때 동네 어른들한테 들었음.
구연 경력 : 구연자는 이 이야기를 어렸을 때 어른들한테 들었는데, 교훈적인 의미를 지니고 있는 이야기라는 생각이 들어서 몇 번 구연하였다고 한다.

필자는 위와 비슷한 이야기를 어렸을 때 어머니께 들었고, 여러 지역에서 채록하기도 하였다. 이들 이야기에서 남주인공은 책을 읽는 일, 즉 공부에만 열심히 하고 생활에는 무관심하다. 그래서 살림 형편이 말이 아니다. 그런데도 공부를 할 수 있었던 것은 부인이 온갖 고생을 하며 뒷바라지하였기 때문이었다. 부인은 남편이 생활에 무관심하고 무능한 것이 서러워 도망하고 싶었겠지만, 내일의 행복을 바라는 마음으로 온갖 고생을 참고 견뎠을 것이다. 그러나 부인은 어렵게 얻은 소중한 곡식이 갑자기 내린 소나기에 떠내려가는 것도 모른 채 책만 읽는 남편의 무관심에 지치고 화가 나서 견딜 수 없었다. 그래서 부인은 남편을 버리고 떠났다.

얼마 후, 부인은 과거에 급제하여 금의환향(錦衣還鄕)하는 전 남편을 보고,

달려가 용서를 빈다. 전 남편은 여인에게 물 한 동이를 길어 오게 한 다음, 이를 엎어 버린다. 그리고는 이를 다시 주워 담아 보라고 한다. 그러나 한 번 엎질러진 물을 어찌 다시 담을 수 있단 말인가? 부인은 고통을 참지 못하여 스스로 남편의 곁을 떠난 일을 후회하며 용서를 빌었지만, '엎질러진 물' 이 되고 만 것이다. 여기서 한 번 실수는 수습하려 하여도 수습되지 아니함을 이르는 속담 '엎질러진 물' 이 생겼다고 한다.

위에 적은 '침 뱉는 재' 전설이 다른 지역의 이야기와 다른 점은 남편의 용서를 받지 못한 부인이 고갯마루에 물동이를 가져다 놓고, 고개를 지나는 사람들에게 침을 뱉어 달라고 하여, 다시 주워 담지 못한 물의 양을 채워 보려고 하였다는 점이다. 그래서 다른 지역에서 민담으로 전해 오는 이 이야기가 이곳 백령도에서는 '침 뱉는 재' 전설이 되었다.

필자가 다른 지역에서 채록하여 『한국의 민담』에 수록해 놓은 이야기에서는 '돌피 멍석이 떠내려가도 모르고 공부만 하는 남편' 을 버리고 떠난 아내가 원님이 된 남편을 만나 함께 살자고 하니, 남편이 사기그릇을 깨뜨린 다음, 부인에게 그것을 붙여 보라고 한다. 그래서 '깨어진 그릇' 이라는 속담이 생겼다고 한다. 이 속담 역시 '한 번 저지른 실수는 수습하지 못함', 또는 '다시 어떻게 수습할 수 없을 만큼 일이 그릇되었음' 을 이르는 말이다.

이와 비슷한 이야기가 중국 강 태공(姜太公)과 관련되어 전해오기도 한다. 강 태공은 중국 주나라의 정치가이며 병략가(兵略家)인데, 100세가 넘도록 살았다고 한다. 그와 관련된 이야기를 적어 보면 다음과 같다.

강태공이 초야에 있을 때, 그는 매일 위수(渭水)에 나가 낚시질을 하였다. 그런데 그가 집에 돌아올 때에는 언제든지 빈 망태였다. 그것은 그가 낚시질 솜씨가 나빠서가 아니라, 물고기가 물리지 않는 곧은 낚시질을 하였기 때문이었다. 그는 다른 일은 하지 아니하고, 고기가 잡히지도 않는 곧은 낚시질만 하루도 빠지지 않고 계속하였다.

원래 넉넉지 못했던 그의 집은 살림이 기울어 끼니를 잇는 일조차 어렵게 되었다. 그런데도 그는 집안 살림에는 마음을 쓰지 아니하고 곧은 낚시질만 계속하니, 그의 아내 마(馬)씨의 고생은 이루 말할 수 없었다. 그의 아내가 참다못해,

"여보, 벼슬은 안 하는 거요, 못하는 거요? 벼슬을 못하면 달리 살아갈 방도를 차려야 할 것 아니오?"

하고 말하면, 그 때마다 그는,

"좀 더 기다려 봅시다. 반드시 때가 올 것이오."

하고 대답하곤 하였다.

강 태공의 말과 행동에 답답함과 한심함을 느낀 마씨는 더 이상 참을 수 없다며 집을 나가 버렸다. 그러나 강 태공은 이에 아랑곳하지 않고, 곧은 낚시질만 계속하였다.

어느 날, 주나라의 서백창(西伯昌, 文王)이 사냥을 갔다가 그를 만났는데, 왕은 그가 예사 사람이 아님을 알고, 그에게 높은 벼슬을 주었다. 그는 문왕과 그의 아들 발(發, 武王)을 도와 중원을 통일하고, 주나라를 발전시키는 데 큰 공헌을 하였다.

강태공이 귀하게 되었다는 소식을 전해들은 마씨는 지난 일을 크게 뉘우치면서, 그가 지나는 길가에 엎드려 다시 아내로 맞아 달라고 간청하였다. 그러자 강태공은 마씨에게 물을 한 그릇 떠오라고 하였다. 마씨는 그가 자기를 받아 주려는 줄 알고, 정성껏 물을 떠다 바쳤다. 강태공은 물을 땅에 엎질러 버린 뒤에 말했다.

"물을 다시 이 그릇에 그대로 담아 보시오. 그렇게 할 수 있다면, 다시 아내로 삼겠소."

이에 마씨는 크게 뉘우치고, 죽음을 택하였다. 사람들은 그녀가 묻힌 무덤을 '마릉(馬陵)' 이라고 하였다고 한다.

이 이야기에서 '엎질러진 물'이라는 속담이 생겼고, 아울러 '강태공의 곧은 낚시질', '강태공이 세월을 낚듯 한다.'는 속담이 생겼다고 한다.

필자는 외딴 섬 백령도에 와서 「침 뱉는 재 전설」을 들으며, 전설의 발생과 전파의 범위는 한계가 없다는 것을 실감하였다. 「침 뱉는 재 전설」을 듣고 고개를 넘으면서 공부하는 사람의 태도가 어떠해야 하는가, 당장의 고통과 시련을 이겨내지 못하고 자기의 위치를 벗어난 사람의 말로가 어떻게 되는가를 생각해 보았다. 고개를 내려갈 때 필자의 귀에는

"옛날 선비는 곡식 멍석이 떠내려가도 모르고 열심히 공부하여 성공하였단다."

하고 일깨워 주시던 어머니의 음성이 들리는 듯하였다. 그리고 조금 뒤에는 당장의 고통을 참지 못하여 남편의 곁을 떠난 아내의 회한에 찬 울음소리가 들리는 듯하였다.

4. 넘어지면 3년밖에 못사는 3년 고개

　'3년 고개'는 인천광역시 옹진군 백령면 북포 2리 신화동에서 남포 2리 화동으로 넘어가는 고개이다. 필자는 전에 왔을 때 '3년 고개', '당개의 서 낭당' 등의 전설은 채록하였으나, 시간이 없어 현장을 답사하지 못하여 퍽 아쉬웠다. 그래서 이번 조사에서는 미리 조사 일정에 넣어 현장을 답사하기로 하고, 백원배 교감이 운전하는 차에 올라 '3년 고개'와 '서낭당'을 찾아갔다.

　'3년 고개'는 아직 포장이 되지 않아 길이 울퉁불퉁하여 차가 오르기에는 좀 힘이 들었다. 우리는 고개 아래에 차를 세우고 고개 둘레를 살핀 다음, 사진을 찍었다. 이 고개에 얽힌 전설을 적어 보면 다음과 같다.

　'3년 고개'는 지금 백령도에서 꽤 험한 고개로 들어가는데, 북포 2리, 백 령중·종합고등학교 앞에서 남쪽으로 6km 정도 떨어진 고갭니다. 그 고개 를 통칭 '3년 고개'라고 합니다.

　먼 옛날에 가난한 선비가 열심히 공부해서 높은 벼슬을 하려고 과거를 보러 가는 길에 이 고개를 지나게 되었는데, 그만 발을 헛디뎌 넘어졌어요.

한 번 넘어지면 3년밖에 못 산다는 3년 고개

넘어졌는데, 그는 그 고개가 한 번 넘어지면 3년밖에 못산다는 '3년 고개'라는 것을 알고, 깜짝 놀라서 다시 일어났습니다.

앞으로 해야 할 일이 많은데, 3년밖에 못 살고 죽는다는 생각을 하니, 기가 막혔습니다. 선비는 너무 슬프고 기가 막혀 그 자리에 앉아 통곡을 하였습니다. 얼마 동안 울고 나니, 울음도 나오지 않아 멍하니 앉아 이런 생각 저런 생각을 하였습니다. 그 때, 한 가지 생각이 선비의 머리를 스쳤습니다.

'한 번 넘어져서 앞으로 3년을 산다면, 두 번 넘어지면 6년을 살 거 아니냐? 한 번 더 넘어지면 9년을 살 거고. 그렇다면 여기서 몇 번 더 넘어지면 되겠구나.'

선비는 그 자리에서 넘어졌다가 일어나고, 일어났다가 다시 넘어지기를 계속했어요. 그래서 자기 수명이 한 삼백 년 될 정도로 넘겨졌어요. 그러니까 한 백 번 넘겨졌겠죠. 그 후로 선비는 오래도록 잘 살았답니다.

이러한 '3년 고개' 전설이 전해 온다는 말을 어른들한테 들었는데, 이역시 백령도 주민들은 다 알고 있는 전설입니다.

채록 일시 : 1995. 8. 25. 오후
구연자 : 백원배(남, 59세, 대졸, 백령중 · 종합고교 교감)
　　사는 곳 : 인천광역시 옹진군 백령면 북포2리 278번지
　　나서 자란 곳 : 충남 서산군 태안면 남문리 259번지.
채록 장소 : 백령면 진촌리 이화장모텔 301호실
만나게 된 경위 및 채록 상황 : 이 이야기는 함께 간 유영대 교수, 권희정 계장, 현지에 사는 김봉식 씨, 이충용 씨와 함께 앉아 화기애애한 분위기에서 구연한 것이다. 백 교감은 이 이야기를 '당개의 서낭당' 이야기에 이어 구연하였다.
처음 들은 때 및 들려준 사람 : 백 교감은 이 이야기를 백령농고 교사로 부임한 지 얼마 되지 않은 1975년에 백령농고 교사였던 최경로 선생님(당시 38세, 현재 경기도에 있는 고교 교장), 김형묵 선생님(당시 27세, 현재 동인천중학교 교무주임)한테 들었다고 함.

'3년 고개' 이야기는 1930년에 나온 『조선어독본』(제4권 10과)에 실려 있다. 또, 교수요목기와 제1차 · 제3차 교육과정기의 초등학교 3학년 2학기 국어 교과서와 제5차 교육과정기 초등학교 5학년 1학기 쓰기책에도 실려 있다. 그래서 이 이야기를 모르는 사람은 거의 없다. 그런데 국어 교과서에 실려 있는 내용은 위의 이야기와 조금 다르다. 참고로 1966년에 문교부에서 발행한 초등학교 3학년 2학기 국어 교과서에 실려 있는 「3년 고개」 이야기를 적어 보면 다음과 같다.

옛날 어느 두메에 한 노인이 있었습니다. 어느 날, 장에 갔다 돌아오는 길에, 한 고개를 넘다가 잘못하여 넘어졌습니다.

이 고개는 3년 고개라는 고개인데, 여기서 한 번 넘어지는 사람은, 3년밖에 더 못 산다는 말이 전하여 왔습니다. 노인은 그만 어찌 할 줄 모르고 허둥지둥 집으로 돌아와서, 아내와 아들을 불러 놓고,

"내가 오늘 3년 고개에서 넘어졌다. 나는 이제 3년밖에 더 못살겠구나. 이 일을 어쩌면 좋겠느냐!"

하며 울었습니다. 3년 고개에서 넘어졌다는 말을 듣고, 그의 아내와 아들도 어찌 할 도리가 없어서, 다만 같이 울기만 할 뿐이었습니다.

그러는 동안에, 날이 갈수록 노인의 몸은 점점 약하여져서, 나중에는 밥도 변변히 못 먹게 되었습니다. 의원을 부른다, 약을 쓴다 하였으나, 도무지 효과가 없고, 이제는 죽기만 기다리게 되었습니다.

마침 그 때, 이웃에 사는 한 소년이, 이 말을 듣고 찾아왔습니다. 그는 노인이 누워 있는 방으로 들어가서 문병을 한 후,

"3년 고개에서 넘어지신 것이라면, 그렇게 걱정하실 것은 없습니다. 액을 때우는 좋은 방법이 있으니까요."

하였습니다. 노인은 이 말을 듣고, 자기도 모르게 벌떡 일어나 앉았습니다.

"무어! 액을 때우는 수가 있어?"

"예, 있습니다."

"응, 어떻게 하는 것이냐?"

"아주 쉬운 일이올시다. 3년 고개에 가서서 한 번 더 넘어지시면 됩니다."

"무어! 네가 누구를 놀리느냐? 한 번 더 넘어지면, 나는 그 자리에서 죽고 말라고."

노인은 대단히 화가 나서, 목침으로 소년을 때리려 하였습니다. 소년은

"아니올시다. 잠깐만 참으시고 제 말씀을 들으십시오. 한 번 넘어지면 3년은 살지 않습니까? 그러니까, 두 번 넘어지면 6년이요, 세 번 넘어지면 9년, 네 번 넘어지면 12년, ……. 이런 좋은 방법이 또 어디 있겠습니까?"

노인은 이 말을 듣고 일어나서,

"응, 그렇겠다! 네 말이 참 그럴 듯하다."

하고, 다시 3년 고개로 갔습니다.

고개 위에 올라간 노인은, 함부로 데굴데굴 구르면서 빌었습니다.

"이 구르는 수효대로만 살게 하여 주십시오."

그랬더니 어디선지,

"걱정할 것 없다. 동박삭이도 이 고개에서 6만 번이나 굴렀단다."

하는 소리가 들렸습니다. 이것은 물론 그 소년이 가까이 숨어 있다가 한 말이었습니다. 노인은 그런 줄로 모르고,

"예, 예, 그 동박삭이가, 삼천 갑자 동박삭이가……."

하고 기뻐하며, 그저 자꾸 굴렀습니다.

집으로 돌아온 그 노인은 그 후 3년이 무엇입니까. 매우 오래도록 잘 살았다고 합니다.

백령도에 전해 오는 전설과 국어 교과서에 실린 내용은 3년 고개에서 넘어진 사람이 '선비'와 '노인'으로 다르다. 3년 고개에 가서 더 넘어지면 오래 살 수 있다고 일러주는 사람도 '선비' 자신과 '소년'으로 각기 다르다.

청운의 뜻을 품고 과거를 보러 가던 선비나 장에 갔다 돌아오던 노인은 3년 고개에서 넘어지고 난 뒤에 '3년 고개에서 한 번 넘어지면 3년밖에 못 산다.'는 말을 생각하고, 절망을 느껴 슬피 통곡하고, 병이 나서 자리에 눕는다. 선비나 노인은 '3년 고개에서 한 번 넘어지면 3년밖에 못 산다.'는 말의 이면에 숨어 있는 뜻을 이해하지 못하고, 도식적으로 해석하였기에 절망을 느껴 통곡하고, 병이 난다. 이것은 선비나 노인이 지닌 지혜의 한계 때문이다.

청운의 뜻을 품고 과거를 보러 가던 선비는 3년밖에는 더 살 수 없다는 생각에 통곡하고, 절망에 빠져 몸부림친다. 그러다가 '3년 고개에서 한 번 넘어지면 3년밖에 못 산다.'는 말이 지닌 속뜻을 스스로 깨닫고, 그 자리에서 여러 번 구른다. 그가 스스로 깨달을 수 있었던 것은 그가 공부를 많이 한 선비였기 때문이다. 그러나 노인은 몸이 점점 약해져서 밥도 제대로 먹지

못하는 상황에 이르도록 스스로 깨닫지 못하다가 이웃에 사는 소년의 말을 듣고서야 3년 고개로 가서 수없이 구른다. 여기에는 어떤 사실의 이면에 숨어 있는 깊은 의미는 누구나 깨달을 수 있는 것이 아니고, 공부를 많이 한 선비나 지혜로운 소년만이 깨달을 수 있다. 이러한 깨달음은 공부를 많이 한 선비나 지혜로운 소년이라고 해서 쉽게 얻을 수 있는 것이 아니고, 스스로 고난을 겪거나 다른 사람의 고난을 보고 이를 해결하기 위해 깊이 생각 생각한 뒤에야 얻을 수 있는 것이라는 생각이 바탕에 깔려 있다.

이런 점에서 이 이야기는 어떤 일을 당했을 때 그 일의 표면적인 것만을 도식적으로 해석하여 가볍게 행동할 것이 아니라, 그 일의 이면에 숨어 있는 깊은 뜻을 생각하면서 신중하게 행동할 것을 말해 주고 있다. 이처럼 이 이야기는 삶의 지혜와 살아가는 태도가 어떠해야 하는가를 일깨워 주는 매우 뜻있는 전설이다.

교과서에서는 이 이야기를 다른 각도에서 설명하고 있다. 『조선어독본』(1930년 발행)에서는 이 이야기 끝에 "이 이야기와 같이 예로부터 전해 내려오는 말 중에는 믿지 못할 것이 많은데, 이것을 믿는 것은 미신이며, 미신에 빠지는 것은 문명인의 큰 수치"라고 하였다. 이 교과서는 독립운동기에 일제에 의해 만들어진 교과서임을 생각하면, '이런 전설을 전파·전승해 온 한국인은 미신을 믿은 우매한 민족'이라는 생각을 학생들에게 은연중에 심어 주려는 뜻에서 이런 말을 끝에 적어 놓은 것이 아닌가 하는 생각이 든다.

우리의 손으로 만들은 제1차·제3차 교육과정기의 초등학교 3학년 2학기 국어 교과서의 '3년 고개'의 끝에는 이런 말이 없다. 그러나 '공부할 문제'에는 '우리 고장에 내려오는 이야기 중에 미신에 관계되는 이야기가 없는가 알아보자'는 문제가 있어, 이 이야기를 미신과 관련지어 보는 안목이 남아 있다. 이것은 설화의 의미와 기능을 바르게 이해하지 못한 때문이라 생각한다.

이와 비슷한 이야기가 전남 장성군 장성읍에서도 채록되었는데, 그 내용을 요약하여 적으면 다음과 같다.

옛날에 아들 일곱을 둔 노인이 살았는데, 3년 고개를 넘다가 넘어졌다. 노인이 크게 상심하여 큰아들에게 이 말을 하니, 큰아들 역시 큰일났다고 걱정할 뿐이었다. 둘째아들부터 차례로 불러 어찌하면 좋을가를 물었으나, 둘째부터 여섯째아들 모두 걱정을 할 뿐 다른 말이 없었다. 그런데 일곱째 아들은 이렇게 말했다.

"제가 아버지 오래 살게 해 드릴 터이니 아무 걱정 마시고, 진지 많이 잡수십시오."

그럭저럭 3년이 지나니, 막내아들은 아버지께 3년 고개가 어디인가 함께 가자고 하였다. 3년 고개에 온 막내아들은 아버지께 한 번 더 넘어지라고 하였다. 아버지가 망설이자 막내아들이 말했다.

"아버지, 한 번 넘어지셔서 3년 사셨지 않습니까? 지금 한 번 더 넘어지십시오. 그러면 앞으로 3년은 더 사실 것입니다. 한 번 더 넘어지면 6년을 더 사실 거고요."

이 말을 들은 아버지는 막내아들의 영리함을 칭찬하면서 그 고개에서 수없이 굴렀다고 한다.〈한국구비문학대계 6-8, 48~49쪽.〉

위에 적은 이야기에는 막내아들의 영리함과 효성이 강조되어 나타난다. 그러나 앞에서 말한 것과 같은 의미는 그대로 지니고 있다.

설화가 지닌 깊은 뜻과 기능을 이해할 때, 우리는 그 전설의 전파와 전승에도 힘을 기울일 수 있을 것이다. 우리는 '3년 고개' 전설을 이야기하면서 삶의 지혜를 배우고, 살아가는 태도를 보다 더 신중하게 해야겠다.

5. 바다로 떠 온 왕대를 모신 당개 서낭당

3년 고개를 둘러본 뒤에 백령도의 북동쪽 해변에 위치한 당개의 서낭당으로 향했다. 진촌초등학교 앞에까지 온 백원배 교감은 서낭당의 위치를 대강은 알지만, 한 번도 가본 적이 없어 정확한 위치를 모른다고 걱정하였다. 그 때 백 교감이 전부터 잘 알고 지내는 정길자(여, 48세, 농업) 씨가 지나갔다. 백 교감이 정씨에게 서낭당이 어디에 있는지 아느냐고 물으니, 안다고 하므로 정씨에게 안내를 부탁하였다.

우리는 정씨의 안내를 받아 심청각이 있는 진촌리 뒷산의 중턱에 있는 서낭당을 찾아갔다. 포장되지 않은 좁은 산길로 차를 몰고 가니, 며칠 동안 비가 오지 않았는데도 길에 물이 고여 있어 더 이상 갈 수 없었다. 백 교감과 정길자씨는 차에 있고, 필자와 장장식·변우복 선생은 차에서 내려 부대 쪽으로 100m쯤 가다가 오른쪽 숲속으로 들어갔다. 길에서 50m쯤 떨어진 곳에 작은 집이 있는데, 둘레의 큰 소나무에 빛바랜 오색 천 조각이 걸려 있는 것으로 보아 당집임을 알 수 있었다.

서낭당은 두어 평쯤 되어 보이는데, 벽은 시멘트로 곱게 바르고 옅은 황색 칠을 하였으며, 지붕은 회색 슬레이트를 덮었다. 고동색의 알루미늄으

당개의 서낭당

로 만든 문은 굳게 잠겨 있어서 안을 들여다 볼 수 없었다. 문 오른 쪽 벽에는 '1981년 양 10월 13일 준공'이라고 시멘트 벽면에 쓴 서툰 글씨가 있어, 이 건물의 나이를 알 수 있었다.

서낭당은 백령도의 북동쪽 바다인 '당개'를 바라보고 있는데, 숲이 우거져 바다는 바로 보이지 않았다. 지금 있는 서낭당은 전에 있던 자리에서 조금 옮겨 지은 것이라고 한다. 이 서낭당에는 다음과 같은 이야기가 전해 온다.

옛날에 백령도에 오랫동안 비가 오지 않았대요. 대개 섬은 물이 적습니다. 이걸 백령도 말로 '물이 논다'고 그러죠. 물이 놀아서, 많은 어려움을 겪으니까, 백령도 고을 원님이 기우제를 지냈대요.

여름철에 기우제를 지내고 나서, 진촌리 뒷산너머에 '당개'라는 해변이 있는데, 거기서 술을 마시고, 돼지 머리를 자르려고 하던 중에 이상한 물체가 바닷물로 떠내려 왔습니다. 그런데 그걸 건져 보니까, 왕대나무예요. 보통 대나무를 보던 사람들이 보니 어찌나 크고 잘 자랐는지 깜짝 놀라서 이걸 건져서, 이 대나무로 산에다 조그만 집을 짓고 제사를 지냈어요. 그런데 원님은 그냥 한번 해본 건데, 그 왕대로 조그만 집을 짓자마자 비가 쏟아지기 시작했다고 그래요.

그런데 정직하지 못한 사람, 간음을 하거나, 세상에서 못된 짓을 한 사람이 서낭당 앞을 지날 때에는 발이 그 앞에 딱 붙어 떨어지지 않았답니다. 심지어는 마음씨가 불량한 사람이 말을 타고 지나갈 때도 말발굽이 땅에 붙어 떨어지지 않아서, 제사를 지내고 거기를 지났다고 그럽니다.

한 번은 장연 군수가 백령도에 들렀었는데, 성낭당 근처에 자란 왕대가 탐이 나서 그 왕대로 담뱃대를 만들었답니다. 그런데 그 맘씨 나쁜 군수가 그 왕대를 베어서 담뱃대를 만드는 순간에 엄청난 바람이 불고 비가 오고, 군수는 담뱃대를 만든 그 자리에서 발이 떨어지지 않았답니다. 그래서 무당한테 물어 봤더니, 무당이

"빨리 담뱃대를 버리십시오. 그리고 원 담뱃대를 무십시오."

해서, 그 말대로 하니, 비바람이 멎고, 발이 떨어지더랍니다.

그 뒤로 6·25 전쟁 때 얘기인데, 왕대를 벤 사람은 괴뢰군이거나 국군이거나 그 뒤로 전부 숨졌답니다.

왕대를 모시고 지은 집을 서낭당이라고 하고, 그 앞바다는 당 앞에 있는 바다니까 '당개'라고 했다고 합니다.

채록 일시 : 1995. 8. 25. 오후
구연자 : 백원배(남, 59세, 대졸, 백령중·종합고교 교감)
　　사는 곳 : 인천광역시 옹진군 백령면 북포2리 278번지
　　나서 자란 곳 : 충남 서산군 태안면 남문리 259번지.
채록 장소 : 백령면 진촌리 이화장모텔 301호실
만나게 된 경위 및 채록 상황 : 이 이야기는 함께 간 유영대 교수, 권희정 계장, 현지에 사는 김봉식 씨, 이충용 씨와 함께 앉아 화기애애한 분위기에서 구연한 것이다. 백 교감은 이 이야기를 '추방된 선비가 사랑을 이룬 백령도' 이야기에 이어 구연하였다.
처음 들은 때 및 들려준 사람 : 백교감은 이 이야기를 백령농고 교사로 부임한 지 얼마 되지 않은 1975년에 백령농고 교사였던 최경로 선생님(당시 38세, 현재 경기도에 있는 고교 교장), 김형묵 선생님(당시 27세, 현재 동인천중학교 교무주임)한테 들었다고 함.

위의 이야기는 당개의 서낭당에 얽힌 전설인데, 당신(堂神)에 관한 신화의 성격도 지니고 있다. 위 이야기에서 당개의 서낭당은 비가 오지 않아 어려움을 겪던 이 곳 주민과 고을 원님이 바다에서 떠들어 온 왕대를 신성시하여 집을 짓고 받들어 모심으로써 생긴 것이라고 한다. 이 이야기대로라면, 이 서낭당의 당신은 왕대가 된다. 이곳 서낭신이 된 왕대는 영검하여 비를 갈구하는 이곳 주민들의 소원대로 비를 내려 준다. 그리고 마음씨가 나쁘고 탐욕스런 사람이 이곳을 지나거나 불경스런 행동을 하면, 땅에 발이 붙게 하여 잘못을 깨우치게 하였다.

신령스런 대나무가 바다에서 떠 들어온 이야기는 『삼국유사』 권2에 「만파식적(萬波息笛)」에도 실려 있다. 이를 보면, 신라 31대 신문왕은 '동해 속에 있는 작은 산 하나가 물에 떠서 감은사를 향해 오는데, 물결에 따라 이리저리 왔다 갔다 한다.'는 보고를 받고, 그 산으로 갔다. 왕은 그 산으로 가서 용이 바치는 대나무를 얻어다가 피리를 만들었다. 그런데 이 피리를 불면, 적병이 물러가고 병이 나았다. 가뭄에는 비가 오고, 장마에는 날이 개며, 바람이 멎고 물결이 가라앉았다고 한다. 이 이야기에서 왕은 바다 가운데로 가서 용을 만나 대나무를 받아 온다. 그 대나무는 신이한 능력을 지니고 있었다고 한다.

당개의 서낭당에 모신 왕대나 「만파식적」의 대나무는 신이한 능력을 지니고 있다. 이로 보아 바다에서 떠들어온 대나무를 신이한 것으로 받아들여 신성시하는 의식은 오래 전부터 있었던 것이 아닌가 생각한다.

당개의 서낭당에는 다른 이야기가 전해 오기도 한다.

아주 먼 옛날이죠. 지금 관창동(진촌4리)에 한 선비가 살고 있었대요. 가난한 이 선비는 산기슭에 농사를 지으며 살았는데, 아내와 자식들을 데리고 아주 화목하게 살았답니다.

어느 날, 이 선비 집에 관청에서 손님이 왔다고 그래서 아주 반갑게 맞아 들였지요. 그런데 사실을 알고 보니, 관청에서 온 관원이 아니고, 관원으로 변장을 하고 온 해적이었답니다. 그 관창동이 바닷가 동네니까.

하루는 여러 날 동안 좋은 대접을 받던 손님, 즉 관원으로 가장했던 해적이 관청에서 호출한다고 하면서 선비를 불러서 해변 가로 유인을 했다고 그래요. 그렇지만 선비는 지금의 백령도 사람처럼 지혜가 있었던 모양입니다. 그 선비가 관창동 물가에 나가 보니까 배가 있는데, 해적 배는 좀 달랐답니다. 생긴 게 날카롭고, 또 상당히 빨리 물을 헤칠 수 있는 그런 배이기 때문에, 그가 해적이라는 걸 바로 눈치를 챘어요. 그래서 해적을 그 자리에서 주먹으로 때려서 숨지게 하였답니다.

이 소문이 백령도에서 꼬리를 물고, 임금님이 사시는 데까지 용케 퍼져 올라갔죠. 이 소문을 들은 임금님이

"이 선비를 한번 모셔 와라. 내가 보고 높은 벼슬도 주고, 중한 상도 내리 겠다."

고 했습니다.

명령을 받은 사람이 배를 타고, 마침 날이 좋아서 순풍에 돛을 달고, 지금 관창동 근처 '오리골'이라는 데가 있습니다. 거기로 입항해서 장사인 선비를 찾아 임금님의 뜻을 전했답니다. 선비는 임금님의 명령이니까 아내와 자식들에게 작별 인사를 하고 길을 떠났어요.

선비가 임금님이 보낸 배에 올라서 출발을 할 때, 백령도 특유의 바람이 불고 물결이 심해졌어요. 그래서 선비와 임금님의 심부름으로 온 관원이 배가 전복되는 것과 함께 바다에 수장이 되고 말았답니다.

전해 내려오는 말에 따르면, 떠나기 전에 해신에게 반드시 제사를 지내야 될 텐데, 제사를 지내지 않았기 때문에 오리골 해신이 화가 나서 배를 전복시켰다고 나중 사람들도 해석을 하였고, 당시 사람들도 해신에게 제사를 지내지 않고 떠나 아까운 사람이 죽었다고 아쉬워했답니다.

나중에 임금님이 이 소식을 듣고 슬퍼하면서 당개에 사당을 짓고 매년 백령도 도장(島長)으로 하여금 제사를 지내게 했답니다. 그 사당이 서낭당이고, 서낭당 당집이 있는 곳을 당개라고 불렀답니다.

채록 일시 : 1995. 8. 25. 오후
구연자 : 백원배(남, 59세, 대졸, 백령중·종합고교 교감)
　사는 곳 : 인천광역시 옹진군 백령면 북포2리 278번지
　나서 자란 곳 : 충남 서산군 태안면 남문리 259번지.
채록 장소 : 백령면 진촌리 이화장모텔 301호실
만나게 된 경위 및 채록 상황 : 앞 이야기와 같음. 백 교감은 이 이야기를 앞의 이야기에 이어서 구연하였다.
처음 들은 때 및 들려준 사람 : 앞 이야기와 같음.

위 이야기에서는 백령도에 들어온 해적을 지혜와 용기로 물리친 선비의 넋을 기리기 위해 임금의 명령에 따라 세워진 사당이 이 서낭당이라고 한다. 이 이야기에 따르면, 서낭당의 당신은 해적을 물리친 지혜롭고 용감한 선비의 영혼이다. 지혜롭고 용감한 선비의 영혼은 해신과 함께 백령도를 지키는 당신이 된 것이다.

우리는 당집을 둘러본 뒤에 백령도의 민간신앙을 조사하기 위해 북포리에 사는 무녀 이선옥(가명) 씨를 찾아갔다. 이씨와 여러 가지 이야기를 나누던 중에 당개의 서낭당에 관해 물었다. 이씨는 무녀(巫女)로 지금도 음력 9월 9일에 서낭당에 가서 서낭제를 올리고, 수시로 찾아가서 제를 올리므로, 서낭당이나 서낭제에 관해 누구보다도 잘 알고 있었다.

서낭당 안에는 이 서낭의 주인 격인 서낭님과 애기씨, 관 장군을 모시는데, 이 신들을 위해 옷을 한 벌씩 마련하여 걸어 놓았다고 한다. 정성을 드리는 사람들이 옷을 바치곤 하여 지금은 여러 벌의 옷이 걸려 있다고 한다. 그러니까 옷은 서낭신에게 바치는 예물인 동시에 신체(神體)를 상징한다.

서낭제를 지낼 때 전에는 소를 잡고 굿을 하였으나, 요즈음에는 쇠고기, 떡, 과일, 나물, 술, 사이다, 사탕 등의 제물을 차려 놓고 굿을 하기도 하고, 고사만 드리기도 한다. 제의를 올릴 때에는 단골(신도) 10여 명이 모여서 함

께 지낸다고 한다. 이씨는 당개의 서낭당과 관련된 이야기를 다음과 같이 말했다.

옛날에 당개 인근 마을에 사는 사람의 꿈에 한 노인이 나타나 말했다.

"중국에서 참대통을 타고 애기씨 서낭이 들어왔으니, 어서 가 맞이하여라."

사람들이 바닷가로 나가 보니, 참대통이 울고 있었다. 그래서 그 대통을 모시고 와서 지금의 서낭 근처에 모시고, 나무에 필목을 걸은 뒤에 제사를 지냈다고 한다.

옛날에는 당개로 배가 드나들었다고 한다. 한 번은 중국의 높은 관원이 배를 가지고 당개에 들어왔는데, 떠나려고 하면 바람이 불고, 떠나려고 하면 바람이 불어서 떠나지를 못했다.

여러 날 동안 이곳에 머물던 어느 날 밤에 그 관원이 꿈을 꾸니 한 노인이 나타나,

"네가 고향으로 돌아가고 싶으면, 관원의 띠를 당개의 서낭에 두고 떠나거라."

하였다. 그래서 중국 관원이 띠를 당개의 서낭에 두고 배를 띄우니, 날씨가 아주 좋았다.

관원이 배를 타고 한참 가다가 생각하니, 띠를 두고 온 것이 마음에 걸려 배를 돌려 당개로 와서 띠를 가지고 갔다. 그러자 갑자기 풍랑이 일어 배가 뒤집혀서 모두 죽고 말았다.

채록 일시 : 1996. 8. 18. 오후
구연자 : 이선옥(가명, 여, 62세, 무녀)
　사는 곳 : 인천광역시 옹진군 백령면 북포리
　나서 자란 곳 : 인천광역시 옹진군 백령면 소가을리
채록 장소 : 구연자의 집 거실
만나게 된 경위 및 채록 상황 : 백원배 교감의 안내로 장장식·변우복 선생과 함께 찾아가서 만났다. 백령도 지역의 민간신앙에 관해 조사하던 중 동신신앙을 이야기할 때 조사자가 당개의 서낭당에 관해 전해 오는 이야기를 해 달라고 하자 이씨가 이 이야기를 하였다. 이씨는 조사에 응하고 이야기를 하였으나, 본명을 밝히기를 꺼리므로 가명으로 정리하였다.
처음 들은 때 및 들려준 사람 : 어렸을 때 어른들한테 들었고, 무당이 된 뒤에 신어머니한테도 들었다고 함.

이 이야기 역시 당개로 떠들어 온 대나무를 모신 것이 당개 서낭당의 시초가 되었다고 하고, 당개의 서낭신은 매우 영검하여 서낭신을 공경하지 않는 중국 관원을 벌하였다고 한다.

이씨는 최근에 있었던 일을 이야기하기도 하였다. 수년 전에 군인들이 서낭당 근처에서 토목공사를 하였는데, 자꾸만 중장비가 고장 나고 삽날이 부러지곤 하였다. 군인들이 인근 주민의 말대로 그곳에 제를 올리고 공사를 하니 아무 일이 없었다고 한다. 이것은 아직도 인근 주민들이 당개의 서낭당을 신성시하는 의식이 남아 있음을 말해 주는 것이다.

얼마 전만 하여도 백령도에는 마을마다 서낭당이 있었고, 각 서낭당에서는 그 마을 주민들이 마을의 평안과 풍요를 기원하는 공동의 제사를 지냈다고 한다. 그러나 지금은 서낭당이 모두 없어지고 당개의 서낭당만 남았는데, 제의 역시 간소화되었다고 한다. 백령도는 다른 섬과는 달리 당집이 거의 다 없어지고, 마을 공동의 풍농제(豊農祭)나 풍어제(豊漁祭)도 거의 사라졌으며, 전통의 민속도 거의 다 사라졌다고 한다. 이것은 주민의 약 85％가 기독교인이기 때문이라고 한다. 100여 년 전에 들어온 기독교가 백령도에서 뿌리를 내린 것은 기뻐할 일이지만, 마을 주민의 화합과 단결을 다짐하는 축제의 성격을 띤 행사마저 볼 수 없게 된 것은 퍽 아쉽다.

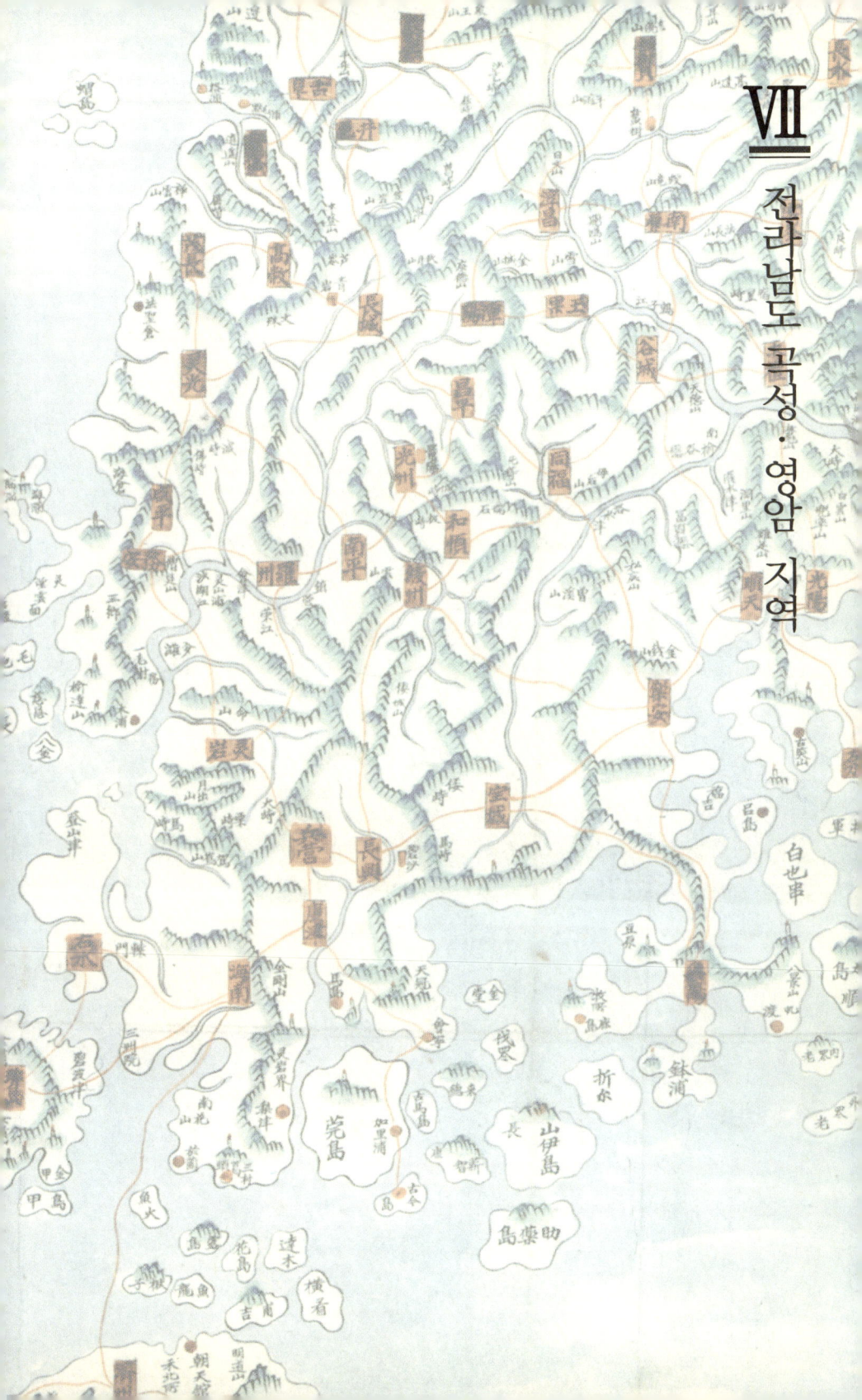

1. 효녀의 발원으로 세워진 관음사

전라남도 곡성군 오산면 선세리 성덕산에 관음사(觀音寺)가 있다. 필자는 한국교원대학교 대학원생들과 함께 전라북도 임실군 오수에 있는 의견비 (義犬碑)를 둘러보고 '의로운 개' 이야기를 들은 뒤에 관음사로 향하였다.

임실에서 순창을 거쳐 옥과를 지나니, 남해고속국도의 광주 기점 약 40km 지점에 있는 옥과 교차로가 나왔다. 남해고속국도를 가로질러 남쪽으로 오니, 29번 국도가 나왔다. 화순 쪽으로 약 2km쯤 가다가 오산을 지나 왼쪽 길로 들어서서 2km쯤 가니 관음사가 나왔다. 도로에는 관음사 안내 표지판이 없어 길을 찾기가 어려웠다. 전북 출신으로 그 쪽 지리를 대강 아는 오전수 선생이 차를 몰고 앞서 가면서 안내를 하였기 때문에 뒤차를 운전하는 필자는 별 어려움 없이 따라갔다.

관음사는 백제 분서왕 4(서기 301)년에 성덕 보살이 전남 벌교에서 금동 관세음보살상을 봉안하여 창건하였고, 고려 공민왕 23(서기 1374)년에 중창 하였다고 한다. 그 후 조선 선조 27(서기 1594)년 정유재란 때 모두 불타고 관음법당인 원통전(圓通殿)만 남았는데, 인조 14(서기 1636)년 이후 세 차례에 걸쳐 복원 중창하였다고 한다. 이 절은 1950년 6 · 25 전쟁 때 모두 불에 탔는데, 1954년 4월 박창훈 주지가 부근에 있던 암자 대온암을 옮겨 원통전을 재건하였다고 한다.

이 절이 생기게 된 내력은 「성덕산 관음사 창건사지(聖德山觀音寺創建寺誌)」에 적혀 있는데, 그 줄거리는 다음과 같다.

충청도 대흥현(大興縣)에 원량(元良)이라는 장님이 외동딸 홍장과 함께 살았다. 홍장은 성품이 착하고 부지런하며, 효성이 지극하여 장님인 아버지를 잘 봉양하였다. 그래서 둘레 사람들은 그녀를 효녀라고 칭찬하였는데, 이 소문은 나라 안은 물론, 중국에까지 널리 퍼지게 되었다.

어느 날, 원량이 밖에 나갔다가 홍법사 화주승 성공 대사를 만나게 되었는데, 성공 스님은 원량을 보고 이렇게 말했다.

"당신과 함께 금강불사(金剛佛事)를 이루었으면 합니다. 부디 큰 시주가 되어 주시오."

이 말을 들은 원량은 크게 놀라며, 자기는 장님으로 가난한 처지이어서 시주가 될 수 없다고 하였다. 그러자 성공 스님이 다시 말했다.

"소승이 금강불사의 원을 세워 지성으로 백일기도를 드렸습니다. 그런데 백일이 되는 어젯밤 꿈에 부처님이 현몽하셔서 '내일 기도를 마치고 길을 나서면 반드시 장님을 만날 터인데, 그는 이번 불사에 큰 시주가 될 것이다.' 하고 말씀하셨으므로, 이렇게 간청하는 것입니다."

원량은 생각다 못해 이렇게 말했다.

"저는 집에 곡식 한 줌 없고, 땅 한 뼘 없는 처지인데, 무슨 수로 시주를 하겠습니까? 다만 저에게 딸린 것이 있다면, 딸자식 하나가 있을 뿐입니다. 이 아이가 불사를 이루는데 도움이 된다면 데리고 가십시오."

성공 대사와 함께 집으로 돌아온 원량은 딸 홍장에게 밖에서 있었던 일을 이야기하였다. 열여섯 살밖에 안 된 홍장은 기가 막혀 슬피 울다가 아버지를 작별하고, 성공 스님을 따라 나섰다.

성덕산 관음사 원통전

성공 스님과 홍장이 길을 가다가 소량포(蘇良浦)에 이르러 잠시 쉬고 있을
때, 중국 배 두 척이 도착하였다. 배에서 내린 사람들은 언덕에 앉아 있는
홍장을 뚫어지게 바라보더니, 다가와 공손히 절하고 말을 하였다.

"우리 황후 마마이십니다."

홍장이 깜짝 놀라 얼굴빛을 고치고 말을 하였다.

"여러분은 어디서 오신 어른이신데, 그런 말씀을 하십니까?"

"저희는 진(晋)나라 사람입니다. 얼마 전에 황후께서 세상을 뜨셨는데,
어느 날 황제의 꿈에 신인(神人)이 나타나 '새 황후는 백제에 탄생하여
장성하였는데, 전 황후보다 더 단정하니 슬퍼하지 말라.' 고 하시더랍
니다. 황제께서는 꿈에서 깨어 날이 밝자 많은 폐백(幣帛)과 금은보화를

내리시고, 관상을 잘 보는 사람과 함께 백제로 가서 황후를 맞이해 오라고 하셨습니다. 지금 뵈오니, 저희 황후 마마가 분명합니다. 저희와 함께 가시지요."

"배에 싣고 오신 폐백을 소녀 대신 이 화주스님께 드리시면, 기꺼이 따라가겠습니다."

이를 본 성공 스님이 크게 기뻐하면서, 홍장에게 말했다.

"모든 것이 부처님의 가호입니다. 소승이 아버님을 잘 보살펴 드릴 터이니 아버님의 일은 염려 말고 가십시오."

이렇게 해서 싣고 온 보물은 모두 홍법사로 가져가게 하고, 홍장은 사신을 따라 진나라로 가서 황후가 되었다.

황후가 된 홍장은 고향과 아버지를 잊지 못하여 많은 공덕을 쌓는 한편, 자신의 원불(願佛)로서 관음성상(觀音聖像)을 조성하여 아침저녁으로 발원하고 모시다가, 고국 백제를 그리는 사무친 마음으로 배에 태워 보내면서 빌었다.

"관세음보살님이시여, 인연 따라 제 고향 백제로 가셔서 그들에게 자비와 지혜를 주시고, 정업을 닦아 소원을 성취하게 하소서."

그 배는 한 달 여를 표류하다가 홀연히 전남 승주의 낙안포(지금의 벌교)에 닿았다. 이곳을 지키는 수비병들이 이 배를 수상히 여겨 수색하려 하니, 스스로 움직여 달아났다.

이 무렵, 전남 옥과현(지금의 곡성군 옥과면)에 사는 성덕이라는 처녀가 우연히 집에서 나와 해변에 이르니, 관음금상을 실은 배 한 척이 다가오고 있었다. 그녀가 관음상을 업고 지금의 곡성군 오산면 선세리 성덕산에 이르니, 그 동안 아주 가볍던 관음상이 무거워져서 더 이상 갈 수가 없었다. 그래서 성덕은 관음상을 그곳에 모시고 관음사를 창건하였는데, 관음보살님이 영험스럽다는 소문이 나서 많은 사람들이 와서 예불기원하였다.

홍장의 아버지 원량은 딸과의 이별이 슬퍼서 눈물로 세월을 보내다가 홀연히 눈을 떴고, 95세까지 복락을 누리면서 여생을 편안히 살았다고 한다. 그리고 홍장으로부터 많은 금은보화를 시주 받은 성공 스님은 홍법사의 큰 불사를 원만하게 수행하였다고 한다.

이 이야기는 조선 영조 5(1729)년에 관음사를 중창하면서 중창기(重創記)에 적어 놓은 것인데, 전남 순천에 있는 송광사에 목판본 사본이 보관되어 전한다. 이 내용은 『조선사찰사료(朝鮮寺刹史料)』에도 수록되어 있다.

이 이야기는 구전되어 오다가 채록되어 최상수의 『한국민간전설집』(서울 : 통문관, 1958)에 수록되기도 하였다. 그 내용을 간추려 적어 보면 다음과 같다.

원량이 어느 마을에 갔다가 홍법사 주지 스님을 만났는데, 그 스님이 원량을 보고, 공양미 50석을 바치고 축수를 하면, 무슨 일이든지 축수한 대로 되고, 눈도 뜰 수 있다고 하였다. 원량은 눈을 뜰 수 있다는 말에 혹하여 공양미 50석을 바치겠다고 약속하였다.

원량의 외동딸 홍장은 바느질 품팔이를 하러 소량포 갯가 마을에 나갔다가 중국 진나라 뱃사람들이 많은 금을 주고 예쁜 색시를 사려고 한다는 말을 듣고, 공양미 50석과 아버지가 먹고 지낼 금은을 받기로 하고, 스스로 몸을 팔았다.

중국 진나라 황제 혜제(惠帝)는 황후를 잃고 슬픔으로 지내다가 꿈속의 지시대로 소량포로 사람을 보내어 여인을 사 오게 하였는데, 그 여인이 바로 홍장이었다. 혜제의 황후가 된 홍장은 아버지와 본국을 잊지 못하여 큰 배에다 관음상을 실어 본국으로 보내게 하였다. 그 배가 닿은 곳이 전남의 바닷가인데, 그 관음상을 모시고 절을 세운 것이 관음사이다. 원량은 부처님께 공양미 50석을 바치고 축수한 공덕으로 눈을 떴다.

위에 적은 이야기는 둘 다 효성이 지극한 홍장이 눈먼 아버지를 위해 스스로 몸을 팔아 중국으로 갔는데, 자기는 황후가 되고, 아버지는 시주를 많이 한 공으로 눈을 뜨게 되었다고 하는 점에서 고소설 「심청전」과 일치한다. 그러나 『한국민간전설집』에 수록되어 있는 이야기가 장님인 원량이 눈을 뜰 수 있다는 말에 가난한 자기의 처지를 생각하지 않고 많은 공양미를 시주하겠다고 약속하고, 이를 안 딸이 공양미를 마련하기 위해 스스로 몸을 판다는 점에서 앞의 이야기보다 더 「심청전」에 근접되어 있다. 『한국민간전설집』에 수록된 이야기는 이 책의 편자인 최상수씨가 1934년에 관음사 주지 스님한테 들은 이야기를 적은 것이다. 당시의 관음사 주지 스님이 문헌에 기록되어 전하는 관음사 연기설화(緣起說話)를 알고 구연한 것인지, 전해 들은 내용을 그대로 구연한 것인지는 알 길이 없다. 그러나 그 내용으로 보아 문헌에 기록된 것과 같은 내용이 구전 과정에서 「심청전」의 내용과 유사하게 변이된 것이라 생각한다. 이것은 관음사가 생긴 내력을 설명하는 연기설화가 문헌에 기록되기도 하고, 구전으로도 전해 왔음을 알 수 있게 해 준다.

이 이야기는 「심청전」과 많은 공통점을 지니고 있어 학계에서는 일찍부터 심청전의 근원설화로 논의되었다. 필자 역시 『심청전 연구』(서울 : 집문당, 1982)에서 이 이야기를 「심청전」의 배경설화로 다룬 바 있다.

관음사는 지금은 원통전과 지장전, 성원당, 사천왕문의 건물밖에 없으나, 전에는 80여 동의 건물이 있는 대가람이었다고 한다. 관음사 아랫마을의 이장 박남기(남, 56세, 고교 중퇴, 농업) 씨의 말에 따르면 전에는 이 절에 항시 거주하는 사람이 많아 절 아래에 있는 학교에 많은 학생이 있었다고 하며, 예불기도를 드리러 오는 사람이 참으로 많았는데, 지금은 전만 못하다고 하였다.

필자 일행이 관음사를 찾아갔을 때, 이 절에 계시는 스님 한 분이 원통전 앞에서 요사(寮舍) 쪽으로 걸어오고 있었다. 필자는 스님께 공손히 인사하고, 관음사 연기 설화를 이야기해 달라고 부탁하였다. 그 스님은 자기는 모른다고 하면서 이 절의 주지인 광민 스님이 엮은 책『심청전의 원형 관음사의 연기 설화』한 권을 건네주었다. 필자는 몇 년을 별러서, 불원천리(不遠千里)하고 이곳을 찾아갔다. 그러나 주지스님이 출타 중이라는 말과 함께 건네준 책 한 권을 들고 돌아설 수밖에 없었다.

관음사 아래 밭에서 일하는 농부를 찾아가 관음사 연기 설화를 들은 적이 있느냐고 물었다. 나이가 꽤 들어 보이는 그 농부 역시 모른다고 하였다. 이장을 찾아가면 알 수 있을 것이라는 그 농부의 말을 듣고, 몇 번 물어서 이장집을 찾아가니, 이장은 집에 없었다. 맥이 빠져 모든 것을 단념하고 해가 진 산길을 내려오는데, 경운기에 짚단을 싣고 올라오는 사람이 있었다. 그분이 이 마을 이장이라기에 다시 차를 돌려 그의 집으로 가서 이장 박남기 씨와 여러 가지 이야기를 나누었다. 그러나 그 역시 관음사 연기 설화는 모른다고 하였다. 그래서 관음사 연기설화가 지금도 구전되고 있는지를 확인하지 못하고 돌아왔다.

설화는 문헌에 기록되는 것도 중요하지만, 입에서 입으로 구전될 때 그 존재 가치를 인정받을 수 있는 것이다. 그런데「관음사연기 설화」는 그 절에 계신 스님도 모른다고 하고, 아랫마을 사람들도 모른다고 한다. 이로 보아 이 설화는 생명력을 잃은 것이 아닌가 생각한다.

전라남도 곡성에서는 이「관음사연기 설화」를 근거로 곡성이 고소설「심청전」의 배경이 된 곳이라고 하면서 2000년부터 '심청축제'를 개최하고 있다. 인천광역시 옹진군에서는 황해도 장산곶과 백령도 두무진 사이의 물살이 센 '인당수'가 실제로 있음과 이 지역에서 고소설「심청전」의 내용과 비슷한「심청 전설」이 오래 전부터 활발하게 전해 오는 점을 들어 백령도가 고소설「심청전」의 배경이 된 곳이라고 하면서 1996년에 심청기념관을 건립하고, 그 후 해마다 심청축제를 열고 있다.

「심청전」의 배경이 된 곳이 어디인가를 논할 때에는 먼저, 작품 속에서 주인공 심청이 나서 자란 곳, 죽은 곳, 죽었다가 살아난 곳이 어디로 나타나며, 이곳들이 실존 지명과 관련이 있는가를 살펴야 한다. 그 다음에 관련 전설이나 인물이 실재하는 곳인가, 중국 왕래하는 선인들이 등장할 만한 곳인가, 사람을 제물로 바치는 습속이나 설화가 있는 곳인가를 검토해야 한다.

필자는 「심청전」의 이본 중 목판본(木板本) 11종, 필사본(筆寫本) 50종, 활자본(活字本) 14종 등 75종의 이본(異本)과 판소리 「심청전」 사설 기록본 14종을 검토해 보았다. 그 결과 대부분의 이본에서 심청이 태어나서 자란 곳은 '황해도 황주'로 되어 있다. 그리고 물에 빠져 죽은 곳과 살아난 곳은 '인당수(또는 임당수)'로 되어 있다. 이들 중 전라도 지역을 배경으로 한 이본이나 판소리 창본(唱本)은 하나도 없었다. 이로 보아 작품에서 심청은 황해도 황주에서 태어나 자라서 장산곶과 백령도 두무진 사이에 있는 인당수(임당수)에서 죽었고, 용궁에 갔다가 연꽃을 타고 떠올라 조류를 타고 조금 남쪽을 떠내려 와서 바위에 걸렸다가 선인들에게 발견되었다. 이것은 백령도를 비롯한 황해도 지역에서 전해 오는 「심청 전설」과도 일치한다. 또 백령도는 예로부터 중국을 왕래할 때의 중간 기착지(寄着地) 역할을 하였다. 이렇게 볼 때 남한 지역에서 「심청전」의 배경이 된 곳을 찾는다면 백령도 지역을 꼽을 수 있다. 「관음사연기 설화」는 고소설 「심청전」의 배경설화로 「심청전」 형성에 영향을 끼쳤을 것이라는 점은 인정할 수 있다. 그러나 이를 근거로 곡성이 「심청전」의 배경이 된 곳이라는 것은 타당성을 인정할 수 없다.

2. 처녀의 선행과 덕진다리

전라남도 영암군 덕진면과 영암읍 사이를 가로질러 흐르는 덕진천에 왕복 4차선의 덕진교(德津橋)가 있다. 이 덕진교 10m쯤 위쪽에 옛날에 건너다니던 다리의 흔적으로 보이는 큰 돌 몇 개가 냇바닥에 박혀 있다. 지금은 강어귀둑[河口堰] 공사를 하여 영산강 물이 올라오는 일이 별로 없지만, 전에는 영산강 물이 덕진교 위쪽에 있는 산 밑까지 차올라 오곤 하여 통행에 어려움이 많았다고 한다. 이 옛 다리에는 다음과 같은 두 가지 전설이 전해 온다.

통일 신라 시대에 '덕진' 이라는 처녀가 지금의 덕진교 앞의 원(오늘날의 주막과 같은 집)에서 남의집살이를 하였답니다. 착하고 부지런한 그녀는 원에 들르는 사람들을 친절하게 보살피는 한편, 돈이 없어 먹을 것과 잠자리를 얻지 못하는 사람을 잘 도와주어 인근 사람들의 칭송을 받았다고 합니다. 그녀는 원 앞에 있는 덕진천에 다리가 없어 오가는 사람들이 큰 불편을 겪는 것을 보고, 거기에 다리를 놓아야겠다고 생각하고, 열심히 저축을 하였답니다. 그러던 어느 날, 그녀는 갑자기 병을 얻어 죽었다고 합니다.

그 후 영암 원님이 새로 부임하였는데, 부임 첫날밤 꿈에 소복을 한 여인

영암 덕진교—콘크리트로 놓은 다리 위쪽 냇바닥에 돌을 박은 덕진교의 옛 자취가 있다.

이 나타나 말을 하더랍니다.

"저는 원에서 일을 하던 '덕진'이란 처녀인데, 여기에 다리를 놓는 것이 평생 소원이었습니다. 그래서 돈을 저축하였는데, 다리를 놓기 전에 죽어서 저승으로 왔습니다. 제가 모아 놓은 돈이 다리 놓기에 좀 부족하겠지만, 사또께서 좀 보태어 제 소원을 풀어 주시기 바랍니다."

사흘 동안 똑같은 꿈을 꾼 원님이 관졸을 데리고 꿈에 나타난 처녀가 말한 곳에 가 보니, 과연 돈이 든 항아리가 땅속에 묻혀 있었습니다. 300냥이나 되는 큰 돈이었습니다. 원님은 그 처녀의 소원대로 그 곳에 다리를 놓고, 다리 이름을 '덕진다리'라고 하였다고 합니다.

채록일시 : 1996. 10. 25.

구연자 : 김병만(남, 76세, 초졸, 농업)
　사는 곳 : 전남 영암군 덕진면 덕진리 75-1
　나서 자란 곳 : 전남 영암군 덕진면 덕진리 195-3
만나게 된 경위 및 채록 상황 : 현직 교사로 한국교원대학교 대학원에 재학하고 있는 이준현, 김남정 선생과 함께 이
　곳에 가서 이 마을 노인회장인 구연자를 만나 이 이야기를 들었다. 구연자 김씨는 이 이야기를 구연한 뒤에 필자
　일행을 데리고 덕진다리로 가서 옛 모습을 설명해 주고, 마을 공동으로 덕진제를 지내는 이야기도 해 주었다.
처음 들은 때 및 들려준 사람 : 어렸을 때 어른들한테 들었고, 여러 번 구연하였다고 함.

위 이야기에서 덕진이라는 처녀는 그곳을 통행하는 사람들의 불편을 덜
어 주기 위해 덕진천에 다리를 놓으려고 마음먹고, 살았을 때에는 저축을
하고, 죽은 뒤에는 원님께 도움을 청하여 소원을 이루었다고 한다. 살았을
때는 물론, 죽어서까지도 남을 도우려는 덕진의 넓은 마음과 정성은 정말
감동적이다.

덕진면 사무소에서 영암읍으로 가려면 새로 놓은 덕진교를 건너야 하는
데, 덕진교 건너기 전 20m쯤 위쪽에는 옛 다리를 놓는 데에 공이 큰 덕진 여
사의 공덕을 기리는 비석이 있다. 비각(碑閣) 안에 있는 비석에는 '대석교 창
주 덕진지비(大石橋創主德津之碑)'라고 쓰여 있었다. 이것은 덕진 여사의 덕을
기리는 마음이 오늘까지도 이어지고 있음을 말해 준다.

우리를 안내한 김병만 씨의 말에 따르면, 덕진면에서는 전부터 매해 단
오절에 덕진 여사의 공덕을 기리는 '덕진제(德津祭)'를 올린다고 한다. 몇 년
전에 덕진제를 2년 간 지내지 않은 적이 있는데, 그 해에 덕진교에서 몇 건
의 사고가 있었다. 그래서 요즈음에는 영암군수 또는 덕진면장이 초헌관이
되고, 덕진노인회장이 아헌관, 마을 유지가 종헌관이 되어 거르지 않고 덕
진제를 지낸다고 한다.

덕진다리에는 위에 적은 것과는 좀 다른 이야기가 전해 오기도 한다.

덕진교는 많은 사람이 통행하는 중요한 길목인데, 옛날에 '덕진'이라는
처녀가 그 길목에서 주막을 하였답니다. 그 처녀는 자기 집에 오는 손님을
친절하게 대하고, 돈이 떨어진 사람에게는 돈을 받지 않고 재워주고 먹여

덕진교를 처음 놓은 덕진 여사의 덕을 기리는 비석이 비각 안에 있다.

주었으며, 노잣돈을 보태주기도 하였답니다. 그러면서 그곳에 다리를 놓겠다는 생각으로 한 푼 두 푼 저축을 하였답니다.

어느 해에 영암에 원님이 새로 부임하였는데, 그는 탐관오리(貪官汚吏)였답니다. 그가 갑자기 세상을 떠났는데, 저승사자를 따라 염라대왕 앞에 가서 심판을 받게 되었답니다. 염라대왕이 그를 보고 큰 소리로 말했습니다.

"너는 형편이 좋은 놈인데도 더 잘 살기 위해서 백성들의 고혈을 빨아먹고, 덕을 베풀지는 않은 것 같다."

"아닙니다. 저도 좋은 일을 많이 하였습니다."

"그래! 네가 이승에서 얼마나 덕을 베풀었는가는 저승 창고의 재물을 보면 알 수 있다. 함께 저승 창고에 가보자."

염라대왕이 원님을 데리고 창고에 가보니, 그의 창고는 텅 비어 있더랍니다. 염라대왕은 그에게 말했습니다.

"자, 봐라. 네 창고는 텅 비어 있지 않느냐? 그 옆에 있는 것은 너의 동네에 사는 '덕진' 이라는 처녀의 창고이다. 그녀는 너보다 가난하고 어렵게 살지만, 착한 일을 많이 하여 이렇게 창고가 가득 차 있다. 너는 아직 수명이 다하지 않았는데, 하도 포악한 짓을 많이 해서 잡아왔다. 너 어떻게 좋은 일을 하겠느냐?"

"예, 덕진 처녀의 창고에서 돈을 좀 빌려주십시오. 살려만 주신다면 반드시 갚겠습니다. 그리고 좋은 일을 많이 하겠습니다."

다시 살아난 원님은 염라대왕과의 약속대로 덕진을 찾아가 저승에서 꾼 재물을 갚고, 착한 일을 많이 하였답니다. 꾸어 준 적이 없는 돈을 받을 수 없다고 사양하던 덕진은 할 수 없이 원님이 주는 돈을 받았습니다. 그녀는 그 돈을 남을 위해 쓰기로 하고, 소원대로 덕진천에 다리를 놓았답니다. 사람들은 덕진의 착한 마음을 기리기 위해 다리 이름을 '덕진다리[德津橋]'라고 하였다고 합니다.

채록 일시 : 1996. 10. 25.
구연자 : 김희규(남, 54세, 대졸, 영암문화원장)
　나서 자란 곳 및 사는 곳 : 영암군 영암읍 개신리 산98-1
만나게 된 경위 및 채록 상황 : 영암문화원으로 찾아가서 문화원장인 구연자를 만나 덕진다리 전설을 비롯한 몇 가지 이야기를 들었다. 영암문화원장실에서 문화원 사무국장 김정희 씨, 함께 간 이준현·김남정 선생과 함께 앉아 우호적인 분위기에서 들었다.
처음 들은 때 및 들려준 사람 : 어렸을 때 어른들한테 들었음.

이 이야기는 제6차 교육과정기부터 지금까지 초등학교 6학년 2학기 국어교과서에 「저승에 있는 곳간」이란 제목으로 실려 있다. 이 이야기에는 좋지 않은 여건에서 고된 일을 하면서도 불쌍한 사람, 어려움에 처한 사람을 돕던 덕진 여사의 착한 마음이 잘 나타나 있다. 또 남을 돕고, 착한 일을 하면 그 선행이 반드시 저승에 기록되어 죽은 후에 그 상을 받게 된다는 의식이 나타나 있다. 이 이야기를 들으며 필자는 '나의 저승 창고에는 얼마만큼의 재물이 쌓여 있을까?'를 생각해 보았다.

이와 비슷한 이야기가 경북 안동 지방의 '연미사(燕尾寺)'와 관련되어 전해 온다. 이 이야기에서는 원에서 일하는 '연이'라는 처녀를 사모하는 인색한 부자의 아들이 갑자기 죽어 저승에 갔다가 연이의 창고에서 재물을 꾸어 인정을 쓰고 돌아와 연이에게 저승에서 꾼 돈이라며 많은 돈을 준다. 연이는 이 돈을 부처님을 위해 쓰리라 마음먹고, 석불 위에 큰 법당을 짓도록 하였다. 법당을 짓던 마지막 날, 기와를 덮던 기술자가 실족하여 높은 지붕에서부터 떨어졌다. 기와공의 몸은 기왓장 깨지듯 산산조각이 되었고, 혼은 제비가 되어 공중으로 날아갔다. 그래서 그 절을 '제비사(燕飛寺)' 또는 '연미사(燕尾寺)' 라고 하였다고 한다. 그리고 연이가 일하던 원을 '제비원' 또는 '연비원' 이라고 불렀다고 한다. 연이는 38세에 처녀의 몸으로 세상을 떠났는데, 그가 죽던 날 커다란 바위가 두 쪽으로 갈라지면서 지금과 같은 돌부처가 생겼다고 한다.

이와 비슷한 이야기는 제주도 지방의 무가(巫歌) 「세민황제본풀이」, 고소설 「당태종전」에도 전해 온다. 이러한 이야기를 통하여 한국인의 영혼관(靈魂觀)과 내세관(來世觀), 선악(善惡)에 대한 관념의 일면을 알 수 있다.

3. 파랑새가 그린 무위사 벽화

전라남도 강진군 성전면 월하리의 월출산 남쪽 자락에 무위사(無爲寺)가 있다. 무위사는 신라 진평왕 39(617)년에 원효대사가 창건하고 관음사(觀音寺)라 하였다. 그 후 헌강왕 원년(875)에 도선 국사(道詵國師)가 중창하여 절 이름을 갈옥사(葛屋寺)로 고쳤다. 고려 정종 원년에 선각 대사(先覺大師)가 세 번째로 고쳐 짓고 모옥사(茅屋寺)로 개명하였다. 그 후 조선 명종 10(1555)년에 태감 선사(太甘禪師)가 네 번째로 고쳐 짓고 이름을 무위사라고 하여 지금까지 부르고 있다.

무위사 경내에 조선 세종 12(1430)년에 지은 극락전(極樂殿)이 있다. 극락전은 국보 제13호로 지정되었는데, 중앙에 삼존을 안치하고, 후불벽 양 측면에는 성종 7(1476)년에 그린 벽화가 있다. 이 벽화에는 다음과 같은 전설이 전해 온다.

이 건물이 1430년 같으면 지금이 1996년이잖습니까. 거의 한 566년이죠. 이 건물이 완공되고 나서 벽화는 한 40년 이상 세월이 흐른 뒤에 벽화를 그리게 되었거든요. 40년 이상을 기다린 것은, 벽화가 전부 흙에다가 벽화를

무위사 극락전

그렸거든요. 완전히 흙이 마르지 않은 상태에서 그림을 그리면은 진흙의 수분이 밖으로 배어나오죠. 그래서 수분이 완전히 마르기를, 우리 조상들은 40년 이상 세월이란 기다려서, 이제

　'지금은 그림을 그려도 어떤 수분이라든지 이런 것이 그림에 전혀 장해가 없다.'

이렇게 생각해서 그림을 그릴 때 쯤 돼서 그 전설이 전해져 내려 오거든요.

　그 어떤 노승이 와서, 당신께서 이 벽화를 그릴 테니까, 절대 단 100일 동안 자기가 안에서 기도드리면서 벽화를 그리는데, 절대 문을 열어보지 말라고 이렇게 당부를 하고 들어가서 작업을 했답니다. 그런데 여기 있는 스

극락전의 벽화

님들이 궁금증을 참지 못해서 99일째 되는 날, 하루를 남가 놓고

"어떻게 밥도 안 묵고 그림을 그리고 있을까."

이렇게 문구멍으로 보니까, 그림을 그리겠다는 노스님은 보이지 않고 파랑새, 극락조가 입에 붓을 물고 막 관세음보살님의 눈동자를 점안(點眼)하려고 하는데, 파랑새가 인기척에 놀라서 날아가 버렸다고 그라거등요.

그래 여기 보면은, 모든 작품들이 다 완성됐는데, 여기 보면은 가운데 분이 아미타 부처님, 이쪽 서쪽에 계신 분이 지장보살님, 두 분 우측 동쪽에 계시는 분이 관세음보살님. 그래 중간에 보면은 나머지 부처님이랑 지장보살님은 눈동자가 선명하거등요. 그런데 관세음보살님은 눈동자가 거의 흐릿해요. 그래 그 하루 분을 완성하지 못했다는 것이 관세음보살님 눈동자를 그리지 못했다고 그러거든요.

채록 일시 : 1996. 10. 25. 오후
채록 장소 : 월출산 무위사 극락전 앞

구연자 : ○○ 스님(남, 34세, 대학 졸업)
만나게 된 경위 및 채록 상황 : 한국교원대학교 대학원에 재학 중인 이준현, 김남정 선생과 함께 이곳을 찾아가서 경
내에서 만난 스님께 이야기를 청하였다. 스님께서는 흔쾌히 허락하시고, 극락전 앞에서 이 이야기를 구연하였다.

위 이야기에서 이 절의 스님들은 '100일 동안 방문을 열어보지 말라.' 는 금기를 어겼기 때문에 벽화는 미완성이 되고 말았다. 법력이 높은 노승이 파랑새로 변하여 그림을 그리는 것은 비밀스러운 일로 사람들이 보아서는 아니 된다. 그러나 이 절의 스님들은 궁금증을 참지 못하여 99일째 되는 날 방문을 열고 들여다보고 말았다. 이 절의 스님들이 하루를 더 기다리지 못하고 금기를 파기하였기 때문에 관세음보살님의 눈동자는 제대로 그리지 못하였다.

불교 설화에서 법력이 높은 스님이나 부처님이 파랑새로 변하여 신이한 일을 행하는 것은 흔히 있는 일이다. 이 이야기에서 99일을 기다린 스님들이 하루를 더 기다리지 못하고 방문을 연 것은 인간의 인내의 한계를 드러낸 것이다. 여기에는 백을 완성의 수, 성숙된 수로 생각하는 한국인의 의식이 바탕에 깔려 있다.

4. 오이를 먹고 낳은 도선 국사

월출산 둘레에는 예로부터 명당이 많다고 전해 왔다. 그 중 전라남도 영암군 군서면 동구림리 일대는 명당이어서 비범한 인물이 이어서 태어났다고 전해 온다. 이곳 구림(鳩林) 성기골(聖基洞)에서는 백제 근초고왕 때의 학자로 『논어(論語)』와 『천자문(千字文)』을 일본에 전하고, 일본 문화에 큰 영향을 끼친 왕인(王仁) 박사가 태어났다. 그리고 신라 말기에는 도가 높고 풍수지리에 밝았다는 승려 도선 국사(道詵國師) (827~898)가 태어났다. 고려 초에는 태사(太師)가 된 최지몽(崔知夢) 선생이 태어났다고 한다. 이곳은 지금 왕인 박사 유적지로 조성되었다.

월출산 아래 서남쪽 주지봉(朱芝峰) 기슭에 위치한 구림 성기골은 남과 북양편으로 동산이 길게 뻗어 쌍룡을 연상하게 하는데, 동서로는 확 터져 있다. 주지봉에서 성기골 동산 절벽을 타고 맑은 물이 흘러 내를 이루어 서호강으로 흐른다. 이 내를 성천(聖川)이라고 한다. 성천에는 '聖川'이라고 크게 새긴 바위가 있고, 그 아래에 '槽嵓'이라고 새긴 바위가 있다. 이 지역에서는 예로부터 3월 3일에 성천에서 물을 마시고, 구유바위(槽嵓)에서 목욕을 하면 왕인과 같은 훌륭한 사람을 낳는다 하여 그대로 하는 풍습이 있다고 한

도선 국사의 어머니가 겨울철에 빨래를 하다가 떠내려오는 참외를 먹었다는 성천

다. 지금은 이 일대를 왕인 박사 유적지로 조성하였으므로, 그 안에 있다.

도선 국사의 탄생과 관련된 이야기를 무위사 스님은 다음과 같이 이야기 하였다.

전설에 의하면 하루는 도선 국사의 엄마 되는 사람이, 처녀가 냇가에서 빨래를 빨고 있는데, 참외가 하나 떠내려 오드랍니다. 그래서 그 참외가 참 맛있겠다 싶어서 참외를 먹었는데, 그걸 먹고 나서부터 태기가 있어서, 때 가 돼서 애기를 낳았는데, 처녀가 애기를 노니까 부끄럽고, 또 앞으로 장래 에 어떤 시집도 몬 갈 것 같아서 애기를 버렸대요.

근데 며칠 지나서, 그래도 버렸지만, 부모, 엄마 입장에서 어떻게 됐나 굉장히 궁금할 거 아입니까? 그래서 '인제 죽었겠지.' 싶어서 가보니까, 까마귀떼들이 품어 안고 먹이를 날라주고. 그래서 애기가 전혀 죽지 않고 싱싱하게 잘 크고 있어서,

'아, 이 아기는 신이 나한테 준 아이구나!'

해서 다시 와서 잘 키웠대요. 그래서 까마귀 '구', 품을 '릉' 그래서 구릉촌 이라고 한 대요.

채록 일시 : 1996. 10. 25. 오후
채록 장소 : 월출산 무위사 극락전 앞
구연자 : ○○ 스님(남, 34세, 대학 졸업)
만나게 된 경위 및 채록 상황 : 한국교원대학교 대학원에 재학 중인 이준현, 김남정 선생과 함께 이곳을 찾아가서 경내에서 만난 스님께 이야기를 청하였다. 스님께서는 흔쾌히 허락하시고, 극락전 앞에서 무위사 극락전 벽화에 관한 이야기를 구연한 뒤에 이어서 이 이야기를 구연하였다.

위 이야기에서 도선 국사의 어머니는 성천에서 빨래를 하다가 떠내려 오는 참외를 먹고 임신하여 도선을 낳았다고 하였다. 이 이야기가 『신증동국여지승람(新增東國輿地勝覽)』 제35권 영암 고적 조에는 다음과 같이 기록되어 있다.

신라 사람 최씨가 있었는데, 정원 안에 열린 외 하나가 길이가 한 자나 넘어 온 집안 식구가 퍽 이상히 여겼다. 그런데 최씨집 딸이 몰래 그것을 따 먹었더니, 이상하게 임신이 되어 달이 차서 아들을 낳았다. 그의 부모는 그 애가 사람 관계없이 태어난 것이 미워 대숲에다 내버렸다. 두어 주일 만에 딸이 가서 보니, 비둘기와 수리가 와서 날개로 덮고 있었다. 돌아와 부모께 고하니 부모도 가서 보고, 이상히 여겨 데려다가 길렀다. 자라자 머리를 깎고 중이 되었는데, 이름을 '도선(道詵)'이라 한다.

앞의 구전 설화에는 도선 국사의 어머니의 성이 나타나지 않는데, 『신증동국여지승람』에는 최씨라 하였다. 앞 이야기에서는 처녀가 빨래를 하다가 떠내려 오는 참외를 먹고 임신하였다고 하였는데, 뒤의 이야기에서는

정원 안에 열린 오이를 따먹었다고 하여 차이를 보인다.

이와 비슷한 이야기가 전남 화순 출신으로 송광사 제2대 조사(祖師)가 된 진각 국사(眞覺國師)와 관련되어 전해 오기도 한다. 진각 국사의 어머니는 겨울철에 '차천(車泉)'으로 물을 길러 갔다가 샘에 떠 있는 오이를 먹고 임신하여 진각 국사를 낳았다고 한다.

처녀가 오이를 먹고 임신하여 아들을 낳았다고 하는 것은 햇빛에 의한 임신(日光懷妊), 이상한 물체와의 접촉에 의한 회임과 함께 비범한 인물의 출생담에 자주 쓰이는 모티프이다. 여기서 오이는 남성을 상징한다고 볼 수 있다.

도선은 풍수지리설(風水地理說)을 깊이 연구하였다고 전해 오는 인물이다. 풍수지리설은 신라 말부터 일반 백성에게 퍼지기 시작하여 조선 시대에는 민간 신앙의 형태로 민중의 의식 속에 자리 잡게 되었다. 이에 따라 도선 국사와 풍수지리설을 연계시킨 이야기가 많이 전해 온다. 도선은 중국에 간 적이 없는데도 당나라 일행 선사(一行禪師)에게 지리법을 배워 가지고 와서 산을 답사하고 물을 보는 데 신령스러움이 많았다고 한다. 또 도선이 왕건의 개성 집터를 잡아주고, 왕건의 출생을 예언하였다고 한다. 이러한 것은 사실에 근거한 것이기보다는 인물 전설로 전해 오는 것이다. 무위사 스님이 이야기해 준 도선과 관련된 풍수담 하나를 더 적어보겠다.

도선 국사가 굉장히 일찍 출가를 해서 모든 걸 깨우치고, 도가 터지고, 부수적으로 땅을 보고, 풍수에도 그런 것이 트여 가지고, 자기 어머니가 돌아가셨는데,
  '우리 어머니 시집도 못가고 나 때문에 고생 고생했는데, 천하의 명당에다가 자리, 묘 터를 잡아서 편하게 해줘야지.'
해서 월출산의 가장 명당자리에 어머니 묘를 세웠대요. 근데 며칠 지나지

않아서 하늘에서 벼락이 쳐서 그 어머니 묘를 산산조각을 냈대요. 고승, 그러니까 깨어난 스님 입장에서 다시 묘 터를 잡고 할 수 있지만,

　'아, 하늘이 허락하지 않는구나. 내가 다른 데 할 수 있지만, 이 임자는 따로 있구나. 내가 아무리 뛰어난 중이라고 하지만, 내 대에 덕을 못 쌓고, 엄마도 덕을 적게 쌓았기 때문에 하늘이 허락하지 않는구나. 적덕이 없기 때문에 안 되는구나!'

해서 그만 뒀다고 그러거든요. 명당이란 게 때가 있고, 시가 있고, 운이 맞아야지 명당의 임자가 발복을 한다고 볼 수 있거등요.

　위 이야기에서 풍수지리에 밝은 도선 국사는 어머니를 명당에 모시려고 하였으나 실패하였다고 한다. 명당은 풍수를 아는 사람이 찾아주어도 생전에 선행을 많이 한 사람이 아니면 그 자리에 묻힐 수 없다. 도선은 어머니나 자기가 큰 덕을 쌓지 못하였으므로 명당을 차지할 수 없음을 알고 또 다른 명당 잡는 일을 그만두었다고 한다. 이 이야기에는 한국인의 명당에 대한 의식, 절제하면서 세상의 이치에 순응하며 살아야 한다는 의식이 나타나 있다.

5. 벼락으로 생긴 월출산 구정봉

전라남도 영암군 남부 지역에 병풍처럼 둘러쳐져 있는 월출산은 예로부터 명산이라 일컬어 왔다. 둥근달이 동쪽 하늘에서 떠오르면 맨 먼저 이 산에 비친다 하여 월출산이라 한다. 이 산을 백제 때에는 '월나산(月奈山)'이라 하였고, 고려 때에는 '월생산(月生山)'이라 하였는데, 뒤에 다시 '월출산'으로 고쳐 오늘에 이르고 있다. 속설에 '외화개산(外華蓋山)'이라 하기도 하고, '작은 금강산' 또는 '조계산(曹溪山)'이라고도 한다.

예로부터 많은 시인들이 월출산의 빼어난 경치를 보고, 경탄하는 시를 지었다. 고려 명종 때의 학자이며 시인인 김극기(金克己)는 "월출산의 많은 기이한 모습을 실컷 들었는데, 그늘지고 개이며 추위와 더위가 모두 서로 알맞도다(飽聽月山多異姿 陰晴寒署摠擔宜)."라 하였다. 조선 초기의 매월당 김시습도 월출산의 빼어난 풍경을 노래하였다. 월출산의 최고봉인 천황봉은 해발 809m인데, 여기에 오르면 남쪽으로 다도해의 아름다운 풍경이 펼쳐져 보인다.

월출산에는 구정봉(九井峰)이 있다. 『신증동국여지승람(新增東國輿地勝覽)』 제35권 영암 산천 조에는 이곳을 다음과 같이 기록하였다.

월출산 구정봉

　구정봉은 월출산의 최고봉이다. 꼭대기에는 바위가 우뚝 솟았는데, 높이가 두 길이나 된다. 곁에 한 구멍이 있는데, 그 편평한 곳이 오목하고 물이 담겨 있는 동이 같은 곳이 아홉이 있어 구정봉이라 이름 붙인 것이다. 가물어도 그 물은 마르지 않는다. 속설에는 아홉 용이 그 곳에 있다고 한다.

　위 기록에 나타난 바와 같이 구정봉에는 물이 담긴 동이와 비슷한 바위가 아홉 개나 있는데, 가뭄에도 물이 마르지 않는다고 한다. 바위의 형상이 특이할 뿐만 아니라 신령스런 분위기를 느끼게 한다. 이런 바위가 생겨난 내력을 설명하는 전설은 다음과 같다.

　월출산 최고봉은 천왕봉이거등요. 근데 천왕봉은 등산해 보면 거의 밋밋하고, 볼 것이 없고, 단지 정상에서의 어떤 조망(眺望), 이것이 뛰어나다

뿐이지, 실질적으로 구정봉 그 근처의 바위가 가장 기이하고 아름답죠.

월출산 구정봉이 구정봉이라 지어진 이유는 삼국 시대 때 고구려 · 백제 · 신라, 여기는 백제 땅이죠. 한창 전쟁, 삼국 처음부터 끝까지 거의 서로 땅 따먹기잖습니까. 영토 싸움. 그래 여기는 백제이기 때문에 백제 장수가 여기서 있었죠. 그런데 백제 장수가 신통력이 있어서, 장군 같으면 전쟁에 나가서 직접 싸우고 그렇게 해야 되는 것이 원칙이지 않습니까, 보통.

근데 그 장수는 자기가 신통력이 있다는 그 신통력을 믿고 밤낮으로 월출산 구정봉에서 선녀들이랑 희롱하고 놀고. 그리고 저녁에 신통력으로 신라 장군, 고구려 장군, 이렇게 잡아와서 죽이니까, 하늘에 옥황상제가 이렇게 보고

"인간인 주제에 너무 건방지다. 장군 같으면 전쟁에 나가서 싸워야지. 자기 신통력 하나 믿고 저렇게 거만하게 선녀들이랑 희롱하고, 너무 보기 싫다."

해서 벼락을 아홉 번 때려가지고 그 장군을 죽였대요. 그래 실질적으로 구정봉에 벼락친 아홉 개의 우물이 생겨 가지고 그래서 구정봉이라 합니다. 아직도 구정봉에 아홉 개 있는걸로 알고 있습니다.

채록 일시 : 1996. 10. 25. 오후
채록 장소 : 월출산 무위사 극락전 앞
구연자 : ○○ 스님(남, 34세, 대학 졸업)
만나게 된 경위 및 채록 상황 : 한국교원대학교 대학원에 재학 중인 이준현, 김남정 선생과 함께 이곳을 찾아가서 경내에서 만난 스님께 이야기를 청하였다. 스님께서는 흔쾌히 허락하시고, 극락전 앞에서 무위사 극락전 벽화에 관한 이야기, 도선 국사의 출생담과 어머니 묏자리 잡기 이야기 등을 구연한 뒤에 이어서 이 이야기를 구연하였다.

위 이야기에서 옥황상제 즉 하느님은 오만불손한 백제 장수를 벌하기 위해 아홉 번 벼락을 때렸는데, 그 결과 구정봉의 기묘한 바위들이 생겼다고 한다. 이 이야기에서 구정봉의 기묘한 바위들은 신이 만든 작품이라고 한다. 신이 만든 작품이 아니고는 이렇게 기묘(奇妙)한 형상의 바위가 생길 수 없다는 의식을 드러내면서 백제, 신라, 고구려가 영토 싸움을 벌이던 역사적 사실과 관련지은 것이 매우 흥미롭다.

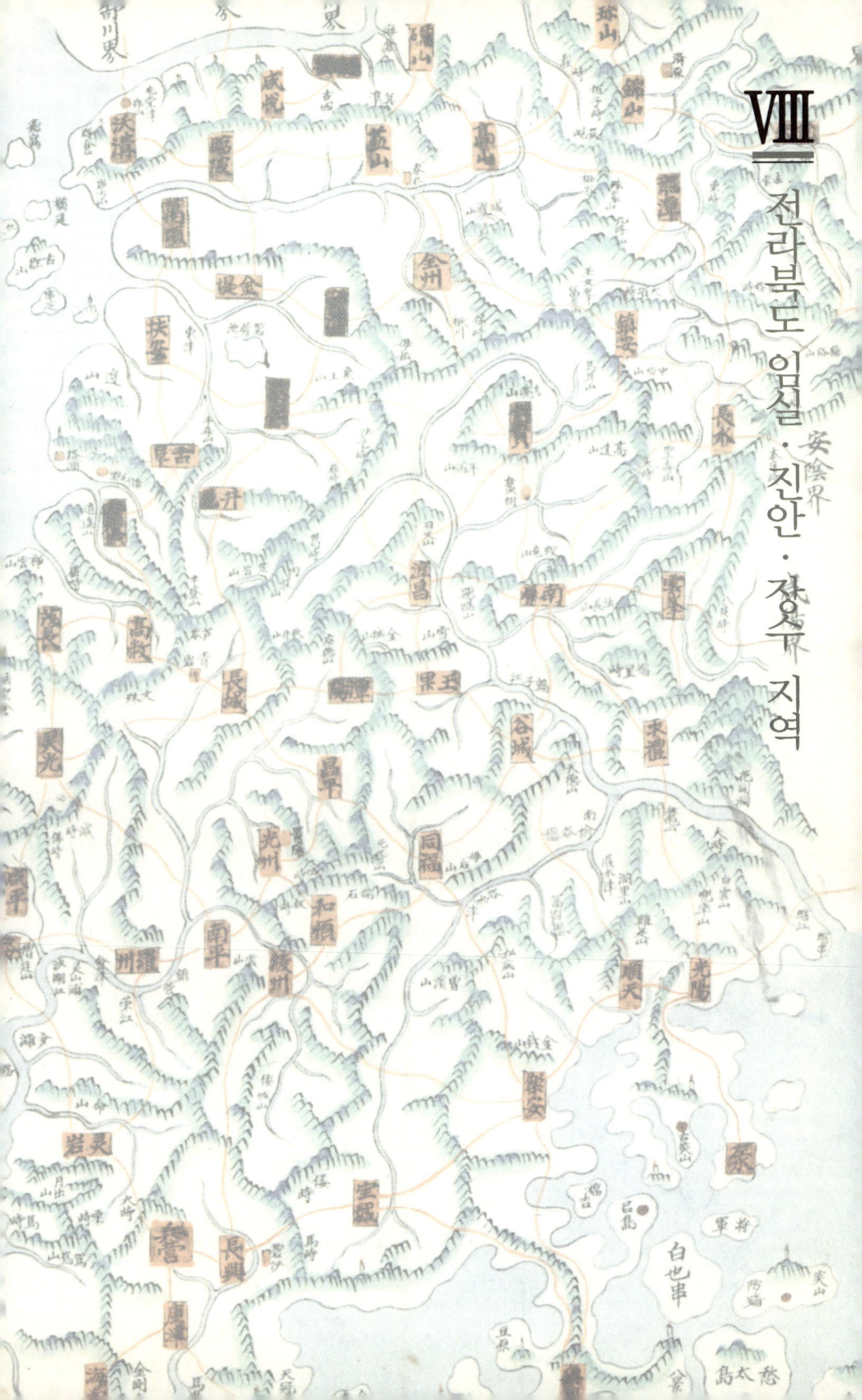

1. 주인을 살린 의로운 개—오수의 의견비

전라북도 임실군 오수면 오수리 원동산(園東山)에 의로운 개 이야기의 증거물인 의견비와 의견상, 고목나무가 있다. 필자는 한국교원대학교 대학원에 재학 중인 원생들과 의견전설(義犬傳說)로 널리 알려진 오수(獒樹)의 의견비를 찾았다. 오수는 원래 전북 임실군 둔남면 오수리였는데, 1992년 8월 10일자로 면 이름을 오수면으로 바꾸었다고 한다.

승용차를 타고 학교를 떠난 우리 일행은 경부고속도로를 타고 달리다가 회덕 분기점에서 호남고속도로로 들어섰다. 전주 분기점에서 호남고속도로를 벗어나 전주 남원 간 국도로 들어서서 남원 쪽으로 약 30km를 달리니, 오른쪽 길가에 두어 채의 집이 있고, 큰 고목이 서 있는데, 바로 그 옆에 새로 세운 의견상(義犬像)이 보였다. 그곳은 임실군 오수면 오암리로 오수 초입 지점인데, 그 옆에 차량 몇 대를 세울 수 있는 공간이 마련되어 있었다. 그곳에 차를 세우고, 의견상을 둘러보았다. 의견상은 잘 다듬어진 대리석 받침 위에 이야기의 주인공인 김개인이 개를 데리고 서 있는 모습이었다.

이 의견상은 1994년 4월 30일에 오수 청년 회의소에서 세운 것이다. 의견상 아랫부분에는 다음과 같은 '오수 의견상 건립 취지'가 적혀 있었다.

전주—남원 간 국도변에 있는 의견상

오수 의견의 이야기는 의리와 보은의 본보기로서 옛적에는 견분곡(犬墳曲)으로 사람들의 입에 오르내렸고, 오늘날에는 초등학교 교과서에도 실려 있다. 오수 청년회의소가 의견제(義犬祭) 10주년 기념사업의 하나로 김개인(金蓋仁)과 의견(義犬)의 동상을 제작하고, 이를 새삼 전주·남원간 국도변 오수의 초입 지점에 건립하는 것은 의견의 고장을 보다 널리 알리는 동시에 의견의 교훈을 길이길이 되새기고자 함이다.

의견상을 둘러보고, 사진을 찍은 뒤에 남원 쪽으로 300m쯤 가니 갈림길이 나왔다. 갈림길에서 우측으로 3.5km쯤 가니, 오수면 소재지가 나왔다. 그곳에서 의견비가 있는 곳을 물어 큰길에서 오른쪽으로 50미터쯤 가니, 의견비가 있는 원동산 정문이 나왔다.

문안으로 들어가니, 공원처럼 넓은 대지 위에 나무들이 서 있고, 담장 밑에는 이 지역과 관련 있는 명사들의 덕을 기리는 송덕비가 즐비하게 서 있었다. 그 가운데에 의견비각(義犬碑閣)이 있었다. 의견비각 안에는 높이 220cm, 폭 95cm, 두께 30cm 가량의 의견비(義犬碑)가 서 있었다. 전면에는 각자(刻字)가 없고, 뒷면에 건립 내력과 건립한 사람들의 이름이 새겨져 있는데, 마모가 심하여 알아보기 어려웠다. 건립 연대도 알 수 없었다.

오수 원동산에 있는 의견비각과 김개인이 꽂은 지팡이가 자랐다는 고목

의견비는 전라북도 민속자료 제1호로 지정되어 있다. 이 의견비는 고려 때 최자(崔滋, 1186~1260)가 쓴 『보한집(補閑集)』의 다음과 같은 이야기에서 그 유래를 찾을 수 있다.

전에 거령현(居寧縣, 지금의 임실군 지사면 영천리)에 김개인(金盖仁)이란 사람이 살고 있었다. 그는 개 한 마리를 길렀는데, 개를 매우 사랑하였다.

어느 날, 그가 외출하는데, 개도 따라나섰다. 그가 돌아오는 길에 몹시 취하여 길바닥에 누워 잠이 들었다. 그런데 들판에 불이 나서 그가 자고 있는 곳까지 번져 오게 되었다.

개는 주인을 깨우려고 짖어도 보고, 옷을 물어 당겨도 보았으나 소용이 없었다. 개는 할 수 없이 옆에 있는 시내로 달려가 몸을 적셔 주인이 자고 있는 둘레의 풀을 적셨다. 그렇게 하기를 수없이 되풀이하자, 불길은 그곳을 비켜 갔다. 이렇게 하여 주인을 구한 개는 지쳐서 죽고 말았다.

얼마 후, 잠에서 깨어난 그는 상황을 짐작하고, 자기 옆에 누워 있는 개를 부둥켜안고 통곡한 다음, 슬픈 노래를 지어 자기의 심회를 노래하였다. 그리고 무덤을 만들어 장사지낸 다음, 그 옆에 지팡이를 꽂아 두었다.

그 뒤에 이 지팡이가 뿌리를 내려 크게 자랐으므로, 그 땅을 개 오(獒) 자, 나무 수(樹) 자를 써서 '오수' 라고 하였다. 악보(樂譜)에 있는 「견분곡(犬墳曲)」은 이 노래이다.

뒤에 어떤 사람이 이를 듣고, 다음과 같은 시를 지었다.

사람은 짐승이라 불리는 것 부끄러워하지만
공공연히 큰 은혜를 저버린다네.
사람으로서 주인 위해 죽지 않으면,
개보다 나을 것이 무엇이 있겠나.

『보한집』에 기록되어 있는 이 이야기는 1486년에 간행된 『동국여지승람(東國輿地勝覽)』과 이수광(李睟光, 1563~1628)의 『지봉유설(芝峰類說)』에도 실려 있다. 이것이 다시 『증보문헌비고(增補文獻備考)』(1728)에 수록되어 전한다. 이 이야기는 『남원읍지』, 『임실군지』를 비롯한 향토지에도 실려 있고, 1924년에 나온 보통학교 『조선어독본』과 현행 초등학교 국어 교과서에도 실려 있다.

의견비각 앞에는 김개인이 지팡이를 꽂았는데, 뿌리가 내려 자랐다고 하는 느티나무가 서 있었다. 사람 키높이의 지름이 1미터가 넘는 이 느티나무는 세 그루인데, 나무의 나이는 수백 년이 되는 것 같았다. 그 앞에는 1975년에 세운 의견상(義犬像)이 서 있다.

오수 원동산에 있는 의견상

　원동산을 둘러보고 나오다가 문 앞에서 오수리 시장 안에 산다는 박만영 (57세, 초등학교 졸업)씨를 만나 의견 전설을 아느냐고 묻자, 그는 이 지역 사람으로 의견 전설을 모르는 사람은 없을 것이라고 하였다. 아는 대로 이야기해 달라고 하자, 어렸을 때 어른들한테 들은 이야기라며 위에 적은 것과 비슷한 이야기를 해 주었다.

　이 지역 주민들은 이 이야기가 이 지역에만 전해 오는 것처럼 이야기한다. 그러나 이 이야기는 이곳 외에도 전북 익산·김제·신태인·고창, 경북 선산·월성, 경남 하동, 충남 홍성·연기·천안 등 20여 곳에서도 전해 온다.

　앞에 적은 이야기에서 개의 행위는 소위 '의견(義犬)'이라고 할 수 있는 것으로, 주인에게 충성하고 의리를 지키며, 주인을 위해 자기 몸을 희생하기까지 한다. 개가 자기 몸을 물에 적셔 불을 끈 것은 대단히 지혜로운 행동이다. 개는 털 있는 짐승으로 불 속에 뛰어들었는데, 이것은 대단히 용기 있는 행동이다. 주인을 위해 자기를 희생한 것은 인(仁)과 덕(德)을 실천한 것이다. 개는 지혜와 용기, 인과 덕을 실천하였다. 이것은 인간이 추구하고, 실천해야 할 큰 덕목인데, 만물의 영장(靈長)이라고 자부하는 사람도 제대로 실천하지 못한다. 그런데 동물이라고 깔보고 무시하는 개가 이를 실천하였다고 하는 이 이야기는 우리들에게 많은 교훈을 준다.

개와 관련된 이야기로는 호랑이나 다른 맹수를 물리쳐 주인을 구한 이야기, 둔갑하여 주인을 해치려는 동물이나 귀신을 물리치고 주인을 구한 이야기, 독약이나 독물 또는 독이 든 물건을 주인이 받거나·먹거나·만지려 할 때에 이를 막아서 주인을 구한 이야기, 주인이 억울하게 죽자 주인의 죽음을 관청에 가서 짖어 알리고 시체와 범인을 찾아내어 주인의 원수를 갚은 이야기, 주인이 없는 사이에 어미개가 주인의 아이에게 젖을 먹여 살린 이야기, 중요한 문서를 전달하여 주인을 위기에서 구한 이야기 등 많이 있다. 이러한 이야기는 모두 개가 지혜롭고, 충성심과 의리가 강하며, 인과 덕을 실천하는 의로운 동물이라는 생각을 바탕으로 하여 꾸며진 것이다.

개는 자기를 길러 준 주인의 은혜에 감사하며 충성하고, 의리를 지키는데, 사람은 어떠한가? 인륜도덕은 땅에 떨어지고, 은혜를 원수로 갚는 일이 비일비재한 오늘의 현실, 나 외에는 별 관심을 기울이지 않고 사는 나 자신을 생각하니, 사람이 개만도 못하다는 생각이 들어 부끄럽게 느껴진다.

2. 하늘로 솟아오르다가 멈춘 마이산

전라북도 진안군 진안읍 단양리와 진안군 마령면 동촌리에 마이산(馬耳山)이 있다. 마이산은 말의 귀 모양으로 생긴 두 봉우리가 우뚝 솟아 있는데, 백두대간에서 호남정맥과 금남정맥으로 이어지는 주능선에 위치하여 섬진강과 금강의 분수령을 이룬다. 동쪽에 솟아 있는 수 마이봉은 667m이며, 서쪽에 솟아있는 암 마이봉은 673m이다. 이 산은 1979년 10월 16일에 전라북도 도립공원으로 지정되었고, 2003년 10월 31일에는 국가지정 명승 제12호로 지정되었다.

마이산의 이름을 시대별로 보면, 신라 때에는 서다산, 고려 때는 용출산, 조선 초기에는 속금산, 조선 태종 때부터는 마이산이라 하였다. 마이산은 철에 따라서 달리 불리기도 한다. 봄에는 안개를 뚫고 나온 두 봉우리가 쌍돛배 같다 하여 돛대봉이라 하고, 여름에는 수목이 울창한 가운데 용의 뿔처럼 보인다고 하여 용각봉이라고 부른다. 가을에는 단풍 든 모습이 말의 귀 같다 해서 마이봉이라 하고, 겨울에는 눈이 쌓이지 않아 먹물을 찍은 붓끝처럼 보여 문필봉이라 한다.

필자는 전에도 두 차례 마이산을 간 적이 있으나 마이산 전설을 제대로 구연해 줄 사람을 만나지 못하고 돌아왔다. 그래서 이번에는 마이산모텔에서 하룻밤을 묵으면서 전설을 채록하였다. 마이산 전설의 내용은 구연자에 따라 조금씩 다른데, 그 중 한 가지를 적으면 다음과 같다.

오랜 옛날에 마이산에 한 마을에 부부가 살았어요. 마이산에 하늘에서 내려 온 여자신 남자신이 마을을 구경을 다니는데, 너무 산천초목이 좋아서 한참 놀고 있었는데, 시간이 돼서 하늘을 올라가야 되는데 하늘에서 내려온 선남선녀가 우리가 어떻게 하늘을, 사람 안 볼 때 승천해야 되지 않느냐 해 가지고 둘이 시간을 약속을 하는데, 여자는 새벽에 가자고 하고, 남자신은 저녁에 가자고 하고. 서로 시간 약속 가지고 옥신각신하다가 결국은 남자신이 져 가지고, '그럼 우리 새벽에 가자.' 하여 여자신과 새벽에 가기로 했어요.

새벽에 하늘로 승천하는데, 바로 암 마이봉 수 마이봉이 커가는 과정이었었데요. 새벽에 승천하는데, 마을에 아낙네가 물을 뜨러 왔다가 물을 떠 가지고 머리에 이고 마이산을 보니까 막 산이 하늘로 올라가는 걸 보고서,

"아구! 저 산이 큰다. 하늘로 막 올라간다."

그 여자가 막 소리를 지르는 바람에, 두 신이 놀래가지고 부정이 탔다고. 이래가지고 우리는 하늘로 승천할 수 없다고, 남자신이 여자신의 옆구리를 찼대요. 우리가 이제 올라갈 수 없고, 실패 봤다고. 옆구리를 차 가지고 그 여자신이 배가 아프다고 이렇게 해 가지고 암 마이봉이 이렇게 굽었어요. 발로 차가지고 배에서 내장이 나와 가지고 흘렀다는 것이 지금 여기서부터 저기까지 흘렀어요. 산이 막 구불구불해가지고 여기서부터 이렇게 엎드러진 여자신 가슴, 배에서부터 나온 것이 여까지 산자락에 흘렀어요. 그래가지고 마이산이 크다가 거기서 중단해가지고, 저렇게 됐다는데.

또 어디 얘기를 들어보면 뭐 자식이 셋이 있었는데, 내가 너에게 자식을 뺏길 수가 없다고 해가지고 남자신이 자식을 다 뺏어가지고 안았대요. 그

래 가지고 수 마이봉이 삐쭉하게 있는데, 바위가 이쪽에 붙어 있고, 이렇게 하나 붙어 있고, 이렇게 해 가지고 수 마이봉이 자식을 셋을 오므리고 있다고 해 가지고, 저것은 수 마이봉이고, 이쪽은 이렇게 엎드려 있다고 해서 암바위봉이라 부르는데.

장수 쪽에서 오다 보면은 모양이 왼쪽 것이 암 마이봉이고, 오른쪽 것이 수 마이봉이예요. 넓은 것은 암 마이봉이고, 날씬 한 것은 수 마이봉이고요.

채록 일시 : 2007. 4. 6. 오후 8시
채록 장소 : 전북 진안군 진안읍 단양리 마이산모텔 식당
구연자 : 윤경덕(여, 52세, 고졸, 마이산모텔 사장 부인)
　사는 곳 : 전북 진안군 진안읍 단양리 690-8
　나서 자란 곳 : 충남 논산시 연무읍 마산리
만나게 된 경위 및 채록 상황 : 마이산모텔에 숙소를 정하고, 모텔 식당에서 저녁 식사를 한 뒤에 주인인 구연자에게 마이산 전설을 이야기해 달라고 청하여 들었다.
처음 들은 때 및 들려준 사람 : 20여 년 전에 이곳에 와서 동네 사람들한테 들었다고 함.

위 이야기에서 남신과 여신은 이곳의 빼어난 경관에 반하여 눌러 앉아 지내면서 아이 셋을 낳았다. 이들은 새벽에 하늘로 올라가려고 하다가 산이 움직이는 것을 본 여인이 소리치는 바람에 그 자리에 주저앉고 말았다고 한다. 마이산의 두 봉우리를 자세히 보면, 수 마이봉 밑에 작은 봉우리 세 개가 있다. 이것은 여신의 말을 따르다가 승천에 실패한 남신이 화가 나서 여신이 안고 있던 세 아들을 빼앗아 안고 있기 때문이라고 한다. 암 마이봉은 수 마이봉에 등을 돌리고 앉은 모양이다. 그것은 여신이 남신의 발길에 차여 옆으로 누워 있기 때문이라고 한다. 암 마이봉 아래의 능선에 작은 봉우리가 있는 것은 발길에 차인 여신의 옆구리에서 나온 배설물이 굳은 것이라고 한다. 이처럼 이 이야기는 암 마이봉과 수 마이봉이 생긴 내력과 형상을 자세히 설명하고 있어 매우 흥미롭다.

산이 하늘로 솟아오르는 것은 천지 변화의 비밀이다. 이런 비밀은 사람이 알아서는 아니 되는데, 새벽에 물을 길러온 아낙네에 의해 폭로된다. 그래서 산은 그 자리에 지금의 모습으로 자리 잡고 말았다고 한다. 옛사람들

마이산의 암 마이봉과 수 마이봉

은 산이 자라기도 하고, 다른 곳으로 이동하기도 한다고 생각하였다. 이런 생각은 여러 곳에서 전해 오는 「산 이동 전설」이나 「부래(浮來) 전설」에 잘 나타나 있다. 위에 적은 마이산 전설 역시 이런 의식을 바탕으로 하여 구성되었다.

　마이산의 두 봉우리는 여러 곳에서 볼 수 있는데, 보는 지점에 따라 그 모양이 다르다고 한다. 이를 위 이야기의 구연자 윤경덕 씨는 다음과 같이 말하였다.

　전주 쪽에서 오다 보면은 말의 귀같이 생겼고, 여기서 보면 암 마이봉은 이렇게 뭉실하고, 수 마이봉은 이렇게 삐쭉하게 그렇게 보이고요. 그 다음에 저기 마령 그러니까 여기에서 나가면 로터리 있지요. 마령으로 이렇게 가다보면은 거의 남부주차장 가기 전에 100~200m 그 쪽에서 수마이봉을 보면은 이상하게 생겼어요. 내일 가시다보면 알겠지만은 남자 성기모양처럼 생겼어요. 끄트머리가 귀두처럼 생겼어요. 마령에서 가다 되돌아보면 그런 모양이 보일 거예요.

필자는 몇 번씩 자리를 옮겨가며 마이산의 두 봉우리를 살펴보고, 사진을 찍어 보았다. 두 봉우리는 구연자의 말대로 보는 위치에 따라 조금씩 다르게 보였다. 마이산의 모습이 보는 위치에 따라 다른 것처럼 마이산 전설 역시 구연자에 따라 다르다. 앞의 이야기를 구연한 윤경덕 씨의 남편인 박덕만 씨는 이를 좀 다르게 구연하였다.

마이산 전설은 제가 마이산, 그러니까 여기 모텔에서 100여 미터 떨어진 곳에서 태어나 거기서 자랐거든요. 그때 어릴 때 아버님한테 수차례에 걸쳐서 많이 들은 마이산 전설은 지금 사람들이 알고 있는 것보다 상당히 더 섬세했던 걸로 기억을 합니다.

원래 마이산은 숫마이산과 암마이산이 자식을 낳고 살았답니다. 그러다가 하늘에 올라가기를 소원하여 기도를 하였답니다. 그러던 중에 하늘에서 계시를 받기를, 인간의 눈에 띄지 않는 틈을 타서 하늘로 올라오면은 승낙하겠다는 하늘의 계시를 받고, 어머니산 아버지산이 상의를 한 결과 어머니산은 새벽에 인간이 곤하게 잠이 들었을 때 올라가자고 하고, 아버지산은 자정 넘어서, 요즘 말하면 1시쯤 해서 하늘을 올라가자고 했답니다. 어머니산 하고 아버지산이 상의를 한 결과 어머니산이 굳이 새벽에 해야 틀림없이 성공을 할 거라고 주장을 하는 바람에 아버지산이 어머니산 의견에 동조를 해서 새벽녘에, 인간이 깊이 잠들었을 무렵에 새벽에 하늘로 올라가자 이렇게 의견의 일치를 보고, 하늘로 새벽녘에 오르기 시작했는데, 그날 새벽에 인근에 있는 마을의 아낙네가 새벽에 물동이를 머리에 이고 물을 길러 가다가 마이산이 무럭무럭 하늘로 솟아오르는 걸 보고 놀라가지고 물동이를 이고 뒤로 넘어지는 바람에 물동이가 깨지는 쨍그랑 소리에 암수 마이산이 아낙네의 새벽에 지르는 소리에 놀라가지고 산으로 올라가는 것을 멈췄다고 전해 들었습니다.

그런데 특이한 것이 숫마이산이, 아버지산이 화가 잔뜩 나서 어머니산의 의견을 따르다 보니 하늘로 올라가는 게 중단되서 화가 잔뜩난 연고로 어머니산에게 많은 화를 내고 자식들을 당신, 아버지 품안에 안고 어머니산을 나무래서, 어머니산을 돌아서 아버지산하고 틀어져서 돌아서 엎드려 누워있는 모양을 하고 있거든요. 아버지산이 자식들 다 빼앗고, 어머니산을 마치 당신 때문에 우리 집안이 그렇게 됐다는 그런 원망 섞인 그런 얘기를 해서 사실상은 어머니산하고 헤어지게 됐다는 그런 얘기를 전해 들었어요.

이쪽에서 보면 왼쪽이 숫마이산이고, 여기 새끼 봉이 밑에 있거든요. 큰 봉우리 앞에 있는 것이 제일 큰 아들, 그 다음 봉우리가 작은 아들이랍니다.

채록 일시 : 2007. 4. 7. 오전 9시
채록 장소 : 전북 진안군 진안읍 단양리 마이산모텔 식당
구연자 : 박덕만남, 52세, 고졸, 마이산모텔 사장)
사는 곳 및 나서 자란 곳 : 전북 진안군 진안읍 단양리 690-8
만나게 된 경위 및 채록 상황 : 마이산모텔에 숙소를 정하고, 모텔 식당에서 저녁 식사를 한 뒤에 주인 아주머니께 마이산 전설을 이야기해 달라고 청하여 들었다. 아주머니는 자기보다는 여기서 자란 사장님이 더 잘 알 터이니 사장님한테 들으라고 하였다. 그러나 사장님은 출타 중이었으므로 만날 수 없었다. 이튿날 아침에 모텔 사장인 구연자를 만나 마이산 전설을 들었다. 구연자는 어렸을 때 부친께 들었다고 하면서 자신 있게 구연하였다.

앞에 적은 이야기와 뒤에 적은 이야기는 약간의 차이를 보인다. 이것은 두 구연자가 각각 다른 사람에게서 들은 내용을 기억하고 있기 때문이다. 또 두 사람이 흥미롭게 생각하는 부분이 조금씩 달랐기 때문에 그 기억하는 바도 다른 때문이라 하겠다.

3. 땅속에서 솟아오른 알봉

전라북도 장수군 계남면 화양리에 난평(卵坪) 마을이 있고, 마을의 북동쪽 밭 가운데에 '알봉'이 있다. 난평 마을은 계남면 소재지에서 서쪽으로 약 500m 떨어진 곳에 있다. 알봉은 큰 무덤 모양인데, 지름은 30m쯤 되고, 높이는 10m가 채 안 되어 보인다. 이 봉우리는 전부터 '알봉'이라고 한다.

알봉에는 이 마을 형성의 유래를 설명하는 다음과 같은 전설이 전해 온다.

알봉에는 전설이 하나 있는데 난평리가 '알 난(卵)' 자를 쓰거든요. 그 지역이 금계포란형(金鷄抱卵形)이라고 그러죠. 닭이 알을 품고 있는 형상을 하고 있는 지형이라는 뜻으로 알고 있는데.

거기가 인제, 그 마을에서 어떤 여인이 새벽에 뒷간에 갔다가 나오는데, 주변에 빛이 쫙 나면서 알봉이 솟아오르는 걸 봤대요. 알봉은 산처럼, 둥그런 무덤처럼 생겼는데, 길이가 30m되는 무덤이라 생각하면 맞습니다. 그것이 솟아오르는 걸 보고 놀래 갖고,

"산이 솟아오르고 있네!"

난평 마을에 있는 알봉

하면서 외쳤는데, 소리를 질렀는데, 그 소리를 듣고서 알봉이 솟아오르다
가 빛이 새 가지고 멈춰 버린 거예요.

그래 가지고 하도 특이, 희한해 가지고 새벽에 잠이 드는 둥 마는 둥 하
고 있었는데, 꿈속에 풍채 있는 백발노인이 나타나 가지고, 알을 깨어 가지
고, 그 알이 봉황 알이었대요.

"나는 알을 깨서 천신에게 바치려고 했는데, 자네 때매(때문에) 허사가 됐
네. 말하자면 백번 죽어도 마땅한 일인데, 자네가 전생에 착한 일을 많
이 해 가지고 목숨만은 살려주겠네. 대신 그 시간에 매일 알이 부화할
수 있도록 축수라 그러죠, 기원을 해라."

하고 사라진 거예요.

그 다음날부터 그 여인이 초당을 만들어놓고 매일 기도를 한 거예요. 그

알봉에서 본 난평마을

래서 난평리란 마을이 형성되고 발전을 했다는 전설이 있어요.

채록 일시 : 2007. 4. 6. 오후 1 : 40.
구연자 : 고태봉(남, 48세, 대학원졸, 장수문화원 사무국장)
　　사는 곳 : 장수군 계남면 궁양리 궁평 마을
　　나서 자란 곳 : 장수군 장계면 금덕리
만나게 된 경위 및 채록 상황 : 필자의 대학원 제자인 장수 계북초등학교 장성렬 선생에게 미리 연락하고 아내와 함께 찾아가서 만났다. 장 선생은 장수의 향토문화에 관심을 가지고 있으면서 『장수의 마을과 지명 유래』(장수문화원, 2007) 편찬 작업을 함께 한 고태봉 씨, 우연태 씨와 만나게 해 주었다. 함께 점심 식사를 한 뒤에 우연태 씨의 집무실인 장계문예복지관장실로 가서 우호적인 분위기에서 채록하였다.
처음 들은 때 및 들려준 사람 : 구연자는 알봉 이야기를 이 마을에 사는 유수열(남, 78세) 노인한테 듣기도 하고, 구전되는 이야기를 적어 놓은 책을 보기도 하였다고 한다.

　　이 이야기는 풍수지리설에서 명당으로 꼽는 '금계포란형' 지형에 난평 마을이 형성된 유래를 설명하고 있어 매우 흥미롭다. 이런 전설과 함께 난평 마을이 400여 년 전에 형성되었는데, 한때는 100여 가구에 600여 명이 거주하는 큰 마을이었다. 지금은 많이 줄어 71 가구에 158명이 살고 있다.

난평 마을을 지켜주는 느티나무

마을 입구에 들어서면 마을 전체를 안고 있는 소나무와 느티나무 숲이 있다. 이 숲은 마을 앞이 너무 트여 있어 복이 밖으로 새나간다 하여 나무를 심어서 생긴 것이라고 한다. 여기에는 1982년에 보호수로 지정된, 높이 15m, 나무 둘레 5m 가량의 느티나무 두 그루가 서 있다. 마을 사람들은 예전부터 정월 보름날 마을의 평안과 풍요를 위해 동제를 지내고, 명절이면 밥과 떡을 놓고 복을 빈다고 한다. 나무에 금줄이 매여 있는 것으로 보아 금년에도 동제를 지낸 것 같다.

알봉의 실체가 무엇일까? 위 이야기의 구연자인 고태봉 씨는 다음과 같이 설명하였다.

알봉이라는 것은 장수 지역의 특이한 역사 중에 가야 시대 유물 유적이 굉장히 많아요. 옛날에 가야 시대 유적 중에 반파가야라는 중심 세력이 있었는데, 현재 고령에서 사용하고 있거든요. 『일본사기』에 보면은 반파가야 주변에는 봉화나 산성이 많았다는 기록이 있대요. 원본을 확인해 보지는 못했는데. 그런데 고령에는 봉화나 산성이 없대요. 그래서 일부 학자는 장수가 반파가야일 가능성이 아주 높다. 왜 그러냐 하면 장수는 어느 산에 가나 산성이 있거든요. 그리고 봉화가 많고. 그리고 저기 가장 특징적인 건 여기 바로 위에 삼봉리라는 데가 있는데, 저기 장수 동촌까지 능이 100여 개가 있어요. 거기 중에 왕릉에 해당되는 무덤이 30개가 있는데, 왕릉이면 직경이 10m이상, 아까 말씀드린 알봉은 그 시대의 유적이라고 판단하고 있어요. 가야 시대의 왕릉일 것이다. 알봉이 제일 크거든요. 직경이 30m가 되고, 그 주변에 지표조사 해서 발굴되는 유적을 보면 가야 시대 유적이라는 것이 짐작이 되고 있는데, 중요한 것은 사실은 지표조사는 몇 번 했는데, 발굴조사는 한 번도 안 돼 있어요. 알봉도 발굴을 해봐야 자세히 알 수 있겠죠. 어쨌든 알봉은 역사적으로나 전설적으로나 그 마을하고 합쳐서 굉장히 상징적인 의미가 되고 있습니다.

알봉은 실제로 가야 시대의 무덤으로 본다. 알봉의 정상부에는 고분(古墳)의 벽석으로 추정되는 판석형의 할석이 있고, 봉토의 아랫부분에는 인위적으로 쌓아 올린 돌이 보인다. 이를 근거로 옛무덤으로 분류하였다(『장수의 마을과 지명 유래(하)』, 장수문화원, 2007, 422쪽). 이 알봉은 장수 지역에서 조사된 옛무덤 가운데 봉토의 직경이 가장 크다고 한다.

알봉이 가야 시대 귀족의 무덤이라면, 지형 상으로 좋은 자리에 무덤을 만들었을 것이다. 그 무덤 부근이 지리적으로 살기 좋은 조건을 갖추었기 때문에 마을이 형성되었을 것이다. 사람들은 알봉이 생긴 내력을 풍수설로 설명하면서, 이 마을의 형성 유래를 설명하였다.

명당은 만물을 주관하는 큰 기운 즉 생기(生氣)가 지맥을 따라 흐르다가

알봉에서 본 계남중학교

멈춰 있는 아주 좋은 땅이다. 명당은 땅속에 응축(凝縮)되어 있던 생기가 땅을 솟아오르게 하기도 하고, 물이 솟아오르게 하기도 하며, 봉황이나 학이 자고 있다가 날아가기도 하는 신이한 이적을 보이는 곳이다. 그곳에 마을이 형성되면 마을이 번창한다. 그곳에 도읍을 정하고 대궐을 지으면 나라가 융성하며, 그곳에 집을 지으면 그 집안이 잘 된다. 그곳에 무덤을 쓰면 후손이 발복한다. 한국인은 이러한 풍수의식을 지니고 살아왔다. 이 설화는 이런 풍수의식을 바탕으로 꾸며진 것이다.

이 마을 사람들은 이 전설을 지나간 과거의 일로만 생각하지 않는다. 명당에 형성된 이 마을에서 훌륭한 인재들이 나올 것이라 믿고 기대하며 살고 있다. 위 이야기를 구연한 고태봉 씨는 다음과 같은 이야기를 하였다.

그것을 증명해 줄 수 있는데, 바로 그 마을 밑에 계남중학교가 있는데, 마을에서는 이해하기를,
'계남중학교가 알이고, 그 지형이 닭이다. 그러니까 훌륭한 인재가 많이 나올 것이다.'
라고 믿고 있고.
그리고 특이한 게 계남중학교가, 그 옆에 '진제 마을이' 있었는데, 지금은 없어요. 유씨들이 많이 살고 있었다고 그래요. 거기에 스님들이 옛날에

시주받으러 많이 다녔잖아요. 마을이 원래 부자 동네였는데, 시주는 잘 안 하고, 스님들을 골탕을 멕였대요. '뒤태'라고 해가지고, 말하자면 '태'가 콩을 뜻하는 말인데, 자루에다가 콩을 넣어놓고 스님들을 가둬 갖고 째매 버린(묶어버린) 거예요. 물을 적셔놓으면 콩이 불어갖고 사람이 죽거든요. 그런 죽음에 가까운 심한 장난을 했는가 봐요. 그러니까 스님들이 화가 났 겠죠.

한 도승이 진제 마을에 와 가지고,

"마을 물길을 돌리면 마을이 아주 더 부자가 되겠네!"

하고 소문을 흘리고 간 거예요. 마을이 물길을 돌렸는데, 그 말을 믿고 물 길 돌린 이후로 마을이 망하기 시작해 가지고 지금 마을이 없어요. 근데 계 남중학교랑 관련이 있는 것은 지금은 물길을 바로 잡혔거든요. 그래서 계 남중학교가 더 인재가 많이 나올 거라고 생각하고 있고.

위 이야기에서 마을 사람들은 난평 마을 아래에 생긴 계남중학교를 닭이 알을 품고 있는 명당으로 생각한다. 이 생각은 계남중학교에서 많은 인재 가 나오기를 기대하는 마음으로 이어지고 있다. 이 마을 사람들의 기대와 소망이 이루어지기를 바란다.

4. 호랑이가 터를 잡아준 범덕골

전라북도 장수군 장계면 금덕리에 '범덕골'이 있다. '호덕 마을'이라고 부르기도 하는 이 마을은 장계면 사무소에서 19번 국도를 따라 무주 방향으로 약 2km를 가서 왼쪽으로 300m쯤 들어가면 산 아래에 있다. 범덕골 맞은편의 산기슭에 '성관사'가 있다. 이 절은 원래 '금덕사'가 있던 곳인데, 1990년에 대웅전과 산신각 등을 새로 짓고, 절 이름을 '성관사'라로 바꾸었다. 성관사는 주변의 경관이 빼어난 곳인데, '백학이 나는 형국으로, 남덕유산의 지맥이, 깃대봉에서 수많은 학이 내려와 모이를 먹는 명당'이라고 한다.

범덕골과 성관사에는 이 마을과 절이 생긴 유래를 설명하는 재미있는 이야기가 전해 온다.

지금은 19번 국도가 2차선으로 포장이 잘 되어 있지만, 옛날에는 한양을 갈 때 여기서 19번 현재 국도를 따라 무주 쪽으로 올라가는 길이었던가 봐요. 초장길로 사람들이 많이 올라가지 않는 길이었는데, 어느 선비가 서울을 향해서 가다가 그 근방에서 날이 저물어 가지고 밥도 못 먹고, 상당히 허기진 상태에서 잠잘 곳을 찾다가 마침 큰 불빛을 보고 인가인 줄 알고 기어가서 보니까, 가까이 가서 보니까, 민가가 아니고 큰 호랑이 불빛이었대요. 그래서 얼마나 놀랬겠어요. 그래서 혼비백산해서 기절초풍할 정도였는데, 정신을 좀 차리고 보니까 호랑이가 사람을 해치려고 하는 기색이 안보이고, 강아지처럼 꼬리를 흔들면서 좀 반기는 듯한 느낌을 받아서, 정신을 차리고 가만히 호랑이를 보니까 따라오라는 듯한 몸짓을 하기에,

'아하! 호랑이가 나를 헤칠 마음이 없는가 보다. 따라오라는 신호인가 보다.'

해서 인자 호랑이 뒤를 따라갔대요.

그랬더니 덤불을 지나고, 자그마한 고개를 지나고, 냇가를 지나고. 한참을 가다 보니까, 불빛이 보이는 곳에 와서, 초가집 앞에 와 가지고 갑자기 호랑이는 사라지고. 조금 있으니까 안에서 사람 기척이 나면서 사람이 나왔는데, 홍안백발(紅顏白髮)에 도사 같은 분이 나타나 가지고 들어오라고……. 안내를 받아서 방으로 들어갔는데, 식사도 못하고 피곤하다보니까 방에 들어가자마자 아마 잠이 들었던가 봐요.

인제 잠에서 깨어나서 정신을 차려서 보니까, 민가하고 그 도사하고 보이지도 않고, 어느 덤불 위에 자기가 잠을 자고 있는 거였대요. 근데 새벽녘이니까 안개가 어슴푸레 끼어있는데, 이게 꿈인가 생시인가. 어제 저녁에 분명히 호랑이 사건도 있고, 자기를 맞이했던 도사 생각이 나는데, 자기가 깨어나서 보니까, 덤불위에 자고 있으니까. 아무리 생각을 해도 꿈도 아니고, 생시도 아니란 말이죠. 안개 속에서. 그런데 깨어났는데도 허허벌판에서 잔 것 같지 않고 꼭 자기 집 안방에서 잔 것처럼 아늑하고, 뭔가 편한 느낌이 들면서 정감이 가더래요.

그래서 정신을 수습하여 주변을 바라보니, 뒤에는 산이 우렁차게 뻗어내려와 있고, 좌우의 산들이 꼭 자기를 향해서 엎드려 있는 것 같고. 저 멀리 건너편을 보니까 인제 노적가리처럼 산의 형태들이 다정다감(多情多感)

호랑이가 터를 잡아주었다는 범덕골(호덕 마을)

하니 이렇게 있고. 보니까 인제, 그 옆으로 조그마한 샘물도 흐르고. 그러면서 날이 서서히 밝아질 수록이 햇살이 따스하게 비치면서 평온한 생각이 들어서,

　　'아! 이게 한양으로 가는 것이 아니라 천지신명이 명당으로 인도하신
　　것이 아니냐!'

이런 생각을 갖고, 이분이 그곳에 정착을 하셨대요. 그곳에 터전을 이루고 사시면서 호랑이가 그쪽 명당으로 인도를 했다 해 가지고 그 뒤에 있는 산을 '악호봉(岳虎峰)'이라 이름을 붙이고, 바로 옆의 물이 흐르는 계곡을 도사가 나타났던 자리라 하여 '불당골'이라 명명하였대요.

　　이 분이 자식을 낳고 마을을 이뤘는데, 많은 자식들이 잘 번성을 해서 잘

불당골에 세운 성관사 대웅전과 삼성각

되다 보니까, 소문을 듣고 사람들이 한두 명 선비들이 모이기 시작해서 바로 아래 지금 '범덕골' 이라는 마을이 형성이 되고. 그 자리(불당골)에 절이, '성관사' 라는 절이 서 가지고, 그 절이 폐가 위기까지 갔었어요. 신도들도 떠나가고. 문을 닫을 정도였는데, 최근에 어떤 스님이 오셔서 불사를 크게 일으키셔 가지고 상당히 크게 발전이 되고 있습니다.

채록 일시 : 2007. 4. 6. 오후 1 : 50.
구연자 : 우연태(남, 48세, 대졸, 장계문예복지관장, 전 전북일보 기자)
　　사는 곳 : 장수군 장계면 장계리 797
　　나서 자란 곳 : 장수군 장계면 삼봉리 218
만나게 된 경위 및 채록 상황 : 필자의 대학원 제자인 장수 계북초등학교 장성렬 선생에게 미리 연락하고 아내와 함께 찾아가서 만났다. 장 선생은 장수의 향토문화에 관심을 가지고 있으면서 『장수의 마을과 지명 유래』(장수문화원, 2007) 편찬 작업을 함께 한 고태봉 씨, 우연태 씨와 만나게 해 주었다. 함께 점심 식사를 한 뒤에 구연자 우연태 씨의 집무실인 장계문예복지관장실로 가서 우호적인 분위기에서 채록하였다.
처음 들은 때 및 들려준 사람 : 구연자는 이야기를 대강 알고 있었으나, 『장수의 마을과 지명 유래』 집필을 위해 준비하면서 범덕골 마을회관에서 마을 사람들한테 들어 확실히 알게 되었다고 함.

위 이야기에서 한양으로 가던 선비는 호랑이의 안내로 좋은 터를 발견하고, 그 곳에 정착하였다. 선비가 한양에 가는 목적이 무엇이었는지는 확실하지 않다. 과거를 보러 가는 길이었을 수도 있다. 한양은 정치, 경제, 문화의 중심지로 기회의 땅이라고 할 수 있으므로, 보다 나은 삶의 기틀을 마련할 기회를 찾아 가던 길이었을 수도 있다. 그가 호랑이의 덕으로 살기 좋은 터를 발견하고 그곳에 정착한 것으로 보아 새로운 삶의 기틀을 마련할 기회를 잡기 위한 여행이었던 것 같다. 이로 보아 선비의 한양 길은 행복을 찾기 위한 탐색의 여정이었다.

그는 행복 탐색의 여정에서 밤이 되었으나 쉴 곳을 찾지 못하여 불안과 공포에 휩싸였고, 배고픔과 피로에 지칠 대로 지친 상태였다. 이러한 상황에서 신이하게 여기는 호랑이의 안내로 인가를 발견하고, 경외(敬畏)의 대상인 도사를 만나 하룻밤의 안식을 얻은 것은 참으로 신이한 일로 큰 충격이었다. 그곳은 사람이 살기 좋은 조건을 갖춘 곳이었다. 그래서 선비는 그곳을 하늘이 점지해 준 명당으로 알고, 그곳에 정착한 것이다. 이렇게 보면 '범덕골'은 하늘이 선비에게 호랑이를 시켜 알려준 명당이다. 그는 그곳에서 온갖 복을 누리며 살았을 것이다. 이를 아는 사람들이 모여들어 큰 마을을 이루었다.

한국 설화에서 호랑이는 사람을 해치는 무서운 동물, 산신령의 사자 또는 신이성(神異性)을 지닌 동물, 사람을 돕는 착한 동물, 어리석고 우스꽝스러운 동물 등 여러 가지의 모습으로 등장한다. 위 이야기에 등장하는 호랑이는 신이성을 지닌 동물로 사람을 돕는 착한 호랑이이다. 한양으로 가던 선비는 성실하고 부지런하며, 운명을 개척하려는 적극적인 성격을 지닌 인물이었기에 신이성을 지닌 호랑이가 도와준 것이다. 범덕골을 비롯한 인근의 마을이 번창하면서 불당골에 절이 큰 사찰로 발전기를 바란다.

5. 부부가 빠져 죽은 각시소와 서방소

전라북도 장수군 계북면 월현리 장현 마을에 청상과부의 외아들과 며느리가 빠져 죽었다는 슬픈 사연을 지닌 '서방소'와 '각시소'가 있다. 계북면 소재지에서 19번 국도를 따라 남서쪽 장계 쪽으로 1.7km쯤 가면 오른쪽에 장현 마을이 있다. 마을 앞에 월현천이 산 아래 절벽을 감돌아 흐르고 있다. 물위의 절벽에는 붉은 글씨로 '風欲臺(풍욕대)'라고 씌어 있다. 그 아래에는 '영귀대(詠歸臺)'라고 쓴 바위가 있다. 그곳을 흐르는 물이 깊은 소(沼)를 이루고 있는데, 그 소를 바위가 둘로 나누고 있다. 위에서 보아 오른쪽을 '서방소'라 하고, 왼쪽 소를 '각시소'라고 한다. 이 두 소에는 다음과 같은 슬픈 전설이 전해 온다.

옛날에 이 장현 마을에 어린 자식하나를 데리고 사는 청상과부가 있었는데, 이 어린 아들한테 과년한 처녀가 다른 동네에서 시집을 왔대요. 어린 아들만 바라보고 산 청상과부인 시어머니가 과년한 며느리를 매일 같이 구박을 하는 거예요. 하도 구박이 심해서 며느리가 우두커니 먼 산을 바라보고 있으면 어떤 놈과 눈이 맞아서 먼 산을 바라보냐 하고 구박을 하기도 하고.

풍욕대—절벽에 붉은 글씨로 풍욕대라 씌어 있다.

그렇지만 며느리는 시어머니의 온갖 구박을 그 어린 신랑이 장성하기를 기다리면서 참고 견뎠다고 해요. 그래서 신랑이 서당에 가면 누룽지도 긁어주고, 서당에 갔다 돌아온 신랑이 코를 흘리면 코도 닦아주고. 오로지 희망을 신랑에게 걸고, 시어머니의 모든 구박을 참고 견뎠는데.

하루는 서당에서 돌아온 신랑에게 시어머니가, 며느리가 부정한 일을 저지른 양 없는 이야기를 만들어 이야기를 하니까, 신랑은 자기 어머니 말만 믿고 자기 아내를 매질까지 했다고 그래요. 그러니까 마지막 희망인 신랑마저도 자기 마음을 알아주지도 않고, 시어머니 말만 믿고 자기를 매질까지 해대니까, 마지막 희망마저 사라졌다 생각하고 발길을 깊은 물이 있는 절벽 위로 가서 치마로 얼굴을 둘러쓰고 그 물속으로 몸을 던졌대요.

신랑은 그때까지 철이 들지 않고 있다가 오랜 세월이 지나서 어른이 된 신랑이 마을 사람들로부터 자기 아내가 얼마나 착했던 아내인가, 얼마나 억울하게 시어머니한테 구박을 당했던가 하는 얘기를 계속 전해 듣고 무척 후회하다가, 후회와 함께 몹시 아내가 그리워져 가지고 틈만 나면 아내가 빠져죽은 소에 가서 눈물을 흘리고 한참동안 서있다 오고 했는데.

어느 날 보슬비가 부슬부슬 내리던 날 각시가 빠져 죽은 소 옆에 한참동안 서 있다가, 글쎄 각시 혼이 손짓을 했었는지는 모르겠는데, 함께 그 물에

몸을 던졌다 그래요. 그
래서 죽었는데, 각시가
빠져 죽은 소를 '각시
소', 신랑이 빠져죽은 소
를 '신랑소'라 하는데.

그 이듬해부터 그 소
옆에 꽃이 피었는데 그
꽃을 각시꽃이라고 하기
도 했는데, 지금은 그 꽃
은 보이지 않고. 지금도

영귀대

가면은 서방소, 각시소에 흐르는 물소리가 두 사람의 목소리인양 들린다
고 하는 전설이 전해 내려와요.

채록 일시 : 2007. 4. 6. 오후 1 : 55.
구연자 : 장성렬(남, 49세, 대학원 졸업, 장수 계북초등학교 교사)
　사는 곳 : 장수군 계북면 양악리 107-1
　나서 자란 곳 : 장수군 계북면 원촌리 파곡 마을
만나게 된 경위 및 채록 상황 : 필자의 대학원 제자인 장수 계북초등학교 장성렬 선생에게 미리 연락하고 아내와 함
께 찾아가서 만났다. 장 선생은 장수의 향토문화에 관심을 가지고 있으면서 『장수의 마을과 지명 유래』(장수문화
원, 2007) 편찬 작업을 함께 한 고태봉 씨, 우연태 씨와 만나게 해 주었다. 함께 점심 식사를 한 뒤에 우연태 씨
의 집무실인 장계문예복지관장실로 가서 우호적인 분위기에서 채록하였다.
처음 들은 때 및 들려준 사람 : 구연자는 이야기를 어릴 때부터 짤막하게 들어 알고 있었으나 3년 전에 금화에 사는
노인한테 자세히 들었다고 한다. 구연자는 이 이야기를 학교 어린이들에게 몇 번 해 줬는데, 재미있어 하면서도
슬퍼하더라고 하였다.

위 이야기에서 젊은 나이에 홀로 된 된 여인은 외아들을 길러 혼인시켰
다. 이 여인은 아들 겸 남편으로 사랑하며 의지하였던 아들을 며느리에게
빼앗긴 현실을 받아들일 수 없었다. 그녀는 아들을 빼앗아가는 며느리를
용납할 수 없어서 구박하고, 없는 일을 꾸며서 모함하기까지 하였다. 며느
리는 철모르는 신랑이 장성하여 철이 들기를 고대하며 시어머니의 구박과
모함을 견뎌냈다. 그러나 각시는 신랑이 어머니의 치마폭에 싸여 주체적으
로 사고하며 행동하지 못하며 자기를 때리는 것을 보고, 모든 희망을 버리

각시소와 서방소—오른쪽에서 뻗어 내려온 바위를 중심으로 두 줄기의 물이 흐르는데, 왼쪽 줄기의 물이 흘러 소를 이룬 곳이 각시소이고, 오른쪽 줄기의 물이 흘러 소를 이룬 곳이 서방소이다.

고 소에 몸을 던졌다. 신랑은 뒤늦게 이 사실을 알고 자기의 잘못을 후회하며 아내를 그리워하고, 어머니를 원망한다. 그러다가 삶의 의욕을 잃고 옆의 소에 몸을 던진다.

이 이야기는 젊은 나이에 홀로 된 여인이 외아들을 장가보낸 뒤에 겪는 정신적 외로움 · 질투심과 '치마폭 아이', '응석받이'로 자라 주체성이 없는 이른바 '마마보이(mama's boy)'의 아내가 겪는 좌절감이 빚은 비극적인 이야기이다. 이 이야기는 예로부터 전해 오면서 아들을 장가보낸 어머니에게는 이해심과 너그러움을 갖도록 일깨워 주었을 것이다. 그리고 이른바 마마보이와 혼인한 신부에게는 참고 견디며 때를 기다리면 좋은 날이 올

것이라는 희망과 기대를
갖게 해 주는 기능을 하였
을 것이다.

풍욕대 위에는 넓은 마
당에 '사성정(思省亭)'이 있
다. 이 정자에서는 바라보
는 풍욕대의 풍경은 정말
아름다웠다. 그러나 각시
소와 서방소로 흘러드는
물소리는 이곳에서 목숨

풍욕대 맞은편에 서 있는 사성정

을 버린 각시와 신랑의 애절한 이야기를 하는 것 같아 비감을 자아내기도
하였다.

6. 효와 사랑과 충절의 꽃을 피운 논개

논개는 어려서는 아버님의 병환을 정성으로 간호하고, 병약한 어머니가 억울한 일을 당하여 5년 간 관가의 종살이를 하게 되자 어머니를 대신하여 종살이를 한 효성이 지극한 여인이다. 철이 들어 장수 현감 최경회의 후취 부인이 된 뒤에는 사랑과 예로 남편을 섬겼다. 임진왜란이 일어나자 진주성을 지키려는 관군과 의병을 도와 왜군과 싸웠다. 진주성이 함락되고 남편 최경회 장군이 자결하자, 기녀가 되어 왜장들의 촉석루 승전 축하 잔치에 참석하였다가 왜장을 유인하여 의암에서 왜장을 껴안고 남강에 빠진 충절의 여인이다. 논개의 발자취를 더듬으며 그녀의 효와 사랑과 충절의 삶을 살펴보려고 한다.

논개의 죽음과 의암

1995년 8월에 경상남도 사천에서 열린 월곡고전문학연구회 세미나에 참석하였다가 회원들과 함께 진주 촉석루를 다시 찾았다. 촉석루에 올라서서 사방을 둘러보니, 아름다운 풍경은 전에 왔을 때와 다름없이 정겨웠고, 시원한 바람은 땀을 식혀 주고, 마음도 상쾌하게 해 주었다. 촉석루에서 땀을

임진왜란 때 지휘본부였고, 왜장들이 전승 축하잔치를 열었던 촉석루

식힌 후 임진왜란 때 성을 지키기 위해 물밀듯이 밀려오는 왜군과 끝까지 싸우다가 목숨을 버린 장병들과 성안 주민들의 애국정신을 기리는 '진주성 임진대첩 계사순의단(晉州城壬辰大捷癸巳殉義壇)', '촉석정충단비(矗石旌忠壇碑)', '의기사당(義妓祠堂)', '김시민 장군 전공비' 앞에 섰을 때에는 숙연함을 느껴 풀었던 옷깃을 여몄다. '의랑(義娘) 논개의 비'에 쓰인 글을 다시 읽고, 유유히 흐르는 남강 물위로 보이는 '의암(義巖)'에 올라섰을 때에는 왜장을 껴안고 물 아래로 몸을 날려 장렬한 최후를 마친 논개의 모습이 눈에 보이는 듯 하였다.

촉석루는 남강 가 바위 벼랑 위에 장엄하게 높이 솟은 아름다운 누각이다. 고려 공민왕 14(1365)년에 세우고, 일곱 차례의 손질을 거친 이 누각은 평

진주성 안에 있는 '의기논개지문'

화로운 시절에는 과거를 치르는 시험장이었으므로, 장원루(壯元樓)라고도 한다. 전쟁이 일어나면 진주성의 남장대(南將臺)로서 성을 지키는 지휘본부였으니, 임진왜란 때에는 이곳을 지키는 지휘본부였을 것이다. 진주성을 함락한 왜군들이 여기서 전승을 자축하는 잔치를 열었으니, 조선 사람으로서는 더할 수 없는 치욕이었다. 그런 자리에 경상우도 병마절도사로 성을 지키다가 순절한 최경회 장군의 부인인 논개가 자기의 신분을 감추고 기생이 되어 잔치에 참석하고, 술에 취한 왜장 게야무라 로쿠스케(毛谷村六助)를 유인하여 껴안고 강으로 몸을 던진 것이다.

의암은 촉석루 아래 바위 벼랑 끝에 윗면의 크기가 3.65m×3.3m인 평평한 바위로, 물 위로 30cm 정도 솟아 있다. 이 바위를 의암이라고 하는 것은 논개의 의로운 죽음을 기억하는 진주 지역 주민들이 이 바위를 '의암(義巖)'이라고 부른 데서 연유한 것이다. 이러한 주민들의 뜻을 받들어 논개가 죽은 지 30년이 지난 1625년경에 정대융(鄭大隆)이 바위 옆면에 전서로 '義巖'이란 글자를 새겼다고 한다. 강물 속에서 물위로 솟은 이 바위는 오랜 시일을 두고 눈에 띄지 않을 정도로 조금씩 움직여서 때로는 육지의 암벽 쪽으로 다가서고, 때로는 강 쪽으로 들어가서 암벽에서 건너뛰기가 힘들 정도로 떨어지는 바람에 그 뿌리는 어디에 닿았는지 알 길이 없다고 한다. 옛날부터 진주 시민들 사이에는 이 바위가 암벽에 와 닿으면 전쟁이 난다고 전해 온다. 그 말대로라면, 임진왜란 때 이 바위는 육지 쪽 암벽 가까이로 옮

논개가 왜장을 껴안고 물로 뛰어든 의암

겨와 있었을 것이니, 논개나 왜장이 건너뛰는 데에 별 어려움이 없었을 것이다.

필자는 의기 사당으로 다시 가서 논개의 영정을 바라보았다. 젊고 예쁜 여인의 뜨거운 정열과 조국애에 경의를 표한 뒤에 돌아오면서, 논개가 태어나 자라고, 최경회 장군과 인연을 맺은 전라북도 장수에 가 보리라 마음 먹었다.

논개의 출생과 성장

필자는 2000년 4월 중순에 전라북도 장수를 찾아갔다. 대학원 제자로 장수 계북초등학교에 근무하는 장성렬 선생의 안내로 장수 남산에 있는 의암사(義巖祠), 논개 기념관, 논개의 생가, 논개와 최경회 장군의 묘 등을 둘러보았다. 그리고 논개 연구와 논개 정신 교육에 심혈을 기울이고 있는 고두영 교장 선생님을 만났다.

필자는 장수에서 하루를 보내면서 논개의 출생과 성장, 최경회 장군과의 만남 등에 관해 자세히 알게 되었고, 장수 사람들이 얼마나 논개를 사랑하고 자랑으로 여기는지를 알게 되었다. 고두영 교장 선생님의 저서 『이애미 주논개』(장수문화원, 1997)와 구술 내용, 그리고 경성대학교 향토문화연구소에서 펴낸 『논개 사적 연구』 등 몇 가지 문헌을 참고하여 논개의 출생과 성장, 최경회 장군과의 만남 등을 정리해 보면 다음과 같다.

논개는 조선 선조 7(1574)년 9월 3일 현 장수군 계내면 대곡리 주촌 마을에서 훈장 노릇을 하던 주달문(朱達文)과 밀양 박씨 사이에서 태어났다. 조선 시대 통정대부를 지낸 바 있는 논개의 조부 주혁은 경상도 서상면 방지리에서 이곳 장수 장계의 산골짜기로 이사 온 뒤 서당을 차리고 제자들을 가르쳤다. 진사였던 아버지 주달문도 그 뒤를 이어 서당 훈장으로 이름을 떨치니, 먼 곳에 사는 젊은이들까지 찾아와 가르침을 받았다. 그래서 이곳을 주학자 마을이라고 하여 '주촌(朱村)'이라고 하였는데, 지금까지 이렇게 부르고 있다.

주달문과 밀양 박씨에게는 대룡이라고 하는 아들이 있었는데, 일찍 세상을 떠났다. 그래서 대를 이을 아들을 달라고 3년 간 지성으로 빌어 임신하였는데, 낳고 보니 딸이었다. 논개의 오빠인 대룡의 죽음과 논개의 출생에 관하여는 다음과 같은 전설이 전해 온다.

장계에서 동으로 26번 국도를 따라 육십령을 넘기 전 4km 지점 우측에 무룡궁재로 이어지는 신도로가 뚫렸다. 이 길을 따라서 줄곧 4km쯤 가면 충절의 여신이라 불리는 논개가 탄생한 곳 주촌 마을에 이른다. 마을에서 멀지않은 대곡천에 대룡소가 있었다고 한다.

지금으로부터 사백 수십여 년 전에 주촌 마을 주씨 집안에 기이한 일이 일어났다. 어느날 밤에 주씨의 부인이 첫 아이를 낳았는데 기골이 장대한 데다 용호상박(龍虎相搏)하는 얼굴 형상을 하고서는 바로 윗목으로 서너 발 걸어가서 사방을 응시하는 꼴이 범상하지가 않았다. 부인은 겁에 질려서 남편에게 알렸다. 주씨는 용상을 한 아이 이름을 '대룡'이라 하고, 이런 사실을 감추었다.

그러나 소문은 이웃에서 이웃으로 퍼져서 비범한 아이를 구경 오는 사람이 날이 갈수록 늘어났다. 주씨 부부는 갑자기 걱정이 생겼다. 이런 사실이 관아에 알려지면 나라를 망칠 역적이 생겼다고 멸문지화(滅門之禍)를 당할까 두려워 견디지 못했다. 부부는 몇날 며칠 궁리 끝에 화를 입기 전에 아이를 죽이기로 결심하고 잠들기를 기다렸다가 구석에 있던 다듬돌으로 눌러서 죽인 뒤에 밤중에 마을 근처에 있는 소(沼)에다 던져 버렸다.

참으로 이상한 일이다, 주씨가 발길을 돌려 집으로 가는데 갑자기 앞산 너머 하늘이 어둠을 뚫고 훤히 열리더니 날개 돋친 용마가 괴상한 소리로 으르릉대며 하늘을 날며 주씨집 상공을 한 바퀴 돌아서 대룡(大龍)이를 던진 소(沼)로 들어갔다. 그 순간 '아차! 큰 죄를 지었구나. 장수될 아이를 죽인 게 아닌가!' 하고 후회했으나 때는 늦었다. 집에 와서도 주씨 부부는 여러 날 참회의 눈물을 흘리며 잠을 못 이루었다.

세월이 흐른 어느 날 밤 주씨가 잠을 자는데, 홍안백발 노인이 현몽해서 하는 말이

"나는 너의 조상인데 나의 집이 장군대좌라서 그 기운으로 대호군(大護軍, 지금의 大將格)을 낳게 하여 얼마 안가서 불어닥칠 나라의 환난을 평정케 하려고 용상의 장수를 보냈더니, 네가 무지몽매해서 큰 인물을 잃었구나! 원통하다! 그러나 나의 기운이 남았으니 이번에는 여장수를 보내리라. 그러니 이 번만은 우(愚)를 범하지 말고 고이 기르면 가문과 조

상을 빛내고 나라에 보답할 것이며 미천한 이름으로 귀함이 하늘을 찌를 것이니라"

하고는 사라졌다.

깨어보니 너무나 생시 같은 꿈이었다. 주씨 부부는 조상이 자기들의 잘못을 용서해 주고 새로운 기회를 주는 것이 아닌가 하는 희망을 갖게 됐다. 얼마 후 부인에게 태기가 있었다. 부부는 배 안의 아기를 소중히 여기며 태교에 열중했다. 열 달 후 딸아이를 출산했다.〈장수군지〉

위 이야기에서 논개의 오빠 '대룡'은 그의 조상이 장군이 태어날 명당에 묻혔으므로 그곳에 어린 생기(生氣)의 감응에 의해 아기장수로 태어났다. 그러나 장수가 나면 역적이 될 수도 있으므로 죽여야 한다는 그릇된 관념 때문에 비명에 죽임을 당하였다. 이것은 전국적인 분포를 보이고 있는 「아기장수 전설」이 논개의 오빠와 결부된 것이어서 매우 흥미롭다. 논개는 장군이 태어날 명당의 기운을 받아서 태어난 인물로, 죽은 오빠를 대신할 여장군의 운명을 타고 태어났다고 한다.

주달문이 새로 태어난 아이의 사주를 보니, 갑술년(甲戌年) 갑술월(甲戌月) 갑술일(甲戌日) 갑술시(甲戌時)에 태어나 특이한 사주였다. 갑술은 띠동물이 개이므로, 아이의 이름을 '개를 놓다(낳다의 경상도 사투리)'를 거꾸로 하여 '놓은 개' 곧 '논개'라 하고, 한자로 '論介'라 하였다. 이렇게 이름을 지은 것은 천한 이름을 지어야 명이 길다는 민간의 의식을 반영한 것이기도 하다.

늦은 나이에 외동딸을 얻은 논개의 부모는 논개를 애지중지 길렀다. 논개는 어려서부터 총명하고 영특하였으므로, 아버지의 서당에서 남자 아이들과 함께 글공부를 하였다. 논개의 아버지는 나이가 들면서 해수병으로 고생을 하였는데, 논개는 아버지를 지성으로 간호하였다. 그러나 논개의

장수군 계내면 대곡리 주촌마을 주논개 생가지에 있는 '의암 주논개상'

나이 열세 살 때 아버지는 세상을 떠나고 말았으므로, 논개 모녀는 숙부 주달무의 집으로 가서 함께 살았다.

최경회 현감과의 만남과 헤어짐

이웃 마을에 사는 부자 김풍헌은 모자라는 아들을 장가들이기 위해 논개의 숙부인 주달무를 꾀었다. 재물에 눈이 어두운 주달무는 약간의 재물을 받고, 논개를 김풍헌의 민며느리로 팔았다. 뒤늦게 이 사실을 안 논개 모녀는 소백산맥의 험한 고개인 민재를 넘어 외가인 경상도 서하 봉전 마을로 도망하였다. 혼인 잔치 준비를 하다가 논개 모녀가 도망간 사실을 안 김풍헌은 논개 모녀를 장수 현감에게 고발하였다.

논개 모녀는 관원들에게 잡혀와 장수 현감인 최경회의 심리를 받게 되었다. 숙부인 주달무는 재물을 챙겨 자취를 감췄으므로, 사건의 진상을 밝힐 수 없었다. 최현감은 논개 어머니가 자세한 것은 몰랐다고 하더라도 사주단자(四柱單子)를 받았고, 김풍헌의 재물을 축내었으므로, 5년 간 관아에서 노비로 일하라고 하였다. 그 자리에 있던 논개는 어머니가 병약하여 노비 노릇을 할 수 없으니, 자기가 대신 노비 노릇을 하겠다고 하였다. 논개의 어여쁜 마음에 감동한 최 현감은 관속들의 의견을 들은 뒤에 논개에게 2년 동안 내아(內衙)의 급수비(給水婢)로 일하면 죄를 면하게 해 주겠다고 하였다. 논개는 종일 물을 길어 나르고, 지성으로 현감 부인 나주 김씨의 병 수발을 들었다. 이렇게 1년 남짓 지나는 동안 논개의 착한 마음씨와 성실함을 본 최현감 내외는 논개를 아끼고 사랑하였다.

부인 김씨는 병이 깊어 회복할 가망이 없음을 알고, 최 현감에게 자기가 죽은 뒤에 논개를 후취 부인으로 맞으라고 간곡하게 부탁한 뒤 고향으로 돌아가 숨을 거두었다. 논개의 형벌 기간이 끝난 뒤에 최 현감은 주위의 간곡한 권유와 청을 받아들여 논개를 후취로 맞았다.

최 현감은 59세 되던 해에 어머니 임씨의 상을 당했다. 최 현감은 3년상을 치르기 위해 관직을 사임하고 고향 화순으로 가면서, 논개에게 주촌에 가 있으면 3년상을 마치고 데리러 오겠다고 약속하였다.

최경회 장군과의 다시 만남과 진주성 싸움

최현감이 화순에서 어머니의 3년 상을 치르고 있을 때인 선조 25(1592)년에 임진왜란이 일어났다. 관군이 패전을 거듭하고, 임금이 의주로 옮겨가자 곳곳에서 의병이 일어났다. 화순에서 상을 치르고 있던 최경회는 상복을 벗고 분연히 일어나 의병을 모집한 뒤 이들을 훈련시켰다. 전라우도 의병장이 된 최경회는 남원, 임실, 전주, 무주, 금산에서 왜적과 싸워 큰 공을 세웠다. 최 장군은 장수로 가서 왜병을 물리친 뒤 신병을 훈련하면서 틈이

나는 대로 논개와 만났다.

논개와 다시 헤어져 의병을 이끌고 장수를 떠난 최 장군은 함양·거창·산음·합천·성주 등으로 가서 왜적을 무찌르고, 진주로 갔다. 그는 진주성 제1차전 때에 진주성을 지키고 있던 김시민을 임계영 장군과 함께 성 밖에서 지원하여 큰 공을 세웠다. 그 공으로 그는 경상우도 병마절도사에 임명되었다. 논개는 남장을 하고, 최 장군을 만나러 진주로 향하였다. 그녀는 죽을 고비를 넘기며 진주에 이르러 최 장군을 만났다.

왜군은 제1차 진주성 싸움의 패배를 설욕하고, 호남 지방을 침공하는 전진 기지로 삼기 위해 인근 지역에 주둔하였던 군사를 모두 모아 진주성을 다시 공격하였다. 경상우병사 최경회, 의병장 김천일, 충청병사 황진, 복수대장 고종후 등은 6천여 명의 의병과 6만여 명의 성안 주민들과 한 덩어리가 되어 10만의 왜병과 맞붙어 싸웠으나 중과부적(衆寡不敵)이었다. 우리 병사들은 성안으로 들어온 왜병에게 밀려 지휘소가 있는 남장대까지 후퇴하게 되었다. 화살도 다하고, 창과 칼날도 무디어졌으며, 믿었던 원병도 오지 않는 처참한 상황에서 남은 것은 명예로운 죽음뿐이라고 판단한 최경회 장군은 뒷일을 당부하는 유언을 남기고, 김천일·고종후와 함께 남강에 몸을 던져 순절하였다.

최경회 장군은 광해군 9년(1617)년에 자헌대부 이조판서, 홍문관 대제학, 예문관 대제학에 숭정대부 의정부 좌찬성에 추증되었다.

논개의 최후와 무덤

논개는 왜장들이 칠석날 촉석루에서 전승을 자축하는 잔치를 여는데, 기생을 징발한다는 말을 들었다. 논개는 복수할 수 있는 좋은 기회라고 생각하고, '진주 기생 논개'라고 기적(妓籍)에 올린 다음, 잔치에 참여하였다. 잔치에 참석한 왜장들 중 가또오 기요마사(加藤淸正)의 부장(副將)으로, 선봉장

경북 함양군 서상면 방지리에 있는 주논개(앞쪽)와 최경회 장군(뒷쪽)의 묘

이 되어 전공을 많이 세운 게야무라 로꾸스케(毛谷村六助)가 논개에게 마음을 두고 가까이 다가왔다. 논개는 이를 눈치 채고, 잔치 자리를 빠져나와 촉석루 아래의 의암으로 갔다. 취흥이 도도한 왜장은 의암으로 와서 논개를 끌어안았다. 논개는 기회를 놓치지 않고 왜장을 끌어안은 뒤에 깍지를 끼고 남강으로 몸을 날렸다.

최경회 장군을 따라 의병에 참가한 사람 중에는 최경희의 고향인 화순, 현감을 지낸 장수 등 호남 출신이 많았다. 살아남은 의병 중 최경회 장군과 논개의 충절에 큰 감동을 받은 이들이 왜군 몰래 최경회 장군과 논개의 시신을 수습하여 메고 왔다. 그래서 주씨의 집성촌인 경북 함양군 서상면 방지리에 매장하였다. 그래서 그 곳에 최경회 장군과 논개의 묘가 함께 있다.

비각에 있는 촉석의기 생장향수명비와 비문

그 옆에는 논개의 시신을 메고 온 의병 추모비가 있다.

장수 군민의 논개 사랑

논개의 충절은 임란 당시 상하층민에게 큰 감동을 주었다. 임란 직후에 전쟁의 실상을 조사한 유몽인은 『어우야담』에 논개의 일을 기록하고, 그녀의 의로운 행동을 높이 찬양하였다. 논개가 순절한 지 120여 년 뒤인 1716년에 유림들의 진정을 받은 예문관에서는 논개에게 '의암(義巖)'이라는 호를 내렸다. 그리고 진주 사당에 사액(賜額)하고, 매년 제사를 올렸다. 논개 순국 253년 후에 장수 현감이 된 정주석은 '촉석 의기 생장향 수명비(矗石義妓生長鄉竪名碑)'에서 논개가 장수 출신임을 밝히고, 다음과 같이 적었다.

언제나 의(義)·열(烈)에 공을 세운 이 여인에게 고운 옷을 입듯 공경심이 생기고, 항상 감개무량하여 이제 수명비를 세워 후세에 전하고, 남은 여생

전북 장수 남산에 있는 논개 사당 의암사

을 순한 바람이 불어가듯 그 정신에 살 것을 원하며 조심스럽게 글을 써서
새긴다.

우리를 식민 통치하게 된 일제는 촉석 의기 생장향 수명비를 없애려고
하였다. 이를 눈치 챈 장수의 젊은이들이 일제 몰래 이 비를 땅 속에 파묻었
다가 광복 후에 장수 남산에 다시 세우고, 비각을 세웠다. 그리고 거기에 의
암사(義巖祠)를 세우고, 영정을 모셨다. 함태영 당시의 부통령은 '義巖祠'라
고 쓴 현판을 보내 이를 기렸다. 그 후 논개가 나서 자란 주촌에 생가를 복원
하고 동상을 세웠다. 그러나 자리가 협소하여 다시 그 옆으로 옮겨 생가를
복원하고, 기념관을 지었다. 그 위에 논개 부모의 묘가 있다. 장수 군민들은
효성과 충절의 여인 논개가 장수에서 태어났다는 사실을 자랑스럽게 여기
고 있으며, 논개의 생일인 9월 3일을 군민의 날로 정하여 애국충절을 기리

는 여러 가지 행사를 하고 있다.

의암사에 있는 논개의 영정

논개의 정신을 본받아야

최근 일본의 3대 영산(靈山)의 하나라고 하는 히꼬산 자락에 있는 보수원(寶壽院)에 논개의 사당과 위령비가 세워졌다고 한다. 일본인들이 논개의 정절을 흠모하여 기리기 위해 세운 것이라 생각하기 쉬운데, 그와 전혀 다르다. 논개의 손에 죽은 게야무라 로쿠스케의 후손인 우에스카 하쿠유가 게야무라 로쿠스케의 무덤 옆에, 그의 영혼을 위로하기 위해, 그의 위령비와 나란히 세운 것이다. 우에스카 하쿠유가 논개와 게야무라 로쿠스케의 영혼 결혼식을 하였다는 말도 들려온다. 우에스카 하쿠유의 행동은 게야무라 로쿠스케의 말없는 개선을 획책하고, 일본주의의 부활을 위한 것이리라. 우에스카 하쿠유는 한일 간의 친선과 우의를 다진다는 미명 하에 합동 위령제를 지내기도 하였다. 여기에 한국인들이 참석하고, 진주시에서는 우에스카 하쿠유에게 감사장까지 주었다고 한다. 논개의 입장에서 볼 때 왜장 게야무라 로꾸스케는 조국을 짓밟고, 최경회 장군과의 사랑과 행복을 빼앗아간 불구대천(不俱戴天)의 원수이다. 그러므로 논개는 죽어서도 왜장 게야무라 로꾸스케와 같은 사당 안에 있을 수 없다. 해주 최씨 화순 종친회에서는 합동 위령제 철폐, 논개 영정 반환을 요구하며 백방으로 노력하다가 국회 의사당 앞에까지 와서 시위를 하고, 일본 대사를 만나려 하였으나 뜻을 이루지 못하였다.

진주성 싸움과 논개의 의로운 죽음은 조선의 군관민(軍官民)에게는 승리에 대한 확신과 용기를 주고, 호국정신을 불러일으켰으며, 왜군에게는 호남 지방으로 진격하려던 그들의 사기를 떨어뜨려 후퇴하게 만들었다. 그래서 임진왜란을 종식시키는 전환점을 마련하였다.

논개의 깊은 분노와 강한 정렬은 400여 년이 지난 오늘날에도 남강의 푸른 물결 위에 넘실거린다. 수만의 관군도 잡지 못한 왜장을 물에 빠뜨린 논개의 용기와 지혜, 애국애족의 굳은 마음을 우리 모두 마음 깊이 간직하고 본받아야 한다. 일본 히꼬산 보수원의 논개는 논개의 정신을 망각하고 있는 우리들에게 경각심을 갖도록 일깨워 주고 있다.

IX

충청남도 공주·부여·논산·보령 지역

西洋

1. 곰의 사랑과 분노 — 곰나루와 곰사당

충청남도 공주시 웅진동 금강 가에 곰나루가 있다. 필자는 한국교원대학교 고전반 학생들과 전설의 현장 답사 차 공주에 갔다. 승용차를 타고 학교를 출발하여 조치원을 거쳐 공주대학 앞을 지나 공주 시내 쪽으로 가려고 금강대교 앞에서 좌회전을 하였다. 신호를 받아 왼쪽으로 돌며 대교 오른쪽을 보니, 세 마리의 곰이 합심하여 큰 공(球)을 받들어 올리고 있는 모습의 석상(石像)이 반겨 주었다. 시내를 향해 대교를 건너니, 대교 남단의 왼쪽 녹지 공간에 곰의 형상을 만들어 세운 웅진탑이 필자를 손짓하였다. 오른쪽 길가에 차를 세우고, 길을 건너 웅진탑 앞으로 가서 사진을 찍었다.

곰은 공주의 상징 동물이다. 공주의 옛 이름이 '곰나루' 또는 '웅진(熊津)'이었음을 생각하면, 곰이 공주의 상징 동물이 된 것은 아주 자연스러운 일이다. 필자는 전에도 금강대교를 건너다닌 적이 있는데, 이날 따라 곰상이 더욱 정겹게 느껴진 것은 이번 방문이 이곳 전설을 조사하러 온 때문이리라.

웅진탑 앞에서 다시 차를 타고 곰나루를 찾아갔다. 금강교 북단에서 무녕왕릉 표지판을 따라 2Km 쯤 가니 길 오른쪽에 무녕왕릉이 있었다. 무녕왕릉을 조금 지나 오른쪽 길로 가니, 공주 공설운동장이 있었다. 거기서 약

공주의 상징인 웅진탑의 곰상

간 경사진 내리막길로 약 1Km 내려가다가 오른쪽으로 200m 쯤 가니, 길 왼쪽에 '곰나루 사당, 곰나루, 송림' 이라고 쓴 표지판이 서 있었다. 거기에 차를 세우고, 왼쪽으로 큰 소나무가 몇 그루 서 있는 야트막한 산길을 100m 쯤 가니, 기와 입힌 담장을 두른 널찍한 집이 한 채 있었다. 대문을 들어서니 잔디를 잘 가꾼 마당 한가운데에 '웅신단(雄神壇)' 이라고 쓴 현판이 걸린 4~5평 정도의 기와집이 있었다. 집안에는 나무로 된 단 위에 돌로 깎은 곰상이 놓여 있었다. 곰상을 자세히 살펴보고 사진을 찍은 뒤에 웅신단 왼편을 보니, 웅신단비(雄神壇碑)가 있었다. 높이 0.5m, 넓은 부분의 폭1m, 길이 2m 쯤 되는 길쭉한 자연석 위에 가로 2m, 세로 1.4m, 두께 0.5m 정도의 자연석을 올려놓았다. 올려놓은 바위의 전면에는 곰나루 전설이 시적

옛날 교통의 요지였던 곰나루

으로 표현되어 있는데, 그것은 공주사범대학 백제문화연구소에서 지은 글
이었다.

웅신단을 나와 길 위에 서서 북쪽을 보니, 금강이 연미산을 감돌아 남동
쪽으로 흐르고 있었다. 필자는 옛날에 배가 다닌 곰나루가 어디일까를 생
각하며 민가를 지나 강가로 갔다. 강가 모래판에서 만난 유홍무(남, 49세, 초
등학교 졸업, 공주시 신관동 주공아파트 315-501)씨는 지금 우리가 서 있는 곳이
곰나루의 남쪽 배턱이고, 모래 채취 작업을 하고 있는 곳이 북쪽 배턱이었
을 것이라고 하였다.

필자는 옛 곰나루 자리에서 연미산을 바라보며, 웅진탑 앞에서 들은 곰
나루 전설을 곰곰히 생각해 보았다.

전에 저 건너(금강의 서북쪽을 가리키며) 연미산에 굴이 하나 있었는데, 그

곰나루 전설을 시적으로 적어놓은 웅신단비

굴에 암곰이 한 마리 살았대유. 어느 날 한 나무꾼이 그 산으로 나무를 하러 갔다가 피곤해서 그 굴에서 쉬었나 봐요. 그런데 곰이 들어와 보니까, 남자가 있거든요. 그러니까, 곰이 그 남자를 자기 배필로 생각하고, 밖에 못 나가게 거기다가 가둬 놓은 거지요.

가둬 놓고서 1년인가, 2년을 같이 살았대요. 같이 사는데, 그 곰이 나갈 때마다 굴 앞에다가 큰 돌을 막고 나갔어요. 이 남자가 못 도망가게. 그러구서 음식을 해 나른 거유. 곰이. 과일도 따다 주구 해서 같이 살았는데, 한 2~3년 경과돼 가지구, 새끼를 둘을 낳았대유.

그 후로 암곰은 새끼도 낳구 했으니까, 그 사람을 믿었대유. 그래서 안 도망갈 꺼라 생각허구, 돌을 막아 놓지 않고 나갔는데, 와 보니까 이 남자

웅신단과 웅신단 안의 곰상

가 없어진 거유. 곰이 금강 쪽으로 쫓아와 보니까, 그 사람이 강을 건너가
고 있어유. 곰은 그 사람을 향하여 가지 말라고 몸짓을 하구 소리를 질렀지
만, 그 사람이 그냥 가는 거유. 곰은 그 남자에게 돌아오지 않으면 새끼를
죽이겠다고 하여도 오지 않으니까, 새끼를 하나씩 강에 던지고, 자기도 강
에 빠졌대유. 그래서 그 나루를 곰나루라고 헌대유. 곰이 죽은 뒤에 풍랑이
심하여 곰 제사를 지냈대유.

채록 일시 : 1996년 10월 2일 오전 9시 30분
구연자 : 박양규(남, 38세, 고졸, 건설업)
  사는 곳 : 충남 공주시 신관동 286
  나서 자란 곳 : 공주시 반죽동 221
만나게 된 경위 및 채록 상황 : 금강대교 남단의 서쪽 길가에 차를 세우고, 차도를 건너 웅진탑 앞으로 가니, 두 사
  람이 웅진탑 보수 공사를 하고 있었다. 사진을 찍고 있는데, 그 때 마침 박양규 씨가 차를 타고 와서 공사 인부들
  에게 작업 지시를 하고 서 있었다. 박씨와 인사를 나누고, 곰나루 전설을 이야기해 달라고 하여, 웅진탑 앞에 서
  서 들었다.
처음 들은 때 및 들려준 사람 : 어렸을 때 동네 어른들한테 들었고, 고등학교 학생 때 학교 선생님한테도 들었다고 함.

곰나루 전설에서는 암곰이 남자와 몇 년을 같이 살면서 정을 통하여 새끼를 낳았다고 한다. 이것은 사실로 받아들이기 어렵다. 그러니 사실의 표현이라기보다는 상징과 비유적인 표현으로 보는 것이 좋겠다. 이 이야기는 단군신화의 경우처럼 여러 가지로 해석할 수 있지만, 다음과 같이 소박하게 해석할 수도 있다.

공주 지방에는 일찍이 곰을 수호신 또는 조상신으로 믿고 섬기는 곰 토템(totem) 부족이 자리를 잡고 살았다. 그런데 이들보다 머리가 깬 부족이 공주 지방으로 이동해 왔다. 이들은 얼마 동안 선주민인 곰 토템 부족과 연합하여 살면서 세력을 확장한 다음, 독자적인 세력으로 지배권을 형성하였다. 그에 따라 선주민인 곰 토템 부족은 이주민의 지배하에 들게 되었거나, 멸망하고 말았을 것이다. 이러한 사실을 설화적으로 표현한 것이 곰나루 전설이 아닐까 생각한다. 그렇게 보면, 암곰은 선주민인 곰 토템 부족의 여인이고, 남자는 다른 지방에서 온 외래인이 된다. 나무꾼이 곰녀와 산 것은 두 부족의 연합에 의한 평화적 공존을 의미하고, 남자의 떠남과 암곰의 죽음은 외래인의 지배 체제 확립과 곰 토템 부족의 패배를 의미한다.

『신증 동국여지승람(新增 東國輿地勝覽)』 권 17 공주목 사묘(祀廟) 조에는 "웅진 남쪽 기슭에 웅진사(熊津祀)가 있는데, 봄과 가을에 향과 축문을 내려서 제사를 지낸다."고 하였다. 이것은 곰을 위한 제사를 지냈다는 전설의 내용과도 일치한다. 선주민은 외래인과의 싸움에서 패배하기는 하였으나 크게 반발하였을 것이다. 외래인은 이들을 달래기 위한 정책적 배려를 하지 않을 수 없었을 것이다. 곰이 죽은 뒤에 풍랑이 심하여 곰을 위한 제사를 지냈다고 하는 것은 이러한 사정을 설화적으로 표현한 것이라 하겠다. 이것은 곰나루가 지형상 물의 흐름이 달라지는 곳이어서 물살이 세다고 하는 사실과 관련되어 자연스럽게 첨가된 것이라 생각한다.

이 설화를 최래옥 교수는 「현지 조사를 통한 백제설화의 연구」에서 한강 유역에서 건국한 백제가 처음에는 직산을, 뒤에는 공주를 남방 진출의 기지로 삼아 세력을 확장하던 역사적 사실과 관련지어 해석하였다. 또 백제가 경기도 광주 중심의 지배층과 공주 중심의 지배층이 연합하여 세력을 유지하다가 공주 중심의 지배층이 몰락함에 따라 백제가 망하였음을 설화적으로 표현한 것이라고 하였다.

곰과 사람이 함께 살면서 새끼를 낳았다는 곰나루 전설은 웅녀가 환웅과 정을 통하여 우리 민족의 시조인 단군을 낳았다고 하는 단군신화와 맥을 같이 한다. 그러므로 곰나루 전설은 아주 오랜 옛날부터 전해 온 전설이라 하겠다. 이와 비슷한 전설이 전남 구례의 '곰소'에도 전해 온다.

공주시를 감돌아 흐르는 금강에는 오래 전에 다리가 놓였다. 그래서 곰나루는 나루로서의 기능을 잃은 지 오래 되었다. 곰나루 전설의 슬픈 사연이 깃들어 있는 그 자리에서는 중장비를 이용한 모래 채취 작업이 한창이었다. 그리고 강의 북쪽 산기슭으로 나 있는 공주—예산·청양 간 국도에는 자동차들이 꼬리를 물고 달리고 있었다. 필자를 가까이 따라온 홍원태 군과 곰나루 전설의 의미를 이야기하고, 연미산의 굴은 그대로 있을까를 생각하며 발길을 돌렸다.

2. 호랑이가 맺어준 남녀의 사랑과 수도—남매탑

충청남도 공주시 반포면 학봉리에 있는 동학사 뒤편의 계룡산 삼불봉 자락에 남매탑이 있다. 몇 년 전 봄에 필자는 한국교원대학교 학생들과 함께 계룡산 남매탑을 찾았다. 승용차를 타고 청주에서 경부고속도로 내려가다가 회덕 분기점에서 호남고속도로로 들어서서 10분쯤 달리니, 유성 IC가 나왔다. 유성 IC를 벗어나니 바로 대전과 공주를 오가는 4차선 국도가 나왔다. 공주·계룡산 표지판을 따라 8km쯤 달리니, 왼쪽에 '국립공원 계룡산 동학사'라고 쓴 커다란 표지판이 보였다. 그곳이 박정자 삼거리인데, 거기서 동학사까지 약 3km 되는 도로 양쪽에 수십 년 자란 벚나무들이 즐비하게 서 있어 벚나무 터널을 이루고 있었다. 아직은 벚꽃이 피지 않아 불그스름한 꽃봉오리들이 수줍은 듯 나뭇가지에 다닥다닥 매달려 있었다. 며칠 후면 활짝 피어 환한 웃음을 웃을 것이니, 그 모습은 참으로 장관을 이룰 것이다. 벚꽃이 빨리 피기를 재촉하는 듯한 '봄철 벚꽃 대축제' 프래카드를 보면서, 며칠 후에 다시 와 보고 싶은 충동을 느꼈다.

주차장에 차를 세우고, 버스를 타고 온 학생들과 합류하여 등반길에 올랐다. 약 20분쯤 걸어 동학사에 당도하였는데, 동학사는 여러 번 왔었으므로

그대로 지나쳐 조금 걸으
니, 갈림길이 나왔다. 거기
서 오른쪽 길로 가면 남매
탑이 나온다. 길 옆 안내 표
지판에는 '남매탑 1.7km',
'금잔디 고개 2.4km', '갑
사 4.7km' 라 쓰어 있었다.

남매탑 전설 상상도

남매탑 가는 길은 돌계
단이 있는 곳이 많고, 길도
넓으며 크게 험하지 않았
다. 약간 가파른 곳이 있어 땀이 좀 흐르기는 하였지만, 그리 힘들지는 않았
다. 탑 바로 아래에서 잠시 쉰 다음, 약간 비탈진 언덕을 오르니, 삼불봉 자
락을 평평하게 다듬은 곳에 7층탑과 4층탑(원래는 5층이었다고 함.)이 나란히
서 있었다. 탑 옆에는 남매탑에 대한 설명을 적은 넓은 간판과 「남매탑 전설
상상도」가 나란히 서 있다. 설명서에는 '이 탑은 부여 정림사지 석탑을 충
실히 모방하고 있다.' 는 말과 '이 탑은 멸망한 백제의 왕족과 호랑이가 업
고 온 상주 여인간의 애틋한 사랑 이야기가 전설로 전해 오고 있다.' 고 적혀
있었다. 전설 상상도에는 목탁을 든 스님 앞에 호랑이가 등에 젊은 여인을
태워 가지고 와서 앉아 있는 그림이 그려져 있었다. 그리고 우측 조금 낮은
곳에는 부처님을 모신 불당과 처사들이 거처하는 방이 있는 계명정사(鷄鳴
精舍)가 있었다.

필자는 지난 여름에도 이곳에 왔었는데, 그 때에는 땀이 비 오듯 하였고,
힘에 겨워 몇 번이나 쉬고서야 겨우 오를 수 있었다. 그것은 산이 험해서라
기보다는 전날 밤에 늦도록 대학원생들과 세미나를 하고, 이야기를 하느라
고 잠을 설친 때문이었다. 그 때 '산을 오르기 전에는 잠을 푹 자야 한다.' 는

말을 실감하였었다.

필자는 함께 온 학생들에게 지난 해에 힘들게 올랐던 이야기를 하고, 그때 동행하였던 초등학교 선생님들한테 들은 「남매탑 전설」을 이야기하였다.

옛날에는 이 계룡산에 나무들이 무척 많이 있었고, 호랑이도 살고 있었다고 합니다. 불심이 깊은 승려 한 분이 이 근처에 와서 암자를 짓고 불도를 닦고 있었다고 합니다.

어느 날, 스님이 시주를 갔다가 밤늦게 돌아오는데, 큰 호랑이의 울음소리가 들리더랍니다. 스님은 무서움을 느끼면서, '아이구, 이제 죽었구나.' 하고 생각하였어요. 그런데 호랑이 울음소리가 어쩐지 처량하고 구슬프게 들리고, 자기를 향해 도와 달라고 하는 것과 같은 느낌이 들더랍니다. 그래서 울음소리가 들리는 곳으로 다가가니, 호랑이는 입을 크게 벌리고 눈물을 뚝뚝 흘리면서 울고 있더랍니다. 스님을 향해 구해 달라는 뜻으로 눈물을 흘리는 듯하더랍니다.

스님은 동정심이 생겨서 호랑이에게 다가가 보니, 호랑이의 입 속에는 피가 흘러나오고 있었는데, 호랑이는 입을 영 다물지 못하고 있었대요. 자세히 살펴보니, 입 속에 비녀 하나가 딱 꽂혀 있어 입을 다물 수가 없었대요. 스님은 호랑이 입 속에 손을 넣어 비녀를 꺼내 준 다음, 조용히 타일렀습니다.

"너 왜 이렇게 몹쓸 짓을 했느냐? 사람을 잡아먹어서야 되느냐? 너 다시는 이런 짓을 하지 말아라."

호랑이는 고맙다는 인사를 꾸벅꾸벅하고, 스님이 나무라는 소리를 알아들었다는 듯이 고개를 끄덕끄덕하였답니다.

스님은 호랑이와 헤어져 암자로 돌아와 불도를 열심히 닦고 있었어요. 그런데 어느 날, 갑자기 또 호랑이 울음소리가 들려서 깜짝 놀라서 나가 보니까, 이번에는 웬 여인이 자기 암자 앞에 누워 있더랍니다. 스님이 그 여인을 안아 방에다 잘 누인 후 보니, 외상은 없는데 기절해 있었으므로, 몸을 따뜻하게 하고 치료를 해 주었답니다. 그 동안 호랑이는 밖에서 스님의 행동을 지켜보고 있었대요. 스님은 밖에 나와서 호랑이에게 왜 또 이런 짓을 했느냐고 꾸짖었어요.

"왜 이 여인을 업고 왔느냐?"

호랑이는 말을 못하니까, 그냥 몸짓, 고갯짓으로 여인을 데리고 온 까닭은 스님이 홀로 사는 것이 안타까워서 배필을 구해 왔노라고 설명하는 듯하였어요.

얼마 후에 여인이 정신을 차려 사방을 둘러보았어요. 스님이

"당신은 어떻게 여기까지 오게 되었습니까?"

하고 묻자, 여인은 경상도 상주 땅의 큰 부잣집 딸로 그 날이 마침 혼인날이어서 혼례를 올리고 났는데, 갑자기 호랑이가 덮쳐서 자기를 업고 그냥 달려오는 것을 보고 무서워서 기절하였다가 깨어 보니, 바로 여기라고 하였습니다. 그리고 이어서,

"호랑이가 저를 업고 여기로 온 것은 스님을 배필로 하여 살라는 하늘의
 뜻이라고 생각합니다. 저는 평생 스님과 함께 살면서 낭군으로 모시겠
 습니다."

하고 말하는 거예요. 이 말은 들은 스님이,

"나는 이미 출가하여 속세를 떠나 부처님께 귀의한 몸입니다. 그러므로
 낭자의 뜻에 따를 수가 없습니다. 제가 댁으로 모셔다 드릴 터이니, 댁
 으로 가시지요."

하고 말했어요. 그러나 이 여인은 뜻을 굽히지 않고 며칠을 두고 스님을 설득하였습니다. 그러나 뜻대로 되지 않으니까, 그 여인은 자기도 머리를 깎고 중이 되겠다고 하였어요. 그러니까 스님이

"그러면, 우리 남매의 의를 맺고 불도를 닦아 봅시다."

하고 말했어요.

계룡산 동학사 뒤쪽에 있는 남매탑

중 하나는 오빠인 스님이 쌓은 것이고, 작은 것은 여자가 쌓은 탑이라고 합니다. 그 둘은 탑을 다 쌓은 후 행복하게 이 세상을 하직했다고 합니다. 이 것이 오늘 날 남매탑을 쌓게 된 전설이라고 합니다.

채록 일시 : 1994. 8. 8. 낮 12 : 45~50.
구연자 : 이강문(남, 48세, 초등학교 교사, 대학원 졸)
　나서 자란 곳 : 충남 논산군 두마면 왕대리
　사는 곳 : 대전시 중구 태평2동 삼부아파트 401동 33호
만나게 된 경위 및 채록 상황 : 대학원 과정에서 필자와 학연을 맺은 사람들의 모임인 '월곡고전문학 연구회' 여름 철 세미나를 마치고, 회원들과 함께 산에 올라 남매탑을 둘러보고, 그 아래에 있는 쉼터에서 잠시 쉬면서 몇몇 회 원들과 함께 들었다.
처음 들은 때 및 들려준 사람 : 어렸을 때 부모님한테 들었다고 함.
구연 경력 : 학교에서 어린이들에게 여러 번 이야기하여 주었고, 요청이 있을 때마다 구연하였다고 함.

위에 적은 이야기는 이강문 선생이 구연한 것인데, 구연자의 이야기를 듣고 있던 윤인근 선생은 자기가 기억하고 있는 내용과 조금 다르다고 하면서 다음과 같이 이야기하였다.

　옛날에 어느 수도승이 삼불봉 밑에 토굴을 짓고 살았대요. 어느 날, 그 수도승이 마을로 내려갔다가 돌아오는데, 큰 호랑이가 길을 딱 막고 있더래요. 그가 무서워서 벌벌 떨면서 그 호랑이를 피해 가려고 하니, 다시 길을 막으며 '어흥 어흥!' 하더래요. 그가 자세히 보니, 호랑이가 입을 딱 벌리고 있는데, 입 속에 허연 이물질이 있더랍니다. 이를 본 그는
　'저것 때문에 아파서 내게 구조를 요청하는가 보다.'
하고 생각했어요. 그가 가까이 다가가니 호랑이는 땅에 착 엎드리면서 해칠 의사가 전혀 없음을 표시하더래요.
　그가 가까이 가서 호랑이의 입 안을 살펴보니, 은비녀가 목에 가로질러 있어서, 그것을 꺼내면서 호랑이에게
　"네가 아무리 미물이지만, 사람을 이렇게 해쳐서야 되겠느냐? 다시는 사람을 해치는 일을 하지 말아라."
하고 타일러 보냈답니다.

그는 토굴로 돌아와서 열심히 수도를 하였는데, 어느 달 밝은 밤, 어디서 '쿵' 하는 소리가 나요. 그래서 문을 열고 보니까, 호랑이가 어른어른하고 있어서 나와 보니까, 호랑이가 어떤 여인을 땅바닥에 내려놓고 있었어요. 그가 가까이 가서 보니, 여인이 기절해 있어서 그 여인을 안고 방에 들어와 물수건을 해 주며 간호하니, 얼마쯤 지나서 여인이 정신이 들더랍니다. 여인에게 자초지종을 물으니, 여인은 경상도 상주 고을에 사는 부자의 딸로, 결혼식을 마치고 첫날밤에 잠깐 문 앞에 나와서 바람을 쐬고 있는데, 갑자기 호랑이가 나타나서 기절을 하였는데, 여기에 이르렀다고 하였습니다. 그는 여인에게 말했어요.

"내일 날이 밝으면 상주 땅으로 돌아가시오."

날이 밝자, 그 여인이 말을 해요.

"이것도 인연이 아니겠소? 천지신명이 당신을 배필로 정해 주셨으니, 나는 돌아가지 않겠습니다. 돌아간다 하여도 부모님이 나를 받아 주시지 않을 것입니다. 저와 부부의 인연을 맺기를 원합니다."

그가 출가한 몸이니 부부의 인연을 맺을 수 없다고 하자, 그 여인은 옆에서 시중을 들게만 해 달라고 하였어요. 그래서 두 사람은 남매의 의를 맺고서 불도에 정진하여 훌륭한 승려가 되었다고 합니다.

후세 사람들이 그 이야기를 듣고서, 그 두 사람의 뜻을 기리기 위해 지금의 7층 석탑과 4층 석탑을 세웠다고 합니다.

채록 일시 : 1994. 8. 8. 낮 12 : 50~53.
구연자 : 윤인근(남, 44세, 초등학교 교사, 대학원졸)
　사는 곳 : 대전시 서구 탄방동 한가람 아파트 5-904
　나서 자란 곳 : 대전시 유성구 지적동 561에서 출생하여 여섯 살까지 살다가 충남 공주군 반포면 송공리 87에서 대학 시절까지 살았음.
만나게 된 경위 및 채록 상황 : 앞 이야기와 같음.
처음 들은 때 및 들려 준 사람 : 초등학교 학생 때 동학사로 소풍을 왔었는데, 그 때 일행을 안내해 주던 동학사 스님이 이야기해 주었다고 함.
구연 경력 : 담임반 학생들에게 여러 차례 이야기해 주었음.

위에 적은 두 사람의 이야기는 탑을 누가 세웠는가에 대한 설명이 다르다. 그러나 어느 것이 사실인가를 밝히기는 어렵다. 그러나 탑의 규모나 솜씨로 보아 한두 사람이 세운 것이 아니고, 석탑 건립에 뛰어난 기술을 가진 사람이 많은 사람의 도움을 받아 건립하였음을 알 수 있다.

위 이야기에서 호랑이는 처음에 사람을 잡아먹는 악한 호랑이로, 자기가 해친 여인의 비녀가 목에 걸려 죽을 지경에 이른다. 호랑이는 스님에게 도움을 청하고, 자비심 많은 스님의 도움으로 호랑이는 위기에서 벗어난다. 스님의 도움을 받은 호랑이는 스님의 은혜를 갚는 뜻에서 신부를 업어다 주어 함께 살도록 한다. 혼인 첫날밤에 호랑이에게 업혀 온 신부는 모두가 하늘의 뜻이라 생각하고, 집으로 돌아가지 않고 스님과 부부의 인연을 맺기를 원한다.

한국 설화에 나타나는 호랑이의 모습은 ①사람을 해치는 악한 호랑이, ②사람을 도와주는 착한 호랑이, ③산신 또는 산신의 사자로 나타난다. 이 이야기에서 여인을 잡아먹다가 목에 비녀가 걸려 죽게 된 호랑이는 ①의 성격을 띤 호랑이다. 자기를 구해 준 스님이 홀로 사는 것을 딱하게 여겨 여인을 업어다 주는 호랑이는 ②의 성격을 띤 호랑이이다. 사람을 해치다가 죽게 되었던 악한 호랑이는 스님의 은혜를 입어 살아난 뒤에 착한 호랑이로 변하였다. 호랑이에게 업혀 온 여인은 호랑이를 보통의 동물로 생각하지 않고 ③으로 보아, 자기가 이곳에 오게 된 것은 신의 뜻이라 생각하였다. 그래서 집으로 돌아가지 않고 스님과 함께 지내기로 마음을 굳혔다. 이처럼 이 이야기에는 호랑이에 대한 한국인의 의식이 잘 나타나 있다.

스님은 그 여인의 사랑을 받아들일 수도 있었을 터인데, 속세의 인연을 끊고 불도에 전념하기로 한 결심을 굽히지 않고 거절한다. 그러다가 두 사람은 남매의 의를 맺고, 불도에 전념하였다고 한다. 한 번 마음에 정한 바를 변하지 않고 끝까지 실천한 두 사람의 자제력과 인내력, 그리고 깊은 신앙심이 정말 경탄스럽다.

이와 비슷한 이야기가 경북 풍기의 희방사 연기 설화로도 전해 온다. 이 이야기는 호랑이가 목에 걸린 비녀를 빼준 스님에게 보은하는 뜻에서 처녀를 업어다 주면서 배필을 삼으라고 하지만, 이를 거절하였다는 점에서는 「남매탑」 이야기와 같다. 그러나 그 처녀를 집으로 데려다 주고, 그 집에서 많은 재물을 시주하여 그 돈으로 희방사를 지었다고 하는 점에서 차이를 보인다.

필자는 학생들과 함께 금잔디 고개를 넘어 갑사로 내려왔다. 갑사 아래에는 활짝 핀 벚나무 몇 그루가 드문드문 서서 환한 웃음을 웃으며 맞아 주었다. 같은 계룡산 자락이건만, 갑사 쪽이 동학사쪽보다 봄이 일찍 와 있었다.

필자는 갑사 아래로 내려와 계룡산 자락을 벗어나면서 호랑이로 인해 만난 두 젊은 남녀가 가슴 속에 이는 뜨거운 사랑과 욕정을 불교적 신앙심으로 승화시킨 아름다운 이야기의 의미를 생각해 보았다. 그리고 사람을 해치던 호랑이가 자기를 살려준 스님에게 은혜를 갚는 착한 호랑이로 변화된 것이 어떤 의미를 가지는가도 생각해 보았다. 「남매탑」 전설은 필자에게 삶의 자세를 어떻게 가져야 할까를 다시 한 번 생각하는 계기를 마련해 주었다.

3. 선화공주와 혼인하고 왕이 된 서동—궁남지

충청남도 부여군 부여읍 동남리에 옛 백제의 별궁에 조성된 원지(苑池)인 궁남지(宮南池)가 있다. 『삼국사기(三國史記)』 무왕 35(634)년 조의 기록에 의하면, 궁의 남쪽에 못을 파고 20여 리에서 물을 끌어들인 다음, 못 둘레에 버들을 심고, 못 가운데에 방장선산(方丈仙山)을 모방한 섬을 만들고, 이름을 궁남지(宮南池)라고 하였다 한다. 약 2만 평이 되는 큰 못이었다 하나, 1967년 복원된 현재의 못은 13,722평에 불과하다. 이 못 동쪽의 화지산(花枝山) 기슭에는 백제 이궁지(離宮址)로 추정되는 건물 터가 있다.

궁남지의 넓은 연못 가운데에 있는 작은 섬에 정자가 하나 있는데, 포룡정(抱龍亭)이라는 현판이 걸려 있다. 용을 끌어안았다는 뜻을 지닌 정자 이름을 보는 순간 이 정자는 백제 무왕(武王)의 출생 설화와 관련된 것이라는 생각이 들었다. 정자 안에 걸려 있는 포룡정기(抱龍亭記)의 내용을 보니, 처음에 생각한 대로 이 정자는 무왕의 출생 설화와 관련된 것이었다.

널리 알려진 향가 「서동요(薯童謠)」와 함께 전하는 서동 이야기를 적어 보면 다음과 같다.

서동의 어머니가 용과 사랑을 나누었다는 전설이 서린 포룡정

백제 제30대 무왕(武王)의 이름은 장(璋)이다. 그의 어머니가 과부가 되어 서울 남지(南池) 가에 살고 있었는데, 그 연못의 용과 교통하여 아들을 낳고, 이름을 서동(薯童)이라 하였다. 그는 도량이 커서 헤아리기가 어려울 정도였는데, 늘 마를 캐어 팔아서 생활하였으므로, 나라 사람들이 그에 따라 이름을 지은 것이다.

그는 신라 진평왕의 셋째 공주 선화가 매우 아름다워 그와 비길 만한 사람이 없다는 말을 듣고, 머리를 깎고 신라의 서울로 갔다. 그가 마를 동네 아이들에게 주니, 아이들이 친해서 그를 따르게 되었다. 그는 동요 한 편을 지어 여러 아이들을 꾀어서 부르게 하였는데, 그 노래는 다음과 같다.

선화공주님은 남 그스기(몰래) 얼어[嫁] 두고
맛동방[薯童]을 밤에 몰래 안고 간다. 〈양주동 씨 해독〉

동요가 장안에 퍼져 궁궐에까지 알려지니, 백관이 임금께 강력히 간(諫)하여 공주를 먼 곳으로 귀양 보내게 하였다. 공주가 떠날 때 왕후가 순금한 말을 주었다.

공주가 귀양지로 갈 때, 서동이 도중에서 나와 절하고, 모시고 가겠다고 하였다. 공주는 그가 어디서 온 누구인지 모르나, 우연히 믿고 기뻐하여 함께 가다가 몰래 정을 통했다. 그 후에 공주는 그의 이름을 물어, 그가 서동임을 알고, 동요의 영험함을 믿게 되었다.

두 사람은 함께 백제로 왔다. 공주가 왕비가 준 금을 꺼내 놓으며 살아갈 계책을 말하였다. 이를 본 서동은 크게 웃으며

"이게 무엇이오?"

하고 물으니, 공주가 말했다.

"이것은 황금인데, 이것만 있으면 가히 100년의 부를 이룰 수 있습니다."

서동이 다시 말하기를,

"내가 어려서부터 마를 캐던 곳에 그런 것을 흙과 같이 쌓아 놓았소."

하니, 공주는 이 말을 듣고 놀라면서 말했다.

"이것은 천하의 보물입니다. 당신이 지금도 그 금의 소재를 안다면, 그 보물을 우리 부모님이 계신 궁전으로 보내는 것이 어떻겠습니까?"

서동이 좋다고 하고, 금을 모아 구릉같이 쌓아 놓은 다음, 용화산 사자사의 지명법사한테 가서 그 금을 신라로 수송할 방책을 물었다. 법사는

"내가 신력(神力)으로 보낼 테니, 금을 가져오라."

고 하였다. 공주가 편지를 써서 금과 함께 사자사 앞에 갖다 놓으니, 법사가 신력으로 하룻밤 사이에 신라 궁중에 갖다 놓았다. 진평왕은 그 신력에

궁남지 남쪽에 서 있는 서동요비

의한 변화를 이상히 여기고, 더욱 존경하며 항상 편지를 보내어 서동과 선화공주의 안부를 물었다.

서동이 이로부터 인심을 얻어 왕위에 올랐다. 하루는 왕이 부인과 함께 사자사에 가다가 용화산 밑의 큰 연못가에 이르니, 미륵삼존이 못 가운데에서 나타났으므로, 왕이 수레를 멈추고 경례를 하였다. 부인이 왕에게 말했다.

"이곳에 큰 절을 세우는 것이 저의 소원입니다."

왕이 허락하고, 지명법사에게 가서 연못을 메울 일을 물으니, 법사가 신력으로 하룻밤 사이에 산을 허물어 연못을 메워 평지를 만들었다. 그 곳에 미륵삼상(彌勒三像)과 회전(會殿)・탑(塔)・낭무를 세 곳에 각각 세우고, 액호를 미륵사라 하였다. 진평왕은 백공(百工)을 보내어 도와주었는데, 지금까지 그 절이 있다.〈삼국유사(三國遺事) 권2 무왕(武王)〉

위 이야기에서 서동은 과부가 남지(南池)의 연못과 교통하여 출생하였다고 하는데, 그 용이 살던 연못이 지금의 궁남지(宮南池)라고 한다.

역사적으로 볼 때, 이 설화의 주인공인 서동은 무왕이 아니고, 선화공주도 진평왕의 딸이 아니며, 무왕과 선화공주는 혼인한 사실이 없다고 한다. 이것을 역사학계에서는 무왕의 5대조인 동성왕이 신라의 왕족과 결혼한 사실을 로맨틱하게 꾸며낸 이야기라고 보기도 한다(진단학회 편, 한국사 고대편 434쪽 참조).

「무왕 설화」를 구전되어 오는 「쫓겨난 여인 발복 설화」와 비교해 보면,

「무왕 설화」의 앞부분에 서동 출생 부분, 뒷부분에 미륵사 석탑 건립 부분이 있는 것만 다를 뿐 나머지 부분은 공통된다. 이로 보아 무왕설화는 역사적 사실의 기록이 아니고, 『삼국유사』에 기록되기 전부터 구전되어 오던 설화가 기록 정착 과정에서 무왕

궁남지 입구에 서 있는 안내문—서동과 선화공주의 사랑 이야기가 적혀 있다.

에 관한 개인 설화로 수정 · 첨가되고 윤색(潤色)된 설화가 아닐까 추정된다. 과부가 용과 정을 통하여 아들을 낳았다는 서동의 출생 부분은 역사적 인물인 무왕을 성화(聖化)하기 위하여 기존의 설화에 첨가된 것이고, 끝부분의 미륵사와 석탑 건립은 불교의 영향으로 첨가된 후일담(後日譚)이라 하겠다.

「무왕 설화」에서 과부와 용이 정을 통하여 아들을 낳았다고 하는 것은 현대인의 합리적 사고로는 이해하기 어려운 부분이다. 그러나 설화의 세계에서는 흔히 있는 일이다. 설화, 특히 신화에는 주인공이 비정상적 · 비합리적인 방법으로 잉태 · 출생하는 경우가 많다. 이렇게 출생한 주인공들은 대개 비범한 인물이고, 위인 또는 영웅이 된다. 이것은 설화에서 주인공의 비범성을 강조하고, 성화(聖化)시키며, 그들의 초인적 행위나 업적을 합리화시키는 방편으로 흔히 쓰는 구성법이다.

용은 인간의 상상력이 만들어 낸 상서로운 동물이다. 한국 설화에 나타난 용은 지극히 존귀한 자로, 물을 지배하며, 앞일을 미리 알아 예시하기도 하는 신성한 존재이다. 이런 용이 가끔씩 인간의 모습으로 나타나 인간과

교제하기도 한다. 과부인 서동의 모친에게 나타나 서동을 잉태케 한 용은 바로 이런 성격을 지닌 용이다.

위 이야기에서 마를 캐 먹으며 살던 백제 과부의 아들 서동이 신라의 공주 선화를 아내로 맞겠다고 마음먹은 것은 어떻게 보면 허황하기 짝이 없다. 그런데도 서동은 자신의 지혜와 노력으로 이를 이룰 수 있다는 믿음을 가지고 치밀한 계획을 세우고, 이를 실천에 옮긴다. 그는 선화공주와의 사랑이 이루어지기를 바라는 마음을 담아 지은 「서동요」를 신라 장안에 퍼뜨린다. 서동은 이 노래로 인해 대궐에서 쫓겨난 선화공주를 만나 사랑을 이룬다. 이렇게 보면, 「서동요」는 '사랑의 주가(呪歌)'이다. 서동이 「서동요」를 지어 퍼뜨린 것은, 언어에는 주술적인 힘이 있어서 반드시 이루어진다는 '언어주술관(言語呪術觀)'을 가진 당시 사람들의 심리를 잘 이용한, 아주 계획적인 행위이다. 어찌 보면, 서동은 선화공주를 얻기 위해 유언비어를 날조한, 목적을 위해 수단을 가리지 않는 나쁜 사람으로 볼 수도 있다. 그러나 「서동요」를 사랑의 주가로 보고, 그 결과를 사랑의 주가를 불러 사랑을 성취한 낭만적인 이야기로 본다면, 서동을 사기꾼으로 보지 않아도 될 것이다.

필자는 과부와 연못의 용이 서로 정을 통하여 서동을 낳았다는 이야기의 배경이 된 궁남지를 보고, 서동 이야기를 생각하며 이런 이야기를 꾸며 전파·전승해 온 선인들의 문학적 상상력 뒤에 자리 잡은 상징과 비유를 얼마나 이해하고 있는지를 생각해 보았다.

4. 백제 멸망의 슬픈 사연—조룡대와 낙화암

　충청남도 부여군 부여읍 쌍북리에 있는 부소산 낙화암 아래 백마강이 한눈에 내려다보이는 곳에 고란사가 있다. 고란사 바로 아래의 백마강 가장자리에 큰 바위가 있는데, 이를 '조룡대(釣龍臺)' 라고 한다. 조룡대에는 당나라 장수 소정방이 백마를 미끼로 하여 백제를 수호하는 용을 낚은 뒤에 성을 함락하여 백제가 멸망하였다는 슬픈 전설이 전해 온다.

　한국교원대 고전반 학생들과 부여에 도착한 필자는 부소산성으로 가지 않고 백마강으로 먼저 갔다. 낙화암과 조룡대를 산 위에서는 여러 번 보았지만, 백마강에서 유람선을 타고 본 적은 없었기 때문에 이곳을 강쪽에서 보려는 생각에서였다. 구두레 나루에서 유람선을 타고 강물을 거슬러 10분쯤 올라가니, 오른쪽에 깎아지른 듯한 절벽이 보였다. 그곳이 바로 낙화암임을 알 수 있었다. 강에서 올려다보니, 산 위에서 내려다 볼 때처럼 무섭게 느껴지지는 않았다. 배를 운전하는 기사는 그 바위를 가리키며 낙화암이라고 한 뒤에, 바위 아래쪽에 조선 시대의 유학자 우암 송시열이 '낙화암(落花岩)' 이라고 쓴 글씨가 있다고 하였다. 그래서 배가 가까이 갔을 때 자세히 살펴보니 낙화암이라고 쓴 붉은 글씨가 보였다.

소정방이 백마를 미끼로 용을 낚았다는 조룡대

낙화암에서 약 50미터쯤 더 올라가니, 고란사 바로 아래에 있는 고란사 선착장이 나왔다. 고란서 선착장에서 내린 필자는 이야기를 잘 한다는 조강하 씨를 만나 조룡대 전설을 들었다.

　이 강을 백마강(白馬江)이라고 부른 것은 조선 초기부터가 아닌가 해요. 흰 말, 즉 백마 고기로 용을 낚았다는 전설에 의해서 백마강이라고 하지 않았나 싶어요.
　삼국 시대에 신라에서 싸움만 하면은 밤낮 지니까, 신라에서 연합군을 구성해 가지고서, 당나라 소정방하고 손잡고 쳐들어 왔지요. 그 때 백제는 계백 장군이고, 신라는 김유신 장군이고, 중국 당나라는 소정방 장군이지요.

소정방이 군사를 데리고 백제에 오면은, 갑자기 일기가 불순했다고 그 래요. 그래서 실패하고, 실패하고 했대요. 그래서 소정방이 어느 도사한테 찾아가서,

"왜 백제 땅만 밟으면 일기가 불순하냐?"

고 물으니까,

"백제는 이 강에 사는 용이 있다. 의자왕의 아버지 무왕이 용이 돼 가지 고 백제 땅을 지켜 준다. 그러므로 백제를 이기려면 이 강에 사는 용을 먼저 잡아야 한다."

고 그러더래요.

"용을 잡으려면, 어떻게 해야 하느냐?"

"용은 하얀 말, 백마 고기를 좋아한다. 그걸로 미끼를 해서 용을 낚아라."

그래서 백마 고기를 미끼로 해서, 저-바위에 앉아서 용을 낚았다고 해 서, '조룡대(釣龍臺)'라고 하지 않았나 해요. 거기에 용을 낚을 때 힘을 주어 생겼다는 자국이 있어요.

조룡대에서 용을 낚으니까, 용이 놀라 가지고 뒷마을에 가서 뒤를 보고, '용전(龍田)'으로 가서 떨어졌대요. 용이 뒤를 봤다는 '뒷개 마을'은 요 뒤 에 있고, 용전은 부여에서 공주 쪽으로 1킬로미터쯤 가면 있어요.

채록 일시 : 1996. 10. 2. 오후 2시 15분.
구연자 : 조강하(남, 60세, 초등학교 졸업, 백마강 유람선 기사)
   사는 곳 및 나서 자란 곳 : 충남 부여군 부여읍 구교리 204-5
만나게 된 경위 및 채록 상황 : 구두레 나루에서 표를 파는 아주머니한테 조룡대 전설을 이야기해 달라고 하니, 10 호 유람선 기사인 조강하 씨를 만나 보라고 하였다. 조씨가 고란사 선착장에서 쉬고 있다고 하여 유람선을 타고 그곳으로 가서 만났다. 그가 운행하는 유람선에 홍원태 군과 함께 앉아 이야기를 들었다.
처음 들은 때 및 들려준 사람 : 어렸을 때 어른들한테 들었다고 함.
구연 경력 : 조씨는 유람선을 운행하면서 승객들에게 이야기하곤 하였는데, 하도 많이 하여서 그 횟수는 셀 수 없을 정도라고 함.

용은 실제로 존재하는 동물이 아니고 상상의 동물이니, 소정방이 백마를 미끼로 하여 용을 낚았다고 하는 것 역시 실제로 있었던 일이 아니다. 그러

므로 위의 이야기를 백마강에 얽힌 허황된 이야기로 생각할 수도 있다. 그러나 이것은 허황된 이야기로 보기보다는 백제의 멸망과 관련된 슬픈 역사적 사실을 상징과 은유로 표현한 이야기로 보는 것이 좋겠다. 이런 관점에서 이 이야기를 해석해 보겠다.

소정방이 백제에 쳐들어 왔다는 것은 역사적 사실이다. 그런데 소정방이 부여 가까이에 오기만 하면, 갑자기 일기가 나빠졌다고 한다. 이것은 백제의 수도인 사비성(지금의 부여)을 지키던 수비군의 저항이 거세어 쉽게 접근할 수 없었음을 의미한다. 소정방은 일기가 나빠지는 까닭을 도사에게 물었다고 한다. 이것은 소정방이 백제의 사정에 정통한 사람을 찾아 백제군에 관한 정보를 입수한 것을 의미한다. 위 이야기에서 백마강의 용은 무왕의 화신이라고 한다. 『삼국유사』권2 「무왕」조의 기록을 보면, 무왕(武王)의 어머니가 연못의 용과 교구(交媾)하여 무왕을 낳았다고 한다. 그러므로 무왕은 용의 아들이다. 용의 아들인 무왕이 죽어서 용이 되어 백마강에서 나라를 지킨다고 하였다. 이것은 실제로는 사비성을 지키는 결사대와 이들의 호위를 받고 있는 왕을 의미한다고 하겠다.

백마를 미끼로 하여 용을 낚았다고 하는 것은 무엇을 뜻하는 것일까? 용이 실제의 동물이 아니니, 미끼로 쓴 백마 역시 실제의 말이 아닐 것이다. 용을 백제 수비군의 호위를 받는 왕이라고 한다면, 이를 잡을 미끼 백마는 '첩자' 라고 할 수 있다. 첩자를 이용하여 수비군의 전열을 흩어 놓으면, 수비군을 무너뜨리고 용으로 표현된 왕을 잡을 수 있음을 뜻한다. 오래 전부터 백제 침공을 계획한 신라는 일찍이 백제 조정에 첩자를 침투시켜 교묘한 작전을 폈을 것이다. 신라와 당나라 연합군은 이를 이용하여 백제 수비군의 힘을 분산시킨 뒤에 격파하여 사비성을 함락하였을 것이다.

조룡대 전설의 이해를 돕기 위해 백제가 망할 무렵의 일을 간단히 적어 보겠다.

백제의 마지막 왕인 의자왕은 주색에 빠져 정사를 제대로 돌보지 않으므로 국운이 위태로웠다. 충신 성충이 왕께 이를 간하니, 왕은 그를 옥에 가두었다. 성충은 옥중에서 단식하고 죽을 때 적군이 쳐들어 올 것을 짐작하고, 왕께 다음과 같은 글을 올렸다.

"만약 적병이 침입하면 육군은 적병이 숯재(炭峴)을 넘지 못하게 하고, 수군은 백강(白江, 지금의 백마강)으로 쳐들어오지 못하게 하여 그 험난한 지형을 의지하여 막으면 된다."

그러나 의자왕은 성충의 말을 듣지 않았다.

얼마 후(660년) 소정방이 거느린 당나라 군사는 백강을 건너오고, 계백 장군의 황산벌 방어도 실패로 돌아가 사비성은 나당 연합군에게 포위되었다. 왕은 성충의 말을 듣지 않았음을 후회하면서 태자와 같이 웅진성으로 도망갔다가 항복하고, 둘째아들 태(泰)가 사비성을 지키다가 실패하여 사비성은 함락되었다. 의자왕과 태자 등 12,000여 명이 소정방에게 끌려 당나라로 갔다. 왕은 거기서 병으로 죽었다. 〈이홍식 편, 국사대사전(서울 : 일중당, 1979) 참조〉

설화나 민속에서 용은 왕을 상징적으로 표현하기도 한다. 이렇게 보면, 위의 전설에서 용은 의자왕을 의미한다. 어리석은 의자왕은 충신의 말은 듣지 않고 간신의 말만 따른다. 그래서 탄현과 백강의 지리적 이점을 살려 나라를 지키지 못하고, 잃고 말았다. 백마를 미끼로 용을 낚았다는 것은 이를 상징적으로 표현한 것이라 생각한다.

백마 미끼에 걸린 용은 '뒷개' 마을에서 뒤를 보고, 공주 쪽의 '용전' 마을에 가서 떨어졌다고 한다. 이것은 사비성을 버리고 도망하던 의자왕이 뒷개 마을에 가서 잠시 쉬었다가 공주 쪽으로 도망하였다가 거기서 잡혔음을 의미한다고 하겠다.

이렇게 생각하면, 조룡대 전설은 백제 멸망의 슬픈 사연을 은유와 상징

백제가 망하자 삼천 궁녀가 백마강에 몸을 던졌다는 낙화암

으로 표현한 것이라 하겠다. 그런데 이 전설의 표현을 보면, 멸망한 백제 쪽에서 만든 것이 아니라, 백제를 멸망시킨 신라 쪽에서 만든 이야기인 것 같다. 나라가 망하면, 그 나라와 관련된 설화의 내용도 변하거나 없어진다는 것을 다시 한 번 느끼게 해 준다.

조룡대에서 강 아래쪽으로 조금 떨어진 절벽에 있는 낙화암은 성이 함락한 뒤에 의자왕의 3천 궁녀가 백마강에 몸을 던진 곳이라고 한다. 필자는 배 위에서 낙화암을 쳐다보며, 낙화암에서 백마강으로 꽃잎처럼 몸을 날리던 궁녀들의 비장한 모습을 상상해 보았다. 나라가 망하여 백강에 몸을 던져야 했던 궁녀들의 마음은 어떠하였을까? 이들은 나라를 잃으면, 자기가 그렇게 소중하게 여기던 모든 것을 다 잃게 되어 죽을 수밖에 없다는 것을 절실하게 느끼고 슬퍼하면서, 나라를 제대로 지키지 못한 위정자의 실수를 원망하기도 하였을 것이다. 우리 민족이 나라를 잃고 목숨을 버려야 하는 아픔은 더 이상은 없어야 하겠다.

낙화암에서 몸을 던진 의자왕의 궁녀가 삼천 명이었다고 한다. 이것은 사실일까? 우리 민속에서 '삼(三)'은 성수(聖數)로 특별한 의미를 지닌다. '천

‘千’은 ‘백(百)’과 함께 대단히 많은 수, 완성의 수를 뜻한다. 이렇게 보면, ‘삼천 궁녀’의 ‘삼천’은 궁녀의 수가 대단히 많았다는 뜻이지, 정확히 삼천 명이었다는 것은 아니리라. 궁녀가 삼천 명이었다고 하는 것은 백제의 나라 형편이나, 대궐이 있던 부소산성의 규모로 보아 납득하기 어렵다.

유람선을 타고 조룡대 가까이 가서 사진을 찍은 뒤에, 다시 낙화암을 지나 구두레 나루로 왔다. 그런데 백제 멸망의 슬픈 사연을 지닌 조룡대와 낙화암을 둘러보는 필자의 마음은 가볍지 않았다. 백제가 나라를 지키기 위해 나당 연합군과 끝까지 싸우던 구체적인 기록 하나 없이 신라 쪽이 유리하도록 꾸며진 조룡대 전설만 전해 온다는 사실이 더욱 마음을 무겁게 하였다.

5. 젊어지는 샘물—고란사 약수

충청남도 부여군 부여읍 쌍북리 부소산 북쪽 기슭의 백마강변에 고란사가 있다. 부소산성 주차장 쪽에서 정문으로 들어가 부소산을 오르면, 백화정(百花亭)과 낙화암이 있다. 그 곳을 지나 동쪽으로 난 길을 따라 백마강변으로 내려가면 고란사가 있다. 구두레나루 쪽에서 배를 타고 와서 후문으로 들어가면 50m쯤 위에 고란사가 있다.

고란사는 백제 제17대 아신왕 때 창건되었다고 하기도 하고, 고려 헌종 19(1028)년에 낙화암에서 죽은 삼천 궁녀의 혼을 위로하기 위하여 지었다고도 한다. 지금 서 있는 법당 건물은 조선 정조 21(1797)년에 은산(恩山)의 숭각사(崇角寺)에서 옮겨온 것이다.

절 뒤에는 암벽이 있는데, 암벽 위에는 '고란초(皐蘭草)'라고 하는 식물이 자라고 있다. 고란초는 전에는 많이 자랐지만, 지금은 그리 많지 않다고 한다. 절 이름 '고란사'는 암벽에서 자라고 있는 '고란초(皐蘭草)'에서 따온 것이라고 한다. 암벽 밑에는 암벽에서 흘러나오는 물이 고이는 '고란정(皐蘭井)'이 있다. 고란정에는 다음과 같은 전설이 전해 온다.

부소산 북쪽 기슭 백마강변에 있는 고란사

고란사 뒤에 약수가 있는데, 그 물은, 백제 시대에 왕이 그 물을 먹었답
니다. 그 위에를 보면 고란초라는 풀이 넝쿨이 벋어 가꾸 있어요. 궁녀들한
테, 딴 데서 물을 길어 올까봐

"물동이에다가 고란초 잎을 하나씩 띄워서 가져와라."
그래서 그렇게 확인하고 먹었대요. 그만치 그 물이 좋다고 생각하고 먹은
거지요.

예전에 한 부부가 있었는데, 늙어서까지 자손을 못 봤대요. 금실이 좋으
니까,

'우리도 자식을 가져 봤으면!'
하고, 할머니가 욕심으로 아이를 가지고 싶었는데…….

젊어지는 샘물로 알려진 고란약수

하루는 도사가 와서 얘기를 할 때

"고란사 거기에 영험이 있는 약수가 있다. 그 약수를 마시면 잉태할 것
    이다."

그렇게 얘기를 했다는 거예유. 그 도사가 얘기할 때

"약수는 한 잔 마시면 3년이 젊어진다."

나이를 먹었으니까, 적당히 젊어지면 아이를 가질 수 있겠다 해서 이렇게
얘기를 헌 거유.

그 할머니가 남편을 억지로, '가서 약수를 마시고 오라.' 고 보냈거든요.
그러니까, 그 양반이 욕심이 많아 가지구서 약수를 정도에 지나치게 먹었
어. 그러니까 갓난아이가 된 거지.

할머니가 보니, 올 시간이 됐는데도 안 오거든. 그러니까 찾아갔지. 가보
까 갓난아이가 됐더라는 겨. 그래서 갓난아이 보고, 자기 남편 보고,

"웬 욕심을 부려서 약수를 많이 마셨느냐?"

자기의 실수가 있는데도, 도사님이

"한 잔 마시면 3년이 젊어지니까 몇 잔만 먹어라."

그랬는데, 그렇게 몇 잔만 먹었으면 그 정도로 그쳤을 텐디. 자기가 그

고란약수 앞에 세워놓은 안내판

얘기를 안 해 주었어. 그런 거시기가 있는데도 할아버지를 원망한 거지.

그러면서 업구 와서 길러 가지고, 그 사람이 커 가지고, 높은 벼슬까지 하면서, 백제를 위해서 공을 세웠다는 얘기가 있습니다.

채록 일시 : 2004. 4. 14. 오후
구연자 : 허종한(남, 73세, 초졸, 유람선 선장)
  사는 곳 및 나서 자란 곳 : 충남 부여군 규암면 외리 148-2
만나게 된 경위 및 채록 상황 : 한국교원대학교 대학원생들과 전설의 현장 답사하기 위해 부여에 갔다. 유람선을 타고 고란사로 가기 위해 백마강 구두레나루에 도착하여 출발 시간을 기다리던 중 선착장 휴게소에서 쉬고 있는 구연자를 만나 이야기를 청하여 들었다. 대학원생 10여명과 함께 우호적인 분위기에서 들었다.
처음 들은 때 및 들려준 사람 : 어려서 어른들한테 들었고, 관광객에게 여러 차례 구연하였음.

필자가 함께 간 대학원생들과 함께 백마강 유람선을 타니, 녹음된 안내 방송이 나오는데, 백마강·낙화암 안내에 이어 이 이야기와 조룡대 전설을 소개하였다. 고란사를 둘러본 뒤에 뒤편으로 가니, 암벽 밑에 약수터가 있었다. 그 앞에 서 있는 안내판에는 위 이야기가 한국어와 영어, 일본어로 적혀 있었다. 백화정 앞에서 만난 이희섭(남, 72세, 초등학교 졸업, 사진사) 씨는 이와 비슷한 내용의 이야기를 구연한 뒤에, 부여 인근 사람으로 이 이야기는 모르는 사람이 없을 정도로 다 아는 이야기라고 하였다.

이 이야기는 제1차 교육과정기의 초등학교 국어과 4학년 2학기 읽기 교과서에 「젊어지는 샘물」이란 제목으로 실렸었다. 지금 쓰고 있는 제7차 교육과정기 초등학교 국어과 3학년 1학기 말하기·듣기 교과서에는 「이상한 샘물」이란 제목으로 실려 있다. 그래서 많은 사람들이 이 이야기를 알고 있으나, 이 이야기가 고란사 약수와 관련되어 전해 온다는 사실은 잘 모르고 있다.

필자와 함께 간 대학원생 중 초등학교 교사들은 「이상한 샘물」 단원을 가르치기는 하였으나 이 이야기의 현장이 여기인 줄은 몰랐다면서 매우 기뻐하였다. 우리 일행은 고란정 약수를 마시고 나서 '몰라보게 젊어졌다.'거나 '아주 예뻐졌다.'고 농담을 하면서 물병에 약수를 담아 오기도 하였다.

함께 간 대학원생이 필자에게 "이 물을 먹으면 정말 젊어질까요?" 하고 장난스럽게 물었다. 이 질문을 받은 필자는 이 이야기가 지닌 의미를 간단히 생각해 보았다. 이 이야기는 고란사 물이 사람의 건강에 좋은 물이라는 것을 강조하면서, 젊어지기를 바라는 간절한 마음을 드러낸다. 그리고 아무리 좋은 물이라도 절제하지 않고 지나치게 많이 마시면 오히려 부작용을 가져온다는 것을 일깨워주고 있다.

6. 신이한 관촉사 석조미륵보살입상과 석문

충청남도 논산시 관촉동에 관촉사(灌燭寺)가 있다. 논산 시내에서 남쪽으로 약 4km떨어진 반야산 기슭에 자리 잡고 있는 이 가람은 흔히 '은진 미륵'이라고 부르는 국내 최대의 석조 미륵보살입상이 있는 곳으로 널리 알려져 있다.

석조 미륵보살입상은 관촉사 경내의 서북단에 동남방을 향하여 서 있다. 고려 광종 때 혜명 대사가 37년간의 역사 끝에 완성한 이 석불은 보물 제218호로 지정되었다. 석불의 높이는 18m인데, 받침의 높이를 뺀 보살의 신장은 16.08m이다. 자연 암반 위에 허리 부분을 경계로 하여 두 장의 돌로 구성되어 있다. 머리 위에는 4각형의 관을 씌웠는데, 관 네 귀에는 방울이 달려 있다. 얼굴은 이마가 좁고 턱이 넓은데, 코 · 입 · 귀는 얼굴의 크기에 비해 매우 크다. 눈은 옆으로 길게 돌아갔고, 귀는 양 어깨까지 늘어져 있으며, 목은 매우 굵다. 하반신을 보면, 법의가 양쪽 어깨에서 길게 드리워져 있는데, 앞부분에서 U자형의 주름을 잡았다. 불대좌는 없이 석불 자체를 자연석 위에 올리고 직접 발을 제작하였다.

이 석조 미륵보살입상의 제작과 관련되어 다음과 같은 재미있는 이야기

관촉사 석조미륵보살입상

가 전해 온다.

　　제가 들은 소리로는 광종 시절일 때요. 깊은 산이었잖아요. 지금은 야산
이죠. 어느 아낙네가 이맘때 쯤 나물 뜯으러 산에 오니까, 어디선가 그냥
갓난애가 우는 소리가 들구 나더래요. 그래 '이상하다!' 구 두리번거리고
이곳저곳 찾아 댕겨두 애기는 안 보이고, 애기 우는 소리는 계속해서 나고.
그래서 일루절루(이러저리) 그 애기 울음소리를 찾아서 온 것이 인제 여기
를 왔대요. 여기를 왔는데, 바우(바위)가 이렇게 있는데, 지금의 바우가 병
풍 같죠. 근데 밑바닥에, 가운데 중심에서 돌이 솟더래요. 돌이 솟으니
까, 놀래 가지구서, 저 하반신이 그 솟은 돌이랍니다. 거기(미륵불을 가리키
며) 이서졌죠(이어졌지요)? 삼등분으로 지금 이서졌거든요. 이 갓 하고, 얼굴
하구, 하반신이 인제 솟아올랐대요.
　　그 아낙네가 남편한테 얘기하구, 남편이 인제 옛날, 지금 면장쯤이 되겠
죠? 고을 원님한테 얘길 해서 차츰차츰 상부에 알려져 가지구서, 옛날엔
국사, 나라에 국사님이 계셨대네요. 국사님이 계셨댔는데요. 나라 임금님
귀에까지 들어가니까, 그 국사님을 보내 가지구,
　　"도대체 거기가 어떻게 된 돌인가 가서 네가 가 봐라."
인제 영을 내리셔서 인제 오셨대요.
　　와서 보시니까, 돌만 솟아올라 있지. 돌이 솟아올라 있는데, 이상하게두
광이 나더래요. 빛이 나더래요. 빛이 나니까, 이게 예사 돌이 아니다 해 가
지구서, 인제 원체 둥그니, 크니깐, 정말 가느다라면 부처님 한 분을 거기
서 조성을 하실 껀데, 둥그니, 둘레가 크니까, 부처님을 하체만 조성을 하
고, 상체는 해야 할 텐데, 상체 이 돌을 어서 구하나 아무리 인제 살펴봐도
똑같은 돌이 없더래요.
　　근데 인제 그 스님께서 인제 꿈을 꾸시니까, 여기서 인제 대전 갈려면 연
산이라는데 있죠. 연산에 돌이 있다는 그런 슨몽(현몽)을 꿈에,

"상체를 할 수 있는 그런 독(돌)이 있을 것이다. 어디어디 부근에 가 봐라."

꿈에 슨몽이 되셨대요.

그래서 가보니까, 진짜 똑같은 돌이 있더래요. 하등분하고 똑같은 돌이. 그래서 인제 거기서, 지금은 기계화 시대라 운반하기 좋은데, 그 어떻게 운반했다는 얘기는 없구요. 그래서 인제 거기서 운반해 왔답니다. 굴려서 왔는지 어떻게 오는지 운반해 왔는데, 도저히 올려놓을 수가 없더래요. 올려놓을 수가 없으니까, 또 고민을 하셨대요.

또 고민을 하셨는데, 어딜 인제 가시니까, 애기 둘이 앉아서, 애기 동자가 둘이 앉아서 가운데다 이렇게 독을 놓고 그 독 주변에다가 흙을 잔뜩 쌓더래요 근데 이렇게 놓구서 요 주변에다 인제 흙을 인제 다 쌓은 거죠. 근데 인제 거기서 돌을 밖에서, 돌을 이렇게 이렇게 굴려서 거기다 얹더랍니다. 근데 흙장난을 해서 인제 이렇게 아마, 즈이 상상이죠. 상상으로 인제 이렇게 독이 있는데 여기 흙을 싹 쌓더래요. 그러니까 여기는 인제 땅이구요. 그런데 인제 여기서부터 굴려서 이렇게 이렇게 굴려서 갖다 올려놓더래요. 근데 인제 그 애기 동자가 불교에서는 인제 문수보살이라 하대요. 문수보살님이 지혜가 좋대요. 지혜가 있으시대요. 그러니까 문수동자라 그러대요. 그래서 인제 그 식을, 인제 동자가 가르쳐 주니까, 인제 그 스님이 오셔서 그렇게 그 상등분을, 그 조성한 바우를 그렇게 올려서, 올려놓셔서 조성을 하셨대요.

그러구서 인제 갓은 똑같은 갓은 돌이 없어서 그냥 인제 그 뒤에 다시 인제 그 식으로 해서 올리시구.

저기 갓 있죠. 갓 뒷면에 이렇게 저 꼬맨 자국 있죠. 꼬맨 자꾸(자국)가 있는데, 저 압록강에서 그랬대나, 두만강에서 그랬대나. 몽고인들이 한국을 이렇게 침범할 때 이 미륵부처님이, 그 강을 인제 건느는데요, 미륵부처님이 걸어 가셨대요. 그 강을. 걸어 가시니까, 인제 몽고인들이 그 물이 얕은

줄 알고 걸어 들어갔대요. 따라서 걸어 들어가.

"할아버지가, 저 갓 쓴 할아버지가 걸어 갔으니깡 우리도 여기 걸어 갈
    수 있다구. 얕은가 보다구."

그래서 인제 걸어가니깡, 따라서 걸어가니까, 점점점점 깊어서 그냥 물에
떠내려갔대요. 몽고인들이. 그러니까 인제 몽고인 아마 대장쯤 된 사람이
그냥, 이 할아버지 때문에 우리 저 병장들이 물에 떠내려가 다 죽었다구 칼
로 탁 친 것이, 저 칼이 갓이 쭉 쪼개졌대요.

그래서 이 동네 사람이라는데, 모르겠어요. 동네 사람한테 그것도 역시
슨몽을 해가지고, 어디어디 가면 이 갓 쪼가리가 떨어져 있으니까 그놈을
갖다가 이렇게 꼬매 달라고. 그렇게 해서, 인제 저거 그렇게 꼬맸다네요.
꼬맸다는데 그렇게까지만 알고 있어요 제가.

채록 일시 : 2000. 4. 17. 오후 4 : 30.
장소 : 관촉사 은진미륵 앞
구연자 : 박태관 스님
만나게 된 경위 및 채록 상황 : 관촉사 경내에서 만나 인사를 하고, 이야기를 청하여 들었다. 아내와 함께 서서 들었다.
    스님은 이 이야기를 『불광』이란 책에 쓰기도 하였다고 함.

위 이야기는 석조 미륵보살입상을 조성하게 된 경위와 과정을 잘 설명해
주고 있다. 미륵보살입상의 하반신은 이 자리에서 솟아오른 돌로 조성한
것이라 한다. 상반신은 불상을 만드는 작업을 맡은 스님이 꿈에 계시 받은
대로 연산에 가서 돌을 구하여 만들었다. 하반신의 위에 올리는 작업은 문
수보살의 화신인 아기동자가 알려주어서 그대로 하였다고 한다. 갓은 같은
돌이 없어서 석질(石質)이 다른 돌로 만들어 씌웠는데, 몽골군이 쳐들어올
때 이를 막다가 칼을 맞았다고 한다. 석조 미륵보살입상을 조성할 때의 일
이나 미륵보살이 몽골군을 막은 일은 실제로 일어나기 어려운 일이다. 이
런 이야기가 전해오는 것은 이 미륵보살의 신이성을 강조하기 위한 것이라
하겠다. 이 이야기는 미륵보살의 신이성을 이야기하면서 불교가 나라를 위
해서도 큰일을 해 왔음을 말해 준다.

관촉사 석문—이 문을 지나야 경내로 들어갈 수 있다.

가람의 이름을 관촉사라고 한 것도 그 유래가 있다. 앞의 이야기를 구연한 관촉사의 박태관 스님의 말에 따르면, 관촉사를 짓고 나니 서광(瑞光)이 중국에까지 비쳤다고 한다. 이를 본 중국의 큰스님이 촛불 같은 빛을 따라서와 보니, 새로 지은 절이 있었다. 이를 계기로 이 절 이름을 '관촉사(灌燭寺)'라고 하였다고 한다.

관촉사 입구에 문화재자료 제79호로 지정된 석문(石門)이 있다. 이 석문은 터널처럼 만들었는데, 경내에 들어가는 입구의 층계 맨 윗단에 세웠다. 석축으로 꾸민 이 석문은 양쪽 기둥은 석재를 깎아 너비 48cm 되는 네모난 돌로 지주(支柱)를 삼고, 내부를 향해 120cm 길이의 터널을 이루고 있다. 이 석문의 윗면은 길게 다듬은 돌 5매를 가로로 걸쳐놓았다. 이 석문의 넓이는 두 사람이 나란히 걸어 지나기 어려울 정도이고, 높이는 키가 큰 사람은 고개를 숙이지 않으면 통과할 수 없을 정도이다. 이 석문에는 다음과 같은 두 가지 이야기가 전해 온다.

저기 그 해탈문 있죠. 해탈문 전설, 유래가 그렇다니까, 자세히 모르겠어요. 들은 소립니다. 그래 인제 부처님한테 들를라믄 너무 고개를 버쩍 들구 와서는 안 되겠다. 그러니까 고개를 겸손하게 겸손한 마음으로 마음을 낮추고 들어와야 되는데, 그냥 저것이 없으면 자기가 고개를 버쩍, 부처님이 높으시니까 부처님 처다보면 고개가 이렇게 들어지잖아요. 높으시니까. 그 때 그 당시 저게 해탈문이라고 했대요. 그런 사람도 있고, 두 가지가 있어요.

또 한 가지는 인산인해(人山人海) 사람들이 그냥 무지하게 모여들었대요. 지금 사찰에 있는 미륵부처님 많이 소승하죠. 미래에 나오는 부처님 있다구 해서. 근데 이 부처님은 그 당시에 오래된 부처님이시구, 미래에 인제 미륵부처님 오면 미래에 나오실 부처님, 지금은 석가모니 시대거든요. 인제 미래에 나오실 부처님이신데 너무 인산인해에 너도 들어온다. 나도 들어온다 다투고 들어올 까봐 일렬로 들어오게 하기 위해서 이렇게 좁게 했다구. 그러니까. 모르겠어요 어느것이 진실인지.

채록 일시 외 : 앞 이야기와 같음.

위에 적은 두 가지 이야기는 석문을 보고 그것의 유래를 설명하는 말이다. 이것이 석문 설계자의 뜻에 부합하는 것인지 아닌지는 알 수 없으나 일리 있는 설명이다.

7. 도미 부인의 정절—도미 부인 정절각과 사당

충청남도 보령시 오천면 교성리에는 '도미항(都彌港)' 이라는 작은 항구가 있다. 그 앞에는 '미인도(美人島)' 라고 하는 작은 섬이 있다. 교성리와 소성리 경계에는 '상사봉(相思峰)' 이라는 산봉우리가 있는데, 거기에 도미 부인의 정절을 기리는 정자가 있다. 이곳에는 미인도에서 자라 목수인 도미(都彌)와 혼인하여 도미항에서 살던 도미의 아내가 미인이라는 이유 때문에 모진 고통을 당해야 했던 비극적인 이야기가 전해 온다.

옛날 백제 시대에 전마들(戰馬坪), 현 청소면 진죽리에서는 군용마(軍用馬)를 길렀기 때문에 왕들이 자주 순시하러 왔다는 거요.
백제왕이, 무슨 왕이라고는 말하기 어렵고, 왕이 목장을 둘러보러 왔다가 도미의 아내가 굉장히 미인이라는 소리를 듣고서, 도미를 불러서 마구간 짓는 것을 청부를 주었대. 그리고서 왕의 위력으로 거기서 일하는 사람들이 일부러 일을 늦추게 만들고서, 기한이 늦으니까,
"너 왕명을 거역했다."
하고서, 눈을 빼서 맹인을 만들어 가지고서, 빈 배에다 태워서 떠내려 보냈대.

상사봉에서 본 미인도—가운데에 있는 섬에서 도미 부인이 태어났다고 한다.

빈 배에 태워서 내보내고서, 도미 아내를 불러서,

　　"네 남편은 이미 죽었다. 그러니 너 오늘부터 내게 시침(侍寢)을 해라."

하니까, 도미의 아내가 얼굴에 화색을 띄우고, 아주 좋아하면서,

　　"내가 일개 목수의 아내인데, 왕이 나에게 시침을 하라고 하면 내가 성

　　공하는 것인데, 왜 않겠습니까? 그런데 내가 지금 몸이 부정해요. 그러

　　니까, 몸이 깨끗해진 뒤에 목욕재계하고 와서 모시겠습니다."

하고 흔연히 대답을 하거든. 그러니까, 거기에 왕이 넘어갔단 말이여. 그래

서 오히려 상금을 두둑이 주면서,

　　"너 그럼, 며칠 후에 들어오너라."

하고서 보냈거든.

그런데 부인은 그날 저녁에 상사봉으로 올라가서, 지금 팔각정이 있는 디여. 거기 올라가 보면, 도미항에서부텀 주욱 물길이 다 보이지. 거기서 물길을 다 보구서, 자기 남편이 빈 배에 떠내려갔으면 워디로 갔겠는가, 물길을 보구서, 통곡을 하였어. 그래서 거기가 '상사봉(相思峰)'이라는 이름이 났다는 거여.

그렇게 하구서, 그날 저녁에 빈 배를 훔쳐 타구서 달아났어. 그런디 다행히 원산도에 내렸단 말여. 그래서 그 남편을 만나서, 남편이 거기서 밥 얻어먹구 있드래. 그 남편을 만나 가지고서, 고구려로 달아났다 그런 얘기지요.

채록 일시 : 1996. 8. 3. 오후 6시 30분경
구연자 : 허준(남, 83세, 초졸, 신춘문예 당선, 전 조선일보 외근 기자)
　사는 곳 : 충남 보령시 대관동 흥화아파트 2동 101호
　나서 자란 곳 : 충남 보령시 청소면 진죽리 마차미
만나게 된 경위 및 채록 상황 : 보령시 오천면 교성리 도미항에 사는 김창화 씨 댁에서 김씨로부터 도미 이야기를 듣던 중 김씨가 허준 씨를 찾아가면 자세히 알 수 있을 것이라고 하였다. 허준 씨의 주소를 물으니, 김씨는 모른다고 하면서 대천 노인회에 가면 알 수 있을 것이라고 하였다. 대천 노인회를 찾아가니, 사무실이 잠겨 있어서 파출소로 가서 전화번호부를 보고, 연락한 뒤에 허씨가 사는 아파트로 찾아가 만났다. 허씨는 도미의 고향이 보령이라고 추정하게 된 과정을 설명한 뒤에 이 이야기를 하였다. 이 이야기는 구연자 허씨의 방에서 배성진·한구 선생, 최진평·이은아 학생, 그리고 교사인 허씨의 아들과 함께 우호적인 분위기에서 채록하였다.
처음 들은 때 및 들려준 사람 : 젊었을 때에 친구인 최종철 씨의 부친(오천 수사또의 이방을 하던 분임.)한테 들었고, 미인도(보령시 천북면 낙동리 빙도)에 사는 김덕동(남, 80세) 씨한테도 들었다고 함.
구연 경력 : 허씨는 이 이야기를 여러 차례 구연하였고, 이야기의 내용을 정리하여 『내고장 보령』(보령군,1983)에 싣기도 하였다고 함.

위 이야기는 전부터 전해 왔는데, 이 일로 인하여 도미가 살던 포구를 도미항(현 오천면 교성리)이라고 하고, 도미의 아내가 출생하여 성장한 도미항 맞은 편에 있는 섬을 미인도(현 천북면 낙동리 빙도)라고 하였다. 그리고 도미부인이 올라가 울었던 산봉우리를 상사봉(현 오천면 교성리, 소성리 경계)이라고 한다고 한다.

도미항이 있는, 천수만이 끝나는 바다 북쪽에는 안면도가 있고, 약간 남쪽에는 원산도가 있다. 도미 부인이 남편을 찾아 배를 타고 떠내려 와 도착한 곳이 원산도인데, 도미 부인은 원산도에서 동북쪽에 있는 오서산을 바라보며 자기의 처지를 한없이 원망하였다고 한다. 그래서 '원망할 원(怨)'자를 써서 '원산도(怨山島)'라고 하였는데, 지금은 '으뜸 원(元)'자 '원산도

(元山島)'로 변했다고 한다.

위에 적은 이야기와 비슷한 도미(都彌) 이야기는 『삼국사기』(권 48 열전 8)에 기록되어 있고, 중등학교 국어 교과서에도 실린 적이 있다. 그래서 필자는 전부터 잘 알고 있었다. 그러나 이 이야기의 배경이 된 곳이 어디인가는 잘 모르고 있었다. 그런데 얼마 전

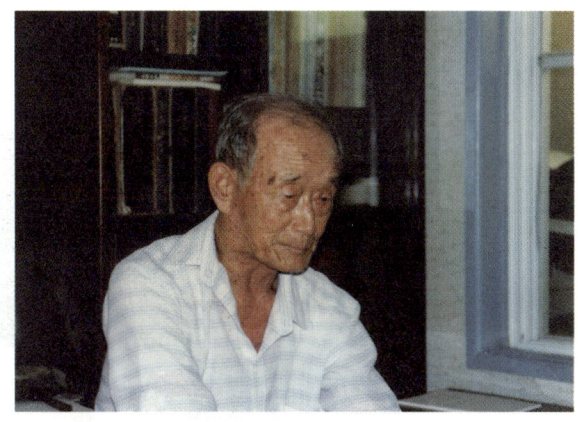

도미설화의 배경이 된 곳을 충남 보령이라고 말하는 허준 씨

에 같은 학교에 근무하는 지리교육과 주경식 교수와 이야기를 나누던 중에 "충남 보령시 오천에 도미 사당(都彌 祠堂)이 있다고 하는데, 시간이 없어서 찾아가 보지는 못했다."는 말을 들었다. 필자는 이곳을 답사하기로 하고, 오천에서 멀지 않은 홍성군 장곡초등학교에 근무하는 대학원 제자 김정헌 선생에게 연락하여 사당이 있는 곳을 알아보라고 하였다.

한국교원대학교에서 승용차로 공주, 청양을 거쳐 홍성 가는 길로 가다가 다시 광천 가는 길로 좌회전하였다. 홍성군 장곡면 소재지에 있는 장곡초등학교에 도착하니, 김정헌 선생과 한구 선생이 기다리고 있었다. 광천으로 와서 김정헌 선생 차로 바꿔 타고 21번 국도를 따라 보령 쪽으로 7km쯤 가니 보령시 청소면 소재지가 나왔다. 청소에서 오천 쪽으로 가는 군도를 따라 3km쯤 가니, 강처럼 좁고 긴 오천만 해안에 위치한 오천면 교성리 도미항이 나왔다. 도항에서 1km쯤 떨어진 곳에는 미인도(美人島)라고도 하는 빙도가 있었다. 도미항은 전에는 서해안 교통의 요지였으나, 지금은 항구의 기능을 오천항에 넘겨주고, 미인도를 왕래하는 나룻배가 하루에 몇 차

도미 부인의 정절을 기리기 위해 상사봉에 세운 정자

도미부인 설화비

례씩 오고 갈 뿐이라고 한다.

우리는 교성리에 사는 김현택(남, 61세, 중졸, 철도청 광천역 근무) 씨와 이용돈(남, 78세, 농업, 초졸) 씨를 만나 도미 전설을 들었다. 그리고 오천면 사무소에 들러 도미 설화 자료를 얻었다. 그 다음에 도미 부인의 정절을 기리는 뜻에서 세운 정절각(貞節閣)으로 향했다. 오천면 소재지에서 주포 가는 길로 1km쯤 가다가 삼거리에서 좌회전을 하여 주유소를 지나 조금 가니, 우측에 선림사(禪林寺) 가는 길이 있었다. 시멘트로 포장된 산길을 1km쯤 올라가니 선림사가 나왔다. 선림사 주차장에 차를 세우고 500m쯤 걸어 올라가니 상사봉(相思峰) 정상이었다. 정상에는 도미 아내의 정절을 기리기 위해 세운 정절각이 있었다. 정절각은 오서산, 전마들, 광천까지 이어지는 천수만, 그 속에 그림처럼 떠 있는 미인도, 도미항, 오천항, 원산도, 안면도 등의 아름다운 경치를 내려다보고 서 있었다.

정절각 앞에는 '도미 부인 설화비'가 서 있는데, 거기 적혀 있는 내용은 위에 적은 것과 별 차이가 없었다. 그러나 도미 부인의 정절을 빼앗으려던 왕을 백제의 개루왕으로 구체화시키고, 왕을 호색가로 표현한 점이 달랐다.

이 비는 1993년 5월 7일에 도미의 아내가 눈먼 남편이 탄 배를 바라보며 슬피 울었다는 상사봉에 5.05평의 정절각을 건립하고 세운 것이다. 비문에는 "도미 설화가 보령군 내를 소재로 하고 있어 이를 학계의 고증을 통해 우리 지역의 인물임이 확인됨으로, 큰 긍지와 자부심을 가지고 설화 내용을 형상화하여 후대에 정절 정신의 사표로 삼아 산 교육장으로 활용하고자 하여" 세운 것이라고 하였다. 도미 설화의 내용은 학계의 고증을 거쳐 적은 것이라고 하였는데, 고증에 참여한 사람의 이름은 적혀 있지 않아 아쉬웠다.

정절각이 있는 상사봉 정상에서 서쪽으로 100m쯤 아래에 도미 부인 사당이 있다. 아담하게 지은 사당 안에는 도미 부인의 초상화가 걸려 있었다.

위에 적은 이야기는 김현택 씨나 이용돈 씨가 구연한 내용, 『삼국사기』에 전하는 내용과 부분적으로 차이를 보이기도 한다. 『삼국사기』에 적혀 있는 내용을 적어 보면 다음과 같다.

도미는 백제 사람으로 비록 편호소민(編戶小民)이었으나 자못 의리를 알았다. 그의 아내는 예쁘고 아름다우며 절행(節行)이 있으므로 사람들의 칭찬을 받았다.

이 때 개루왕이 이 말을 듣고 도미를 불러 말하였다.

"무릇 부인의 덕은 정결을 위주로 한다고 하나 만약 어둡고 사람이 없는 곳에서 교묘한 말로 꾀이면 능히 그 마음이 움직이지 않는 자가 없을 것이다."

이 말을 들은 도미가 말했다.

"사람의 마음을 가히 헤아리지 못할 것이오나, 신의 아내만은 비록 죽더라도 두 마음을 갖지 않을 것입니다."

왕은 이를 시험하려고 도미에게 사건을 만들어 붙잡아 두고는 가까운 신하 한 사람을 왕으로 꾸며 왕의 의복을 입히고, 말을 태워 보냈다. 그 신하는 밤에 도미의 집에 이르러서 먼저 사람을 시켜 왕이 왔다고 알리고, 도미의 부인에게 말하였다.

"내 너의 아름다움을 듣고 좋아한 지 오래 되었다. 그래서 도미와 내기를 하였는데, 내가 이겼으므로 너를 얻게 되었다. 내일 너를 궁인(宮人)으로 하게 하였으니, 이후부터 네 몸은 내 소유이다."

왕의 신하가 곧 그녀의 몸을 취하려 하자, 도미의 아내가 말했다.

"국왕은 망언이 없을 것이니, 제가 감히 순종하지 않겠습니까? 청컨대, 대왕께서는 먼저 방으로 들어가소서. 제가 다시 옷을 갈아입고 곧 들어가 모시겠습니다."

방에서 물러 나온 도미의 아내는 곧 한 계집종을 단장시켜 모시게 하였다.

왕은 뒤에 그녀가 속인 것을 알고 크게 노하여 도미를 애매한 죄로 다스려 그의 두 눈동자를 빼고, 그를 끌어내어 작은 배에 실은 다음, 물위에 띄워 놓았다. 그리고는 도미의 아내를 불러들여 강제로 그의 몸을 취하려 하니, 도미의 아내가 말했다.

"남편을 잃고 혼자 몸이 되어 능히 스스로 살지 못하게 되었사온데, 항

차 대왕을 모시라는 명을 어찌 감히 어기겠습니까? 그런데 지금은 월
경으로 온 몸이 더럽게 되었사오니, 청하옵건대 다른 날을 기다려 깨끗
하게 목욕을 한 뒤에 오겠습니다."
왕은 그 말을 믿고, 이를 허락하였다.

이렇게 하여 도망을 나온 도미의 아내는 마침내 강가에 이르렀으나, 배
가 없어 능히 강을 건너지 못하고 하늘을 우러러 통곡하였다. 그 때 갑자기
조각배 한 척이 나타나서 물결을 따라 왔다. 그녀는 이 배를 잡아타고 천성
도(泉城島)에 이르러 도미를 만났는데, 아직 그가 죽지 않았으므로 함께 풀
뿌리를 캐서 먹으며 연명하였다. 마침내는 함께 배를 타고 고구려의 산산
(蒜山) 밑에 이르니, 고구려 사람들이 이를 불쌍히 여겨 옷과 먹을 것을 주므
로 살 수 있게 되어, 거기서 일생을 마쳤다.

『삼국사기』에는 도미의 아내가 현숙하다는 말을 들은 개루왕이 도미를
불러 여자의 정절에 관해 이야기하자, 도미가 다른 여자는 몰라도 자기의
아내는 정절을 지킬 것이라고 말하는 대목이 있다. 그리고 개루왕이 도미
를 붙잡아 두고 가까운 신하를 도미의 아내에게 보내어 정절을 시험하게
하였는데, 도미의 아내가 계집종을 방안에 넣어 자기 몸을 지켰다는 대목
도 있다. 이처럼 『삼국사기』의 내용은 도미 부부의 사랑과 신뢰, 도미 아내
의 정절 등을 강조하여 표현하였다. 『삼강행실도(三綱行實圖)』와 『동국통감
(東國通鑑)』에도 같은 내용이 실려 있다.

『삼국사기』에는 물을 나타내는 말을 하(河), 강(江)으로 표기해 놓았다. 이
로 보아 『삼국사기』의 내용은 바닷가를 배경으로 하지 않고, 강가를 배경으
로 하였음을 알 수 있다. 그래서 지금까지 도미의 아내가 배를 탄 곳을 한강
의 나루터로 추정하였다. 그런데 충남 보령시에서는 오천면 교성리 도미항
을 도미 부부가 살다가 수난을 당하여 배를 타고 떠난 곳, 상사봉을 도미 부

도미 부인의 사당인 정절사

인이 남편이 떠내려 간 뱃길을 바라보며 슬피 운 곳이라 하여 이곳에 정절
각과 사당을 세웠다.

　필자는 이곳을 도미의 고향으로 정한 연유와 이 지역에 과연 예로부터
도미 설화가 전해 왔는가를 알고 싶었다. 그래서 1996년 5월 22일에 이곳을
다녀오고, 1996년 8월 3일 오후에 다시 이곳을 찾았다. 8월의 제2차 조사 때
에는 배를 타고 미인도로 가서 보령시 천북면 낙동리 빙도(미인도)에 사는
김종찬(남, 80세, 농업, 한문 수학) 씨와 김덕준(남, 67세, 농업) 씨를 만나 도미 이
야기를 들었다. 그리고 다시 보령시 오천면 교성리 도미항으로 와서 김창
화(남, 67세, 농업, 초졸) 씨를 만나 도미 이야기를 들었다. 이분들의 이야기는
앞에 적은 허준 씨의 이야기보다 간단하였다.

필자는 두 번 방문하여 조
사하는 동안 이곳을 도미가
살던 곳으로 정하는 데에 중
요한 역할을 한 분이 앞에 적
은 이야기를 구연한 허준 씨
라는 사실을 알았다. 그래서
허씨에게 이곳을 도미의 고
향이라고 생각하게 된 연유
를 물었다.

허씨는 젊었을 때 조선일
보 외근 기자를 하였는데, 고
향의 대선배이며 역사학자인
황의돈 씨를 스승으로 모시
면서 자주 만났다고 한다. 그
러는 동안 『삼국사기』에 적힌

정절사 안에 모신 도미 부인의 영정

도미 이야기의 배경이 된 곳이 어디일까에 관심을 갖게 되었다. 두 사람은
도미 이야기가 『삼국사기』에 백제 초기인 개루왕 때라고 한 점을 중시하여
한강 유역일 것이라 추정하고, 배를 타고 광나루 부근에서 강화도까지 몇
차례 답사하면서 도미 이야기의 배경이 될 만한 곳을 찾았으나, 찾지 못했
다고 한다.

그 후에 고향인 보령시 청소에 와서 친구인 최종철(남, 85세) 씨의 부친을
만나 위에 적은 것과 비슷한 이야기를 들었다고 한다. 그래서 도미 이야기
가 한강 유역을 배경으로 한 것이 아니라, 서해안을 배경으로 하였을 가능
성을 생각하고, 여러 가지 조사를 하였다. 그래서 먼저 이 이야기를 알고 있
는 사람을 조사하고, 이 지역의 지명을 조사하였다. 그리고는 도미항에서

배를 빌려 띄우고, 어디로 흘러가는가를 조사하였다. 배를 못 찾거나 파손되면 변상하기로 하고 빈 배를 띄웠는데, 그 배는 조금도 파손됨이 없이 원산도에 도착하였다. 이것은 허준 씨가 최씨로부터 들은 이야기의 사실성을 입증해 준 것이었다. 그래서 도미의 고향은 오천면 교성리 도미항이라는 심증을 굳히게 되었다고 한다.

앞에서 말한 바와 같이 충남 보령시 오천면 교성리에 '도미항'이라는 작은 항구가 있고, 도미항 맞은편에는 미인인 도미의 아내가 살았다는 '미인도'가 있다.

도미항에서 가까운 청소면 진죽리에는 백제 때 군용마를 길렀는데, 역대 왕들이 자주 순행하며 목장을 돌보았다는 '전마들[戰馬坪]'이 있다. 청소면 진죽리 전마들 안 송암 저수지와 청소초등학교 사이에는 전마들에서 군용마를 기르다가 죽은 말을 묻었다는 '말 무덤'이 있다. 이 말 무덤은 얼마 전까지 몇 군데 있었는데, 농지 정리를 할 때 대부분 없어졌다고 한다.

청소면 진죽리 면소재지를 예로부터 '파리재'라고 부른다. 백제 시대에 전마들에서 군용마를 기를 때 그 중심지인 이곳에 목장을 관리하는 총본부를 두고, 파루를 높이 쌓아 시간을 알리면서 목장을 관리하였다고 한다. 그래서 파루를 쌓았던 언덕을 '파루재'라고 불렀는데, 음이 변하여 '파리재'라고 부른다고 한다. 파리재 동쪽에는 '마차미'가 있다. 이곳은 전마들에서 군용마를 기를 때 솥을 걸고 말죽을 끓여 말에게 참을 주던 곳이라고 한다. 파리재에서 서북쪽으로 1km쯤 떨어진 곳에 '대섶말'이라는 마을이 있다. 이곳은 전마들에서 말을 먹일 때, 이 마을에서 대(竹)를 길러 사용하여서 그렇게 불렀다고 한다. 이처럼 이 지역에는 백제 때 군용마를 길렀다는 사실과 관련된 지명이 많이 있다. 이러한 점으로 미루어 볼 때, 백제 시대에 이곳에서 전마를 길렀다는 사실은 개연성이 있다. 그렇다면, 개루왕 또는 다른 왕이 전마를 기르는 이곳에 왔다는 것 역시 사실일 개연성이 있다.

경남 진해시 청안동에 있는 도미 부부의 묘와 묘비

　이 지역 주민들 사이에 전해 오는 이야기 중에는 도미의 아내를 범하려던 사람을 왕이라 하지 않고, 다른 벼슬아치라고 하기도 한다. 오천면 교성리 도미항에 사는 이용돈(남, 78세, 초졸, 농업) 씨는 도미의 아내를 범하려던 사람을 말을 먹이는 일을 감독하는 '대장' 이라고 하였다. 김현택(남, 61세, 중졸, 철도청 광천역 근무) 씨는 이 지역의 '군수' 라고 하였다. 그러나 막강한 권력을 행사할 수 있는 '권력자' 라는 점에서는 일치한다. 이러한 여러 가지 사정으로 보아 도미 이야기는 이 지역을 배경으로 전해 오는 이야기라 할 수 있다.

　경상남도 진해시 청안동 뒷산에는 도미의 무덤이 있다는 말을 얼마 전에 들었다. 그래서 1996년 10월 26일 마산상고에 근무하는 김몽상 선생의 안내를 받아 이준현 · 전연숙 선생과 함께 청안동에 있는 도미 무덤을 찾아갔다. 아침 일찍 창원을 출발한 우리는 오전에 김해에 있는 구지봉과 김수로

왕릉, 허태후릉을 둘러보고, 진해시 용원동으로 갔다. 거기서 가락국 김수로왕의 왕비가 된 허황옥이 돌배를 타고 올 때 수로왕이 직접 마중을 나와 기다렸다는 망산도(望山島)와 허왕비가 타고 온 돌배가 뒤집혀 바위가 되었다는 유주암(維舟岩)과 유주비각(維舟婢閣)을 둘러보고, 점심을 먹은 뒤에 진해시 청안동으로 향했다.

진해시 용원동 선착장에서 진해시청쪽으로 1.5km쯤 가면서 보니, 녹산공단 조성 공사가 한창이었다. 약간 언덕진 고개를 오르다가 왼쪽에 있는 안청초등학교 입구로 들어서서 1km쯤 가다가 우회전을 하니, 왼쪽에 큰 호수를 연상케 하는 안골포가 보였다. 안골포의 오른쪽에 작은 마을이 있는데, 마을 뒷산에 도미의 무덤이 있었다. 포구가 바라보이는 곳에 위치한 무덤 앞에 서 있는 비석에는 중앙에 '백제정승도미지비(百濟政丞都彌之碑)'라 써 있고, 왼쪽에 좀 작은 글씨로 '배정렬부인(配貞烈夫人)'이라고 쓰여 있었다. 1년에 한 번씩 도미를 선조로 모시는 성주 도씨들이 이 무덤에 제사를 지내는데, 그 마을에는 도씨가 한 사람도 살지 않기 때문에 제사에 참여하는 사람들은 모두 외지에 사는 사람들이라고 한다.

마을 사람들을 만나 도미 이야기를 아는 대로 이야기해 달라고 하니, 『삼국사기』에 적힌 내용과 비슷한 이야기를 들려주었다. 그들은 도미가 탄 배가 이곳까지 밀려 왔고, 뒤이어 도미 부인이 탄 배가 이곳까지 밀려와 이곳에 묻히게 된 것이라고 하였다. 도미 설화가 이곳에서도 전승되고 있다는 점은 흥미와 교훈을 지닌 이 설화의 강한 전승력으로 이해할 수 있다. 그러나 도미가 탄 배가 이곳까지 올 수 있었을까 하는 점에서는 의문이 남는다.

필자는 중학교 학생 때 국어 선생님의 권유로, 도미 설화를 소재로 하여 쓴 월탄 박종화의 소설 「아랑의 정조」를 읽었다. 그 때 이 작품을 읽고 깊은 감명을 받았으며, 도미 부부와 같이 서로 사랑하고 신뢰하며 사는 부부, 어떤 일이 있어도 서로 정절을 지키는 부부는 참으로 행복한 부부라는 생각을 하였다.

　이 이야기에는 자기 아내는 어떠한 유혹과 협박에도 넘어가지 않을 것이라고 믿는 도미의 아내에 대한 사랑과 믿음, 절대 권력을 휘두르며 횡포를 일삼는 왕에 맞서 싸우며 끝까지 정절을 지킨 도미 부인의 지혜와 용기 등이 잘 형상화되어 있다. 백제인 부부의 깊은 사랑과 믿음, 정절을 소재로 한 이 이야기는 순결(純潔)이나 동정(童貞)을 낡은 시대의 유물인 양 생각하는 미혼 남녀나 혼외정사(婚外情事)를 흔히 있을 수 있는 일이라 생각하는 기혼자들이 깊이 음미해 볼 이야기라 하겠다. 그런 점에서 뒤늦게나마 상사봉에 정절각을 짓고, 그 아래에 도미 부인의 사당을 지어 정절 교육의 산 교육장으로 삼으려는 보령시의 처사는 참으로 잘한 일이라 생각한다. 도미 전설을 바탕으로 하여 지은 도미 부인의 정절각과 사당이 이 지역 주민들뿐만 아니라 이곳을 찾는 많은 사람에게 사랑과 신뢰를 바탕으로 한 부부애의 중요성을 일깨우는 명소가 되기를 바라는 마음 간절하다.

1. 죄 없는 사람을 살린 은행나무

충청북도 청주시 남문로 2가에 중앙공원이 있다. 봄철의 토요일 오후에 이곳에 가니, 부모와 함께 나온 어린이들, 친구들과 나온 청소년들, 마음 맞는 사람들과 어울려 나온 중년 남녀들, 그리고 시간을 보내기 위해 나온 나이 든 노인 등 많은 사람들이 나와 봄을 즐기고 있었다. 잘 정리된 넓은 공원을 거닐거나 긴 의자에 앉아 이야기하는 사람이 있는가 하면, 예쁜 꽃과 기념물이 있는 곳에서 사진을 찍는 사람도 있고, 이리저리 뛰어다니며 노는 아이들도 있었다. 그런가 하면, 떼를 지어 윷을 노느라고 떠들썩한 어른들도 있었다. 공원에는 대한민국 독립기념비 · 시민헌장비 · 서원 향약비 · 박춘무 선생 전장기적비 · 청주 목사 선정비 · 청주 척화비 · 의병장 한봉수 송공비 등 많은 비석이 있다. 그리고 용두사지 철당간, 병마절도사 영문 등의 유물도 있다. 그러나 가장 관심을 끄는 것은 공원의 동쪽 병마절도사 영문 옆에 있는 은행나무였다.

충청북도 기념물 제5호로 지정되어 있는 이 은행나무 둘레는 바닥보다 약간 높게 돋우고 둥글게 화단을 조성하여 화단에 올라가지 않고는 나무에 올라갈 수 없도록 하였다. 이 은행나무는 둘레가 두어 아름, 높이가 15~16

죄 없는 사람을 살린 은행나무

미터쯤 되어 보이는데, 수령은 600~700년 되지 않을까 생각한다.

이 은행나무 남쪽에는 이 나무에 얽힌 사연을 적은 표지판이 서 있는데, 그 내용은 다음과 같다.

청주 압각수(淸州 鴨脚樹)

이 나무는 고려 시대 청주목의 객사문 앞에 있었던 수십 그루의 은행나무 가운데 유일하게 남은 것이다. 공양왕 2년(서기 1390년) 5월에 이성계의 반대파로 지목된 사람들 가운데 이색(李穡) · 권근(權近) · 이림(李琳) · 변안렬(邊安烈) · 이인민(李仁敏) · 정지(鄭地) · 이숭인(李崇仁) · 이종학(李種學) · 이귀생(李貴生) 등을 청주 옥에 가두고, 윤호(尹虎) · 박경(朴經) · 이확(李擴) · 신효창(申孝昌) · 전시(田時) 등을 보내어 관찰사 유구와 함께 국문(鞠問)하였다.

이 때, 갑자기 천둥이 치며 큰비가 내려 냇물이 크게 불어 읍성의 남문을 허물며 흘러 곧바로 북문으로 나가니, 성안은 물바다가 되고, 관사와 민가가 거의 떠내려가게 되었다. 옥관(獄官)들은 허겁지겁 나무에 올라가 수재를 면하였다. 이러한 수재로 다음 달 조온(趙溫)을 보내 가둔 사람을 풀어 주었을 뿐만 아니라, 중앙의 죄수 150명도 풀어 주었다.

이 사실은 『동국여지승람(東國輿地勝覽)』에는 공민왕 때의 일이라고 기록되었으나, 고려사에 의해 공양왕 2년 을사일임이 확인된다.

압각수는 은행잎이 오리발 모양에 가깝기 때문에 붙여진 것이다.

『신증 동국여지승람(新增東國輿地勝覽)』권 15 청주목(淸州牧) 고적(古蹟) 조의 압각수(鴨脚樹) 항에 이 은행나무에 관한 기사가 실려 있다. 그 내용은 위에 적은 것과 같으나, 명나라에 다녀온 왕방(王昉) · 조반(趙胖) 등이 왕에게 이색과 조민수 등을 무고(誣告)하여 감옥에 가둔 것이라 하여 이색 등이 옥에 갇히게 된 내용이 조금 더 자세하게 나와 있다.

최상수의 『한국 민간전설집』(1958년 통문관 발행)에는 구전되는 이야기를 적은 것이 있는데, 이를 옮겨 보면 다음과 같다.

충청북도 청주 도청 울안에 크나큰 은행나무가 있으니, 그 수령이 6백 년이요, 그 둘레가 39척, 높이가 열여섯 간이나 된다고 한다.

고려 31대 공민왕이 간사한 신하들의 헐어 말함을 곧이듣고 충신 이색, 이숭인 등을 옥에 가두자 별안간 맑은 하늘에 갑자기 구름이 모여들고, 천둥 번개가 치면서 장대 같은 굵은 비가 억수같이 내리퍼부어 홍수가 졌는데, 그 때문에 청주 앞 시냇물이 갑자기 넘쳐서 청주 남문에서부터 물이 들어오기 시작하여 삽시간에 성안이 물을 담게 되어 관가나 민가가 떠내려가고, 많은 사람이 죽었는데, 물론 이 통에 감옥집도 물을 담아서 옥사장이 중에는 달아나 산 이도 있고, 물에 떠내려가 죽은 이도 있었다.

그런데 아무 죄도 없이 옥에 갇혀 있는 사람들은 모두 이 은행나무에 올라가서 요행이 죽음을 면하였는데, 공민왕도 그 이상한 일에 두려운 생각이 들어 곧장 그들을 모두 내어 주었다고 한다.

이것은 1935년에 청주읍에 사는 홍재성씨가 말한 내용을 적어 놓은 것인데, 안내 표지판에 적혀 있는 내용보다 흥미롭게 표현되어 있다.

필자는 공원에 나온 사람들이 이 이야기를 어떻게 이야기하는가를 알고 싶어서 한 노인을 만나 이 은행나무에 얽힌 전설을 이야기해 달라고 부탁하였다. 그 노인은 자기도 알기는 알지만, 자기보다 잘 아는 박종성 씨가 오늘 공원에 나왔다고 하면서 찾느라고 두리번거렸다. 그 때 마침 한 노인이 우리 앞을 지났다. 그 노인은 '내가 말한 박종성 씨가 바로 이분'이라고 하면서, 박 노인에게 물어보라고 하였다. 박 노인께 인사를 하고, 긴의자로 모시고 가서 앉아 여러 가지 이야기를 나누었다.

박종성(92세) 씨는 충북 청원군 남일면 효촌리에서 나서 60여 년 살다가

은행나무 앞에 서 있는 비석에 권근의 시와 설명이 적혀 있다.

30여 년 전에 같은 군의 가덕면 상대리에 와서 살고 있다고 하였다. 박 노인께 이 은행나무에 얽힌 이야기를 아느냐고 물으니, 박 노인은 어렸을 때 들은 이야기라고 하면서 위에 적은 것과 같은 내용을 아주 간략하게 이야기하였다. 그리고 이것은 청주 사람들은 다 아는 이야기라고 하였다.

필자를 안내한 이방주 선생 역시 어려서부터 이 이야기를 들었고, 학생들에게도 여러 번 이야기해 주었다고 한다. 이로 보아 위의 이야기는 예로부터 지금까지 전설로 전해 오고 있음을 알 수 있었다.

『신증 동국여지승람(新增東國與地勝覽)』에는 당시에 함께 감옥에 갇혀 있던 권근(權近)이 지었다는 다음과 같은 시가 위의 이야기 뒤에 적혀 있다.

근거 없는 소문으로 주공(周公)에게 불행이 미치니,
갑자기 큰바람이 일어 곡식들을 쓰러뜨렸네.
왕이 서원(청주)에 큰물이 넘쳤다는 말을 듣고,

천도(天道)가 예나 지금이나 같음을 알았네.
유언불행급주공(流言不幸及周公)
홀유가화언대풍(忽有嘉禾偃大風)
문도서원홍수창(聞道西原洪水漲)
시지천도고금동(是知天道古今同)

고대 중국의 주공(周公)이 어린 성왕(成王)을 섭정(攝政)할 때, 근거 없는 소문으로 모함을 받아 물러나니, 별안간 큰바람이 불어 벼를 쓰러뜨려 성왕의 잘못을 깨우쳤다는 고사가 있다. 이 시에서 이색, 권근 등이 죄 없이 감옥에 갇혔을 때 하늘이 홍수를 내려 고려의 왕으로 하여금 잘못을 깨우치게 한 것은 주공 때의 일과 같다고 하였다. 이 시는 두 사건을 대비시켜 하늘의 뜻은 예나 지금이나 공명정대(公明正大)하다고 하였다.

위의 이야기에서 하늘은 비를 내려 홍수가 나게 함으로써 감옥을 부수고, 죄 없이 감옥에 갇혀 있던 사람들을 구한다. 이 때, 감옥 앞에 서 있던 이 은행나무는 죄 없이 갇혀 있던 사람들을 구하는 역할을 한다. 이 이야기에는 하늘은 공평무사(公平無私)하여서 남을 모함하여 감옥에 가두고 괴롭히는 사람들에게 기상이변(氣象異變)으로 경종(警鐘)을 울려 못된 짓을 더 이상 계속하게 하지 못하게 하고, 죄 없는 사람이 억울한 누명을 쓰고 죽게 내버려 두지 않는다는 서민들의 사유가 바탕에 깔려 있다.

우리 둘레에는 부지런하고 성실한 사람보다는 꾀 많고 요령 잘 피우는 사람, 자기의 이익을 위하여 남을 헐뜯는 사람이 더 잘 사는 경우가 많이 있다. 이러한 일을 많이 보아 온 필자는 착하게 살라고 가르치는 것이 오히려 잘못된 것이 아닌가 하는 생각을 가끔씩 하기도 하였다. 그러나 웅장한 자태를 자랑하는 은행나무에 새 잎이 돋아나는 것을 보면서, 하늘은 착한 사람에게 복을 내린다는 진리에 변함이 없다는 생각을 하였다.

2. 무심히 흐르는 무심천

무심천(無心川)은 청주 시내를 남북으로 관통하여 흐르는 내(川)이다. 내라고 하기보다는 강(江)이라고 하는 것이 좋을 정도로 넓고 큰 내이다. 내의 양쪽 둑에는 여러 가지 가로수가 있는데, 특히 줄지어서 선 벚나무들이 활짝 꽃을 피워 장관을 이루고 있다. 무심천은 잘 정리되어 있는데, 내의 한 가운데에는 석축을 쌓아 만든 수로로 많은 물이 흐르고 있다. 동쪽 둔치는 차도를 만들어 차들이 통행하고 있고, 서쪽 둔치의 보행로와 자전거도로에는 많은 사람들이 걷거나 자전거를 타고 있다. 양쪽 둑에는 많은 사람들이 벚꽃이 만개한 길을 걸으며 사진을 찍기도 한다. 용화사 앞의 둔치의 넓은 마당에는 30여 명의 어린이들이 단체로 인라인스케이트를 배우고 있다. 이러한 모습을 보니, 무심천은 청주 시민들의 온갖 정서가 깃들어 있는 곳이란 생각이 들었다.

앞에 적은 「죄 없는 사람을 살린 은행나무」 이야기에서 갑자기 쏟아진 비로 청주 시내를 덮쳤다고 하는 냇물은 바로 이 무심천을 두고 하는 말이 아닐까 하는 생각이 든다.

용화사에서 100m쯤 떨어진 무심천 서편 둔치에는 무심천 유래비가 서

청주 시내를 흐르는 무심천

있다. 무심천 유래비는 1990년에 크고 작은 대리석 4개를 예술적으로 배치해 놓고, 가장 넓고 큰 돌에 무심천의 유래를 적어 놓은 것이다. 이것은 "국문학자 이수봉 교수(전 충북대 교수)의 고증과 충북 문인협회의 문안, 김경화 등 충북 출신 5명의 조각가의 협동작품에 서예가 김동연의 글씨로 제작된 것인데, 박찬무 청주 시장의 재정 지원과 곽우영의 석재 기증으로 건립되었다."고 한다. 무심천의 유래를 조사하여 고증한 이수봉 교수나 글씨를 쓴 서예가 김동연 선생은 필자와 친분이 있는 분들이어서 이를 보니, 두 분을 만난듯 반가운 마음이 들었다.

무심천 유래비에는 다음과 같이 적혀 있었다.

무심천 유래비

　'무심천'은 남석천(南石川) (통일신라)—심천(沁川) (고려)—석교천(石橋川)·
대교천(大橋川, (조선)— 무성뚝(일제 강점 시기)에서 오늘의 무심천(無心川)으
로 불려 왔다.

　이 무심천에는 확인키 어려운 몇 가지 설화가 전해져 오는 바 그 중 다음
과 같은 사연이 길손의 발길을 멎게 한다.

　청주 고을 양지 바른 곳에 오두막이 있었네. 그 집에 한 여인 다섯 살짜
리 아들과 살았네. 집 뒤로 맑은 물 사철 흐르고 통나무 다리 놓여 있었네.
어느 날 행인이 하나 찾아들자 여인은 아이를 부탁하고 일보러 나갔고, 아
이를 돌보던 행인은 그만 깜박 잠들고 말았네.

　꿈결인 듯 여인의 통곡 소리에 눈을 뜨니 이게 웬일인고. 돌보던 아이 주
검 되어 그 여인에게 들려 있네. 사연을 알아보니 행인이 잠든 사이 통나무
다리 건너다 물에 빠져 죽었다네. 여인은 아이의 잿가루를 그 물에 뿌리고
삭발 후 산으로 갔다네.

이 소식 인근 사찰에 전해지자 모든 승려 크게 불쌍히 여기어 아이의 명복을 빌기로 했다네. 그들은 백 일만에 통나무 다리 대신 돌다리를 세웠네. 그 다리 이름은 남석교(南石橋, 현재 석교동에 묻혀 있음). 이 같은 사연 알 바 없이 무심히 흐르는 이 냇물을 일러 무심천이라 하였네.

위의 글에 나타나는 바와 같이 무심천의 옛이름은 '남석천', '심천', '석교천', '대교천', '무성뚝' 등 아주 다양하다. 이를 '무심천'이라고 부르게 된 데에는 이 내에 걸쳐놓은 통나무 다리를 건너다 물에 빠진 다섯 살짜리 어린아이의 죽음과 이 아이를 잃은 홀어머니의 슬픔, 이를 불쌍히 여기는 스님들의 자비심 등을 아는듯 모르는듯, 이에 아랑곳하지 않고 흐르는 물의 무심함에서 유래되었다고 한다.

무심천의 물은 모든 것을 포용하고, 더러운 것을 깨끗하게 해주면서, 낮은 곳으로 흐른다. 예로부터 지금까지 청주 시민들은 무심천을 아끼고 사랑하며 살아왔다. 그래서 청주 시민들의 마음 역시 무심천의 물과 같이 너그럽고 겸손하며, 맑고 깨끗한가 보다.

3. 청주 목사를 도와준 우암산 신령

청주의 동쪽에는 소백산맥의 지맥인 상당산(上黨山)에서 남쪽으로 뻗어 내린 한 갈래의 산줄기에 청주의 진산(鎭山, 옛날 온 나라 및 국도와 각 고을 뒤에 있는 큰 산을 그 곳을 진호하는 주산으로 정하여 제사하던 산)인 우암산(牛岩山)이 우뚝 솟아 있다.

필자는 중앙공원에서 만난 박종성(남, 92세) 씨로부터 「죄 없는 사람을 살린 은행나무」 이야기에 이어서 「청주 목사를 도와준 우암산 신령」 이야기를 들었다. 박씨가 구연한 이야기를 원음대로 적어 보면 다음과 같다.

그 전에, 한산 이씨 집에 어떤 사람이 고용살이를 하겠다고 해서, 떠꺼머리 총각이 그 집에서 고용살이를 하는데, 청주라는 데에 용화사 절이 있어. 그 용화사 주지가 어찌 힘이 세고 득세를 부렸는지, 청주 목사가 오면 용화사 주지한테 현신(現身)을 드려야 정치를 해 나갔지, 현신을 안 드리면 정치를 못 해 나갔단 말이여.

그런데 어느 해인지 몰라두, 그 해에 워떤 총각 아이가 와서 고용살이를 하겠다고 하는데, 좋다고 해서 고용살이를 하고 있는데, 그 주인이 청주 목

무심천 둑에서 본 우암산

사 발령을 받고서, 정치를 하려니 그 절의 주지 놈한테 가서 고패를 드려야
(고개를 숙이고 굽실거려야) 할 텐데 아니꼽고, 안 갈수도 없고. 그래서 신음을
하고 앓는 거여.

　그런데 그 총각 아이가 물었어.

　"아, 주인 서방님은 무엇 때문에 신음을 합니까?"

　"너 알 거 아니다."

　"너 알 거 아니라니요? 나도 한 솥의 밥을 먹고 일 년을 살았는데, 나는
　한 집 식구 아닙니까? 내가 알아서 안 될 일이 뭐 있습니까?"

생각해 보니께 그렇거든. 그러니께,

　"거기 앉아라. 내가 청주 목사 발령을 받았는디, 내가 도임을 하면은 그

중놈한테 현신을 해야 할 텐디, 그게 아니꼬워서 이러고 있다. 이거 워트게 해얄른지 모르것다."

"아이 서방님, 그까짓 거 걱정할 게 뭐 있습니까? 저한테 맡겨 주십시오."

주인이, 그 녀석이 똑똑하기는 하지만, 마음이 안 놓여서,

"네가 워트게 해 나가것느냐?"

그러니께,

"아, 적정 말고 맡겨 주시유."

"그렇게 해라."

"그럼 도임을 내일 곧바로 하시유."

도임을 하구서 보니까, 그 주지가 호출장을 보냈어유.

'내일 몇 시까지 절로 들어오라.'

그래서 그 애 보구서,

"이런 일이 있으니, 워트게 하면 좋으냐?"

"걱정 말고 놔 두슈. 내일 제가 가지유."

그 이튿날 그 애가 주지한테 가서,

"아무개 집에 있니? 아무개 집에 있니?"

하는 거여. 아 주지가 평생 누가 제 이름 부르는 걸 못 봤는디, 이런 일이 있으니까 기가 막히지. 그래 멍허니 서 있지. 그 절 기둥 나무를 돌로다 깎아 세웠는디, 아 이놈을 손톱으로 꼭꼭 누르면, 손톱자국이 '핑-' 하고 돋단 말이여.

나 이거 바람둥이 같지만, 난 들은 얘기유. [채록자 : 예, 재미있습니다.]

주지가 기가 꺾여서,

"예, 워디서 오셨습니까?"

"나 이곳 성주의 심부름 왔다. 너 무엇 때문에 성주를 호출했냐? 너 내일 몇 시에 들어와. 안 들어오면 모가지를 날릴 거여."

아, 그러구서 작별을 한 거여. 그래 이 주지가 기둥을 들여다보니까, 손톱이 반은 들어가드랴. 돌기둥을 그렇게 하니, 무서울 거 아니여.

이 머슴 놈이 돌아갔어. 가니께, 목사가 물어.

"너 워트게 하고 왔느냐?"

"예, 내일 몇 시에 들어올 겁니다. 들어오걸랑 영을 내리시오. '너 이 놈 하는 처신으로는 대번 능지처참(陵遲處斬)할 수 있으나, 네 종아리나 몇 대 때려 내보내것다.' 하고 영을 내리시유. 그럼 지가 종아리를 때릴 겁니다."

이렇게 상의를 하고 있는데, 그 이튿날 그 시간에 왔어. 오니께, 청주 목사가 영을 내리는 거지.

"너 이놈, 감히 절의 불전을 위하고 있으면 부처나 위할 따름이지, 감히 성주를 오라고 호출을 히야. 너 이놈, 너 하는 소위로는 당장 죽여도 마땅할 놈이나, 종아리나 몇 대 때려 내 보내라."

명령을 내리는 거여. 그러니까 하인이,

"너 이 놈, 여기 엎드려라. 너 하는 소위로는 능치처참을 했으면 좋겠으나, 내 머리카락을 뽑아서 종아리나 몇 대 쌔리것다."

머리카락을 하나 뽑아서 냅다 치니께, 머리카락이 주지의 종아리를 치고, 튀어서 절의 상기둥나무를 쳐서 부러뜨렸어. 그 때 절이 부서졌어.

그게 누구냐 하면, 우암산 신령이 하도 그 놈이 득세를 하니께, 그렇게 하인으로 와서 버릇을 가르쳤다는 거여.

채록 일시 : 1996. 4. 14. 14 : 25~30.
채록 장소 : 청주 중앙공원
구연자 : 박종성(남, 92세, 국문 해득, 전에 노동을 하였다 함)
　사는 곳 : 충북 청주시 청화동 165
　나서 자란 곳 : 충북 청원군 남일면 효촌리에서 나서 자랐고, 청원군 가덕면 상대리로 이사와서 30여 년을 살았음.
채록 상황 : 중앙공원에서 만난 한 노인에게 은행나무에 얽힌 전설을 이야기해 달라고 하니, 자기는 잘 모른다고 하면서 마침 공원에 와 있던 구연자를 소개해 주었다. 그래서 구연자와 필자는 공원의 긴 의자에 앉고, 함께 간 이방주 선생과 배원룡 선생은 그 앞에 서서 이야기를 들었다. 구연자는 연세에 비해 건강하고, 기억력이 좋은 편이었으며, 입담도 좋았다.
처음 들은 때 및 들려준 사람 : 어렸을 때 어른들한테 들었다고 함.
구연 경력 : 이 이야기를 여러 차례 구연하였다고 함.

청주시 사직동 무심천가에 자리 잡고 있는 용화사

　위의 이야기에서 우암산 산신령은 청주 고을의 관장인 목사를 우습게 알고 농락하는 용화사 주지를 혼내 주었다고 한다. 청주 목사를 우습게 알고 행패를 부렸다는 용화사는 청주시 사직동에 지금도 있는 절이다. 그러나 억불숭유(抑佛崇儒) 정책을 펴던 조선 시대에 이 절의 주지가 그런 행동을 하였으리라고는 생각되지 않는다. 이 이야기는 꾸며낸 이야기이다. 이 이야기를 꾸며서 전승해 온 전승 집단은 이 지역에서 세력을 형성해 행패를 부리면서, 외지에서 부임해 오는 관장의 명령에 고분고분하지 않는 이 지역 토호나 세력가를 절의 주지로 바꾸어 표현한 것이라 생각한다.

　각 지역에는 그 지역에 살면서 자기가 소유한 재력이나 명성을 이용하여, 또는 중앙의 권력과 줄을 대고서 세도를 부리는 그 지역 토호나 세력가가 있었다. 그들은 지역 주민에게 군림하면서 행패를 부리고, 외지에서 부임해 오는 관장을 우습게 보았을 것이다. 외지에서 부임해 오는 목사나 군수, 현감은 이들의 협조를 받아야 무사히 임기를 채울 수 있기에 이들의 비위를 건드리지 않으려 하였을 것이다.

위의 이야기는 청주 지역에도 이런 부류의 세력가가 있었음을 말해 주고 있다. 이 지역 주민들은 자기 집에 앉아서 새로 도임해 오는 목사의 현신(現身)을 받는 세력가의 세도나 행패를 못마땅하게 생각하였다. 그러나 그들에게는 이를 바로 잡을 수 있는 방도가 없었다. 똑똑하고 능력 있는 목사가 도임하여 이를 바로잡고 바른 지역 정치를 해 주기를 바랐으나, 그 것 역시 한계가 있음을 알았다. 그래서 이 지역 주민들은 이 지역을 수호해 주는 진산으로 믿는 우암산의 신령이 이를 바로잡아 주기를 바랐던 것이다. 이러한 이 지역 주민들의 의식이 이런 이야기를 꾸며 전승해 온 것이라 생각한다.

산신령이 나타나 억울한 일을 당한 사람을 도와주고, 잘못한 사람을 깨우치거나 벌을 주는 이야기는 전국 각지에 분포되어 있다. 이것은 절대적인 능력을 지닌 존재자가 나타나 그릇된 일을 바로잡아 주기를 바라는 간절한 마음을 설화적으로 표현한 것이라 생각한다.

요즈음에도 우리 둘레에서는 권력이나 재물을 손에 쥔 자들이 부지런하고 성실한 사람이나 바르게 살려는 사람을 괴롭히고, 올바른 행정과 정치를 하려는 관료나 정치인을 억압하고 주눅 들게 일이 종종 일어나고 있다. 크고 작은 여러 가지 경우를 당하면서 우리는 여기저기에 호소해 보기도 하지만, 그 해결이 시원치 않을 때가 있다. 그럴 때 우리는 힘과 능력을 바탕으로 공평무사(公平無私)하게 일을 처리해 줄 사람의 출현을 기대하게 된다. 이런 점에서 산신령의 출현을 기다리는 전설 전승집단의 마음과 현대인의 마음이 서로 맞닿아 있음을 알 수 있다.

4. 두꺼비가 살려준 처녀와 한씨 시조

충청북도 청주에서 진천 가는 지방도로를 따라 13km쯤 가면 청원군 오창면 창리가 나온다. 그곳에는 오래 전부터 「두꺼비가 살려준 처녀」 이야기가 전해 온다. 필자는 이곳을 답사하기로 하고, 한국교원대학교 대학원생 3명과 함께 이곳을 찾아갔다.

오창면 소재지에 있는 노인회관을 찾아가니, 30여 명의 노인들이 몇 사람씩 짝을 지어 화투놀이를 하고 있었다. 노인회장인 김윤희 씨를 만나 창리의 「두꺼비와 지네」 이야기를 아느냐고 묻자 안다고 하면서 이야기해 주었다. 그 내용을 적으면 다음과 같다.

옛날에 이 곳 창리에 국창(國倉), 즉 나라에서 세금으로 받은 곡식을 쌓아두는 창고가 있었는데, 이 동네에서는 이 창고에 해마다 처녀 하나씩을 바쳐야 했다. 만약 바치지 않으면, 그 해에 문둥병이 생긴다거나, 커다란 변고가 생겨 동네가 큰 피해를 보곤 하였다. 그렇기 때문에 동네에서는 불가피한 일이라 하여 해마다 처녀 하나씩을 정월 보름에 망월제(望月祭)로 갖다 올리곤 하였다.

두꺼비가 살려준 처녀 이야기를 구연한 김윤희 씨

이 동네에 한 홀아비가 딸 하나를 데리고 살았다. 어느 날 아침, 그 처녀가 밥을 지으러 부엌에 들어가니, 두꺼비 한 마리가 와서 눈을 끔벅끔벅하고 앉아 있었다. 처녀가 밥을 지어 밥상을 들고 방으로 들어가려고 하는데, 그 때까지 두꺼비는 가지 않고 앉아 있었다. 처녀는 두꺼비 혼자 있는 것이 안쓰러워서,

"너 혼자 있으니 안 됐다. 밥이나 조금 먹어라."

하고는, 자기 밥그릇에서 밥 한 숟갈을 떠서 주었다. 두꺼비는 고맙다는 듯이 눈을 끔벅이고는, 그걸 맛있게 먹고 돌아갔다.

그 뒤로 두꺼비는 끼니때만 되면 찾아왔는데, 처녀는 그 때마다 자기 밥을 한 숟갈씩 떠서 주었다.

정월 보름이 가까워 오자, 동네에서는 처녀를 가진 부모들이 모여서 제비를 뽑아 희생을 바칠 처녀를 정하게 되었다. 그런데 하필 그 처녀의 아버지가 제비를 뽑았다.

처녀의 아버지는 어깨가 축 처져서 돌아왔다. 이를 본 딸이 걱정이 되어

"아버지, 무슨 일이 있어요? 왜 그러서요?"

하고 묻자, 아버지는,

"너한테 할 이야기가 아니다."

하고는, 방에 들어가서 머리를 싸매고 누웠다.

"아버지, 무슨 일로 그렇게 기분이 상하셨으며, 용기를 잃고 계서요? 제

발 말씀 좀 하세요.”

딸이 몇 번이고 물었지만, 아버지는 말없이 딸의 얼굴을 쳐다보며 눈물만 흘리고 있었다.

얼마 지난 뒤에야 아버지는 큰 결심을 한 듯 입을 열었다.

“오늘 동네에서 제비를 뽑았는데, 내가 뽑고 말았다. 애비된 도리로 너를 거기 보낼 수도 없고, 너를 보내고 나 혼자 살 수도 없다. 네가 거기를 가면, 기다렸다가 네 장사를 치른 뒤에 나도 따라 죽겠다.”

이 말을 들은 딸은 기가 막히고 눈앞이 캄캄하였으나, 마음을 고쳐먹고 아버지를 위로하였다.

“아버지, 걱정하지 마셔요. 나는 보름날 그곳으로 갈 터이니, 아버지는 저를 잊으시고, 새어머니 얻어 사세요.”

정월 보름날이 되었다. 그 처녀는 저녁상을 차려 가지고 들어가려다가 두꺼비에게 밥을 듬뿍 퍼서 주면서 말했다.

“네가 내 손에 밥을 얻어먹는 것도 오늘이 마지막이다. 실컷 먹어라. 나는 오늘 밤에 죽으러 간다. 이제는 오지 말아라.”

저녁이 되자, 이장이 와서 빨리 나오라고 재촉하였다. 이장을 따라서 창고로 가니, 사람들이 그 처녀를 안으로 들여보내고 밖에서 문을 잠갔다. 처녀가 창고 안에 들어가 보니, 자기가 밥을 주어 기르던 두꺼비가 먼저 들어와 있었다. 처녀는 창고 안에서 정좌하고 앉아 있었다.

한 밤중이 되니, 천정에서 파란 불빛이 비쳤다. 이를 본 두꺼비가 빨간 빛을 발하며 독을 뿜었다. 그러자 천장에서도 독을 뿜었다. 파란 불빛과 빨간 불빛이 어우러져 싸우기를 날이 샐 때까지 계속하였다. 날이 샐 무렵에 천장에서 커다란 지네가 뚝 떨어졌다. 두꺼비가 아니었으면 지네는 바닥으로 내려와 처녀의 피를 빨아먹었을 터인데, 두꺼비가 독을 쏘는 바람에 기운이 빠져 죽은 것이다. 처녀는 놀라 기절하고, 두꺼비도 기운이 빠져 죽었다.

아침이 되자, 동네 사람들이 처녀의 시체를 거두러 왔다. 동네사람들은 처녀가 죽지 않고 혼절하였음을 알고, 데리고 나가서 잘 간호하였다. 얼마 후에 처녀는 정신을 차려 밤 사이에 있었던 일을 이야기하였다.

지네가 죽은 뒤로는 동네가 무사하고, 처녀를 바치는 악습도 없어졌다.

채록 일시 : 1994. 9. 13. 오후 2:45~2:55
구연자 : 김윤희(남, 79세, 농업, 한문수학)
　사는 곳 및 나서 자란 곳 : 충북 청원군 오창면 주석리
만나게 된 경위 및 채록 상황 : 채록자가 대학원생 3명과 함께 오창노인회관을 찾아갔을 때, 약 30명의 노인들이 몇 사람씩 패를 지어 화투놀이를 하고 있었다. 문 앞에 있던 노인의 안내를 받아 노인회장인 구연자를 만났는데, 그 곳이 너무 시끄러워 밖으로 나와 계단에 서서 이야기를 들었다.
처음 들은 때 및 들려준 사람 : 어렸을 때 집안 어른들한테 들었음.
구연 경력 : 이 전설을 조사하러 온 사람이 몇 차례 있어서 이야기해 주었음.

「지네장터」전설 또는 「두꺼비의 보은」설화로 널리 알려진 이 이야기는 이곳에만 전해 오는 것이 아니다. 경기도 개성 · 여주 · 의정부 · 강화 · 용인, 강원도 속초 · 횡성 · 영월, 충남 대덕, 전북 정읍 · 고흥, 전남 승주 · 해남 · 화순 · 보성, 경남 마산 등 많은 곳에서도 전해 온다.

이 전설이 청주를 본관(本貫)으로 하는 대표적인 씨족으로 널리 알려진 청주 한(韓)씨의 시조인 한란(韓蘭)의 혼인담과 결부되어 전해 오기도 하여 매우 흥미롭다. 그래서 이를 알아보기 위해 청주 한씨의 시조가 처음에 자리를 잡고 살았다고 하는 청주시 방서동을 찾았다.

먼저, 청주 한씨 시조 한란과 관계된 무농정(務農亭)을 찾았다. 무농정은 청주 시청에서 보은 가는 길로 2km쯤 떨어진 곳의 왼쪽 산언덕에 자리 잡고 있다. 그곳은 청주 남쪽의 넓은 들판을 한눈에 내려다볼 수 있는 곳인데, 낮은 구릉 위에 정자를 짓고 농사에 힘쓰도록 권장하였던 곳이라고 한다. 정자의 옛터는 폐허화되고, 정자가 있었던 사실만 이곳 주민들에게 알려져 오다가 서기 1688(숙종 14)년에 한란의 후손으로 충청도 병마절도사가 된 한근(韓根)이 옛 정자의 터전을 찾아내어 흙을 더 쌓고, 무농정의 옛터임을 알리는 비석을 세웠다고 한다. 지금은 시멘트로 지은 무농정이 있는데, 이것

은 한씨의 후손들이 1949
년 3월에 정자의 옛터에 세
운 것이다.

무농정에서 보은 쪽으로
500m쯤 가면, '대머리'라
는 마을 안내 표지판이 서
있다. 그 옆 도로변에 그리
넓지 않은 연못이 있고, 좀
떨어진 곳에는 청주 한씨
중 효성이 지극했던 네 분
을 기리는 '사효려(四孝閭'
가 있다. 연못 이름은 용지
(龍池)인데, 이 연못에는 한
란과 관련된 재미있는 전
설이 전해 온다.

청주 한씨의 시조가 농사에 힘쓰도록 권장하던 무농정

청주 한씨의 시조 한란이 '대머리'에 와서 자리를 잡고 사는데, 하루
는 꿈에 한 노인이 나타나 말했다.
"나는 저 용지(龍池)에 사는 용인데, 내가 득천(得天)을 하려고 하여도 저
쪽에 사는 이무기가 방해를 하여 하늘로 오를 수가 없습니다. 한공은
명궁(名弓)이시니, 내일 내가 이무기와 싸울 때 이무기를 활로 쏘아 주시
오."
이튿날 한공은 노인이 말한 시각에 그 곳으로 가서 이무기를 활로 쏘아
죽였다. 그날 밤, 그 노인이 다시 한공의 꿈에 나타나 고맙다고 치하한 후 말
했다.

청주 한씨 시조가 처음 자리를 잡았다는 대머리 마을 표석

"한공의 덕택으로 나는 곧 승천하는데, 이 숲이 변하여 모두 들이 될 것입니다. 한공께서는 이곳을 경작하여 여러 사람을 살리시기 바랍니다."

그로부터 사흘 뒤에 뇌성 벽력이 일고, 큰 비가 내려 산이 모두 들이 되었다. 그래서 지금도 땅을 깊이 파면, 나무 썩은 것이 나온다고 한다. 〈한국구비문학대계 3-2, 한국정신문화연구원, 1981, 657~658쪽.〉

이러한 전설이 깃들어 있는 용지에는 연잎이 가득 덮혀 있었는데, 연못가 길 쪽에 두 개의 비석이 나란히 서 있었다. 한쪽에는 '고려태위 한공 휘 난 유허지(高麗太尉韓公諱蘭遺墟池)'라 쓰여 있고, 다른 한쪽에는 '용지기념비(龍池紀念碑)'라 쓰여 있었다. 그런데 필자의 관심을 끄는 것은 용지기념비의 뒷면에 쓴 다음 글이었다.

난 시조 천 년 세월 지켜온 고장
방정에서 흐르는 샘
용지에 괴어 용개들 젖줄기 되네.
시조께서 두꺼비 기르시더니
지네는 죽고 처녀는 살고
용정은 승천하여 용개들 이루었네.
해와 달 흘러 흘러 못이 무너지니

죽촌민 힘모아 흙 파고 둑 쌓고
피와 사랑으로 뭉쳐진 무릉계원.
성금 모아 석죽을 쌓으니
옛 모습 그대로 굳건하고 물도 맑아라.
이를 기념코자 이 비를 세우나니
근원은 멀고 흐름은 길어라.
1983년 시월 달우 읊으고 갑수 쓰다

이 글에는 '시조께서 두꺼비 기르시더니/ 지네는 죽고 처녀는 살고' 라 되어 있어 청주 한씨의 시조 난(蘭)이 두꺼비를 기른 처녀와 결혼하였다는 점이 모호하게 표현되어 있다. 그런데, 청주 한씨 종친회장을 지낸 한준구 (韓駿求)씨의 다음 이야기에는 이 점이 분명하게 표현되어 있다.

청주 한씨의 시조 난공이 영동에서 출생하여 청주에 와서 농사를 지으 며 살았는데, 항상 좋은 일만 하면서 살았다.

난공은 청주에서 멀지 않은 오창에서 창고제사를 지낼 때 처녀를 제물 로 바치는데, 심청이처럼 돈을 주고 사다가 바친다는 말을 들었다. 난공은 이를 불쌍히 여겨 '죽은 송장이라도 찾아서 장사를 지내 주어야겠다.' 고 생각하고, 몰래 창고로 갔다.

난공이 창고 문을 열고 들여다보니, 들보 위에서 지네가 아래로 시퍼런 독을 쏘는데, 제물로 온 송씨 처녀 옆에 두꺼비 한 마리가 앉아 지네를 향 하여 독을 쏘고 있었다. 얼마 후에 지네는 들보에서 떨어져 죽고 말았다. 두꺼비도 기운이 다하여 죽었다.

난공이 뛰어 들어가 기절해 있는 처녀를 구호하여 정신을 차리게 한 다 음, 집으로 데려다 주려고 하니, 처녀가 말했다.

"나는 나를 구해준 당신하고 살지, 다른 사람하고는 살지 않겠습니다."

청주 한씨 시조 한란 공을 도와준 용이 살았다는 연못

그래서 난공은 송씨녀와 결혼하였다.〈한국구비문학대계 3-2,한국정신문
화연구원, 1981, 565~566쪽 참조〉

  이 이야기에서 처녀는 끼니때마다 자기를 찾아오는 두꺼비에게 자기의
밥을 덜어주는 인정 있는 여인이요, 효성이 지극한 여인이다. 두꺼비는 자
기를 길러준 처녀를 살려낼 신이한 능력을 지니고 있으며, 보은의 정신이
투철한 동물이다. 이 이야기가 청주 한씨의 시조의 혼인과 결부된 것은 한
공이 매우 착하고 성실하였으며, 배우자가 영물인 두꺼비가 살려줄 만큼
효성이 지극한 처녀였음을 강조하여 청주 한씨 시조의 위상을 높이기 위한
것이라 생각한다.

한국 설화에서 「두꺼비의 보은」 설화 외에 두꺼비가 나오는 이야기로 널리 알려진 이야기는 두 가지가 있다. 「두꺼비의 나이 자랑」은 두꺼비가 동물 중에서 제일 나이를 먹었고, 꾀가 많다는 내용의 이야기이다. 「통도사의 사리탑」은 자장 율사의 사리(舍利)를 보러 온 조정의 사신이 사리탑의 돌 뚜껑을 열게 하여 보니, 그 곳에는 커다란 두꺼비가 앉아 있었고, 그 뚜껑에는 '뒷날 아무 성을 가진 사람이 이것을 열 것이다.' 라고 쓰여 있었는데, 그 아무 성이 바로 그 사신의 성이었다고 한다.

고구려 시대의 무덤으로 중국 길림성 집안현 우산 남쪽 기슭에 있는 각저총(角抵塚)의 현실(玄室) 천장부 고임 오른쪽 벽화 달 그림에 두꺼비가 그려져 있다. 이것은 두꺼비를 달의 정령(精靈)으로 생각하는 의식의 표현이라 하겠다. 중국에서는 옛날부터 두꺼비는 달의 정령으로, 토끼와 함께 달에 사는 동물로 믿어 왔다. 만주 송화강 하류 퉁구스계 고르지(Gorgie)족은 뱀, 거북과 함께 두꺼비를 제신(祭神)으로 삼고 있다. 게르만 신화에서도 두꺼비는 영혼의 화신으로 나타난다.

한국설화에서 지네는 사람의 모습으로 변신하여 좋은 일을 많이 하고 승천하기도 하고, 사람으로 변하기도 한다. 그런데 대개 해로운 점이 강조된다. 지네가 땅 속 구덩이에 살면서 중이나 마을 처녀를 하나씩 잡아먹기도 하고, 길에서 만난 모자를 잡아먹었다는 이야기도 있다. 특히 처녀를 괴롭히거나 빼앗아 간다. 천년 묵은 지네는 구름과 안개, 비, 바람 등 기후의 조화를 부린다고도 한다. 지네에 대한 이러한 사고는 지네를 동신제(洞神祭)의 제신(祭神)으로 모시고 제를 지내던 민속과도 관련된다. 1930년대 동신제에 대한 조사 보고에 의하면, 경상북도 칠곡군에서는 신목(神木) 속에 몇 자 크기의 지네가 살고 있는데, 동신제를 지내지 않으면, 그 해에 묘령의 처녀가 희생당했다고 한다. 평북 선천군에서는 신성한 곳에는 반드시 신을 수호하는 큰 뱀이 있어서 항상 그 곳을 경계한다고 믿었다. 이렇게 본다면 제신이

나 신의 수호물로서 큰 지네, 큰 뱀의 숭배가 우리나라에 있었던 것 같다.

이러한 것을 종합해 보면, 옛사람들은 '두꺼비는 신령한 동물이고, 영혼과도 관련이 있다.'고 믿었음을 짐작할 수 있다. 이렇게 볼 때, 위 이야기에 나타난 두꺼비는 신령스런 동물로, 그 처녀 어머니 영혼의 화신으로 볼 수 있다. 두꺼비는 사신(邪神)의 성격을 지닌 지네를 물리침으로써 효성이 지극하고 인정 많은 처녀를 구하고, 사신을 위하는 악습(惡習)을 폐지하게 한다.

위에 적은 이야기에서 두꺼비를 기른 처녀는 인정이 있고, 효성이 지극한 여인이다. 그녀는 두꺼비의 도움을 받아 사신 숭배의 악습을 타파함으로써 처녀를 제물로 바치는 불행한 일이 없도록 한 여성영웅이다. 청주 한씨의 시조 한란은 뛰어난 활솜씨로 이무기를 쏘아 용의 승천을 도와주고 많은 농지를 받았으며, 근면 성실하고 의협심이 강한 인물이다. 이러한 두 인물의 혼인담은 청주 한씨의 위상을 높여주고 있다.

5. 초정 약수와 구녀성과 이티재

충청북도 청원군 북일면 초정리에 있는 해발 520미터의 구녀산(九女山) 마루턱에는 능선을 따라 돌로 쌓은, 약 2km 길이의 성이 있다. 이 성을 '구녀성(九女城)'이라고 하는데, 이 성에는 다음과 같은 전설이 전해 온다.

옛날에, 신라 시대인 듯한데, 한 집에서 아들 하나에 딸 아홉, 10남매를 두었는데, 모두 힘이 센 장사였어.

어느 날, 이들이 저희들끼리 목숨을 건 내기를 하기로 하고, 오라비가 말했대.

"내가 나막신을 신고, 목매기송아지(아직 코를 뚫지 않고 목사리를 맨 송아지)를 끌고 서울에 갔다 올 터이니, 너희들은 성을 쌓아라. 그런데 너희가 나 갔다 올 동안에 성을 못 쌓으면 너희들은 죽어. 그 대신 너희들이 내가 오기 전에 성을 다 쌓으면 내가 죽는다."

어머니가 보니, 딸 아홉이 치마로 돌을 날라다가 성을 쌓는데, 일의 진척이 아주 빨라. 아들이 서울에 갔다 오기 전에 딸들이 성을 다 쌓으면, 아들이 죽게 될 터인데, 아들이 죽으면 대가 끊겨 집안이 망하게 되었어. 아들을 살릴 방도를 곰곰이 생각하던 어머니는 부엌으로 들어가 부리나케 팥죽을 쑤어, 딸들이 일하는 데로 가지고 가서 말했어.

"너희들 성 쌓느라고 욕본다. 시장할 터이니, 팥죽을 먹고서 하여라."

딸들은 팥죽이 먹고 싶었지만, 팥죽 먹다가 오라비가 오면 죽게 되는데, 먹을 수가 있나? 먹지 않았지. 그러니까, 어머니가 다시 말하기를,

"애애, 목매기소를 끌고, 나막신을 신고 서울을 간 오라비가 그리 쉽게 오겠니? 배고픈데 걱정 말고 먹고 하여라."

그러거든. 어머니가 자꾸만 먹으라고 하니, 딸들은 어머니 말대로 팥죽 그릇을 받는데, 뜨거운 팥죽을 입으로 '후후' 불어서 식혀 가며 먹느라고 아무래도 시간이 걸렸지.

딸들이 다시 성을 쌓기 시작하여 거의 다 쌓았을 때, 서울에 간 오라비가 왔어. 아홉 자매는 치마폭에 담았던 돌을 가져가면 뭐 하느냐고 거기에 그 자리에 그냥 쏟아 버렸어. 그래서 거기 가면, 지금도 돌무더기가 그냥 있어. 이따가 가 봐.

약속대로 오빠는 여동생 아홉을 다 죽였어. 오빠는 동생들을 죽이고 난 뒤에 '내가 동생 아홉을 죽이고 살 필요가 있느냐?' 하고 자기도 죽었대.

이것은 초정리에 사는 민응기(남, 69세)씨가 1993년 4월 5일에 이 마을을 찾아간 한국교원대학교 학생들에게 들려준 「구녀성 전설」이다.

이 전설은 「오누이 힘내기 전설」이란 이름으로 전국적으로 퍼져 있는 이야기인데, 오빠와 힘내기를 하는 누이동생이 하나가 아니고 아홉이나 된다는 점에서 특이하다. 아홉 자매가 쌓은 성이니 혼자 쌓았다고 하는 성보다 더 클 것이라는 생각도 들었다. 그래서 이 전설의 현장을 찾아가 보리라 생각하였다. 그러나 오랫동안 차일피일 미루고 답사하지 못했다. 그러다가 지난 5월 27일에 오전 강의를 마치고, 대학원 학생 두 사람과 함께 구녀성(九女城)을 찾았다.

승용차로 학교를 떠나 청주 시내를 거쳐 충주 가는 길로 약 10km쯤 가니, 511번 지방도와 만나는 4거리가 나왔다. 거기서 우회전하여 미원 가는 길로 5km쯤 가니 초정 주유소, 초정골 식당 · 휴게소가 나왔다.

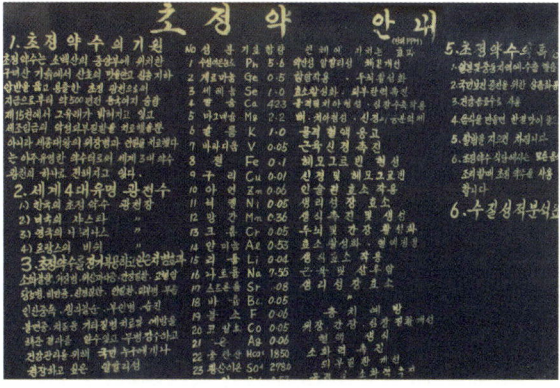

초정약수 안내문

'초정'이라는 상호를 쓴 업소를 보니, 초정약수로 널리 알려진 초정리에 들어섰음을 알 수 있었다. 그 곳을 지나 조금 달리다가 보은 · 미원 가는 길로 우회전하여 조금 올라가니, 길 오른쪽에 그 유명한 초정약수터가 나왔다. 길 왼쪽에는 광천수를 뽑아 올려 위생 처리한 다음, 병에 담아 전국에 판매하는 통일산업의 초정약수 공장이 넓은 자리를 차지하고 있었다.

초정약수

초정약수는 소백산 중앙부에 위치한 구녀산 기슭에서 산초의 맛을 안고 심층 지하 암반을 뚫고 용출(湧出)한 광천수(鑛泉水)로, 미국의 쟈스타, 영국의 니클리나스, 프랑스의 비쉬 광천수와 함께 세계 4대 광천수의 하나로 꼽힌다고 한다. 알칼리성인 이 약수를 장기 복용하면 소화기의 여러 가지 병, 당뇨병, 비만증, 신경질환, 피부병, 부인병, 불면증 등의 예방과 치료에 효과가 있다고 한다.

초정(椒井)약수는 조선 시대에 편찬된 『신증 동국여지승람(東國輿地勝覽)』 제15권에 '초수(椒水)'로 표기되어 있는데, "그 맛이 후추 같으면서 찬데, 그 물에 목욕하면 병이 낫는다. 일찍이 세종과 세조가 이 곳에 행차한 일이 있다."고 하였다. 세종과 세조 임금이 이곳에 행차한 사실을 이 마을에 사는 민웅기 씨는 위에서 말한 것과 같은 날 이 마을을 찾아간 한국교원대학교 학생들에게 다음과 같이 이야기하였다.

초정리는 세종대왕과 세조대왕이 왔다 간 곳이야. 세종대왕은 훈민정음을 창제할 때 안질이 생겨서, 여기로 요양하러 와서 60일 간을 요양하셨어. 대궐을 새로 짓지 않았더라도 임금이 계신 데가 대궐이야. 그래서 여기에 임금이 계시던 대궐 터가 있어. 충북 교육감을 하던 유성종씨가 바로 대궐 터에서 난 분이야.

단종의 어머니인 문종의 왕비가 세조대왕의 꿈에 나타나, 어린 단종을 내쫓고 권력을 찬탈하였다고 꾸짖으면서 침을 뱉더래. 그 후로 부스럼이 났는데, 그게 문둥병이었대. 세조대왕은 초정약수가 피부병에 좋다는 말을 듣고, 여기에 오셔서 목욕을 하셨대. 그리고 세조대왕은 자기가 한 일을 반성하고 불사(佛事)를 일으켰지. 그래서 병이 나았대.

이것은 세종과 세조 임금이 이곳에 왔던 사실을 전설적으로 표현한 것이다.

우리는 음식점 건물 앞의 넓은 주차장에 차를 세우고, 약수가 나오는 수도꼭지를 틀어 약수를 받아 마셨다. 톡 쏘는 듯한 특유의 맛이 싱그럽게 느껴졌다. 약수가 솟는 이곳에 와서 물을 직접 받아 마시니, 다른 사람이 떠다 준 물이나 병에 든 물을 마실 때와는 달리 싱그러움이 더하였다.

여성적인 구녀산과 구녀성

약수를 마시고 다시 차에 올라 남쪽으로 향하는 언덕길을 약 2km쯤 올라가니, 산언덕에 단층으로 새로 지은 음식점 '구녀성 가든'이 나왔다. 넓은 주차장 한 구석에 차를 세우고, 건물 옆에 있는 수돗가로 가니, 「구녀성 알카

구녀산 남쪽에 있는 구녀성 가든과 알칼리 생수 안내판

리 생수의 특성」과 충청북도 보건환경연구소장 명의로 된 「수질 시험 성적
서」를 적은 입간판이 서 있다. 거기에 적힌 것을 보니, "이 곳은 옛날에 '옷
샘'이라 불려지는 약수터였으며, 이 물로 목욕을 하면 땀띠, 옷, 나병 등 피
부병이 잘 나았다고 한다."고 하였다. 물을 마셔 보니, 초정 약수와는 달리
톡 쏘는 맛 없이 담백하였다.

이 물은 알카리 생수여서 다른 생수와는 달리 변하지 않고 오래 보관할
수 있다고 한다. 그래서 인근 지역 사람들은 이 물을 떠다 두고 마신다고 한
다. 우리가 잠깐 서 있는 동안에도 차에 물통을 싣고 물을 뜨러 오는 사람들
이 끊이지 않았다. 청주 인근 사람들이 전에는 초정 약수를 즐겨 받아다 먹
었으나, 요즈음에는 구녀성 약수를 더 좋아하여 물을 뜨러 오는 사람이 많
아졌다고 한다. 한 젊은이가 1톤 트럭에 물통을 가득 싣고 와서 물을 받기
에, 나는 그 물을 팔 것이냐고 물었다. 그 청년은 웃으면서 청주병무청에
서 마실 물을 뜨러 왔다고 하였다.

우리는 식당 안 방으로 들어가 도토리 가루로 만들었다는 묵과 부침과
냉면을 시키고, 주인아주머니를 불러 구녀성 전설을 이야기해 달라고 하였

다. 그 아주머니는 구녀성 전설을 묻는 사람이 하도 많아서, 전설 내용을 동네 어른들한테 다시 들어서 입간판에 적어 놓을 예정이라고 하면서, 자기가 기억하고 있는 구녀성 전설을 다음과 같이 이야기하였다.

옛날, 어느 시대인지는 몰라도, 한 집에 딸 아홉에 아들 하나를 두었는데, 이들은 모두 장사였대요. 이들은 장성한 뒤에 재산을 서로 차지하려고 싸움을 벌이게 되었대요. 딸 많은 집 딸들은 좀 드세게 마련이잖아요. 어머니는 딸들이 없어야 아들이 재산도 차지하고 대를 이어갈 터인데, 걱정이 되더래요. 그래서 어머니가 내기를 시켰대요.

딸들에게는 성을 쌓으라고 하고, 아들보고는 그 동안에 서울을 갔다 오라고 했대요. 지는 쪽은 삶을 포기하기로 하고요. 그런데 딸들은 성을 다 쌓아 가는데, 아들은 보이지를 않아요. 어머니는 겁이 나더래요.

어머니는 얼른 부엌으로 가서 팥죽을 쑤어서 딸들에게 먹으라고 하였대요. 딸들이 팥죽을 먹는데, 아들이 왔대요. 그래서 딸들은 모두 죽었지요. 아들 하나를 살리기 위해서 딸 아홉을 죽인 거지요. 그래서 성은 다 쌓지 못했지요. 아무튼 성 자리는 굉장히 크고 웅장해요. 성이 있는 곳에 가면 어머니 아버지 묘도 있고, 구녀의 묘도 있어요.

채록 일시 : 1996. 5. 27. 낮 12시 30분경.
구연자 : 박길순(여, 41세, 중졸, 음식점 경영)
사는 곳 : 충북 청원군 북일면 초정리 교제
나서 자란 곳 : 충북 괴산군 사리면 소매리
처음 들은 때 및 들려준 사람 : 지금으로부터 16년 전 초정리로 이사 와서 동네 사람들한테 들은 이야기라고 함.

박길순 씨의 이야기는 10남매 중 막내가 아들이었다는 점과 재산 다툼 때문에 어머니가 내기를 시켰다는 점에서 앞의 민웅기 씨 이야기와 차이를 보인다.

박씨는 구녀산의 기(氣)를 받아서 그런지 이 마을에는 딸이 많다고 한다. 구녀산은 여성적인 산이어서 구녀성 전설이 생겨났고, 이 산의 정기를 받

은 이 지역 사람들은 딸
을 많이 낳는다고 한다.

식당 여주인 박씨가 자
기보다는 남편 우상배 씨
가 이 이야기를 더 잘 알
것이라고 하여 기다렸지
만, 외출한 우씨는 식사
가 다 끝날 때까지 돌아
오지 않았다. 점심 식사

이티봉 전설과 구녀성 전설의 구연자 김창우 싸―뒤로 구녀산이 보인다.

를 마친 우리는 다시 차를 타고 남쪽으로 나 있는 도로를 따라 구녀산 언덕
을 오르기 시작하였다.

이티재

꼬불꼬불한 언덕길을 2km쯤 달려 올라가니 구녀산 고개에 이르렀다. 고
갯길 왼쪽에 '이티봉 휴게소'와 '이티봉 주유소'가 있었다. 이들 간판을
보면서, 나는 '이티'란 이름이 퍽 흥미롭게 느껴졌다. 미국 영화에 나오는
외계인 '이티(ET)'를 따다가 붙인 이름은 아닐 터인데, 무슨 뜻일까 궁금
하였다.

널찍한 휴게소 주차장에 차를 세우고 주유소로 가서 구녀성 가는 길을
물으니, 옆에 있는 휴게소 사장님이 잘 아니 그리 가서 물어 보라고 하였다.
휴게소 안으로 들어가 주인을 찾으니, 주인은 마침 안에 있다가 우리를 맞
아 주었다. 먼저 '이티봉'이란 말의 뜻부터 물었다.

여기가 청원군 미원면하고 북일면하고 경계 지역의 정상입니다. 여기서
북일면 내수 마을이 여기서 북쪽으로 약 10km 지점에 있습니다.

구녀성 입구임을 알리는 돌

옛날에, 그 연대는 확실하지 않은데, 어느 할머니가 이 쪽(남쪽) 미원 쪽으로 딸을 내났다는(시집보냈다는) 거예요. 그런데 할머니가 돌아가실 때쯤 돼서, 딸을 보고 싶은데 딸이 오지를 않는 거예요. 할머니는 딸을 기다리다 지쳐서, 딸을 만나려고 이쪽으로 온 겁니다.

꼬부랑 할머니가 지팡이를 짚고 오시다가, 하루 지나서 이틀만에 요 정상까지도 못 오고, 한 고비 밑에서 돌아가셨다는 거예요. 사위며 후손들이 돌아가신 그 자리가 할머니가 묻힐 자리가 아닌가 생각하여 돌아가신 그 자리에다가 산소를 모셨답니다.

사람들이 그 재를 가리켜서 '이티 할머니 산소가 있는 데', '이티 할머니 산소가 있는 데' 라고 하다가, 나중에는 '이티재' 라고 불렀답니다. '이틀 걸렸다' 하여 '이티재' 라고 하다가, 요즈음에 이 휴게소를 지은 분이 '이티봉' 이라고 '봉' 자를 붙여 지금은 '이티봉' 이라고 부릅니다.

채록 일시 : 1996. 5. 27. 오후 2시 30분경.
구연자 : 김창우(남, 54세, 중졸, 상업)
　　사는 곳 : 충북 청원군 북일면 초정리 이티봉 휴게소
　　나서 자란 곳 : 충북 보은군 외송면 장내리
처음 들은 때 및 들려준 사람 : 몇 년 전에 이곳에 와서 청원군 미원면 대신리 2구에 사는 김순식(70세) 씨한테 들었다고 함.

딸을 만나보려고 이틀씩이나 걸어서 오다가 죽은 할머니의 외로운 넋이 잠들어 있는 고개라는 뜻에서 '이티재' 라고 불렀다는 이야기를 들으니, 그 뜻을 헤아리지 못하고 영화에 나오는 외계인 '이티(ET)' 를 먼저 떠올린 나

자신이 부끄럽게 느껴졌다. 우리의 토박이말이나 토속적인 것보다는 서양 문물에 더 젖어 있는 나 자신을 발견하였으니, 부끄러울 수밖에 없지 않은 가. 나는 이 이야기를 들으며, 「할미꽃 전설」에 나오는 외로운 할머니를 생각하기도 하였다.

우리의 부탁을 받은 김씨가 구녀성 전설을 이야기하고 있는데, 안주인이 카운터에 서서 큰 소리로 바쁜 사람이 그러고 있을 시간이 어디 있느냐고 하면서, 빨리 가라고 하였다. 그래서 김씨는 간단히 이야기하였다.

옛날 이 지방에, 한 집안에 딸 아홉하고, 아들 하나가 태어났는데, 다 기골이 장대하고, 장수로 태어났다는 거예요. 그런데 한 집안에 장수가 여럿 태어나면 한 사람만 장수의 명예를 준다는 국법이 있었다는 거예요. 그래서 아홉 자매하고, 아들하고 생사를 걸고 내기를 했다는 거예요.

아홉 자매는 성을 쌓고, 남자 장수는 송아지를 끌고, 나막신을 신고 서울 갔다 오는 시합인데, 부모 입장에서는 남자가 이겨서 대를 잇고, 집안의 명예가 빛나지 않겠나 생각했답니다.

어머니 아버지가 가만히 보니, 아홉 자매가 이기겠거든요. 그래서 꾀를 내어 팥죽을 뜨겁게 끓여서 딸들에게 주면서 먹고 하라고 했대요. 딸들이 팥죽을 먹느라고 시간이 지연되었기 때문에 아들이 먼저 돌아와 이겼대요. 그래서 성은 완성이 되지 않았답니다.

채록 일시 및 구연자는 앞의 '이티봉' 이야기와 같음.

김창우씨의 이야기는 오누이가 한 사람에게만 주는 장수의 명예를 차지하려고 내기를 하였다는 점에서 박길순 씨의 이야기와 차이를 보였다.

김창우 씨는 혼자 또는 안내를 필요로 하는 사람과 함께 자주 구녀성에 간다고 하였다. 김씨는 지난 3월에 구녀성에 올라갔다가 구녀사(九女寺, 지금은 철거되었음) 아래에 산다는 노인을 만났는데, 올 해 70이 된 그 노인은 구녀성 전설을 자기가 아는 것과 다르게 이야기하더라고 한다. 그 중 다른 점만을 적어 보면 다음과 같다.

중국에서 만리장성을 쌓을 때인데, 인력이 모자라니까 조선 사람을 차출해 갔다. 10남매를 둔 집에서도 중국으로 사람을 보내지 않으면 아니 되게 되었다. 부모는 아들을 보낼 것이냐, 딸 아홉을 보낼 것이냐를 두고 고민을 하다가, 딸들은 성을 쌓고, 아들은 서울에 갔다 오기를 하여 지는 쪽이 중국으로 만리장성을 쌓으러 가라고 하였다. 이 때, 어머니는 아들이 이기게 하려고 팥죽을 쑤어 딸들에게 주었다.

이 이야기는 부모가 중국으로 만리장성을 쌓으러 갈 사람을 고르기 위해 내기를 시켰다는 점에서 다른 사람의 이야기와 다르다.

김창우 씨는 바쁜 일이 있다고 일어서면서 구녀성 가는 길을 일러주었다. 그리고는 구녀성은 아주 오래된 성으로, 삼국 시대에 이루어진 성이 아닐까 생각한다는 말을 덧붙였다.

우리 일행 세 사람은 김씨가 알려준 대로 구녀성을 찾아갔다. 휴게소 뒤의 능선을 따라 올라가다 보니, 능선 남쪽에 잘 손질하고 석물(石物)을 해 세운 남향의 산소들이 여럿 있었다. 이것은 이 산이 산세가 좋아 명당으로 꼽히기 때문이라 생각하였다.

정상에 오르니 구녀성이 있었다. 남동으로 뻗친 산의 능선을 따라 크고 작은 자연석으로 쌓은 성은 약 2km쯤 되어 보였다. 성을 따라 동쪽으로 내려가 보니, 성 바깥쪽이 절벽을 이룬 곳도 있어 아주 좋은 위치에 성을 쌓았음을 알 수 있었다. 지금은 돌보지 않아 위 부분은 다 허물어지고 아래 부분만 남아 있는데, 크고 작은 돌을 배합하여 쌓은 성이 매우 튼튼해 보였다. 특별한 장비도 없이 이 큰 성을 어떻게 쌓았을까를 생각하니, 성을 쌓아 외적

구녀의 무덤—봉분 아홉 개가 있으나 풀이 우거져 구별이 쉽지 않다.

을 막으려는 옛사람들의 노력과 집념이 대단하였음을 알 수 있었다.

　산마루턱 성 안쪽에는 큼직한 무덤 둘이 있고, 동쪽으로 약 20m 정도 떨어진 약간 비스듬한 곳에 아홉 개의 묘가 있었다. 아홉 개의 무덤은 석 줄로 자리 잡고 있는데, 맨 윗줄에 4개, 가운뎃줄에 4개가 나란히 있고, 그 아래에 하나가 있었다. 열 한 개의 무덤 모두 사성(莎城)은 없고 봉분만 있는 것으로 보아 조선 시대 이전의 무덤일 것이라는 생각이 들었다. 위쪽에 있는 두 무덤은 소나무 그늘에 가려서인지 잡초가 많지 않았으나, 소나무를 비롯한 큰 나무들이 없어 햇빛이 잘 드는 곳에 있는 아홉 무덤은 잡초가 수북하였다. 그러나 1년에 한 번씩 벌초는 하는 것 같았다. 아홉 무덤의 맨 윗줄에 있는 묘 옆에는 대리석이 묻혀 있었다. 지석(誌石)이 아닌가 생각되어 자세히 살펴보았지만, 글자를 해독할 수는 없었다.

조금 전에 만났던 '구녀성가든'의 여주인 박길순 씨와 이티봉 휴게소 주인 김창우 씨의 말에 따른다면, 아래쪽에 있는 무덤 아홉 개는 이 성을 쌓다 죽은 아홉 자매의 무덤이고, 위쪽에 있는 무덤은 그 부모의 무덤이 된다. 그렇다면, 누이들과의 내기에서 이긴 오라비의 무덤은 어디에 있는 것일까?

구녀성 전설의 의미

구녀성 전설이 이 지역에서 어떻게 전해 오는가를 알아보기 위해 네 사람의 이야기를 적었다. 네 이야기는 줄거리가 대체적으로 일치하나, 한 오라비와 아홉 자매가 내기를 하는 이유와 내기의 결과를 이야기하는 대목에서는 차이를 보인다. 힘내기를 한 이유를 보면, 누가 힘이 더 센가를 가리기 위하여, 재산을 차지하려고, 한 사람에게만 주는 장수의 명예를 차지하기 위해, 만리장성을 쌓으러 가는 사람을 가리기 위하여 힘내기를 하였다고 한다. 그러나 장사인 오누이가 서로 화목하기보다는 서로를 경쟁 대상으로 생각하여 경쟁하다가 마침내는 생명을 걸고 힘내기를 하였다는 점에서 일치한다.

힘내기에서 진 쪽이 세 이야기에서는 죽는 것으로 되어 있는데, 한 이야기에서는 중국으로 만리장성을 쌓으러 간다고 하여 차이를 보인다. 한국 설화에는 중국으로 만리장성을 쌓으러 가는 이야기가 많이 있는데, 만리장성을 쌓으러 간 사람은 거기서 일하다가 죽어 돌아오지 못하거나, 돌아오더라도 병이 들어 죽는 경우가 많다. 이로 보아 힘내기에서 중국으로 만리장성을 쌓으러 간다는 것은 죽는 것과 별 차이가 없다.

힘이 센 장사 오누이가 '누이동생은 성을 쌓고, 오라비는 서울에 갔다 오기' 내기를 하였는데, 어머니가 아들 편을 들었다는 내용의 「오누이 힘내기 전설」은 전국의 크고 작은 성과 관련되어 전해 온다. 최래옥 교수는 이 전설과 관련된 장소가 68곳이 된다고 하였다. 구녀성과 멀지 않은 충북 보은의 「삼년산성」, 진천의 「홀어미성」, 충남 홍성의 「석성산성과 학성산성」·예산의 「묘순이 바위」·서산의 「홀어미성」에도 이와 비슷한 전설이 전해 온다.

이 전설에서 서울은 부여나 경주·개성·한양과 같은 특정 지역을 가리키는 것이 아니고, 멀리 있어서 고난과 보람을 주는 심리적인 곳이다. 지리적으로 얼마나 떨어져 있는가가 문제가 아니고, 누구나 손쉽게 갈 수 없고, 시련과 고난을 극복해야 갈 수 있는 곳으로, 모험심을 자극하는 곳이다. 서울은 이러한 성격을 지닌 곳이기에, 서울을 다녀오는 것을 남자 쪽의 과제로 부과한 것이다. 남성은 외부 활동을 좋아하고, 여성은 남성에 비해 덜 활동적이기에, 집안을 지키는 것과 같은 성 쌓기 과제를 부과한 것이다.

이 전설에서 어머니는 아들 편을 들어 아들이 이기도록 하는데, 이것은 우리 민족이 오래 전부터 지녀 온 중남사상(重男思想)과 관련된다. 어머니가 팥죽을 쑤어다 주면서 먹으라고 하자, 딸은 목숨을 건 내기에서 팥죽을 먹느라고 시간을 허비할 수 없다는 생각에서 처음에는 거절하였다. 그러나 어머니가 자꾸만 권하자, 딸은 어머니가 시간을 끌어 자기가 지도록 하려고 그런다는 것을 알면서도 팥죽 그릇을 받아 든다. 이것은 오빠를 살리기 위해 자기를 희생하겠다는 각오와 결심에 의한 것이다. 누이동생 역시 어머니와 같이 중남사상을 가지고 있었기에 자기 집안의 가통을 잇기 위해 자신을 희생할 결심을 한 것이다.

충북 진천의 「홀어미성 전설」을 비롯한 여러 지역의 「오누이 힘내기 전설」에서는 비극적인 결말이 자세히 설명된다. 힘내기에 진 누이동생은 약속대로 자결하고, 어머니의 개입으로 부정하게 이긴 것을 안 오빠 역시 자결한다. 아들 편을 들었다가 아들과 딸을 모두 잃은 어머니 역시 슬픔을 이기지 못하여 죽고 만다. 위에 적은 「구녀성 전설」에는 이에 관한 구체적인 설명이 없지만, 「구녀성 전설」의 결과 역시 「홀어미성 전설」과 비슷한 결과

구녀산에 있는 구녀성

를 맞이하였으리라 생각한다.

　장사인 오누이가 서로 다투지 않고 서로 협조하면서 살아갈 방도를 찾았더라면, 어머니가 어느 한 쪽 편을 들지 않고 중립을 지키면서 아들과 딸 모두를 살릴 방도를 찾았더라면 엄청난 불행을 막을 수 있지 않았을까 하는 생각이 든다. 이 전설은 가족 간의 불화와 편애가 부른 비극이 엄청나다는 사실을 일깨워 주고 있다.

　「오누이 힘내기 전설」과 관련된 곳은 충남북과 전북 지역에 밀집해 있다. 최래옥 교수는 그의 역저 『한국 구비 전설의 연구』에서 이 전설의 "분포 지역이 백제 판도가 대부분임을 생각해 보면 백제사와 관련이 있는 듯하다."고 하면서 백제사와 관련지어 해석하였다. 최 교수의 의견을 참고로 이 전설을 해석해 보기로 한다.

먼저, 온조를 시조로 하는 백제가 이곳에 자리 잡고 있던 마한을 정복하는 과정을 그린 것으로 해석해 보겠다.

쇠 나막신을 신고, 소를 끌고 서울에 갔다 오는 것은 행동력이 강한 외래자의 공격을 뜻하고, 성을 쌓는 것은 수비 세력으로 볼 수 있다. 성을 거의 다 쌓고서도 끝마무리를 못하여 내기에 졌다는 것은 수비의 허점이 드러나서 적에게 졌음을 의미한다. 팥죽을 주어서 방해한 어머니는 현실적인 이익을 따져서 강한 세력에 붙은 일반 백성을 뜻한다. 어머니는 아들로 표현된 밖에서 밀고 들어온 신세력을 맞아들이고, 딸로 표현된 구세력에 등을 돌렸다. 남매의 힘내기는 남녀로 표현된 두 세력의 분열과 갈등을, 어머니는 중립을 지키다가 강자 편으로 기울어지는 민심을 상징적으로 표현한 것이 된다. 이렇게 보면, 오빠는 백제이고, 누이는 마한이며, 어머니는 중립을 지키다가 마침내는 백제 편에 선 마한 사람들이다. 따라서 이 전설은 백제가 마한을 병탄하는 과정을 가족 내의 힘내기로 표현한 것이 된다.

다음에는 백제 부흥 운동을 하던 백제 부흥군의 대립과 갈등을 상징적으로 표현한 것으로 해석해 보기로 한다.

백제 부흥군은 복신이 이끄는 군부 세력과 도침이 이끄는 불교 세력이 있었는데, 뒤에 왕자 풍이 이끄는 왕족 세력이 가담하였다. 처음에는 복신(오빠에 해당)의 군대가 공격을 맡고, 도침 세력(누이에 해당)은 작전 계획(이 때 도침은 謀士가 된다.)과 정보와 군수를 담당하며, 왕자 풍(어머니에 해당)은 양대 세력을 조정하면서 후에 자기 세력을 확대하였다. 그래서 백제 부흥 운동은 성공할 조짐을 보인다. 그러나 세 세력 간에 반목과 불신이 생겨 전설에서 딸과 아들과 어머니가 차례로 죽은 것처럼 복신과 도침과 풍이 차례로 죽고, 백제 부흥 운동도 막을 내렸다. 이처럼 이 전설은 한 가족이 화목하지 못하면 그 집안이 망하는 것처럼 정권을 쥔 세력들이 불화하면 나라도 망한다는 교훈을 담고 있다.

이처럼 설화는 다양하게 해석할 수 있는데, 해석에 따라 그 의미와 느낌이 다를 수 있다. 구녀성은 전설에 나오는 아홉 장사가 치마로 돌을 날라다 쌓았다고 할 정도의 작은 성이 아니다. 그 규모가 아주 크고 튼튼하며, 길이도 길다. 그러므로 이 전설은 성을 쌓은 사실을 이야기하는 전설이라기보다는 이미 축조된 성을 외부의 침략으로부터 지키려다가 실패한 사실을 상징적으로 표현한 것이라 하겠다. 이렇게 보면, 11개의 무덤은 성을 지키려다가 목숨을 잃은 장수의 무덤이라 할 수 있다. 전설을 전승시켜 온 우리 조상들은 흥미로운 이야기인 「구녀성 전설」을 통해 깊은 의미와 교훈을 던져주면서 그 증거물로 구녀성과 무덤을 제시한 것이다.

필자는 차를 몰고 학교로 돌아오며, 구녀성 전설 속에 담겨 있는 의미와 교훈이 소중함을 새삼스럽게 느꼈다.

다시 떠나는 이야기 여행

초판 인쇄 2007년 8월 16일 | 초판 발행 2007년 8월 23일 | **지은이** 최운식 | **펴낸이** 임용호 | **펴낸곳** 도서출판 종문화사 | **출판 등록** 1997년 4월 1일 제22-392 | **주소** 서울시 종로구 통의동 35-24 광업회관 3층 | 전화 (02) 735-6893 팩스 (02) 735-6892 | **E-mail** jongmhs@hanmail.net | **값** 16,800원 | ⓒ 2007, Jong Munhwasa printed in Korea | ISBN 978-89-87444-72-7 03810 | 잘못된 책은 바꾸어 드립니다.